Editora Charme

DIÁRIO DE UM *Bad Boy*

THE BROMANCE CLUB - LIVRO 2

AUTORA BEST-SELLER DO USA TODAY

MEGHAN QUINN

Assuntos abordados no livro:
Alienação parental, abuso psicológico e de substâncias lícitas

1ª Impressão 2024

Produção Editorial - Editora Charme
Design da Capa - RBA Designs/Letitia Hasser
Adaptação de capa e Produção Gráfica - Verônica Góes
Tradução - Daniela Toledo
Preparação - Andresa Vidal
Revisão - Equipe Charme

Esta obra foi negociada por Brower Literary & Management.

CIP-BRASIL. CATALOGAÇÃO NA PUBLICAÇÃO
SINDICATO NACIONAL DOS EDITORES DE LIVROS, RJ

Q64d

Quinn, Meghan
Diário de um bad boy / Meghan Quinn ; tradução Daniela Toledo. - 1. ed. - Campinas [SP] : Charme, 2024.
384 p. ; 22 cm.

Tradução de: Diary of a bad boy
ISBN 978-65-5933-175-8

1. Romance americano. I. Toledo, Daniela. II. Título.

24-91610 CDD: 813
CDU: 82-31(73)

Gabriela Faray Ferreira Lopes - Bibliotecária - CRB-7/6643

Editora Charme

www.editoracharme.com.br

Editora Charme

Tradução: Daniela Toledo

DIÁRIO DE UM Bad Boy

THE BROMANCE CLUB - LIVRO 2

AUTORA BEST-SELLER DO USA TODAY

MEGHAN QUINN

PRÓLOGO

Querido Diário,

Porra, parece até que sou uma adolescente cheia de hormônios, perdidamente apaixonada, com raios em formato de coração saindo pelos olhos. Pois é, não vou escrever "Querido Diário" de jeito nenhum. Preciso de um nome melhor para começar. Algo másculo, algo com colhões gigantes, algo que vá assustar qualquer maluco que tente ler isto aqui. Me deixe pensar.

Mas, sim. Eu estou mesmo apaixonado. Posso até ser um especialista em uísque e ter a sorte de um trevo-de-quatro-folhas, mas também sou a droga de um cavalheiro. Um cavalheiro que de vez em quando escreve palavras como "apaixonado".

Infelizmente, este "cavalheiro" aqui se meteu em uma pequena encrenca. Culpo o temperamento irlandês e os babacas espalhafatosos que acharam que podiam me provocar enquanto eu estava cantando uma garota linda pra caralho. Mas acho que o sistema penal não vê com bons olhos o fato de eu ter socado o nariz de alguém enquanto segurava com habilidade um copo de uísque — não derramei nem uma gota sequer.

Graças a Deus pelo meu bom advogado. Bem, pelo menos achei que ele fosse bom até me dar conta do que teria que fazer em vez de passar um tempo na cadeia. Oito horas de serviço comunitário e sessões de Terapia Cognitiva-Comportamental para o tratamento da minha personalidade raivosa com a dra. Pau no Cu, que me pediu para escrever este maldito diário para falar sobre... os meus sentimentos.

Adivinha o que estou sentindo?

Tesão. Sede. E vontade de comer um cachorro-quente.

E é só isso que você vai tirar de mim, Diário. Foi mal se você estava esperando uma grande confissão sobre traumas de infância ou um longo discurso histérico e exasperado. Não vai rolar. Não comigo.

Até o próximo encontro indesejado,

Roark

CAPÍTULO 1

Sutton

— Já está tarde.

— São onze e meia da noite em Nova York, então ainda é cedo — Maddie diz, puxando meu braço. — Vamos lá, vamos aproveitar um pouquinho.

Examino as ruas escuras enquanto fico repetindo mentalmente o aviso do meu pai sobre andar sozinha pela cidade.

— Não sei, não. Acho que eu deveria ir para casa.

Já faz dois anos que moro na cidade e ainda não fiquei sozinha na rua até tão tarde. A pós-graduação e os estudos fazem isso com você. Além disso, o puro medo de ser pega por um traficante de pessoas — valeu, pai — me causa medo o suficiente para nunca sair de casa depois das nove da noite.

Mas eu deveria estar comemorando hoje, pelo menos é o que Maddie me disse. Depois de dois anos inteiros sem fazer nada além de estudar, terminei o mestrado em filantropia e estou prestes a começar um novo emprego... para trabalhar para o meu pai.

Já sei o que está pensando: nepotismo. E pode até ser... MAS eu conquistei este cargo, estagiando sob a supervisão da diretora de operações por quatro anos. Sem receber por isso. Passei quatro anos ralando — vinte horas por semana —, provando à equipe que não sou só a filha de Foster Green, mas também um acréscimo valioso para a Gaining Goals, uma instituição sem fins lucrativos fundada pelo meu pai, o *quarterback* All-Pro do New York Steel.

E todo esse trabalho duro valeu a pena quando Whitney Horan me contratou como gerente de relações públicas.

— Você não vai para casa. O que aconteceu com aquele papo sobre viver a vida? Lembra daquela pequena promessa que você fez no Ano-Novo?

É por isso que não devo dividir nada pessoal demais com Maddie. Ela sempre me mantém firme à palavra. Mas acho que é para isso que servem as melhores amigas. Além disso... ela encontrou minhas promessas de Ano-Novo em um bloco de notas na bancada da minha cozinha. No começo, ela ficou admirada com as cores diferentes que usei para cada promessa — cinco no total — e então memorizou cada uma delas. Maddie e eu nos conhecemos no primeiro ano de faculdade, e ela é o *yin* para o meu *yang*. Enquanto sou mais reservada, ela é extrovertida e aventureira, características que eu queria ter. Mas jamais diria isso para ela.

— Não acho que ficar na rua depois das onze e meia da noite seja a definição de viver a vida.

— Tenho certeza absoluta de que é. — Ela enlaça o braço no meu, e nossas jaquetas acolchoadas se chocam, formando uma enorme bola de calor. — Este é o começo de uma vida nova. Já fizemos o que você queria e assistimos ao musical na Broadway, agora é a minha vez.

— E o que você planejou para a *sua* vez? — pergunto, hesitante.

— Comer cachorro-quente. — Maddie chama um táxi e fica tagarelando no cruzamento de duas ruas como uma verdadeira nova-iorquina.

— Um cachorro-quente? Isso que é viver a vida?

— Sim, e não foi você que disse que queria experimentar todas as comidas icônicas de Nova York?

Droga, outra promessa, embora essa fosse a minha favorita e a mais fácil de cumprir: sair por aí pela cidade e experimentar todos os tipos de comida pelos quais esta selva de pedra é conhecida. Mas junto dessa promessa veio uma matrícula na academia, para a qual tenho ido bastante.

— Quero, sim, experimentar *todos os tipos de comida* — respondo, mordendo o lábio.

— É por isso que vamos para o Gray's Papaya comer uns cachorros-quentes famosos e beber suco de manga.

Pensativa, pergunto:

— Não é essa a lanchonete que aparece em *Mensagem para você*?

— E também em *E agora, meu amor?* — Maddie acrescenta. — Se Matthew Perry gosta tanto desse lugar, eu também gosto. E pelo que dizem por aí, os cachorros-quentes vêm cobertos de mostarda e as famosas cebolas de lá. Então, já pode ir se preparando, vamos ficar com o hálito de dragão.

— Ah, mal posso esperar. — Solto uma risadinha.

Maddie me cutuca com o cotovelo.

— Viu só? Você já está até entrando no clima. Cachorros-quentes à meia-noite, o que pode dar errado?

Famosas últimas palavras.

Tudo bem, o lugar é fofo: azulejo branco de metrô rebocado nas paredes, abacaxis e bananas de papel pendurados no teto e espelhos da cintura para cima para que você possa se ver enquanto come cachorro-quente nas mesas minúsculas. É pitoresco e tem cheiro de paraíso.

Maddie e eu nos conectamos logo de cara por nosso amor por cachorro-quente. Não sentimos vergonha nenhuma de comprá-los de vendedores de rua e comê-los a caminho das aulas. Então, mesmo que eu seja reservada, isto aqui é divertido.

— Olha só para todas aquelas salsichas! — Maddie grita ao se aproximar da grelha. — São mais finas do que eu esperava, mas não vou ficar tirando sarro da circunferência, desde que façam o serviço. Não é, Sutton?

Os caras atrás da grelha riem enquanto meu rosto fica quente. Levanto os dedos e digo sem jeito:

— Dois cachorros-quentes, por favor. Com mostarda e cebolas. — Estou prestes a pegar minha carteira quando Maddie me interrompe.

— Dois para cada, por favor. — Ela se vira para mim. — É por minha conta — ela diz como se não fosse grande coisa, mesmo que eu tenha pagado seu ingresso na Broadway.

Dou uma olhada no preço e então me volto para ela.

— Tem certeza de que vai dar conta?

— Ei, não me venha de atrevimento. — Murmurando baixinho, ela acrescenta: — Não sou eu a filha de um jogador de futebol americano.

É verdade.

Coloco a carteira de volta na bolsa e a abraço de lado.

— Valeu pelos cachorros-quentes.

— Qualquer coisa pela minha amiga.

Nossos cachorros-quentes são entregues em pratos de papéis frágeis, e os levamos até a mesinha em frente a um espelho. Nossas bebidas são entregues logo em seguida.

Inspecionando o cachorro-quente, eu o levo à boca logo antes de Maddie me impedir.

— O que você está fazendo? A gente precisa registrar o momento. Uma selfie com os cachorros-quentes. Vamos lá, Sutton.

Maddie e suas selfies...

Entro na brincadeira, seguro o cachorro-quente perto do dela e sorrio para o espelho, enquanto ela usa o celular para tirar uma foto do nosso reflexo.

A porta se escancara e dois caras entram: um de terno e gravata e outro de calça jeans preta, camiseta branca, jaqueta preta e um gorro meio frouxo na cabeça. Seus olhos verdes encontram os meus pelo espelho e um sorrisinho malicioso se espalha pelos seus lábios.

— E aí, Miguel? — ele diz, com um sotaque irlandês que logo chama minha atenção. — Algum cachorro-quente para mim, cara?

— Não — o cara atrás da grelha responde de um jeito brincalhão. — Não sirvo cachorro-quente para caras que colocam ketchup neles.

O homem de terno olha para o amigo.

— Você coloca ketchup no cachorro-quente?

— Fica bom. — O cara dá de ombros e tira uma nota de vinte dólares. — Quatro cachorros-quentes, dois com ketchup e dois com... — Ele gesticula para o amigo. — O que você vai querer?

— Mostarda e tempero.

Olhando sobre o ombro, Maddie zomba:

— Será que eles não sabem que é para comer estas belezinhas com mostarda e cebolas? Ketchup e tempero são para os hereges.

Devagar, o irlandês se vira para nós, com a cabeça inclinada.

— Quem fez de você a polícia do cachorro-quente, moça?

Maddie responde com orgulho:

— Eu mesma. No mínimo, tenho experiência. Conheço muito bem as minhas salsichas e sei como deixá-las gostosas na minha boca.

Ai, meu Jesus. Como ela consegue dizer algo com tanta insinuação sexual tão facilmente? Viu só? *Yin* para o meu *yang*. E agora estou mortificada. Ajusto o gorro na cabeça e dou um puxão no braço de Maddie assim que mais homens entram na lanchonete. E sussurro:

— Não fique falando para as pessoas como elas devem comer o cachorro-quente delas.

— Não estou falando, só estou mostrando que estão erradas.

— Miguel, cinco cachorros-quentes e águas de coco — diz um homem usando casaco de couro falso e calça de cós baixo, acenando para o churrasqueiro.

O lugar parece estar ficando cada vez menor, e por alguma razão, os pelos da minha nuca se arrepiam quando o Couro Falso — é assim que vou chamá-lo — olha para o irlandês de cima a baixo.

Miguel entrega os cachorros-quentes embrulhados para o irlandês e o homem de terno, acenando com a cabeça para ele antes de se dirigir a Couro Falso e o amigo dele.

Querendo dar o fora deste lugar minúsculo, me viro para dar uma mordida no cachorro-quente quando Maddie diz:

— Preciso tirar outra foto nossa. Na última parece que estou morta. Esta luz é péssima. Quem sabe se eu me afastar...

— Maddie, cuidado!

Mas é tarde demais. Ela esbarra no irlandês, cujo cachorro-quente voa para o homem de jaqueta de couro. Sacudindo o braço para o lado com nojo, o Couro Falso olha para o espelho à procura de manchas. Por pura curiosidade, também dou uma olhada e acabo encontrando um espirro minúsculo de ketchup na jaqueta. Uma rápida passada de dedo resolveria, mas o cara não pensa assim.

— Você vai pagar por isso, seu filho da puta — ele sibila. Freneticamente, o homem vasculha a manga, enquanto o irlandês se senta e mastiga seu cachorro-quente, sem dar a mínima.

— Você só pode estar brincando — ele diz, com o sotaque carregado. — É falso, cara. Toma aqui vinte dólares. — Ele enfia a mão no bolso. — Vai comprar outra na lojinha ali da esquina.

Ah, cara, não pareceu a coisa certa a fazer. Eu me afasto, um pouco nervosa, enquanto Couro Falso se vira — com sangue nos olhos — e se atira no irlandês, que joga o cachorro-quente no ar e também investe. Em questão de segundos, o inferno vem à tona e os dois se enfrentam, punhos voam, camisas são rasgadas e pernas são chutadas.

O que está acontecendo?

Que loucura.

Por causa de cachorro-quente.

— Ai, Deus! — grito quando eles vêm na nossa direção, encurralando nós duas no canto. Como a curiosa que é, os olhos de Maddie não saem da pancadaria, mastigando o cachorro-quente, totalmente absorta na luta, enquanto meu coração quase pula para fora do peito e o horror me domina.

Palavrões são proferidos, celulares, incluindo o meu, caem no chão, e o homem de terno se aproxima do amigo, tentando separá-los.

— Deixa isso pra lá, Roark — ele grita enquanto os dois caras rolam sobre os cachorros-quentes caídos. Agora o ketchup vai cobrir aquela jaqueta.

— Vamos morrer, vamos morrer — murmuro, enterrando o rosto no ombro de Maddie.

— Ai, aquilo vai doer — Maddie diz, com a atenção ainda na luta. — O irlandês levou um soco no olho.

Ah, então foi isso o som de trituração.

— Ooooh. — Maddie salta para trás. — O irlandês acabou de esmurrar o queixo do cara da jaqueta.

— Não preciso de uma narração. Só me tire daqui.

— Vão brigar lá fora — Miguel grita da grelha.

Por alguma razão, os dois escutam Miguel e vão rolando para fora, mas não sem antes derrubar uma mesinha alta e algumas placas pelo caminho. Pelo reflexo no espelho, vejo o cara de terno se abaixar e pegar o celular do amigo enquanto ainda segura o cachorro-quente, claramente irritado. Ele não parece muito surpreso. Talvez esta não seja a primeira vez que tenha que lidar com uma briga do seu amigo.

E dá para acreditar nisso, já que o irlandês foi de oito a oitenta em questão de segundos. Nunca vi algo se intensificar tão rápido, e já assisti a muito futebol americano ao longo dos anos.

Ainda com a pancadaria lá fora, eu me viro para Maddie, que está com um sorriso enorme.

— Isso não foi eletrizante? — ela fala.

Pisco.

— Você está maluca? A gente poderia ter sido atingida.

Ela me dispensa com um aceno, se volta para o celular e tira uma foto de si mesma com o cachorro-quente na boca. Ela mastiga e então diz:

— Ninguém sacou uma faca, foi só uma clássica briga de rua.

— A gente precisa cair fora daqui.

Nem me importo mais com meus cachorros-quentes, estou surtada demais até mesmo para considerar comê-los. Puxo o braço de Maddie, que acena uma despedida para Miguel e, com sorte, chama o primeiro táxi que vê.

Uma vez dentro do carro e já tendo passado meu endereço para o motorista, recosto-me no assento e solto um logo e exasperado suspiro. Levo alguns segundos para me recompor, com as mãos trêmulas e os nervos à flor da pele. Como é que alguém pode entrar em uma briga dessas com tão pouca provocação? É quase... animalesco.

— É exatamente por isso que não saio de casa depois das nove. A gente poderia ter se machucado feio.

— Olha só para esta foto. — Maddie se inclina para perto. — Você está gostosa nela.

Pelo amor de Deus.

Sem nem um pingo de interesse, não me dou ao trabalho de olhar para a tela.

— Como pode estar tão calma depois do que acabou de acontecer, Maddie?

Ela resmunga e suspira, comendo o último pedaço do seu cachorro-quente.

— Dá para você relaxar, Sutton? Estamos bem. Você deveria estar me agradecendo, no mínimo. Acabou de presenciar um pouco de cultura. Não foi divertido? — Ela entrega meu celular, que deve ter pegado lá, e diz: — Você deixou cair.

— Obrigada — respondo baixinho enquanto olho pela janela. — E acho que posso ficar sem esse tipo de cultura. Estou bem com a minha vida.

— Faça do seu jeito. Mas nunca me senti tão viva.

Acho que isso pode acontecer quando nos deparamos com uma situação de risco de vida.

E, sim, posso até estar exagerando com essa coisa de risco de vida, mas aquilo foi mesmo muito assustador. Os caras estavam fora de controle. Um movimento errado e a gente poderia ter sido atingida na cabeça. Dada a quantidade de horas que já passei assistindo ao futebol americano ao longo dos anos, eu não deveria ser tão melindrosa assim. Mas deve ser por isso que sou. Já vi o resultado dos ferimentos na cabeça com as brigas em campo, então não tenho muito interesse em ver a mesma coisa enquanto estou comprando cachorro-quente em uma noite descontraída.

Tento desbloquear o celular no escuro, mas pede uma senha.

Como é?

Comprei este celular hoje e ainda não tive tempo de ativar o reconhecimento facial ou a senha. Levo o celular para a luz e o examino. Capa preta...

— Ah, merda!

— O que foi? — Maddie pergunta, inclinando-se para perto. — Por acaso quebrou uma unha quando tentou se esconder na minha jaqueta?

Que engraçado.

— *Não*. Este não é o meu celular.

— Sério? — Maddie dá uma olhada nele e o gira. — Tem certeza?

Assinto.

— A capinha do meu é roxa. Esta é preta.

— Bem, olha só para isso. — Ela examina a foto, ampliando-a com os dedos. — Aposto que é o celular do irlandês.

É claro que é. Mas que sorte a minha.

— Dá para esta noite ficar ainda pior?

Fico andando pelo pequeno espaço do meu apartamento, encarando o celular na mesa de cabeceira, torcendo para que toque. Maddie tentou ligar para o meu celular várias vezes, mas ninguém atendeu. Como está tarde, ela quis voltar para casa, mas me disse que continuaria ligando.

É de se imaginar que o irlandês já teria ligado a esta hora, porque o meu celular não tem senha.

E isso... ai, Deus, por que não configurei o aparelho na loja? Ah, é, porque levou uma hora para atualizar o celular, e eu não queria me atrasar para o musical. Mal sabia que ia perdê-lo em uma briga na droga de uma lanchonete.

Meia-noite e meia, e não vou mesmo conseguir pregar os olhos, não quando meu coração ainda está acelerado com a briga. Minha mente está girando com tudo o que o cara pode conseguir do meu celular.

— Aff — resmungo, tentando relembrar todas as fotos que tenho armazenadas. Nenhuma foto nua, isso com certeza. Mas selfies? A gente acaba tirando umas dez até conseguir uma boa. Tenho tantas fotos naquele celular que vai até parecer que sou vaidosa.

O celular vibra na mesa de cabeceira e eu corro para ele, com o coração acelerando mais uma vez quando vejo meu número aparecer na tela.

Me atrapalhando por um segundo, atendo e levo o celular à orelha.

— Alô?

— Quem é? — Um sotaque irlandês soa do outro lado da linha. Pois é, Maddie tinha razão, ele acabou ficando com o meu celular.

— Hum, aqui é a Sutton, acho que você está com o meu celular.

— É, não brinca — ele resmunga. — Como diabos ele foi parar comigo?

Não entendo por que ele precisa ser tão grosseiro. Não há necessidade quando foi ele que estragou minha noite ao entrar naquela briga com Couro Falso.

— Bem, você veio com tudo para cima de mim e da minha amiga durante aquela briguinha por causa de cachorro-quente e acabou derrubando o celular da minha mão. O seu amigo deve ter pegado o celular errado.

— Maldito Rath — ele murmura. — Onde você mora?

— Acha mesmo que vou te falar? Acabei de ver você esmurrar um cara por causa de um ketchup. Você não parece o tipo de cidadão civilizado para quem eu passaria o meu endereço.

— Quis dizer em qual bairro. Meu Deus.

Ah, faz mais sentido.

— Brooklyn.

Outro resmungo baixo.

— É claro. Você parece a típica garota do Brooklyn.

— Como assim?

Ignorando minha pergunta, ele diz:

— Não estou em condições de buscar hoje, mas a gente pode se encontrar amanhã para fazer a troca, em um lugar neutro, já que não quero que você saiba onde moro.

Como ele ousa? Como se eu quisesse mesmo saber onde ele descansa aquela cabeça-quente à noite.

— Deve ser em Jersey.

Acabei mesmo de falar isso em voz alta?

— Você acha que eu moro na porra de Jersey?

Senhor, como esse cara tem pavio curto.

— Onde a gente pode se encontrar? — digo, ignorando sua pergunta.

Ele solta um gemido infeliz ao telefone.

— Não faço ideia. Porra. Estou com dor de cabeça. — Bem, deve ser porque ele levou um soco na cabeça hoje. — Vou ter reuniões o dia todo, mas posso encontrar você de manhã.

— Que horas?

— Às sete.

Às sete? Posso encontrá-lo às sete, mas ele pode? Não consigo imaginar que esse cara, que acabou de sair de uma briga em Nova York, está se recuperando de um soco brutal e deve ter ingerido bebida demais, seja uma pessoa matinal.

— É, tudo bem. Pode ser às sete. Onde?

— Bain on Pan, na Quinta Avenida. Vou precisar da porra de um doce amanhã de manhã.

Isso me faz rir.

— Combinado. — Mordo o lábio, um pouco nervosa. — Hum, você pode ter cuidado com o meu celular? É novinho.

— Não foi muito inteligente ter deixado um celular novinho no chão, não acha?

— Eu não o deixei no chão. Você o derrubou da minha mão e aí o seu amigo o pegou.

— Aham — ele responde, parecendo bastante entediado. — Que seja, moça. Só esteja lá amanhã de manhã, está bem?

Alguém está irritadinho.

— Pode deixar.

— Ah, e se você precisar usar o meu celular, a senha é 111111. Há uma pasta no meu álbum de fotos com meus nudes favoritos que consegui ao longo dos anos. Aproveite.

Eca, ele está falando sério? Tiro o celular da orelha como se estivesse contaminado. Deve estar mesmo.

— Acho que vou passar essa.

— Problema seu. Amanhã, às sete, não se atrase. Tenho umas merdas para fazer.

— Estarei lá — digo em um tom sério. — E, por favor, não fique fuçando no meu celular. Respeite a minha privacidade.

— Tarde demais, *lass*. Você tira várias selfies.

Acho que nunca desgostei tanto de uma pessoa em tão pouco tempo.

— É particular.

— Não é mais. Vejo você amanhã.

Então ele desliga. Fico olhando para o celular, com a raiva crescendo na boca do estômago. Não acredito que ele xeretou as minhas fotos. Quem faz isso?

Meu dedo paira sobre o número um na tela, querendo fazer minha própria busca, curiosa para saber quem esse homem é e o que o leva a ser um grande... babaca.

Mas sou evoluída. Meu pai me ensinou a ser evoluída. Então, em vez disso, desbloqueio o celular e vou direto para o relógio, configurando o despertador. Vou estar ferrada se me atrasar amanhã.

CAPÍTULO 2

Querido Melvin,

Ehh, Melvin não cai muito bem para nome de diário. Melvin me lembra um cara que lambe a ponta da caneta antes de escrever a resposta no jogo de palavras cruzadas que ele não consegue resolver, mas age como se estivesse à beira de um avanço. Que nada, não quero ficar escrevendo para o maldito Melvin.

Não quero escrever de jeito nenhum, mas adivinha quem tem "dever de casa"? Este maldito filho da puta aqui. Então cá estou eu, com um copo de uísque na mão direita e completamente nu.

Isso aí, meu pau está de olho em você, perguntando por que diabos estou escrevendo para um tapado chamado Melvin, em vez de bater uma punheta com as fotos daquela garota no celular.

Com grandes olhos azuis, cabelo loiro-platinado natural, peitos grandes pra caralho, ela é a porra de uma miragem sensual. E aquela voz dela? Uma pitada de charme sulista e melaço que escorrem dos seus lábios carnudos.

Aqueles lábios ficariam ótimos ao redor do meu pau, com certeza.

Mas tenho valores — não muitos, só alguns — e bater punheta com uma selfie não é o tipo de momento baixo que quero registrar na memória. Aí, recorri a você, Melvin, e agora minha ereção murchou como um balão estourado.

Poof.

Se foi.

Valeu, cara.

Roark

Roark

— Meu Deus. — Rolo para fora da cama, com a cabeça ainda latejando, a boca seca e meu pau duro. Pressiono a mão nos olhos para afastar o sono quando uma dor aguda passa pela minha cabeça. — Ah, merda — murmuro ao recordar os eventos da noite passada.

Cachorros-quentes antes da balada. Era só o que eu queria: um cachorro-quente com ketchup, mas acabei rolando em uma poça como a escória de Nova York com um babaca de jaqueta de couro azul, que tentou acabar comigo. Que pena para ele, porque, a esta altura, sou imune a qualquer tipo de soco. Pelo menos, imune até a manhã seguinte.

Mas dou boas-vindas à dor. Pelo menos faz eu me sentir vivo.

Levanto-me da cama e alongo os braços sobre a cabeça. A luz das frestas das janelas se infiltra no meu quarto, iluminando o caminho para o banheiro.

Ao passar pelo espelho, dou uma olhada no meu reflexo e estremeço. Tons profundos de roxo e azul circulam meu olho e tem uma escoriação vermelha logo abaixo. O idiota me acertou em cheio com o anel no dedo, isso eu posso admitir.

Eu me recosto na parede em frente ao vaso sanitário e dou uma mijada demorada, com a cabeça descansando no braço como um apoio para as pontadas incessantes. Dando descarga, viro-me para a garrafa na bancada e levo o copo gelado aos lábios, tomando um bom gole de uísque. Não há nada melhor do que começar a manhã com uma dose de puro sangue irlandês garganta abaixo.

A queimação já nem me incomoda mais.

Começo a preparar o banho e me apoio na bancada do banheiro, e a superfície fria atinge minha bunda nua, levando um pouco do sono embora.

Dou mais um gole e coloco a garrafa de volta na bancada antes de ir para o chuveiro. A água morna me atinge, acalmando meus ossos doloridos e feridos da noite anterior. De jeito nenhum o outro cara foi o vencedor da nossa briga, mas admito que o subestimei. Ele era mais durão do que achei e bem mais rápido. É por isso que minhas costelas estão doloridas hoje. Ele conseguiu me dar alguns golpes antes do meu corpo bêbado ser capaz de se levantar e se defender.

Encostado no azulejo, ensaboo uma das mãos e a deslizo pelo corpo, pelos contornos e reentrâncias do meu abdômen, então a passo com cuidado pelas minhas costelas e subo para o peitoral. Dou uma batida em cada mamilo — porque... por que não, certo? —, e levo a mão ao meu pau, onde dou um puxão no comprimento duro.

Porra, isso é bom.

Apoio o antebraço no azulejo do chuveiro, deixando a água cair pelas minhas costas, enquanto deslizo a mão para cima e para baixo no meu pau, buscando a libertação que não me foi concedida na noite passada. Era para eu ter encontrado Candace na balada, mas já que tive esse pequeno imprevisto, acabei perdendo a chance — não por minha escolha. Tenho certeza de que Candace não teria aceitado a porra da minha cara machucada. Não tenho um padrão elevado quando se trata de transar, então tê-la não teria sido um problema para mim, mas a poupei do encontro. Porra. Fico imaginando se a sra. Gostosa do Brooklyn recebeu alguma mensagem no meu celular na noite passada. A ideia me faz rir. E agora *Sutton* me vem à mente. A linda Sutton com seus peitos empinados.

Bombeando com mais força, rolo a mão pela cabeça do meu pau. Minha respiração começa a acelerar enquanto o sangue se acumula no centro do meu corpo. Afasto um pouco mais os pés e levo a mão até a base, onde agarro minhas bolas por alguns segundos e então arrasto a mão de volta para cima, apertando com mais força desta vez.

Porra.

Caralho.

Movo minha mão com mais rapidez, e minha respiração irregular faz minhas costelas machucadas doerem. Só mais alguns movimentos.

Solto um gemido, com minha pegada ficando impossivelmente apertada, minhas bolas se comprimem e me inclino para frente para jorrar no piso de azulejo do banheiro.

Eu precisava disso.

Termino de me lavar, esfregando o cabelo e deixando-o desgrenhado, enquanto saio do chuveiro e acendo a lâmpada de secagem antes de me enrolar na toalha. A pior parte de tomar banho é ficar gelado pra caralho ao sair. Quando consegui meu primeiro milhão, a primeira coisa que fiz foi instalar uma lâmpada de secagem. Me custou algumas centenas de dólares, mas naquele momento eu soube que foi a melhor coisa que eu poderia ter feito. Todos os ricos têm uma lâmpada de secagem no banheiro. E eu sou um deles.

Um zumbido soa no meu quarto, mas o ignoro ao tomar mais um gole de uísque para entorpecer a dor latejante que percorre meus ossos, e então escovo os dentes. Menta e uísque, ainda bem que não ligo para essa combinação.

O elevador para na minha cobertura e apita. Eu deveria ficar em alerta, mas estou surpreso de ter conseguido tomar um banho antes de ele aparecer. Ele costuma chegar até mais cedo.

— Roark — chama Rath, um dos meus melhores amigos. — Cadê você?

— No banheiro — grito com a boca cheia de pasta de dente.

Rath aparece à porta, vestindo seu habitual terno azul-marinho e sapatos sociais marrons da Berluti. Ele é o meu amigo mais inteligente, é um babaca implacável nos negócios, sem tempo para qualquer relacionamento a menos que seja com seu celular, e ele ama doces pra caralho.

Tipo, chega até a escondê-los no escritório para os dias ruins.

Eu me infiltro em seu esconderijo sempre que estou precisando dar um jeito em uma ressaca... o que acontece com frequência.

Ele me dá uma olhada.

— É bom ver que você não está morto.

— Vai precisar de mais do que um cara usando uma jaqueta idiota para me matar — zombo.

O zumbindo soa de novo.

— Você vai às suas reuniões hoje?

Escovo a língua e então cuspo, enxaguando a boca com um jato de água.

— Vou, por que não iria?

— Sei lá, talvez porque está parecendo que você foi atropelado por um trem.

Dou uma olhada no meu olho roxo pelo espelho.

— Meus clientes já viram coisa pior, e não dão a mínima. Desde que eu os faça ganharem dinheiro, é só com isso que se importam.

— Se eu fosse um atleta, não iria querer você como meu agente esportivo.

Eu me endireito e dou um tapinha no rosto de Rath.

— Então ainda bem que você não foi abençoado com a capacidade de acertar uma bola na cesta, hein?

Vou para o meu closet, onde tiro uma calça jeans da estante, sem me preocupar com a cueca, solto a toalha e visto a calça.

— E a sua condicional?

— O que tem ela? — Enfio tudo para dentro e fecho o zíper.

— Você não pode entrar na porra de uma briga, Roark. Se violar a condicional, vai ser jogado na cadeia.

Pois é, foi isso que meu advogado explicou para mim, e eu adoraria dizer que tentei, de verdade, controlar meu temperamento na noite passada. Mas quem quero enganar? Não fiz nada disso. Eu estava à procura de encrenca, senti a necessidade de brigar com alguém, e é por isso que sou um babaca.

Quando sinto uma coceira, preciso coçá-la, e depois de um dia de merda, não queria nada mais do que brigar com alguém.

— O cara não vai prestar queixa, porque ele tem as próprias merdas com que se preocupar.

— Não importa — Rath diz, provavelmente imaginando como é que ele virou meu amigo. Quando se entra para uma fraternidade juntos e leva um tapa na bunda, como se fosse um bebê recém-nascido, de cada irmão, você acaba formando um vínculo infeliz e especial. — Cara, você é o agente esportivo mais famoso da porra de Nova York. Há uma lista de espera desesperada para contratar você. Não jogue isso fora por causa da droga de uma mancha de ketchup.

Ele tem um bom argumento. É sempre o espertalhão.

— É, tá bom. — Passo a mão pelo rosto. — Vou me esforçar mais.

— Que tal você simplesmente não entrar mais em brigas? O último soco que você deu fez o cara regurgitar na calçada.

Solto uma risada. Regurgitar, que jeito engraçado de dizer vomitar.

— Sabe o que eu sempre fico imaginando?

Irritado, Rath morde a isca.

— O quê?

— Que tipo de ânsia violenta o nojento deve ter passado para conseguir o título de rei do vômito?

A ruga na testa de Rath diminui quando um leve sorriso passa por seus lábios.

— Não faço ideia, mas fico feliz que eu não seja o nojento. — Meu celular vibra de novo. — Você vai atender?

— Meus clientes sabem que vou ligar de volta quando estiver disponível.

— Hã... cara, será que você não se lembra que acabou ficando com o celular daquela garota na noite passada?

— Que celu... — Ah, cacete. Corro para o celular com capa roxa na mesa de cabeceira e atendo a ligação. — Alô?

— Alô? — Porra, sua voz parece irritada.

— E aí, *lass*.

— Você está de brincadeira comigo? Sabe que horas são?

Eu me sento na cama, preparando-me para seu sermão.

— Devo estar atrasado para alguma coisa pelo seu tom de megera.

— Como é? Você acabou mesmo de me chamar de megera?

— Não. Falei tom de megera. Bem diferente.

— Você está duas horas atrasado. Estive sentada aqui nesta lanchonete, esperando por você para trazer meu celular de volta.

— Ah, é. — Passo a mão pelo cabelo molhado. — Acabei acordando tarde. Foi mal, *lass*.

— Você... Não acredito... você me falou para aparecer aqui às sete em ponto e acabou acordando tarde?

Dou de ombros, mesmo que ela não possa me ver.

— Tomei umas na noite passada. Não posso me responsabilizar pelo que falei.

— Seu... seu grosseiro!

— Nossa, cuidado, ela está lançando uns insultos. — Me inclino para trás e me apoio em uma das mãos.

Há silêncio do outro lado da linha. Mesmo que eu não conheça essa garota e tenha só uma vaga lembrança da sua aparência por ter olhado suas fotos, posso imaginá-la contando até dez.

Finalmente...

— Quer saber? Eu fui bastante educada ao atender as ligações ininterruptas e dizer para as pessoas que você estava sem o seu celular, mas que logo retornaria a chamada...

— Por que não deixou cair no correio de voz? Desse jeito eu poderia ouvir o que elas tinham a dizer.

— Bem... — Ela faz uma pausa e eu rio. — Pensei que seria mais educado atender, já que o seu celular não parava de tocar.

— Ser educado não faz o meu estilo, e eu já tenho uma secretária, então pode parar de atender as ligações.

— Dói tanto assim dizer obrigado?

— Não, mas não estou grato, então só seria um desperdício de palavras.

Ela bufa.

— Você é um idiota. Eu... vou jogar este celular na lata de lixo.

— Fique à vontade, não ligo de usar o seu. Além do mais, as suas selfies são um bônus.

— Pare de olhar as minhas fotos. — Sorrio para mim mesmo, mas quando olho para Rath, seus braços estão cruzados, e ele balança a cabeça para mim. — A gente pode se encontrar, por favor? Preciso muito do meu celular.

— Claro, *lass*. — Coço a barba por fazer. — Que tal na próxima terça?

— Na próxima terça? — ela pergunta, indignada. — De jeito nenhum. Que tal na próxima hora?

— Ah, estou pelado e nem um pouco decente. Vou precisar de pelo menos duas horas para vestir a roupa. Estou com um olho roxo, sabe. Difícil não ver.

Ela não precisa saber que só estou seminu.

Não faço ideia de por que estou sendo um babaca com essa garota.

Falando sério, meio que gosto da raiva na sua voz, com as faíscas ardentes sendo lançadas em mim.

— Não é culpa minha que você tenha entrado em uma briga por conta de um ketchup.

— Não julgue. Não fiquei julgando aquelas fotos de biquinho de pato no seu celular.

— Vou te dar um chute bem nas bolas.

— Desse jeito você não vai convencer a me encontrar com você tão cedo.

Soltando um suspiro frustrado, ela diz:

— Só me fale a que horas... hoje. Não na próxima terça.

Dou uma olhada no relógio na cabeceira e penso um pouco.

— Hoje à noite, às oito, no Marlo.

— Marlo, não sei...

Desligo e jogo o celular na cama, exausto.

— Você é um babaca — Rath fala, revirando os olhos.

Não consigo impedir a risada que sai de mim.

— Eu sei. Mas é esta a minha natureza.

Eu me levanto da cama, vou até o banheiro e dou uma olhada no espelho, checando meu olho outra vez. Parece ainda pior agora que estou acordado.

— Quantos olhos roxos você já teve? — Rath pergunta, recostando-se no batente da porta.

— Já perdi a conta.

Sutton: Não acredito que você acabou de desligar na minha cara.

Sutton: Não faço ideia de onde fica esse Marlo.

Sutton: Oi? Se você não vai atender minhas ligações, pelo menos responda minhas mensagens.

Sutton: Sério, vou chamar a polícia por furto de celular.

Sutton: Por que você é a pior pessoa do mundo?

Roark: Alguns de nós precisam trabalhar e não podem passar o dia todo tirando selfies.

Sutton: Eu não tiro tantas assim! Por que você desligou na minha cara?

Roark: Tive que mijar e não queria que você ouvisse.

Sutton: Você é tão vulgar.

Roark: Só porque eu disse mijar? Poderia dizer coisa pior.

Sutton: Me poupe. Só me fale onde é esse lugar do nosso encontro.

Roark: Se chama Google Maps.

Sutton: Já tentei e não consegui achar.

Roark: Você colocou Marlowhit?

Sutton: Como é? Não, você só disse Marlo.

Roark: Você é cansativa. Marlowhit é uma boate. Coloquei o seu nome na lista como garota do celular. É só falar para o segurança que você está com o celular do Roark, e ele vai te deixar entrar.

Sutton: Não dá para a gente se encontrar lá fora?

Roark: Dá, mas não quero. Vejo você às oito. Não se atrase.

Sutton: Você que não se atrase!

Sutton: Só mandando um lembrete que é para você me encontrar daqui a uma hora.

Sutton: Me responda para eu saber que você vai conseguir chegar lá às oito.

Sutton: Ainda está de pé às oito?

Sutton: Trinta minutos, por favor, me responda!

Roark: Aconteceu um imprevisto. Hoje não vai rolar.

Sutton: Como é? Você não pode estar falando sério. A troca vai levar uns dez segundos, qual é a causa do imprevisto?

Roark: Meu pau. Conheci uma garota. Hoje tem.

Sutton: Você não pode estar falando sério.

Roark: Sexo é muito mais importante.

Sutton: Atenda o celular.

Sutton: Vou ficar te ligando a noite toda.

Sutton: Você é tão... Aff, que babaca.

CAPÍTULO 3

Querido Terrance,

Terry. Posso chamar você de Terry? Que tal Tetudo? Gostou?

Eu não.

Vamos continuar tentando.

Vou ser sincero, porque é para isso que você serve, não é? Para ser sincero um com o outro? Bem, eu estava com toda a intenção de encontrar aquela garota ontem, de verdade, mas aí a Carmella apareceu com um olhar sedutor e a intenção de me fazer gozar quando ela se sentou no meu colo. Não tive chance.

Jamais iria negar uma oportunidade dessas para o meu pau, então aproveitei.

Estou me sentindo um pouco mal?

Pode ser que sim.

Mas não é como se a garota estivesse sem celular para entrar em contato com as pessoas em caso de emergência. Ela está com o meu. Aí um dia a mais não vai matá-la.

Foi o que pensei, até acordar com o peito da Carmella na mão e vinte mensagens assassinas da srta. Impaciente.

Não se preocupe, acalmei a minha alma aterrorizada com o peito da Carmella na boca.

Me sinto muito melhor.

Valeu, cara.

Roark

Sutton

— Odeio a vida. — Me jogo na cadeira, com a minha pequena mochila batendo no tampo da mesa.

— Ei, cuidado — Maddie diz, pegando seu café e afastando-o enquanto me examina. — Imagino que você não tenha conseguido o seu celular de volta.

— Não, ele cancelou nosso encontro de ontem à noite enquanto eu estava brigando com o segurança para me deixar entrar na boate.

— Como assim? — Ela beberica o café, olhando para mim.

— O idiota disse que me colocaria na lista para entrar, mas quando cheguei lá, o segurança disse que não havia ninguém na lista como "garota do celular" e que se eu estivesse tentando entrar de penetra, deveria ter sido mais criativa com o nome, porque ninguém acreditaria em mim desse jeito.

Maddie bufa e cobre a boca.

— Isso é um pouco engraçado.

— Mas não foi. — Bato com raiva na mesa. — Não foi engraçado, ainda mais quando as pessoas da fila atrás de mim começaram a me zoar enquanto eu fazia a caminhada da vergonha até a calçada. Acho que nunca conheci um cara tão idiota na minha vida.

— E Joseph Aphern? Lembra dele do nosso primeiro ano? Ele ficava roubando as suas canetas naquela aula de Literatura Inglesa.

— Esse cara é muito pior que o Joseph. É como se ele se divertisse com o fato de ficar com o meu celular. O que aconteceu com o Bom Samaritano? Estamos tão perdidos como sociedade que não podemos nem devolver o celular de uma mulher?

— Para ser sincera — Maddie inclina a cabeça —, ele até que está tentando devolver o seu celular, só que no ritmo dele.

— Exato, no ritmo dele. — Jogo o celular na mesa, com várias ligações não atendidas não retornadas e mensagens de mulheres aleatórias aparecendo com descrições em vez de nomes. — É tão grosseiro, e olha só para toda essa correspondência perdida. — Empurro o celular para Maddie, que o pega.

— Quem diz correspondência hoje em dia? — Maddie torce o nariz e então desbloqueia a tela inicial, absorvendo todas as notificações. — Minha nossa. Fico imaginando quem é a Morena com Pinta na Teta. Ah, e olha só para isto: Ruiva que Grita Alto.

— Há também a Ruiva de Tetas Grandes, Loira de Olhos Alucinantes e Olhos Verdes que Chupa pra Valer.

Maddie ri.

— A Olhos Verdes que Chupa pra Valer parece ótima.

— Todas elas estão rotuladas assim no celular dele. Não dá para ele perguntar o nome delas? Dá tanto trabalho fazer isso?

— Bem, depois de todo o trabalho que você tem tido com ele, vou supor que perguntar o nome delas pode ser muito difícil para ele.

Eu me debruço na mesa e solto um longo suspiro.

— Não suporto o cara e nem mesmo o conheço. Mas não se preocupe, ele disse que se eu precisasse de alguma coisa, poderia dar uma olhada nos nudes que tem no celular dele.

Os olhos de Maddie se arregalam enquanto ela se atrapalha com o celular.

— Ele tem nudes aqui? Ele tem um pênis grande? Ele dá a impressão de que tem.

— Não são nudes dele. — Apesar de que não posso ter certeza. — São nudes das garotas.

— O quê? Sério? — Maddie coloca o celular na mesa e abre o álbum de fotos.

— O que você está fazendo? — Tento tirar o celular dela, mas ela dá um tapinha na minha mão.

— Só estou checando... Ai, meu Deus, ele tem mesmo nudes aqui. — Ela ergue a cabeça e um brilho perverso surge em seu rosto. — Sabe o que você deveria fazer?

— Será que vou gostar disso?

— Acho que vai. Vamos mandar uma mensagem ameaçadora para o seu amigo. Vamos chamar a atenção dele de verdade.

Apoio o queixo na mão.

— Você acha mesmo que vamos chamar a atenção dele?

— Ah, vamos, sim.

Ela digita e então levanta o celular para que eu leia sua mensagem *já enviada*.

Sutton: [Nude da loira] Você tem duas opções: me encontre na Starbucks da 58th ao meio-dia de hoje, ou todas as suas fotos preciosas vão ser deletadas do seu celular.

Rio e olho para Maddie.

— Ah, essa foi boa. Acha que vai funcionar?

— Com certeza. — Ela se recosta na cadeira com o copo de café. — Ele vai comer na sua mão.

Sutton: Você viu a minha mensagem?

Sutton: Já são onze horas, uma hora para deletar cada nude do seu celular.

Sutton: Não pense que não vou fazer isso. Porque vou. Vou deletar tudo.

Sutton: Oii???

Roark: Meu Deus, mulher. Pode deletar. Tenho tudo salvo na nuvem. Mas se isso faz você se sentir vingativa, vá em frente e delete.

Sutton: Você é tão irritante! Por que não se encontra comigo logo?

Roark: Alguns de nós precisam trabalhar.

Sutton: Eu trabalho! E como é que você está trabalhando se estou com o seu celular?

Roark: Tenho um escritório. Minha vida não está toda em um dispositivo.

Sutton: Você tem um escritório? É difícil de acreditar. O que você faz? É cafetão das garotas do seu celular?

Roark: Estou sentindo ciúmes aí.

Sutton: Nos seus sonhos.

Roark: Que nada, não poderia me importar menos.

Sutton: Será que dá para você me falar quando a gente vai poder se encontrar?

Sutton: Oi?

— Acho que não há mais nenhum homem decente na cidade. — Faço carinho nas costas da minha gata Louise. — Porque se houvesse, eu não teria que lidar com o constante toque deste maldito celular e já teria o meu de volta. Ele está me fazendo perder a cabeça. De verdade, Louise. Gritei com um taxista hoje, e nunca faço uma coisa dessas, mas estou tão cheia que descontei a raiva no pobre do homem e disse que ele precisava limpar os bancos. Tudo bem, eles estavam bem sujos e precisavam de uma limpeza, mas eu não precisava ter envergonhado o motorista daquele jeito, chamando a atenção dele para a higiene durante a corrida.

Pressiono a mão na cabeça e solto um longo suspiro.

— Também fui grossa com a garota da Starbucks quando ela me perguntou qual era o meu nome para o pedido e então chamou Sully ao invés de Sutton. Arranquei o copo dela com tanta força que quase estourei a tampa por conta do aperto. No ápice da minha raiva, saí da lanchonete, ainda sem celular.

Enfio uma ervilha na boca.

— Quer saber? Acho que fui mal-educada com a bibliotecária hoje também. Quando perguntei onde ficavam os livros de Kendra Elliot, e ela não fazia ideia de quem eu estava falando, bufei e disse que ia encontrá-los sozinha. Isso foi mal-educado. Já sabia disso naquela hora, mas não pude evitar. Esse sujeito irlandês põe a minha sanidade em xeque.

Pego minha água e dou um gole.

— Ciúmes. Ele está louco? Como é que eu vou ter ciúmes das mulheres nuas no celular dele? Estou é afrontada por ele ser um mulherengo, e deve haver um milhão de doenças neste celular que tenho carregado nos últimos dias.

Louise esfrega a cabeça na minha mão.

— E será que o mataria ser um pouco mais educado? Ele deve saber como se diz "por favor" e "obrigado", considerando a quantidade de mulheres que surgem e somem da vida dele.

Eu me jogo na cama do meu pequeno apartamento e fico olhando para o teto branco esculpido com primor. Quando encontrei este apartamento em Park Slope, soube que seria meu por causa de toda a arquitetura antiga e a história de Nova York. Mesmo que toda a minha cozinha, meu quarto, sala de jantar e sala de estar fiquem dentro de pouquíssimos metros quadrados, ainda assim seria meu. E tem sido bom para mim e Louise. Duas garotas, morando no Brooklyn, em busca dos nossos sonhos com ervilhas e água numa sexta-feira à noite. Cuidado, mundo.

Quem estou querendo enganar? Esse cara não vai entrar em contato comigo na noite mais esperada da semana. Meia-noite de uma sexta-feira? Ele deve estar afundado até o joelho em bebida, com uma garota sentada em cada perna.

Bem isso.

Jogo outra ervilha na boca.

Deve estar usando uma camiseta de gola V. Todos os idiotas usam camisetas de gola V.

Estremeço.

Não foi um pensamento muito legal. Meu pai me educou bem.

Mas... ele deve estar mesmo usando uma gola V e exibindo seu peito másculo. É isso o que idiotas fazem: exibem o peitoral.

Tudo bem, esta é a última vez que o chamo assim.

Suspirando, recosto a cabeça em Louise, seu ronronar ficando mais alto.

— Sabe...

O celular vibra perto de mim e vejo meu número aparecer na tela. Ah, milagres acontecem mesmo. Talvez ele queira se encontrar. Isso me deixaria muito feliz.

Mas aí... dou uma olhada no meu macacão de gatinhos. Não estou vestida para uma troca de celulares, apesar de que, a esta altura, quem se importa? Só estou preocupada em pegar meu celular de volta e me livrar desse homem irritante.

Roark: O que você está vestindo?

Ele está falando sério mesmo?

Será que li direito?

Que audácia desse homem.

Uma raiva abundante inflama minhas veias, enviando um rubor furioso direto para as minhas bochechas enquanto respondo.

Sutton: Como se atreve a perguntar isso? Você não tem sido nada além de imbecil comigo, mantendo o meu celular de refém e fugindo de um encontro atrás do outro. Não dá para você agir como se fôssemos amigos agora, seu idiota presunçoso.

Aí está.

Isso deve dar conta do recado. Com um sorriso, baixo o celular, satisfeita com a resposta.

Até que ele responde.

Roark: Com essa resposta, você deve estar usando um macacão com estampa de gatinhos perseguindo novelos de lã.

Fico boquiaberta, e dou uma olhada para o meu pijama, imaginando como ele sabe...

Minhas malditas fotos.

Sutton: Pare de vasculhar o meu celular. Isso é grosseiro.

Roark: Só dando uma olhada, lass. Posso até ter mandado algumas para o meu amigo, por precaução.

*Sutton: Isso é uma grande invasão de privacidade e eu vou processar *Faz um punho* Vou processar você.*

Roark: Se você fosse boa em mandar mensagem, não iria precisar colocar asterisco para indicar os seus gestos. Você daria conta disso só usando as palavras.

Sutton: Você está mesmo me dando lições sobre como mandar mensagem? Acha mesmo que é uma boa ideia?

Roark: Tipo... posso te ligar se for mais conveniente. Vá fundo. Pode até fazer algumas anotações.

Sutton: Me devolva o meu celular!!!!!!!!!

Roark: Uma exclamação já teria sido suficiente, mas você saberia disso se me deixasse te ensinar a verdadeira arte de mandar mensagem.

Sutton: Eu te odeio.

Roark: Nossa, que afirmação mais forte.

Sutton: Estou falando sério.

Roark: Você sabe o que acontece quando joga palavras assim no universo, né?

Sutton: Ah, então agora você vai vir com filosofia para cima de mim?

Bufando, me afundo na cama e me esparramo. Louise pula na minha barriga e se acomoda, quando, na realidade, sei que ela só está procurando um lugar quentinho nesta noite fria de fevereiro. Amo muito o meu apartamento, mas é antigo, o que significa que há correntes de ar que entram pelas rachaduras e frestas das portas e janelas.

Roark: Quanta hostilidade. Talvez se você relaxasse um pouco, poderia aproveitar a vida.

Sutton: Aproveito muito bem a minha vida. Obrigada.

Roark: Ah, é? Quando foi a última vez que você fez sexo?

Pisco algumas vezes, relendo a pergunta sem parar. Bem... não é da conta dele. Mesmo que já faça bastante tempo.

Dois anos, eu acho. É... dois anos. Com o Kent, no meu último ano de faculdade, na mesma noite em que ele terminou comigo. Que cavalheiro. Depois de conseguir o que queria — e apenas isso —, veio cheio de desculpas, dizendo que ia se mudar do país e que não planejava manter um relacionamento a distância. Um mês depois, eu o vi trabalhando na Starbucks.

Voltando ao celular, sem saber por que ainda estou me envolvendo com esse homem — talvez seja porque estou preocupada que, caso não faça isso, ele jamais devolverá meu celular.

Sutton: Não vejo como isso é da sua conta.

Roark: E não é.

Bem, pelo menos ele é sincero — é um pouco reconfortante.

Roark: Mas ainda quero saber.

É claro.

Sutton: Estamos desviando do assunto. Quando vou poder pegar meu celular?

Os pontinhos que estavam pulando na tela, indicando que ele estava digitando a resposta, pararam.

E então há silêncio.

Por quê? Por que ele tem evitado isso? Não consigo entender. Será que ele gosta de atormentar mulheres? Será que é o passatempo favorito dele? O que será que quer com o meu celular?

— Posso muito bem perder a cabeça, Louise. E aí, o que aconteceria com você? Eu diria que você poderia ir morar com o meu pai no rancho dele, mas acho que ele não vai te tratar como a princesa que você é. Ele deixaria você para fora com os outros gatos, e você teria que se virar. — Coço a lateral da sua cabeça. — Você é bonita demais para ser um gato de fazenda.

Soltando um longo suspiro, me viro para a luz na mesa de cabeceira e a apago assim que o celular toca. Olho para o aparelho, vendo meu número.

É melhor que ele esteja ligando para marcar algo — e é melhor falar sério — ou posso acabar socando alguma coisa.

— Alô?

Ele suspira.

— Oi, lass.

Odeio admitir, não quero ter que admitir isso de *jeito nenhum*, mas seu sotaque irlandês... é sexy. Tudo bem, aí está, está aí para todo mundo ouvir. Não há como negar, ouvir sua voz pelo telefone mexe com alguma coisa em mim, aquecendo-me de uma maneira estranha que me dá arrepios na espinha.

Tudo por causa de uma palavra... *lass*. Moça.

— O que você quer?

Ele ri.

— Você parece meio tensa.

— Talvez porque você ainda está com o meu celular.

— É só sobre isso que você quer conversar?

Coloco o braço sobre os olhos, contando até cinco. O que meu pai sempre me fala? Dá para capturar mais abelhas com mel, ou algo assim. Pode ser que eu esteja lidando do jeito errado com isso. Parece que esse cara é do tipo que consegue o que quer quando se trata de mulheres, então talvez eu só precise flertar um pouquinho para conseguir meu celular de volta.

O único problema é que... não sei como flertar.

Mesmo quando estava namorando Kent, ele disse que eu era péssima nisso. Mas a questão é que farei de tudo, e se isso significa flertar, então que seja.

— Acho que não. — Engulo em seco, me odiando. — Sobre o que quer conversar, grandão? — pergunto no tom que gostaria de acreditar que é minha voz mais sedutora.

E ao invés de resposta, há silêncio, e não do tipo bom de silêncio. Eu o assustei, sei disso. Droga, eu me assustei. *Grandão*? De onde veio isso?

Culpo a Maddie.

Ai, Deus. Se Maddie tivesse escutado o que acabei de dizer, teria se engasgado com a própria saliva de tanto rir.

— Você acabou mesmo de me chamar de grandão?

Estremeço. Pode me matar agora. Me dê o golpe de misericórdia. *Quem sabe Louise não pudesse se mexer e me sufocar?*

— Pelas fotos e as mensagens que trocamos de vez em quando, você não parece ser do tipo que se droga... Você está drogada?

— Não — gemo. — Deixa pra lá. Só estava tentando ser legal para conseguir meu celular de volta. E já que você parece ser um cara que se dá bem com as mulheres, pensei que talvez quisesse ser chamado assim. Mas foi idiota. Esqueça que eu disse isso.

Ele ri, e o som grave espalha arrepios pelo meu braço.

— Se quer me chamar de grandão, sinta-se à vontade.

— Não, não quero mesmo.

— Tudo bem. Posso arrumar um apelido para você?

— Não — falo às pressas, minha boa conduta começando a vacilar. — Acho que a gente não se conhece bem o suficiente para colocar apelido um no outro.

— Ai, essa doeu. E eu achando que a gente estava formando um vínculo.

— Foi mal.

— Não vamos ser amigos depois disso?

— Quando *isso* terminar, e tomara que seja amanhã, acho que não. Parece que temos formas diferentes de ver a vida...

— Como assim? — ele pergunta, com um desafio na voz.

Ele não pode ser tão idiota. Pelas minhas fotos, ele já deveria saber que eu sou boazinha. Faço tudo dentro da lei, e mesmo que tenha tirado várias selfies, elas são sempre fofas, nunca sensuais, porque não sou esse tipo de garota. Nunca serei.

— Não quero te ofender, mas acho que a gente só deveria marcar um encontro para amanhã.

— Meu dia vai ser lotado de reuniões — ele responde, conciso, como se eu o tivesse ofendido. *Mesmo em um sábado?*

— Me fale onde posso encontrar você que eu vou até lá.

— Não — ele diz com naturalidade. — Meus clientes são confidenciais, então a privacidade deles é importante. Não dá para você invadir uma das reuniões.

Confidenciais? O que ele faz? Quero perguntar, mas decido que é melhor não. Quanto menos saber sobre esse cara, melhor, porque já estou atraída por sua voz. Quero manter minha opinião sobre sua personalidade como a mais irritante de todas. Descobrir que ele salva animais em extinção e que seus clientes são pessoas como Leonardo DiCaprio e Ellen DeGeneres seria prejudicial.

Um protetor dos animais com essa voz e aqueles olhos — quer dizer, não, não aqueles olhos, não ligo para os olhos dele — não seria bom. Nada disso seria bom.

— Não posso prometer nada, te mando mensagem amanhã. Boa noite, *lass*.

— Espera, não...

Ele desligou.

Aff, que filho da mãe.

Por que me dei ao trabalho de flertar? *"Não posso prometer nada."* Roark, seja lá qual é o seu sobrenome, é um idiota egoísta, e este joguinho acabou. Já deveria ter bloqueado o celular quando ele me deu bolo pela primeira vez. Não conheço esse cara. Bem, não gosto da parte que conheço. Amanhã vou voltar à loja em que comprei o celular, cancelar o serviço e pedir um número novo. É isso. O sr. Sexy vai ficar fora da minha vida para sempre, e a minha vida vai continuar. Talvez eu simplesmente jogue o celular dele no lixo por toda a droga pela qual ele tem me feito passar. Rá. Quero ver superar essa, irlandês.

CAPÍTULO 4

Querido Grandão,

Pode ser que não caia bem na boca da Sutton, mas devo admitir, cai muito bem na minha. Apesar de que não quero que o meu diário fique cheio de ideias tortas, então vou continuar procurando um nome.

Por que estou torturando essa garota, é o que você quer saber?

Eu não chamaria isso de tortura, estou meio que divertindo-a. Pelas fotos do celular, parece que ela precisa de um pouco de emoção na vida, e por que não deveria ser eu a dar isso a ela, pelo menos um pouquinho?

Se a minha terapeuta soubesse disso, provavelmente teria opiniões bem fortes sobre o assunto, algo como ser um babaca a vida toda não vai me levar a lugar nenhum — tenho certeza de que ela diria isso de um jeito muito mais sofisticado, mas deu para entender.

E pode ser que eu esteja tentando encontrar prazer além de ter mulheres abrindo as pernas para mim. Pode ser que eu goste das provocações e pode ser que eu goste de ouvir a voz doce dela pelo telefone. Não há nada de errado nisso. Ela vai ter o celular de volta... quando eu estiver pronto para devolver.

Roark

Sutton

— O que você achou do seu novo escritório? — Whitney pergunta, parada à porta, segurando seu habitual copo vermelho de café.

Com as mãos na mesa e um largo sorriso no rosto, digo:

— Amei demais.

Whitney examina o espaço e balança a cabeça.

— Você está no que costumava ser o armário do zelador.

— Eu sei. — Rio, enquanto os produtos de limpeza com cheiro de limão fazem meu nariz arder. — Mas já é melhor do que nada.

— Vamos colocar você em um novo espaço em breve. Isso aqui é temporário, até que a obra termine.

— Está ótimo, sério. Obrigada. A planta acrescenta mais vida ao espaço.

Whitney ri.

— Você quer dizer a planta falsa acabada que Millie encontrou na escada do vigésimo andar?

— Foi de lá que veio? — Encaro as folhas esburacadas e os galhos curvados-mas-não-quebrados. — Bem, foi um ótimo achado.

— Sempre com pensamento positivo, é por isso que amamos você. — E eu acredito nela. Eles poderiam ter me favorecido, me dado um ótimo escritório em vez do armário do zelador, ou poderiam ter arrumado uma planta que não tivesse sido arrastada por um trator durante a época de plantio, mas não fizeram isso. Eles me tratam como uma funcionária comum, e não como a filha do chefe, e agradeço por isso mais do que tudo. — Quando você já tiver se acomodado, eu adoraria dar uma repassada nos seus projetos.

— Já me acomodei — respondo com entusiasmo ao me levantar. É o meu primeiro dia, e pode ser que eu esteja exagerando um pouco no entusiasmo, mas não consigo evitar. Trabalhei duro para conseguir este cargo, e mal posso esperar para começar a trabalhar na fundação que meu pai criou.

Rindo, Whitney me dá um rápido aceno.

— Tudo bem, mas vamos para o meu escritório para que a gente possa ter mais espaço.

— Boa ideia. — Pego meu caderno e minha caneta e levo o celular. Porque, quem sabe ele não decide me devolver? Sigo Whitney até seu escritório. *Pode ser que quando conseguir configurar o celular no horário do almoço, eu jogue o dele no lixo.*

De um branco cintilante com detalhes em azul-bebê, o escritório dela é lindo, com janelas de parede a parede, fotos dos vários meninos e meninas que já ajudamos e flores frescas em vasos espalhados pelo espaço. Sei que Whitney ama flores frescas.

— Sente-se. — Ela aponta para a cadeira branca de frente para sua mesa. Pega algumas pastas e as desliza para mim. — Tenho dois projetos para você. Um é imediato e o outro começará na temporada, em setembro.

— Ah, claro. — Pego as pastas e dou uma folheada enquanto Whitney continua:

— Como você sabe, a temporada de despedida do seu pai com o Steel será neste outono, o que significa que temos muito planejamento para fazer. Como uma nova tradição, as equipes da liga dão presentes de despedida aos jogadores que tiveram grande destaque. Vou colocar você no comando da comunicação com cada equipe e para garantir a doação delas para a Gaining Goals. Seu pai deixou bem claro que não quer nenhuma lembrança, apenas as doações para a sua caridade.

— Sim, faz sentido. Posso cuidar da organização disso.

— E, é claro, a tarefa imediata é o acampamento da Gaining Goals no rancho. Já escolhemos as crianças. Seis meninas e seis meninos. É claro que você já está habituada com o campo e os espaços, já que cresceu lá, então imaginei que gostaria de ir para o acampamento este ano.

— Sério? — pergunto, um pouco chocada.

Whitney sempre fica no comando. Desde que meu pai criou o acampamento infantil para que crianças possam aperfeiçoar suas habilidades enquanto estabelecem metas de vida saudáveis, Whitney tem estado no comando, organizando com competência o acampamento sem nenhuma imperfeição. Já estive em muitos acampamentos e já a vi criar uma atmosfera positiva com tanta facilidade que não sei se é algo que eu seja capaz de reproduzir, mas vou dar o meu melhor.

Na verdade, me sinto honrada por ela achar que estou pronta para fazer parte de um projeto tão grande, e só o que quero fazer é pular e agradecê-la, mas Whitney é toda negócios, então apenas escuto com atenção.

— Sim, acho que você vai ser ótima para o projeto, e isso vai me deixar livre para trabalhar em outros planos que o seu pai tem em andamento.

— Que emocionante. Coisas de aposentadoria?

Whitney abre um sorriso gentil.

— Isso, você o conhece, a mente dele está sempre trabalhando em uma nova ideia grandiosa.

— Costumava levar minha mãe à loucura — respondo com um sorriso triste. No próximo outono será o aniversário de vinte anos de sua morte. Ela faleceu cedo demais, me deixando sem mãe aos quatro anos. Engravidou bem cedo, aos dezesseis anos. Eu meio que fui uma surpresa, mas eles nunca me culparam de nada. Aceitaram o desafio, tiveram ajuda da família e me criaram, enquanto meu pai estava em busca de seus sonhos. Vovó e vovô foram uma parte importante da minha criação, mas papai também foi presente, ele sempre esteve presente, ainda mais quando minha mãe faleceu aos vinte anos. — Pelo menos, é o que o meu pai conta.

— Claro — Whitney diz e pigarreia. — Tudo de que você precisa saber está nessas pastas e no servidor, com o qual já está habituada. Alguma pergunta?

Balanço a cabeça.

— Não. Acho que está tudo certo. Já ajudei nos dois últimos acampamentos, então não devo ter problemas.

— Perfeito, e não se esqueça de sincronizar o calendário do seu celular.

— Claro, pode deixar. — Sorrio, mesmo que eu esteja morrendo aos poucos. Preciso pegar meu celular de volta.

Hoje mesmo.

Assim que estou prestes a sair, Whitney chama:

— E bem-vinda à equipe, Sutton. Estamos felizes em ter você a bordo.

Sorrio por sobre o ombro.

— Também estou feliz em estar aqui.

E com isso, fecho a porta ao passar e vou correndo para o armário do zelador. Está na hora de acabar com isso. Ele vai ter só mais uma chance de fazer a coisa certa... pelo menos, é o que tento me convencer.

Sutton: Onde você está? Quer pegar alguma coisa para comer?

Roark: Já está me chamando para sair? Pensei que fosse levar mais tempo. Acho que te considerei meio tímida demais.

Sutton: Ah, sim, é isso mesmo o que estou fazendo. Por favor, saia comigo. Quero tanto sair com você.

Roark: Isso está parecendo muito com sarcasmo, sabia?

Sutton: Como você sabe? Não usei nenhum asterisco para enfatizar minhas ações.

Roark: Não há necessidade.

Sutton: Só almoce comigo.

Roark: Não sei, não. Você parece meio agressiva, um pouco maluca. Acho que não estou a fim.

Sutton: Por acaso você quer me fazer chorar? É isso que está tentando fazer? Porque eu vou chorar. Aqui e agora, vou chorar.

Roark: Ainda bem que não consigo te ver.

Sutton: Vou encher o seu celular de fotos das minhas lágrimas.

Roark: Não é de se surpreender, já que você é a rainha da selfie.

Sutton: Vou te chutar bem nas bolas.

Roark: Ah, é? Até que gosto de uma brincadeira.

Sutton: Você sempre tem réplica para tudo?

Roark: Depende do meu humor.

Sutton: Você quer se encontrar comigo?

Roark: Que nada, tenho reuniões o dia todo. Foi mal, lass. Boa sorte amanhã.

Sutton: Por que você quer ficar com o meu celular? Isso é tão ridículo.

— Vou matá-lo, Maddie.

— Isso de novo? — ela geme ao telefone. — Quando você vai parar de falar sobre essa história do celular?

— Quando ele devolver meu celular.

— Me deixe adivinhar, ele não está a fim de fazer a troca hoje.

— Não. — Me recosto na cadeira. — Disse que vai ter reuniões o dia todo. — Rolo pelo meu e-mail e clico no calendário, passando pelas minhas reuniões.

— Como alguém que soca outra pessoa por causa de ketchup tem tantas reuniões assim? Ele não parece um homem de negócios.

Clico no mês, rolando até o fim.

— Não faço ideia. Ele não pa... — Faço uma pausa, com uma lâmpada gigante se acendendo na minha cabeça. — Ai, meu Deus, Maddie.

— O que foi?

Vou ao aplicativo de calendário do celular. E então encontro a minha salvação.

Bingo.

— Estou com toda a agenda *dele* no celular. — Percorro os compromissos de hoje. — Ele tem uma reunião durante o almoço com um FG no Mirabelle's, na Sétima Avenida. É daqui a trinta minutos. — Um largo sorriso se espalha pelo meu rosto.

— E aí, o que você está esperando? Vai logo.

Eu não deveria estar nervosa. Deveria estar furiosa, andando a passos raivosos, deixando o mundo saber que hoje vou agir e fazer as coisas acontecerem.

Mas, em vez disso, estou parada do lado de fora do restaurante, me contraindo de nervosismo, imaginando se consigo simplesmente passar por estas portas, interromper a reunião do cara e exigir meu celular de volta.

Estou dez minutos adiantada, então meio que não vou interromper a reunião, serei apenas uma introdução a ela, então não será tão ruim. Mas, mesmo assim, isso me deixa nervosa.

O que me faz odiar ainda mais essa situação toda é saber o quanto do meu educado charme sulista me forçou a deixar de ser implacável. Não sei se há alguma veia implacável no meu corpo, e é exatamente por isso que estou tendo dificuldade em entrar no restaurante.

Uma brisa fria faz minha jaqueta esvoaçar, enviando um calafrio direto para os meus ossos. Tudo bem, não me vesti para ficar parada aqui o dia todo. Criando coragem, consigo entrar, agradecendo ao calor enquanto olho ao redor, tentando localizar o irlandês irritante.

— Sutton Grace, o que você está fazendo aqui?

Só há uma pessoa em todo o planeta que me chama assim. É a única voz que consegue acalmar os meus nervos à flor da pele.

Me viro para encontrar meu pai, parado e abotoando seu paletó. Seu físico alto e largo faz a entrada do restaurante parecer pequena, e suas mãos enormes que já agarraram muitas bolas de futebol americano se estendem para as minhas.

— Pai, ai, meu Deus. — Vou para os seus braços, deliciando-me com seu abraço.

— Tentei te ligar algumas vezes para dizer que estava na cidade. Você está assim tão ocupada com o novo emprego que não tem tempo nem para o seu velho?

E é exatamente por isso que preciso do meu celular.

— Não, outra pessoa está com o meu celular. Foi trocado por acidente e estou aqui para pegá-lo de volta.

— Essa pessoa é, você sabe... alguém especial? — Meu pai mexe as sobrancelhas, e eu retribuo com um grande revirar de olhos.

— Não, pai, ele não é...

— Ah, então é um cara — meu pai fala arrastado, balançando meus ombros. — Ele chamou a sua atenção?

Sim, mas jamais admitiria isso. Para ninguém.

— Nem um pouquinho.

— Não sei, não. Acho que posso contestar isso, *lass.*

Ao me virar, vejo Roark parado atrás de mim, usando uma jaqueta preta e grossa, com o cabelo enfiado por baixo do gorro e uma mancha roxa desbotada sob o olho.

Droga, por que sinto atração por ele?

— Roark, é bom ver você, cara. — Meu pai dá um passo à frente, estendendo a mão.

Como é?

Como se o tempo tivesse congelado, observo Roark e meu pai trocarem um aperto de mãos que acaba em um abraço, seguido de algumas provocações. Minha mente voa para a agenda, as iniciais me acertando em cheio na barriga.

FG.

Foster Green.

Meu bom Deus, meu pai tem uma reunião com o cara que manteve meu celular refém pelos últimos dias.

— O que aconteceu com o seu olho? Você não acabou em outra briga, né? — meu pai pergunta, com a mão no quadril e uma expressão preocupada.

Como se eu não estivesse parada ali, Roark responde:

— Fiquei tonto pra cacete uma noite e acabei batendo na parede. A maldita quase arrancou minha cabeça.

Jogando a cabeça para trás, meu pai ri e dá um tapinha nas costas de Roark.

— Essa sua velha língua irlandesa te pegou em cheio, não foi?

— Não foi isso o que aconteceu — interrompo, surpresa comigo mesma.

Os dois homens se viram para mim, e meu pai ergue uma sobrancelha enquanto Roark faz uma expressão de diversão.

— Ah, é? Tem uma versão diferente da história aí, *lass*? — Roark cruza os braços sobre o peito.

— Hã, sim. Uma versão bem diferente, além da parte bêbada.

— Espere aí... — Meu pai gesticula para nós dois. — Vocês se conhecem?

— Infelizmente — murmuro. — Ele é o cara que roubou o meu celular.

— Roubar é uma palavra muito forte. Peguei sem querer, e nem fui eu que peguei, foi o meu amigo.

— Ah, verdade. — Assinto. — É porque você estava ocupado demais esmurrando o rosto de um cara por causa de ketchup.

Grunhindo, meu pai se vira para Roark.

— Esmurrando?

Roark se mexe, pouco à vontade, e não consigo evitar de ficar me perguntando como meu pai o conhece. Será que Roark foi alguém que ele ajudou ao longo dos anos? Um dos casos de caridade? Meu pai ajudou vários homens ao longo dos anos, orientando-os e ajudando-os a sair de condições sombrias. Roark parece o tipo de cara que precisou de ajuda para sair de algo assim.

— Pode ser que eu tenha entrado numa briga.

Virando-se para mim, meu pai diz:

— Pode nos dar uma licencinha, por favor?

Sem jeito, eu me encolho e me movo na direção de Roark. Eu sei muito bem como é receber um dos sermões do meu pai.

— Só vou pegar o meu celular e ir embora.

Estendo o braço, mas Roark não se mexe. Em vez disso, ele mantém os olhos no meu pai.

— Seja lá o que você tenha a dizer, pode falar na frente dela. Não a conheço mesmo e nem vou vê-la de novo.

Agora com a testa franzida, meu pai me puxa pelo ombro.

— Roark, esta é minha filha, Sutton Grace Green.

— Sua filha? — Roark parece chocado, mas só por um segundo, e então a fachada descontraída recai sobre seus olhos verdes e irlandeses. — Que merda de coincidência.

— Pois é. — Mexo os dedos, com a mão esticada para ele. — Vou pegar o meu celular e ir embora, aí vocês dois vão poder voltar para a sua mentoria.

Balançando nos calcanhares, Roark sorri para mim, com um brilho diabólico nos olhos.

— Mentoria? Acho que você está enganada, *lass*. Seu pai não é o meu mentor, ele é meu cliente.

— Cliente? — Olho para o meu pai. — Para que você contrataria esse cara? Aulas de bartender? Ai, meu Deus, por favor, não me diga que ele será o seu parceiro de festas.

— Como é? Não. — Ofendido, meu pai diz: — Por que você pensaria uma coisa dessas?

— Sei lá. Tipo, já faz um tempo que você não sai com ninguém, achei que precisaria de alguma ajuda agora, já que está na sua última temporada.

Ele brinca com as abotoaduras da camisa social e fala:

— Pode acreditar, não preciso de ajuda para namorar. — Isso é mais informação do que preciso saber. — Roark é o meu agente.

— Como é? — grito.

Não é possível que Roark seja agente do meu pai. O cara é um irresponsável, um desastre total e... é jovem. Agentes não deveriam ser velhos, com uma cabeça careca de tanto passar a mão pelo cabelo por tantos anos?

Balanço a cabeça.

— Pare de zoar com a minha cara. Ele não é seu agente.

Dando um passo à frente, Roark estende a mão para mim.

— Roark McCool, melhor agente de Nova York.

Afasto sua mão e me viro para o meu pai.

— Ele é uma piada. Não consigo acreditar que você o contratou. Ele entrou numa briga por causa de ketchup, pai. Como isso pode ser considerado profissional?

— Nunca disse que ele tem o melhor nível de profissionalismo, mas ele já fez mais por mim nos últimos dois anos do que qualquer outro agente.

Aff, quando penso em todos os patrocínios e grandes contratos assinados por meu pai nos últimos dois anos, ainda mais aos quarenta anos, dá para saber do que ele está falando... Roark é mesmo o agente dele?

— Você não pode estar falando sério, pai.

— Apesar de estar adorando essa conversa sobre a sua falta de confiança em mim, tenho uma reunião com o seu pai. — Roark gesticula para a hostess, mas eu o interrompo antes que ele possa se mover.

— Só me entregue o meu celular e eu vou embora.

Ele dá de ombros.

— Não estou com ele.

— O quê? Está, sim. — Sem pensar, enfio as mãos nos bolsos da sua jaqueta. — Tem que estar aqui em algum lugar.

Abro sua jaqueta em busca de um bolso interno. Quando não encontro nada, vou para os bolsos da calça, mas uma mão aperta meu ombro e me afasta.

— Sutton Grace, pare de ficar apalpando um homem na frente do seu pai.

— Não precisa impedi-la. — Um sorriso gigante se espalha pelo rosto de Roark. — Eu estava curtindo.

Ignorando os dois, aponto para a calça dele.

— Esvazie os bolsos.

Com os olhos fixos em mim, ele puxa os bolsos para fora, revelando... nada.

— Filho da mãe! — Jogo as mãos para o ar. — Por que raios você não está com o meu celular?

— Não precisava dele para a reunião com o seu pai. Deixei na minha casa.

Puxo meu cabelo, com a frustração me dominando.

— Pois eu preciso.

— Quer saber? Isso é perfeito, na verdade — meu pai diz —, porque queria que vocês dois se conhecessem de alguma forma. — Ele lança um olhar sério para Roark e aponta para ele. — Vamos ter aquela conversa mais tarde, em particular. Mas agora, que tal a gente se sentar para comer? Estou morrendo de fome e quero conversar com vocês dois.

— O quê? Por quê? — reajo, mas minhas perguntas ficam sem respostas enquanto meu pai me guia com a mão nas minhas costas.

Sobre o que será que meu pai quer conversar com Roark *e* comigo? Não temos nada em comum.

E por que Roark sorri com malícia sempre que fazemos contato visual?

E por que ele parece ter sido abençoado por todos os feromônios que Deus tem engarrafado?

CAPÍTULO 5

Querido Gary,

Sabe qual música não sai da minha cabeça quando ouço o nome Gary? Aquela idiota que Ron Howard como um garotinho de língua presa em O Vendedor de Ilusões. Gary Indiana, Gary Indiana, Gary Indiana, meu doce lar. Maldito moleque Ron Howard.

Gary não vai dar, porque não dá para ficar repetindo a porra de uma música na minha cabeça. Foi mal, cara.

Tenho uma reunião com Foster Green hoje e, para ser sincero, vou ter que contar uma mentira deslavada sobre o meu olho, porque sei que ele vai ficar possesso se descobrir que acabei em outra briga. E mesmo que ele seja meu cliente, eu admiro o cara. É por isso que trabalho duro pelo seu saco velho e enrugado.

Já estou com algumas opções para explicar sobre o olho roxo. O que acha que devo dizer?

Estava andando e digitando uma mensagem quando bati em um poste?

É, não cola.

Uma senhorinha me bateu no rosto com a bolsa, porque achou que eu a estava roubando quando, na verdade, estava ajudando-a a atravessar a rua?

Pois é, impossível de acreditar.

Então vou com a velha clássica de ter enchido a cara e batido em uma parede.

Sempre a melhor. Mais uma vez, você foi um sobrevivente.

Valeu, Gar.

Roark

Roark

Porra, preciso de outra bebida.

Preciso muito mesmo.

Isto aqui está ficando complicado.

Se eu soubesse que a garota do celular é filha de Foster Green, jamais teria falado para ela sobre os nudes no meu celular.

Eu ainda teria enchido o saco dela, claro — porque este é o tipo de babaca que sou —, mas falar sobre os nudes teria sido um pouco demais.

E quais são as chances, porra?

E como é que ela é linda pra caralho? É mais bonita pessoalmente com seu cabelo loiro-platinado e grandes olhos azuis, com um rostinho todo inocente, mas com toda uma ira reprimida.

E seus peitos... Foster precisa falar para ela esconder essas coisas. Sua camisa tem um decote grande demais. Meus olhos não param de ser atraídos como ímãs para seus mamilos, tentando ver através do tecido da blusa.

Este breve almoço é constrangedor por muitas razões, e uma das grandes está pressionando contra o zíper da minha calça jeans.

Se soubesse que ficaria tão atraído por essa garota, eu poderia ter devolvido o celular um pouco antes e então a chamado para sair... para tomar uma. Não sou de encontros.

— Se tiverem alguma pergunta sobre o cardápio especial, é só me avisar — a garçonete diz, lançando-me um olhar sedutor antes de se afastar com um balanço a mais nos quadris.

Boa.

Hã, que cardápio especial? Entre os peitos da Sutton e o olhar faminto da garçonete, fiquei perdido quanto ao que aconteceu nos últimos minutos.

— A salada do chef parece boa, não acham? — Foster pergunta. — Mas alface... não sei, não.

Sutton se debruça, com um sorriso puxando o canto dos seus lábios. Sexy.

— Mas, papai, são alfaces de altíssima qualidade.

— Com nenhum valor nutricional. Poderia muito bem comer o hambúrguer de guacamole e anéis de cebola.

— Não chega nem perto. — Sutton lança um olhar para o pai.

Ele dá um tapinha na própria barriga e diz:

— Ainda não estamos na temporada, Sutton Grace, o que significa que o seu pai pode comer o que quiser.

Olha só que fofo. Pai e filha em uma conversa divertida. Não é nem um pouco nauseante.

E o babaca em mim está tentado a fazer um comentário sarcástico sobre querer vomitar depois dessa pequena demonstração de laços familiares, mas me seguro, porque Foster Green é um dos meus maiores clientes, e quero mantê-lo, ainda mais por conta dos patrocínios que tenho conseguido para ele ultimamente.

Em vez disso, me recosto na cadeira, levo o copo aos lábios e dou um longo gole, deixando o líquido âmbar descer pela minha garganta, cobrindo-me de dormência.

— O que vai pedir, Roark? — Foster pergunta, olhando para mim sobre o cardápio.

Ergo o copo em sua direção e dou uma rápida sacudida.

— Vou beber hoje no almoço.

Um som de desaprovação vem de sua filha, que eu ignoro e tomo outro — *longo* — gole da minha bebida. Quando abaixo o copo vazio, ela zomba de mim, deixando claro que não concorda com a minha ideia de almoço.

— Você tem algum problema com o meu almoço, Sutton? — indago, e seu nome sai da minha língua com facilidade.

Com o queixo erguido e os olhos ainda fixos no cardápio, ela diz:

— Problema nenhum. Só não acho isso muito profissional, mas imagino que você já abriu mão de ser profissional, não é?

— Acho que o seu pai ficaria preocupado se eu não bebesse em uma das nossas reuniões.

Nós dois olhamos para ele, e como o homem inteligente que é, ergue o cardápio, evitando o contato visual com a gente. Fazendo a egípcia. Foster Green sempre foi um dos meus clientes mais espertos.

— Talvez você devesse tentar uma reunião sem isso — Sutton sugere. — Coma um pouco de fibra.

— Fibra? Enquanto eles só servem alface hoje em dia? Pode ir à merda com isso. — Pego o cardápio e vejo a primeira coisa na seção de massas. Coloco-o de volta na mesa. — Vou querer o mac and cheese. Satisfeita?

— Eu não poderia me importar menos. A escolha é sua.

— Não poderia se importar menos? — Rio. — Você acabou de me dar um sermão sobre não beber durante o almoço. Só vou pedir mac and cheese para você parar de me julgar com esse seu sorrisinho de escárnio.

Ela cobre a boca.

— Não há nenhum sorrisinho nos meus lábios.

Foster se inclina para o lado e fala baixinho, mas não baixo o suficiente.

— Havia um sorrisinho nos seus lábios.

— Pai!

— Que foi? — Ele ri. — Havia, sim — responde, dando de ombros, e então coloca o cardápio na mesa. — Além disso, vocês dois vão ter que começar a se dar bem se quiserem trabalhar juntos.

Isso me faz endireitar as costas.

— Trabalhar juntos?

— Como é? — Sutton quase grita, com os olhos arregalados.

O sentimento é mútuo, docinho.

Abaixando as mãos para controlar a nossa explosão, ele diz:

— Vamos fazer nossos pedidos e aí a gente conversa sobre negócios. —

Virando-se para mim, ele aponta para o meu copo e continua: — Essa é a sua última bebida nesta reunião. Coma alguma coisa, cara.

Com um sorriso puxando seus lábios e os ombros levantados, Sutton volta a pegar com orgulho o cardápio e o examina, agindo como se tivesse levado a melhor.

Vai precisar de muito mais do que isso para levar a melhor, *lass*.

E é por isso que não como comida, ou comida pesada, nesse caso.

Mac and cheese foi uma péssima ideia. Me sinto como se tivesse engolido um tijolo de queijo. Está girando no meu estômago junto com o uísque da pior maneira possível.

Estou inchado.

Quero desmaiar nesta mesa, com a testa sobre o prato pela metade.

E os arrotos. Jesus. Não são nada lisonjeiros, o que parecem arrotos de cerveja que tive que discretamente esconder, porque Deus me livre de soltar um com a srta. Bons Modos sentada bem na minha frente. Ela pode acabar murchando na cadeira.

— Parece que você está prestes a tirar uma soneca.

Dou uma olhada no relógio todo preto da Gucci no meu pulso, fazendo uma exibição dele, e digo:

— Bem, estamos quase na hora da soneca.

Foster ri, mas Sutton não parece nem um pouco entretida.

— Não quero ocupar você por muito mais tempo, então vou direto ao ponto. Pedi esta reunião não só para ficar em dia com você, Roark, mas também para discutir as horas que vai precisar fazer.

— Horas? — Sutton pergunta.

— Horas de serviço comunitário — Foster esclarece e então se vira para mim. — Você se importa de eu dividir com a minha filha?

— Minha vida é um livro aberto. — Aceno para ele.

E é mesmo. Não poderia me importar menos com o que as pessoas sabem sobre mim. Quanto mais sabem, melhor, na verdade, porque aí talvez elas vão pegar a dica de que não estou à procura de nenhuma conexão nova na vida e que estou perfeitamente bem com apenas meus dois melhores amigos.

Quer saber sobre a minha infância? Foi simples, chata. Cresci na Irlanda, tive um pai que não dava a mínima para mim, e uma rigorosa mãe católica irlandesa que costumava me arrebentar com colheres de madeira, mais vezes do que posso contar.

Ah, faculdade... eu até contaria sobre isso se me lembrasse. O que sei é que fui membro de uma fraternidade. Fiquei bêbado todos os dias, vomitei nas lixeiras pelo campus várias vezes — eu fui *esse tipo* de cara — e as minhas habilidades sociais eram tão boas que consegui resolver a carreira de alguns dos meus amigos atletas assim que saí da faculdade.

E não sou tão egocêntrico quando quero fazer negócios, então consigo alguns dos melhores patrocínios e contratos na área esportiva. E festejo todas as noites para fugir do resto do mundo.

Para esquecer.

É uma vida simples, com a qual estou feliz.

Pois é, posso até entrar em algumas brigas e já poderia ter ido para a cadeia, mas só porque o imbecil com cabelo lambido e mamilos pontudos que acertei no queixo era um grande covardão para tentar me socar de volta. Ele chamou a polícia e me denunciou.

Sei que não vai ser a última vez que isso vai acontecer.

Pigarreando, Foster se vira para Sutton.:

— Roark acabou em uma briga de bar recentemente e em vez de ir para a cadeia — os olhos de Sutton se arregalam —, está em liberdade condicional, tem que cumprir várias horas de serviço comunitário e precisa ir às sessões de terapia para tratar a raiva que sente.

Ela bufa.

— E como você tem se saído?

Arranco um fiapo da minha calça jeans preta.

— A terapeuta e eu ainda estamos nos familiarizando.

— E já que ele está indo às sessões de terapia e cumprindo isso...

— Não parece estar funcionando, já que é óbvio que ainda se descontrola pelas coisas mais idiotas — Sutton diz. — Ele entrou em uma briga por causa de ketchup, pai.

— O babaca estava fazendo tempestade em copo d'água e precisava de uma lição.

— Você quase me arrastou para a sua idiotice.

— É disso que se trata? — pergunto. — Você ficou com medo?

— Sim, fiquei com medo. Fiquei assustada. Como você poderia saber que o cara não tinha uma faca ou uma arma?

Dou de ombros.

— Dá para saber.

Sutton joga as mãos para o alto.

— Não acredito que esse cara é o seu agente. De todas as pessoas, você escolheu o mais malcomportado, menos profissional e mais curto e grosso do planeta.

— Do planeta? — Ergo uma sobrancelha. — Agora, sim, este é um título e tanto. — Finjo estar escrevendo na minha mão. — Vou anotar para o meu currículo.

— Já chega. — Foster esfrega a testa. — Meu Deus, é como se eu estivesse com duas crianças.

— Sim, exato! — Sutton aponta. — Que bom que está finalmente percebendo isso. Esse homem é uma criança.

Eu me inclino e aceno para ela.

— Ele disse *crianças*, plural, significa que você também está agindo com petulância.

— Está mesmo, Sutton Grace — Foster concorda. — E está me fazendo pensar se está pronta para trabalhar na fundação.

— Como é? — ela pergunta, com o pânico queimando em seus olhos. — Eu ralei muito e consegui o mestrado, mesmo que não seja um requisito para o meu cargo, pai. Bem diferente dele. — Ela aponta na minha direção, e apesar de eu conseguir me manter calmo na maioria das vezes, tudo o que é necessário é que alguém acione o meu interruptor, e aí eu vou com tudo.

E ela está mexendo no meu interruptor.

— Como pode dizer que não ralei para chegar onde estou? — rebato.

Ela cruza os braços.

— Qual é. Você chegou a fazer faculdade?

— Ele foi a Yale — Foster conta com um sorriso.

— Yale? — Sutton se endireita. — Você foi a Yale?

— É, *lass*, fui. E me graduei com uma nota alta, porra. Entender de economia foi uma merda para mim.

E também porque a aula era cedo, e eu tinha que me esforçar para me manter acordado.

— Ah.

— Pois é, ah. Daí, gerenciei a carreira de Tyler Gaines, Henry Kumar e Westin Hanks assim que saí da faculdade. Cometi alguns erros, mas acabei criando algumas grandes oportunidades. Então o meu negócio cresceu. Tenho vinte funcionários, represento mais de cinquenta atletas profissionais, incluindo o seu pai, e assegurei alguns dos maiores contratos da história dos esportes. Tenho rendimento de vinte por cento... pois é, vinte por cento porque sou bom assim mesmo... de cada atleta que gerencio. Seu pai me deu mais de cem milhões de dólares entre seu último contrato e os patrocínios que consegui para ele. Faça as contas.

Ela fica em silêncio, refletindo sobre tudo, então continuo:

— Posso até beber como os meus ancestrais e me meter em encrenca sempre que tenho a chance, mas quando preciso entrar em ação, meu trabalho vem primeiro e eu faço a droga de um trabalho bem-feito. Então, antes que você venha me julgar, fique sabendo que sei que sou um babaca socialmente, mas quando se trata de negócios, tenho uma boa lábia para qualquer contrato, sempre triplicando a renda do meu cliente, porra.

Por fim, ela levanta aqueles olhos azuis brilhantes e ardentes para mim e diz:

— Ainda assim, você poderia ser um pouco mais profissional.

Meu Deus do céu.

Foster ri alto e dá um tapinha nas costas de Sutton.

— Esta é a minha garota. Criada com o doce charme sulista.

É assim que a sociedade chama as bruxas agora? Mulheres com doce charme sulista? Desculpe, mas não concordo.

— Apesar da diversão que estou tendo assistindo a vocês dois brigarem, preciso ir. Mas antes, quero que saibam que já falei com a Whitney e já que atestei como o seu responsável pelo serviço comunitário, Roark, arranjei um jeito de você atender todos os requisitos enquanto também me ajuda.

Dou uma olhada em Sutton, cuja mente parece estar girando a mil por hora, e antes que Foster possa me dizer quais são seus planos, ela estende os braços para ele.

— Não, pai.

— Sutton Grace.

— Por favor, pai. Nunca te pedi nada, mas, por favor, não faça isso.

— Você me pediu ingressos para o show do Justin Timberlake na semana passada.

Eu bufo alto, o que me garante um olhar mortal de Sutton em resposta.

— Só porque você estava tirando foto com ele no jogo. Eu não estava falando tão sério.

Tão sério... que jeito legal de dizer isso.

— Sério, pai, não posso trabalhar com esse homem.

Trabalhar comigo? Espere um instante.

— Trabalhar com ela? — pergunto, apontando para a mulher em questão.

— Sim, vocês dois vão trabalhar juntos no acampamento da Gaining Goals, lá no rancho.

Sutton geme e eu me endireito.

— No rancho? Como assim?

— Você vai passar um tempo no Texas.

— Texas?

— Isso, Texas. — Foster se levanta e veste seu paletó enquanto nos encara. — Acho que vai ser bom se vocês começarem a se conhecer. A melhor forma de moldar nossa vida e acrescentar mais cultura é aprender a entender as pessoas diferentes de nós. — Ele se vira para mim com uma expressão séria. — Não me decepcione, Roark. Você me deve essa.

Cacete. Que jeito de usar a culpa. Mas ele tem razão. Devo mesmo a Foster Green, já que ele se posicionou enquanto os outros ficaram calados. *Merda.*

Abaixando-se, ele dá um beijo na cabeça de Sutton e então aperta minha mão.

— Eu pago a conta — anuncia antes de sair, deixando nós dois atordoados e sem palavras.

Texas? Trabalhar com Sutton? Trabalhar de graça? Parece que Foster acabou de me arranjar meu inferno pessoal.

Quando olho para Sutton, ela está me encarando, com preocupação e raiva nos olhos. Antes que eu possa falar qualquer coisa, ela diz:

— A gente precisa acabar com essa ideia.

Como os jovens vivem no mundo da lua.

Posso até passar os dias com uma garrafa na mão, mas conheço a realidade quando ela me dá um chute no saco, e Foster Green acabou de puxar a minha calça para baixo e me deu uma boa surra no saco. Ouvi o caráter definitivo na sua voz. Sua decisão já está tomada, e não há nenhum jeito de um de nós conseguir se livrar dessa sem perder uma parte valiosa dos nossos trabalhos.

— Como você é iludida, que fofa. — Cruzo as mãos sobre a barriga.

— Não precisa ser um babaca condescendente — ela retruca, estremecendo com o xingamento. Eu não deveria achar isso fofo, mas, infelizmente, acho.

— Vou te dizer o que acho: seu pai jamais vai mudar de ideia quanto a isso, então é melhor você descobrir alguma forma de a gente conseguir trabalhar junto sem de fato trabalhar junto.

— Como assim? — ela pergunta, parecendo curiosa.

— Você é a organizadora do evento. Basta me dar uma tarefa que me conceda uma quantidade absurda de horas a vários e vários quilômetros longe de você.

Com a mão no quadril, ela diz:

— Não consigo ver por que você iria querer ficar longe de mim. Não é como se eu tivesse feito algo a você. É você quem está mantendo o meu celular refém.

— É, e por causa disso, já aprendi todos os seus hábitos irritantes, e gostaria de ficar o mais longe possível de você.

Ela balança a cabeça, incrédula, e se levanta.

— Você é mesmo de outro mundo, Roark McCool.

— Ora, valeu, *lass*. — Sorrio, orgulhoso.

— Não foi um elogio.

— Bem, interpretei como se fosse.

Furiosa, ela vem até mim e puxa minha manga. Eu a afasto, mas ela a puxa de novo.

— Que porra está fazendo?

— Encorajando você a se levantar. Vamos pegar o meu celular, agora.

— É isso que você chama de encorajamento? Se quisesse me encorajar a me levantar, teria colocado uma garrafa de uísque entre os peitos, e eu ficaria à sua disposição.

— Ai, meu Deus. — Ela fecha mais a jaqueta. — Não seja tão bronco.

— Só estou te dando uma liçãozinha sobre o Roark, é isso. — Me levanto, sentindo-me mais pesado a cada segundo. Xingando o mac and cheese, visto a jaqueta. Parece que vou ter a droga de um cardio hoje à noite, que trabalho dos infernos.

— Não preciso de uma lição, preciso que isso seja o mais indolor possível.

Ela coloca a bolsa no ombro e me puxa pela jaqueta para fora do restaurante e para a rua gelada.

— Jesus — murmuro, fechando a jaqueta.

— Vamos lá, me leve até o meu celular.

— Não tenho tempo para isso — minto, balançando nos calcanhares enquanto o vento me dá um soco na cara.

Em desafio, ela diz:

— Bem, vou ser como uma sombra até conseguir.

— Por mim, tudo bem. — Dou de ombros e estendo o braço para chamar um táxi. — Pode me seguir o quanto quiser.

— Vou fazer isso. — Ela desliza para perto de mim, com seu corpo pequeno alinhado junto ao meu. — E nem tente me afastar. Vou ficar agarrada a você feito cola.

Isso vai ser divertido… ou acabar em desgraça.

CAPÍTULO 6

Querido Ebenezer,

Estou digitando isto no meu celular — foi fácil confiscá-lo da Sutton quando ela não estava olhando — enquanto passo pelas ruas de Nova York, tentando fingir que estou fazendo alguma coisa.

Posso ter feito um show desnecessário sobre o meu trabalho, e, sim, ralei só um pouco para chegar onde estou hoje. Bebi muito, fiz amigos e sei como agradar as pessoas certas com histórias da Irlanda. Mas agora que Sutton está de olho em cada movimento meu, sinto a necessidade de agir como se estivesse enviando um monte de e-mails, quando, na realidade, sou um pobre filho da puta escrevendo em um diário com o qual eu não poderia me importar menos.

E já que estamos falando sobre ser um pobre filho da puta, eu realmente acho Ebenezer um nome horrível. Se há uma coisa que sei é que nenhuma garota que se preze iria foder com um cara chamado Ebenezer. Foi mal, cara, mas são fatos. Você pode até ter um pau imenso, mas ninguém nunca vai ver.

Desculpa se sua vida sexual é uma merda.

Roark

Sutton

Eu não estava brincando quando disse que seria como a sombra dele. Não deixei esse cara fora de vista e me recuso a desistir até ter meu celular, ainda mais que ele já pegou o dele de volta quando eu não estava prestando atenção. Bem, pode ser que eu o tenha exibido um pouco, tentando provocá-lo no táxi, então quando ele levantou minha mão por baixo, derrubando o celular, fui pega desprevenida.

E quando tentei pegá-lo de volta, tentando roubá-lo do seu aperto de ferro, fui atingida por seu perfume no mesmo instante, seu perfume maravilhosamente hipnotizante. Eu falhei e acabei em um estupor por alguns segundos antes de me dar conta de que meu nariz estava enfiado na manga de sua jaqueta, farejando. Quando ele perguntou o que eu estava fazendo, por sorte me recuperei e disse depressa que o estava farejando em busca de drogas. Talvez um pouco ofendido — ainda não consigo interpretá-lo muito bem —, ele respondeu que pode até ser um babaca, mas nunca usou drogas.

E não parece mesmo que ele já tenha usado, mas não queria ser pega farejando o seu braço como uma perseguidora maníaca que finalmente conseguiu manter seu prisioneiro sozinho em um espaço pequeno.

— Para onde a gente está indo agora? — pergunto, dando tapinhas no joelho enquanto olho pela janela. — O correio foi um verdadeiro mimo.

— Pois é, uma maravilha.

Ele olha para o relógio e sorri. Dá para dizer que tem uma carta na manga, e eu quero saber qual é. Já estivemos em seu escritório, onde passamos pelo andar principal, batemos cartão e fomos embora. Depois disso, fomos a uma lanchonete, e eu o observei virar duas doses dessa coisa de grama de trigo, o que foi bem chocante. Então fomos a um alfaiate, onde ele tirou medidas para um terno; ver esse supremo bad boy tirar medidas, com o tecido se esticando perfeitamente em seus músculos definidos, pode ter mexido comigo. Foi uma hora difícil para mim, ter que ficar tentando olhar para qualquer lugar que não fosse ele, e quando ele me chamou a atenção por ter ficado evitando-o pelo espelho, corei ainda mais. O fato de ele ter tirado a roupa bem na minha frente, ficando com nada além da cueca preta, não ajudou.

De cueca!

Que homem fica só de cueca hoje em dia?

Um bem confiante, com certeza. Tudo o que vi foi sua bunda firme envolvida em um tecido preto. Acho que foi isso que me levou a farejá-lo.

Não sei dizer.

O táxi para e ele dá algum dinheiro para o motorista e sai. Fico surpresa por ele usar esse tipo de transporte, considerando a quantidade de dinheiro que ganha. Tropeço pela porta, tentando manter o ritmo dele enquanto vai na direção de um spa.

Um spa?

Quando o alcanço, indago:

— O que você está fazendo?

Ele mal olha para mim.

— Uma sessão de massagem, o que você acha?

Antes que possa responder, a recepcionista diz:

— É ótimo ver você, sr. McCool. Por aqui.

Hum, devo segui-lo? Tipo, eu disse que seria como uma sombra, mas uma massagem? Isso parece bem pessoal. *Você acabou de vê-lo só de cueca. Isso já não foi pessoal?*

Mas e se houver uma saída dos fundos? Não estou disposta a arriscar esta chance. Vou pegar meu celular de volta hoje, fim da história.

Sem pensar mais, eu o alcanço. Percebo a diversão na sua voz quando ele fala:

— Teve que pensar um instante sobre isso, né?

— Talvez um pouquinho. — Mordo o lábio inferior.

Ele ri.

— Bem, fico feliz de ver que você está cumprindo com a sua palavra. Estou impressionado.

Impressionado?

Não, isso não me deixa feliz. Não deixa mesmo. Não quero a aprovação dele.

Mas... uma pequena parte de mim talvez esteja tendo um minúsculo instante de alegria. É bobo, e preciso dizer a esta minúscula parte para ficar quieta e agir de forma profissional, mas...

Aff, que bobagem.

A recepcionista nos leva pela porta atrás dela, onde há duas mesas de massagem no centro, e as luzes são fracas.

O que ele está tramando?

— Gostaria de água para você e sua convidada, sr. McCool?

— Não, obrigado. Quer alguma coisa, Sutton?

— O quê? Não. — Balanço a cabeça, confusa. — O que está rolando? Não sou sua convidada.

A recepcionista sai, informando-nos que nossos massagistas chegarão em breve e me deixando sozinha em uma sala escura com Roark.

— Não vou fazer massagem com você. — Será que ele enlouqueceu? — E será que não poderia ter reagendado isso? Você disse que não tinha tempo para pegar o meu celular. Isso aqui parece mais um luxo do que uma responsabilidade.

— Nunca disse que tinha responsabilidades para cumprir, só que não tinha tempo. E é verdade. E se eu vou fazer uma massagem, prefiro pagar uma para você também a te ter sentada num canto, me olhando o tempo todo.

— Não vou fazer massagem — declaro com firmeza. Sem pestanejar.

Ele tira a jaqueta e estende a mão por trás da cabeça para puxar a camiseta.

Ai.

Caramba.

Camadas e mais camadas de músculos se flexionam sob a luz fraca da sala mal-iluminada, com seu peitoral claramente malhado acima do tanquinho, que ondula a cada movimento, e o V bastante definido... Como esse homem pode ter um corpo desses com a quantidade de álcool que ingere?

— Fique à vontade, *lass* — ele diz, me fazendo tirar meus olhos do seu peito. — Mas, ao que parece, você precisa mais dessa massagem do que eu.

Ele abre o zíper da calça e a desliza para cair no chão, ficando só de cueca. *De novo. Senhor, tende piedade.*

Engulo em seco.

Seu... ai, Deus, seu pacote está bem na minha frente, todo volumoso e... grande. Ai, caramba, como é grande.

— Deu uma boa olhada, hein? — ele pergunta, logo antes de se virar para a mesa e tirar a cueca, exibindo sua bunda perfeita.

Eu me viro, tapando os olhos, mesmo que a imagem da sua bunda nua esteja gravada na minha memória, como se estivesse estampada na parte interna das minhas pálpebras, então toda vez que pisco, eu a vejo.

— O que você está fazendo? — questiono, perplexa com a sua audácia de tirar a roupa bem na minha frente.

— O que parece? Não vou fazer massagem de roupa.

— Você tira até a cueca?

— Sim. Agora, tire a roupa. — Ele estende o braço e dá um tapinha na mesa ao seu lado. — Está na hora de você tirar essa cara de quem comeu e não gostou. — *Cara de quem comeu e não gostou?*

Ofendida, fecho mais minha jaqueta.

— Não estou com nenhuma cara de quem comeu e não gostou, nem vou tirar a roupa na sua frente. Tampouco vou fazer uma massagem com você.

— Fique à vontade. Tem uma cadeira ali no canto para você.

Frustrada, vou até a cadeira e tiro a jaqueta antes de me sentar.

— Quanto tempo dura essa massagem?

— Duas horas.

— Duas horas? — grito. — Você só pode estar brincando.

— Não, então aproveite a cadeira, *lass*. Tomara que seja confortável.

Eu acabei fazendo massagem? Não.

Mas acabei tirando uma soneca na outra mesa enquanto Roark estava recebendo a massagem? Sim.

Depois de quinze minutos de música suave, óleos essenciais e uma sala escura, não tive escolha além de desistir e descansar a cabeça. Só queria não ter pegado em um sono tão pesado que Roark teve que balançar meus ombros para me acordar.

Também queria não ter deixado uma mancha de baba no chão por ter enfiado o rosto pelo suporte de cabeça.

Isso foi meio constrangedor.

— Você ainda está com um círculo vermelho ao redor do rosto — Roark aponta, enquanto estamos no táxi, indo para sabe-se lá onde.

E não há nada que eu possa fazer quanto a isso.

— É por causa da minha pele clara. Vai sair.

— Pele clara, mas cresceu no Texas, como assim?

— Abusei todos os dias do protetor solar. Minha vó sempre foi irredutível e fazia questão de que eu estivesse toda coberta sempre que saía de casa.

Ele assente, mas não responde. Em vez disso, tira o celular do bolso e digita um número. Acho que aí se vai nossa conversa.

É tarde. Já são nove da noite, o que eu soube graças ao relógio do táxi. Devemos estar voltando para a casa dele, certo?

Mas quando ouço sua conversa unilateral com seja lá quem está do outro lado da linha, me dou conta de que estamos longe de ir para a casa dele.

— Ei, cara. Pois é, já terminei. Vamos a Seventh Floor? Drinques matadores hoje. Sim, estou indo para lá. Que nada, não comi e nem planejo fazer isso. — Claro que ele não comeu. Enquanto isso, meu almoço já foi digerido e eu estou mais do que pronta para outra refeição. — É, te vejo em dez minutos. Seu nome está na lista, te encontro lá nos fundos.

Quando ele desliga e envia uma mensagem, dou uma cutucada no seu ombro com o dedo indicador.

— Hã, aonde você acha que estamos indo?

Ele não olha para mim ao responder:

— Para a Seventh Floor. É uma boate.

Deu para perceber.

— Não dá para você fazer uma parada rápida na sua casa para que eu possa pegar meu celular? Tenho certeza de que não vai perder muito da balada.

Estou a um passo de chutar as bolas desse homem, roubar sua carteira, comprar um ótimo jantar para mim e ir até uma loja de celulares.

— Não, tenho que me encontrar com um cliente.

— Em uma boate? — pergunto, com a voz quase histérica.

— É, foi lá que o encontrei pela primeira vez. Atendo os meus clientes da forma que eles gostam de fazer negócios.

— Vamos para uma boate fazer negócios? — Uma hora no máximo, imagino. Uma reunião não pode durar muito mais do que isso, ainda mais em um ambiente como aquele.

— Claro que não. Nunca vou para uma boate *só para uma reunião*. Você vai ser a minha *companhia* hoje, Sutton.

Ai, caramba, não.

— Aquele segurança poderia ter sido mais agradável, sabe — digo acima da música alta, que está retumbando no centro do meu peito, balançando cada osso do meu corpo.

Roark me dá uma rápida olhada.

— Para ele, você parece uma freira.

— Só porque estou usando uma jaqueta e um cachecol? Desculpa se não quero ficar com frio.

— Acho que ele não aceitou a sua desculpa — Roark diz, com a boca perto da minha orelha e a mão nas minhas costas, enquanto me guia para os fundos da boate, atrás de uma cortina e em um espaço isolado.

A música não está tão alta a ponto de parecer que meus tímpanos vão estourar, mas alta o suficiente para dançar sem parecer um idiota.

E pode acreditar, eu não vou dançar.

Dou uma olhada ao redor do lugar enquanto Roark se serve rápido de um drinque.

— Então é assim que é uma boate? — Passo o dedo pelo couro preto do sofá. — Que chique.

Com a beirada do copo perto da boca, Roark me olha.

— Espere, você nunca esteve em uma boate?

— Não, nunca tive motivo para estar em uma. Sou uma boa garota, e boates não são para mim. Sempre me intimidaram. — Ele se aproxima. — Foi por isso que coloquei na minha lista de promessas a cumprir aqui em Nova York, porque me assusta. Coloquei todas as coisas que me assustam nessa cidade.

Sua sobrancelha se ergue, e ele se aproxima ainda mais.

— Promessas de Ano-Novo, é? O que mais está na lista?

Me sentindo um pouco claustrofóbica, dou um passo para trás.

— Não é da sua conta.

— Me deixe adivinhar, nadar pelada é uma delas.

— Não, sr. Sabichão. Não é.

Ele dá um gole na bebida, com os olhos ainda fixos em mim.

— Isso é surpreendente. Você parece ser uma daquelas garotas alegres e extra doces que acrescentariam isso a uma lista de desejos ou algo assim. Me deixe adivinhar — ele coça a lateral do queixo —, uma das suas promessas é fazer sexo anal.

— Ai, meu Deus. Não. O que há de errado com você?

Ele sorri.

— Pela sua reação, vou supor que você nunca tentou.

— Não, e não pretendo nem pensar nisso. Não é para mim.

Ele assente, me olhando de cima a baixo, então se vira. Será que ele já fez sexo anal? Sinceramente, eu ficaria surpresa se ele não tiver feito, dada a forma que parece ser tão... experiente. Só de pensar nisso meu sangue acelera nas veias, forçando-me a tirar a jaqueta e o cachecol.

Coloco meus pertences no sofá e olho ao redor. Ele percebe minha observação e acena em direção às mesas decoradas, cheias de comida preparada na hora, incluindo coquetel de camarão e mini hambúrgueres, bem como muitas bebidas.

— Fique à vontade, vamos ficar aqui por um tempo.

— Como assim por um tempo?

Suas costas estão viradas para mim, seus ombros forçando o tecido da camisa quando ele se debruça e se apoia na parede baixa à sua frente. Ele não responde de imediato. Eu o vejo inspecionar a boate e os frequentadores que parecem ter começado cedo. Se há uma coisa que sei sobre boates — e não sei quase nada — é que nove da noite é cedo demais para as pessoas começarem a se embebedar e dançar. O que significa que... "um tempo" pode muito bem significar três horas.

Merda.

Finalmente, ele se vira para mim, bebericando do seu copo. Estalando os lábios, olha para mim e diz:

— Não faço ideia de quando o cliente vai chegar.

— Espere aí, você não marcou uma hora com ele?

Ele assente devagar, quase de maneira condescendente.

— Você pode marcar o horário que for com eles, mas até aparecerem, a reunião não começa.

Derrotada, eu me apoio em uma pilastra.

— Você só pode estar brincando. Este tem sido o dia mais exaustivo da minha vida.

— Exaustivo? — Ele franze a testa. — Você deu uma cochilada de duas horas e babou no chão. Como isso é exaustivo?

— Mentalmente exaustivo — retruco. — É mentalmente exaustivo. Se você tivesse se encontrado comigo naquele primeiro dia, tudo isto poderia ter sido evitado.

— Por quê? Você não está se divertindo? — Ele sorri.

— Não. Não estou. Como isso pode ser chamado de diversão? Ficar passeando pela cidade com você não tem sido o meu dia ideal.

— E eu achando que você estava se divertindo, *lass*.

— De onde tirou isso?

Ele dá de ombros e lança um rápido olhar para o meu peito.

— Seus mamilos ficaram duros o dia todo.

Vou matá-lo.

Matá-lo.

Não foi assim que imaginei minha noite. Imaginei ficar aconchegada com Louise na cama, assistindo *Outlander* e comendo minha comida tailandesa favorita, de um restaurante a dois quarteirões de distância. Imaginei estar usando uma das minhas camisetas de dormir, meias felpudas e com o cabelo amarrado para longe do meu rosto. Um pouco de óleo de lavanda nos pulsos, e o conforto familiar de uma felina fofa aconchegada ao meu lado. A noite perfeita.

Em vez disso, estou com este som assustador de música de boate explodindo na minha cabeça. Ainda estou usando calça jeans apertada, meu cabelo fica caindo no rosto o tempo todo, e no lugar de um felino felpudo, estou sentada entre dois casais, fazendo o seu melhor para descolar ação hoje, seus corpos o tempo todo esbarrando em mim. *Que nojo*.

Me inclino para a frente e olho para a morena de cabelo longo e ondulado, lábios carnudos e pernas bem brilhantes que Roark escolheu para a noite. Ela deve passar óleo nas pernas, além de ter deixado metade da blusa em casa. Não consigo entender o que vê nela, mas também sou uma garota da roça que nunca pensou em ter que mostrar metade do peito como uma forma de ganhar a atenção de um homem.

Apesar de como me sinto com relação à garota, eu deveria alertá-la.

Me inclinando ainda mais para frente, dou a volta pelo corpo de Roark e um tapinha no joelho dela. Quando ela olha para mim, me lançando um dos olhares mais desagradáveis que recebi o dia todo, dou um aceno rápido.

— Ei, oi. Sou a Sutton — grito por cima da música e aponto para Roark. — Pensei em te alertar. Durante as nossas atividades hoje, demos uma parada no médico para checar se há alguma doença venérea nele. Os resultados devem sair em breve. — Ergo meus dedos cruzados para ela.

Quando ela dá uma longa olhada em Roark e se levanta, sei que meu trabalho aqui está feito. Não passamos no médico hoje, mas se ele vai fazer da minha vida um inferno, eu posso muito bem ser uma estraga-prazeres.

Assim que ela se vai, Roark solta um longo suspiro e se recosta no sofá. Ele olha na minha direção e diz uma palavra. Uma palavra que me satisfaz, sabendo que ganhei esta rodada.

— Fofa.

Ele balança a cabeça, termina o drinque e coloca o copo na mesa à nossa frente. Antes que ele possa se distanciar, puxo sua camisa.

— Ei, aonde você vai?

— Lá fora. Preciso de um pouco de ar fresco.

— Também vou. — Me levanto e tropeço nas pessoas ao meu lado. Roark me endireita e então sai, parecendo mais irritado do que o necessário.

Ele é rápido, então me apresso enquanto abro caminho pelo mar de gente, esquecendo minha jaqueta e o cachecol. Passo por dois seguranças, que já me conhecem agora, e sigo Roark para fora, pela porta dos fundos, a qual ele abre puxando um pedaço de madeira.

Assim que saímos, o ar gelado me atinge primeiro, e então ouço o estalo de um isqueiro. Recostado na parede, com a cabeça curvada, Roark acende um cigarro e descansa a cabeça no tijolo, soltando uma longa baforada de fumaça.

Fumar nunca foi algo que me atraísse, mas, por alguma razão, neste momento com Roark, sob a fraca luz da rua, seu pomo de adão saltando, uma perna curvada para a parede... há algo bem sexy nessa imagem.

Sem se incomodar em me olhar, ele estende um cigarro e oferece:

— Quer uma tragada?

— Não. Não fumo.

— Que bom. Nem comece.

Cruzo os braços sobre o peito e fico balançando para a frente e para trás, minha camiseta de manga comprida não fazendo nada para impedir o frio de entrar nos meus ossos. Que ele fume rápido, por favor.

Ele inclina a cabeça de lado e me olha de cima a baixo, balançando-a.

— Você pode voltar lá para dentro, sabia? Não vou te largar aqui, não em uma boate. Ainda tenho valores.

E, por alguma razão, acredito nele.

— Um descanso daquela música faz bem.

Ainda me olhando, ele suspira e se afasta da parede para tirar a jaqueta de que ele sabiamente se lembrou. Ele a joga para mim, e graças a Deus pelos reflexos rápidos, eu a agarro antes de cair no chão.

— Vista para não morrer congelada.

A lã da jaqueta dele é tão quentinha.

— Mas e você?

— Você precisa mais do que eu. Não faça caso disso, só vista essa porcaria.

Bem, quando ele diz assim...

Visto a jaqueta, sendo imediatamente tomada por seu cheiro, que me envolve em um grande abraço. Nossa, isso é perigoso. Não é de se admirar que a garota de pernas brilhosas estava em cima dele. Só o cheiro dele já é capaz de atrair um bando de mulheres, mas acrescente sua boa aparência e seu sotaque, e é impossível não ficar atraída. Mesmo que ele seja irritante. E eu ainda não consigo esquecer o almoço que tivemos. Meu pai com certeza respeita Roark, e quando ele exibiu suas *credenciais*, e eu me dei conta de que ele não é só um bêbado profissional, me senti mais confusa. Meu pai não é de apoiar idiotas, e se ele contratou Roark, quer dizer que acredita nele. E é isso o que me confunde. Roark McCool é uma contradição tão grande que não sei como interpretá-lo.

Engulo em seco e tento focar em algo que não seja seu perfume.

— Então... — pigarreio — é isso o que você chama de ar fresco?

Ele solta uma baforada de fumaça.

— O mais fresco.

— Sabe que isso aí não é bom para você.

— Valeu, mãe.

É, mereci. Estou nervosa. Nervosa por várias razões, a maior é pelo quanto estou atraída por ele. É loucura — loucura mesmo —, porque mesmo que esteja sendo bruto e grosseiro, eu continuo sendo atraída por ele pelos menores gestos, como quando me emprestou a jaqueta, ou seu pequeno sorriso quando fico com raiva.

Eu deveria dar as costas agora e considerar o meu celular uma causa perdida, mas, pelo amor de Deus, não consigo. E em vez disso, dou um passo para frente.

Ele olha para mim, seus olhos verdes contrastando com a cor intensa de sua barba curta.

— O que foi?

— Nada.

— Você está me olhando de um jeito estranho.

Merda.

— Estou?

— É, pare com isso.

— Desculpa. — Desvio o olhar e bato o pé no chão, tentando encontrar algo para dizer. — Hã, quantos anos você tem?

— Sou mais velho que você.

— É óbvio, mas quantos? Tipo, uns quarenta anos?

— O quê? Vá se foder. — Ele ri, ainda bem. — Tenho trinta e dois.

— Esse teria sido o meu segundo palpite. — Sorrio.

Ele dá uma tragada no cigarro cada vez menor.

— Sabichona.

O silêncio se estende entre nós, então pergunto:

— Não quer saber quantos anos eu tenho?

— Só jovens dizem merdas como essa, como se tivessem que provar que são experientes, e não tão jovens quanto parecem.

Eu o ignoro e digo:

— Tenho vinte e quatro anos.

Seus olhos se arrastam preguiçosos por meu corpo e param no meu rosto.

— É, dá para ver.

— Como assim?

Apagando o cigarro no chão, ele se endireita e enfia as mãos nos bolsos enquanto me avalia.

— Você é ansiosa, pronta para o trabalho e animada demais para ter de fato experimentado a dureza da vida. Ilesa, inocente e recém-saída do útero educacional, você ainda tem muito o que aprender sobre a vida real.

Ele passa por mim. Seu pequeno sermão não chega a me incomodar, já que vem de um homem pessimista. Um homem gostoso, mas pessimista demais.

— O que foi? — ele pergunta, olhando para minha mão no seu braço.

Grandes flocos de neve começam a cair, branqueando a área ao nosso redor.

Com meu melhor sorriso, aponto para seu cigarro descartado e digo:

— Você não vai pegar aquilo? É lixo.

Exasperado, ele pega o cigarro, murmurando:

— Inacreditável.

Não faço ideia de que horas são, já que parece que o tempo congela neste abismo escuro que é a boate. Sei que já comi três mini hambúrgueres, uns vinte camarões — sendo sincera —, algumas bolinhas de queijo e pelo menos uns quatro macarons que tinham gosto de paraíso. Bebi água esse tempo todo, porque sou este tipo de garota, e de vez em quando bati o pé ao ritmo de algumas músicas que pareceram mais legais.

Roark tem ficado sentado ao meu lado, com um braço apoiado atrás do sofá e o outro segurando um copo de uísque que ele mal tocou desde que voltamos para dentro.

Seu cliente chegou. Eles conversaram pelo que pareceu dez segundos, apertaram as mãos, e então o gigante jogador de basquete se afastou. Agora ele está em um canto escuro com uma garota no colo, que está fazendo todos os tipos de danças.

Digamos que esta foi uma noite bem reveladora para mim.

Olho para Roark, cujos olhos não estão olhando para nada em particular.

— Entããoo... — falo arrastado. — Já está pronto para ir?

Estou esperando uma resposta espirituosa, algo para me dar uma lição, como ele tem feito o dia todo, mas, em vez disso, ele se levanta do sofá e deixa seu copo meio vazio na mesinha de centro.

— É, vamos embora.

Graças a Deus.

Coloco a jaqueta às pressas, envolvo o pescoço com o cachecol e então tiro meu gorro da bolsa e o coloco na cabeça. Quando me viro para Roark ir à frente, sua testa está franzida, me observando.

— Você age como se a gente morasse no Alasca.

— Está frio e nevando, pelo menos da última vez que estivemos lá fora estava nevando. Gosto de me manter aquecida.

Revirando os olhos, ele acena para algumas pessoas e vai em direção à frente da boate. Tento manter o ritmo de suas passadas largas e decididas, mas acabo sempre sendo impedida, esbarrada e empurrada para diferentes direções.

— Meu Deus. — Ouço o sotaque irlandês de Roark logo antes de sua mão agarrar a minha e me puxar atrás dele.

Quente e larga, sua mão envolve a minha, firme, enviando uma onda de calor pelo meu braço.

Já segurei mãos antes, então não é nada novo, mas o que é novo é a forma como seus dedos seguram minha mão com tanta firmeza, ou a textura áspera da sua pele, como se ele não ficasse só com um celular na orelha em seu dia de trabalho.

Estou tão absorta pela sensação das nossas palmas unidas que nem noto o cara bloqueando meu caminho até que ele dá um encontrão em mim, me jogando para trás. Se não fosse por Roark me dando apoio, eu teria caído de cara no chão grudento e sujo de bebida.

— Ei, imbecil! — Roark grita, ainda segurando minha mão enquanto agarra a camisa do cara e se aproxima do rosto dele. — Olha por onde anda.

Já vi essa expressão em Roark. Ele estava assim antes de brigar com o cara na lanchonete. Preciso interromper isso antes que as coisas piorem. Ainda mais pelo fato do meu pai ser o responsável por Roark. Ele ficaria tão chateado se Roark se metesse em mais encrenca.

Entrando no meio, coloco a mão no peito de Roark e me enfio entre os dois homens. O peito de Roark vibra enquanto ele dá um passo à frente.

— Pare — digo, séria, tirando sua atenção do cara. Quando seus olhos pousam em mim, continuo: — Não comece nada. Não vale a pena.

Sua mandíbula se move para frente e para trás, e dá para ver seu temperamento começando a se acalmar. Prendo a respiração, esperando pelo seu próximo movimento, na esperança de eu ter conseguido interromper a briga. A rapidez com que esse homem fica com raiva me impressiona. É uma mudança imediata. Assustador, na verdade. Sinto seu coração batendo apressado contra a minha mão e seu corpo está tremendo. Nunca vi esse tipo de... raiva crua tão de perto. E fui eu quem esbarrou, não ele. Ele solta um suspiro raso e rápido e se afasta em direção à entrada da boate, ainda segurando minha mão, e eu sorrio para mim mesma. *No que será que ele está pensando agora?*

Mas este sorriso logo vacila quando saímos para o que parece ser uma nevasca. Já caiu pelo menos quinze centímetros de neve. Todas as calçadas estão cobertas, as ruas estão vazias e não parece haver uma alma à vista.

— Era para nevar tanto assim? — pergunto, cobrindo minha cabeça com o capuz.

— Não faço ideia. Não presto atenção. — Sem pensar mais, ele se vira para a direita e começa a andar, sua mão já não segurando mais a minha.

— Ei, espera — chamo. — Para onde você está indo?

— Para casa.

— Para pegar o meu celular?

— Claro — ele grita, com a cabeça virada para baixo, protegendo-se da neve que cai depressa.

— Claro? — Corro pela neve fria e espessa para alcançá-lo. — Como assim claro?

— Acho que você tem outras coisas com que se preocupar.

— Como assim?

Ele acelera o passo e atravessa a rua, mal olhando para os lados, mas nem precisa fazer isso, porque estão vazias. Não é de se admirar que ele não tenha chamado um táxi.

— São duas da manhã, está nevando e você mora no Brooklyn. Como planeja voltar para casa?

Ah.

Merda.

Ele vira à direita por uma rua elegante e se apressa para a entrada de um prédio bonito. Um porteiro abre a porta enquanto dá um rápido aceno para Roark.

— Que noite fria, sr. McCool.

— Está congelando as minhas bolas — ele grita. — Mantenha-se aquecido, Harris.

Batendo os pés no chão para tirar um pouco da neve, ele vai até a área dos elevadores e aperta o botão de subir enquanto aprecio a opulência dos pisos de mármore e das paredes pretas com luminárias douradas. Bem clássico de Nova York, bem legal.

O elevador chega, e bem como no resto do dia, sigo Roark e observo quando ele coloca um cartão-chave no elevador e aperta o botão C, que suponho que deva significar cobertura. Se eu já não soubesse antes que ele ganha muito dinheiro, agora ficaria sabendo.

Ficamos em silêncio durante a subida, minha mente girando. Duas da manhã? Nunca fiquei na rua até tão tarde, ainda mais sozinha. *Como vou voltar para casa?* Eu poderia ir de metrô, mas a esta hora? Morro de medo. Mesmo andando junto a Roark, sinto medo, e só andamos por uma curta distância.

As portas do elevador se abrem direto para o apartamento. O lugar é bem espaçoso. Não há decorações nem frescuras, só os móveis e é isso.

Hum, não sei por que achei que haveria mais coisas lá.

Roark tira a jaqueta e a joga no sofá antes de ir para a cozinha. Seu corpo musculoso vai até a geladeira e ele olha o que há lá dentro. Então pega uma garrafa de água e estende outra para mim.

— Quer água?

— Não, obrigada — digo, nervosa. É estranho, mas isto aqui me faz lembrar daquele momento constrangedor que temos com um cara antes de começarmos a fazer sexo. O instante em que ele leva você para a casa dele para uma conversa, mas, em cinco minutos você já está arrancando a roupa, sabe? Espero que Roark não tenha essa impressão de mim. Ele estará muito enganado se tiver.

Com a garrafa de água na mão, ele se recosta na bancada e toma metade da garrafa em um só gole. É estranho que eu esteja impressionada.

— Então, quanto ao celular. — Balanço nos calcanhares, olhando ao redor.

— Sim, está na mesa de cabeceira, carregando.

Pelo menos ele teve a decência de carregá-lo.

— Você pode pegá-lo para mim?

— Posso.

Ele não se move.

— Tudo bem. Tipo, agora?

— O que você vai fazer? Voltar para o Brooklyn?

Ajusto a bolsa no ombro.

— Hã, ainda não pensei tão longe assim.

— Foi o que imaginei. — Ele termina de beber e joga a garrafa na pia. — O quarto de hóspedes fica à direita. Tudo de que você precisa já está no banheiro.

— O quê? Você acha que vou ficar aqui?

Ele dá de ombros e vai para a sala.

— A escolha é sua.

Ele passa por um corredor estreito e fico tentada a segui-lo outra vez, mas penso melhor, sabendo que ele vai pegar meu celular, mas quando ele não retorna depois de uns bons dez minutos, fico imaginando se deveria tê-lo seguido.

Por que ele precisa deixar tudo tão difícil?

Incerta, mas também desesperada para ter uma parte de mim de volta, vou pelo corredor e chamo seu nome. Quando não há resposta, avanço mais até uma porta entreaberta.

Seu quarto.

Se eu abrir esta porta e ele estiver dormindo na cama, roncando, vou chutar a bunda dele.

Mas quando avanço, vejo que sua cama está vazia, e, em vez disso, eu o vejo andando com uma toalha na cintura, o cabelo molhado, e gotas de água caem em cascata pelo seu peito perfeitamente definido.

Minha nossa.

Ele olha na minha direção.

— Demorou, hein? — Ele pega meu celular da mesa de cabeceira e o joga para mim, então volta para o banheiro, onde o escuto escovando os dentes.

Fico ali. Sem saber o que fazer.

Devo tentar voltar para casa? Não vou andar sozinha na rua, ainda mais a esta hora. Mas ficar na casa de Roark parece loucura. Apesar de que loucura descreve muito bem o meu dia. A única coisa que está me fazendo considerar ficar aqui é que ele é o agente do meu pai, e se tentar alguma coisa, papai vai ficar sabendo e não gostar nem um pouco.

— Você ainda está parada aí? — Roark pergunta, com a mão no nó da toalha.

— O quê? — Ergo o olhar depressa. — Bem... — Fico inquieta sob seu olhar, nervosa sobre o que dizer. — A gente, meio que... não se despediu de forma apropriada.

Dentre todas as coisas para se dizer...

— Se você está atrás de alguém que vá te aconchegar ou se despedir com um beijo de boa-noite, veio ao lugar errado.

Virando-se, ele solta a toalha e desliza para a cama.

É a segunda vez que vejo a bunda dele hoje, e ainda causa o mesmo efeito em mim, como uma bola de fogo no meu estômago, aquecendo minhas veias.

Mordo o lábio, e ele deve ter notado, porque suspira.

— O que foi?

— Você, hã, não me levaria para o Brooklyn, né?

— Nem mesmo se você se oferecesse para chupar o meu pau antes de a gente sair. Estou pelado, na cama e pronto para dormir. Você pode ir embora ou ficar no quarto de hóspedes. De qualquer forma, me avise para que eu possa acionar o sistema de segurança.

É estranho, mas é a reação que esperava dele. Acho que não tenho escolha. Não andar na rua sozinha nesta nevasca, o que significa uma coisa: vou ter que passar a noite com Roark.

Apontando para ele, digo:

— Nada de gracinhas, entendeu? Vou trancar a porta do quarto e ter um sono bem leve, então vou escutar qualquer movimento no quarto. Vou te denunciar se você tentar qualquer coisa.

— Jesus — ele murmura, passando as mãos pelo rosto. — Pode acreditar, *lass*. Não precisa se preocupar, não vou chegar nem *perto* de você. Agora, caia fora daqui. Estou cansado.

Pois é. Ouvi em alto e bom som.

Mordo a lateral da bochecha.

— Você poderia ser um pouco mais legal, sabia? Afinal, a gente passou o dia juntos.

— Não foi por minha escolha.

Ele afofa o travesseiro. *Também não foi por minha escolha, sr. Bundão.*

Brinco com os dedos.

— Você sempre dorme pelado?

Sentando-se na cama, ele aponta para a porta.

— Saia. Agora.

— Tá bom, já vou. Já vou. Durma com os anjos.

Durma com os anjos? Qual é, Sutton. Se esforce mais para *não* parecer uma boba.

Quando olho para trás sobre o ombro, só consigo vê-lo balançando a cabeça de leve. Foi o que pensei. Já me humilhei demais por hoje, por que não encerrar a noite com um simples "durma com os anjos"?

Que maravilha.

CAPÍTULO 7

Querido Sebastian,

Quem diz "durma com os anjos"?

Quem em seus malditos vinte e quatro anos diz "durma com os anjos" para a porra de um adulto?

Sabe quem? Sutton Grace.

Meu Deus. Que dia mais louco. Eu não consegui afastá-la nem por um segundo, e sabe o que é realmente maluco nessa coisa toda? É que eu gostei.

Pois é, gostei de tê-la por perto. Gostei da sua surpresa, da sua inocência, do jeito que ela resmungava sempre que eu fazia algo que ela não aprovava. Gostei de cada maldito segundo disso, e se isso não é um alerta, então não sei o que é.

Então decidi me livrar dela. Achei que a boate seria a gota d'água, mas ela ficou lá sentada no sofá, comeu como uma rainha em seu palácio e foi fofo quando bateu o pé ao ritmo da música.

Bateu a droga do pé.

O que eu faço com isso? O que qualquer outro homem idiota faria. Eu a trouxe para a minha casa e falei para ela dormir no quarto de hóspedes. Veja bem, o quarto fica longe demais para eu sequer me dar conta, mas é como se eu sentisse sua respiração no ar. Sei que ela está lá, e é por isso que estou acordado às três da manhã, escrevendo para você feito um adolescente agoniado. Caralho...

Este tempo todo, pensei estar escrevendo para um caranguejo falante, é até legal, mas não vai funcionar para mim. Foi mal, Sebastian.

Roark

Roark

Sono leve... que mentira.

Já vestido para o dia e tomando uma xícara quente de café, estou encarando Sutton, cuja boca está entreaberta, babando em todo o travesseiro de pena de ganso, com a bunda para cima e os braços jogados de uma maneira estranha para os lados. Nunca vi nada assim antes.

Sinceramente, ela está parecendo um avestruz com a cabeça enfiada na terra. Não sei o que fazer com isso.

Só há uma coisa que eu posso fazer de fato a esta altura...

Para manter minha reputação, posso ter tirado algumas fotos por precaução para usar mais tarde. Não dá para deixar passar uma oportunidade como esta.

Coloco o celular no bolso e me aproximo da cama, sem saber como acordá-la. Poderia gritar, assustando-a pra valer, ou poderia ligar um alarme estridente perto da sua orelha, garantindo uma mijada bem nos meus lençóis de algodão egípcio. Poderia cutucá-la com uma vassoura — se soubesse onde está uma. Dar uma palmada na sua bunda como se ela fosse uma recém-nascida. Balançar de leve para frente e para trás, até que suas pálpebras se abram ou esfregá-la suavemente nas costas. Talvez deixar o sol entrar pelas cortinas.

Que nada, não sou tão legal assim.

Em vez disso, pego um travesseiro do chão e jogo nela. Com o cabelo todo espalhado pelo rosto, ela se levanta e olha ao redor, tentando entender o que está acontecendo. Tirando o cabelo do rosto com a mão, ela faz contato visual comigo e, isso mesmo, se afasta para trás na cama.

Dou um gole casual no café.

— Bom dia.

Ela vai dando tapinhas pelo corpo, claramente checando para ver se está vestida, e então solta um suspiro alto de alívio.

— A gente não fez sexo.

— Ainda bem, né? — Pressiono a mão no peito. — Que alívio. Não posso me dar o luxo de ter um filho agora.

Ela estreita os olhos.

— Não seja um idiota.

— É da minha natureza, *lass*. É isso o que eu faço. — Assinto para ela. — Agora, tire essa bunda da minha cama. Tenho que ir trabalhar e aposto que você também.

Seus olhos se arregalam.

— Ai, meu Deus, que horas são?

Dou uma olhada no relógio e tomo outro gole de café.

— Nove e quinze.

— O quê? — Ela dá um salto frenético da cama e começa a correr pelo quarto, pegando suas coisas. — Por que não me acordou?

— E eu pareço a porra de um despertador? Não é trabalho meu.

— Não acredito que dormi até tarde. — Ela vai calçando os sapatos, mas se atrapalhando terrivelmente, e eu seguro o sorriso que sei que me garantiria um chute direto nas bolas. — Que tipo de feitiçaria você tem nesta cama?

Divertido, pergunto:

— Do que está falando?

— Você sabe muito bem do que estou falando. É como se tivesse uma poção do sono ou algo assim.

— Se chama dinheiro, Sutton. Dá até para comprar sono.

Ela me olha.

— Não é verdade, algumas das pessoas mais ricas têm insônia.

— Então elas não estão fazendo do jeito certo.

Apesar de eu mal ter conseguido pregar os olhos na noite passada, porque a querida avestruz-com-a-bunda-para-cima estava no outro quarto, ferrando com a minha cabeça. Mas não vou mencionar isso para ela.

Terminando de calçar os sapatos, ela se levanta, pega a bolsa e começa a andar até a porta quando pigarreio e aponto para a mesa de cabeceira, e ela olha para mim.

— Não está se esquecendo de nada?

Ela vê o celular e geme.

— Esta geringonça. Eu não estaria aqui se não fosse por esta porcaria.

Em um óbvio mau humor — acho que ela não é uma pessoa matinal —, ela anda furiosamente pelo meu apartamento, mas vacila ao ver a ilha da cozinha. Virando-se, ela me lança um olhar interrogativo.

— Você fez café da manhã para mim?

— Não fique se achando. Pedi umas coisas do lugar do outro lado da rua. Fique à vontade para pegar algo e ir embora.

Pois é, posso ter pedido algumas coisas só para ela.

— Pedi *huevos rancheiros*. — Aponto para a embalagem de cima. — Já que você é do Texas, sabe.

— São os meus favoritos. — Ela pega a caixa e me lança um olhar agradecido, que logo se transforma em um rosnado. — Ah, não! Não me venha com essa. Não tente ser legal comigo agora. Já passei dessa. As sutilezas foram jogadas pela janela no minuto em que você manteve o meu celular como refém e não apareceu no nosso primeiro encontro.

— Não estou tentando ser legal. — Deixo minha xícara vazia na bancada. Minha faxineira vai lavá-la depois. — Só não quero que você fique reclamando para o seu pai sobre o quanto fui um péssimo anfitrião.

Vou para o elevador e ela me segue, com a embalagem de comida na mão e um copo de café que eu também posso ter pedido para ela.

— Ah, a gente não vai falar com o meu pai sobre isso. Ele não precisa saber.

Pressiono o botão do elevador.

— Não minto para os meus clientes.

— Não é mentira, só não precisa mencionar nada. É isso.

— É. — Dou de ombros. — Prefiro contar para ele.

O elevador se abre e eu entro, jogando minha jaqueta sobre os ombros. Ela me segue rápido, com um passo um pouco agitado.

— Por que você tem que se fazer de difícil?

— Porque te tira do sério.

Lanço um sorriso na sua direção e ela quase o cospe de volta com os olhos.

— Sério, não conte para o meu pai.

— Tarde demais, já mandei uma mensagem para ele hoje.

Com os olhos ainda mais arregalados, ela diz:

— Não, você não fez isso. O que ele falou? Você contou mesmo?

— Ele falou que não poderia ter escolhido um cara melhor para escoltar a filha dele. Disse que sempre achou que a gente se daria muito bem. Ah, falando nisso, ele acha que a gente está namorando.

Tenho certeza de que chamas saem pelas suas orelhas quando ela grita:

— Como é? Por que ele pensaria uma coisa dessas?

— De acordo com o Antigo Testamento, se você dormiu na minha casa, quer dizer que a gente está namorando.

— Antigo Testamento? Você bebeu?

— Queria ter bebido.

A porta do elevador se abre e eu começo a me afastar quando ela me alcança e me detém com a mão no meu peito. Para uma coisinha tão pequena, até que ela tem uma pegada forte.

— Ele acha mesmo que a gente está namorando?

Sorrio.

— Que nada. Não falei para ele, mas ver a sua reação valeu muito a pena. — Dou um tapinha no seu braço, me sentindo bem mais animado agora. — Tenha um bom dia, Sutton.

E com isso, saio do prédio e chamo um táxi, deixando uma Sutton Grace bem irritada para trás. Pela primeira vez na vida, saí do meu apartamento com um sorriso no rosto, porque é muito divertido provocar aquela esquentadinha.

Sutton: A gente precisa se encontrar.

Roark: Faz só duas horas. Será que você não consegue ficar tanto tempo assim longe de mim? #grudenta

Sutton: Não sou grudenta! A gente precisa se encontrar para conversar sobre o seu serviço comunitário.

Roark: Não, valeu.

Sutton: Acho que você não tem escolha.

Roark: Você não é lá uma grande ameaça.

Sutton: Ah, desculpa, será que estou interrompendo a sua massagem? Ou suas várias idas ao correio?

Roark: Você está interrompendo uma boa tragada. Minha boca está com um gosto amargo agora.

Sutton: Talvez devesse parar de fumar. Que tal?

Roark: Você conseguiu o seu celular de volta e agora está toda atrevida? Como assim?

Sutton: Só estou tentando encontrar uma maneira eficaz de me comunicar com você.

Roark: Uma maneira eficaz seria se você estivesse sem roupa, porque aí, sim, eu prestaria atenção.

Sutton: Não seja tarado.

Roark: Não é mais tão comum as pessoas chamarem umas às outras de taradas, sabia? Meio que gostei disso.

Sutton: Não era para você ter gostado.

Roark: É uma pena que você não consiga controlar minhas emoções.

Sutton: Estamos desviando do assunto. A gente precisa se encontrar.

Roark: Hum... será que você prevê algo assim acontecendo mesmo?

Sutton: Não se faça de difícil.

Roark: E onde estaria a diversão?

— E é por isso que você deve abandonar seus amigos que acabam se envolvendo em um relacionamento — resmungo, afundando na cadeira.

— Ele está cinco minutos atrasado — Rath diz.

— E eu quero a porra de uma bebida. Como é que não posso pedir uma antes de ele chegar?

— Você está agindo feito criança.

Pode ser, mas preciso de alguma coisa. Jesus, estive em reunião atrás de reunião desde que consegui meu celular de volta — um grande motivo por não ter me dado ao trabalho de fazer a troca com a Sutton — e estou exausto. Todo mundo precisa de alguma coisa, todo mundo quer dinheiro e todo mundo está de olho no próximo grande patrocínio. Já nem sei quantas vezes disse hoje, que coisas boas acontecem para aqueles que esperam. Só de pensar nisso me faz querer vomitar, porque é uma grande bobagem. Quem quer que tenha inventado isso nunca deve ter conseguido nada de bom na vida, porque ficou à margem, esperando, em vez de agir.

Agir pelos meus clientes é o meu trabalho, e faço umas merdas nos bastidores com as quais eles não precisam se preocupar. Portanto, digo para terem paciência.

Atletas nunca têm paciência.

Quando vou conseguir o patrocínio de sapatos?

Quando vou ao *The Tonight Show*?

Quando vou conseguir um acordo multimilionário e plurianual?

Sabe quando? Quando você tirar os olhos do próprio umbigo e conseguir marcar alguns *touchdowns*.

Posso ter gritado isso para algum cliente hoje. Já é fim do dia e estou irritado. Ainda bem que o cara era legal, riu e concordou comigo. Ele foi para a academia depois dessa.

Mas uma bebida me cairia muito bem agora, para deixar esse dia para trás, e Rath está sendo um bundão agora, sem me deixar fazer o pedido até que nosso melhor amigo, Bram, chegue.

— Ah, aí estão vocês — Bram diz, com as mãos juntas, olhando para nós. — Meus rapazes.

Meu Deus.

Ele vem flutuando — pois é, flutuando — até nós, com um enorme sorriso e corações saindo dos olhos como se o Cupido estivesse atrás dele, acertando sem parar a sua bunda.

Rath é envolvido em um abraço — um abraço completo — e então se senta de novo na cadeira. Por sobre a cabeça de Rath, Bram aponta para mim e mexe os dedos.

— Venha cá, seu irlandês lindo e pilantra.

Ergo a mão.

— Não, valeu.

— Nada disso. — Ele balança a cabeça. — Você não vai escapar do abraço do Bram.

Antes que eu possa fugir, ele cai de joelhos e enterra a cabeça no meu peito... me aconchegando.

— Que porra você está fazendo? — pergunto, com o sotaque mais forte por causa da raiva enquanto tento empurrá-lo.

Ele passa o nariz pela lapela do meu paletó.

— Você tem cheiro de paraíso.

— Saia daqui. — Ponho a palma no seu rosto e o afasto.

Com uma risada, ele recua para sua cadeira, desabotoa a jaqueta e se senta. Com as mãos na mesa, olha para nós dois e diz:

— Estou apaixonado.

Meu Deus.

— A gente sabe — Rath e eu falamos ao mesmo tempo, com a irritação pesada na voz.

Já faz alguns meses que Bram tem saído com a irmã de Rath, então não é surpresa que ele esteja assim: um idiota todo animado com um sorriso constante. Droga, já faz anos que ele está apaixonado por essa garota. Levou, tipo, muito, muito tempo para ele admitir — não bem admitir, mas fazer alguma coisa. Ele foi um Ross Geller ao extremo.

Ele ajusta o colarinho e diz:

— Vocês não precisam ser grosseiros quanto a isso. Só estou dividindo. Não é disso que se trata isto aqui? Dividir?

— É, dividir coisas que não sabemos ainda — Rath responde, chamando a garçonete. Graças a Deus.

Quando ela se aproxima, falo rápido e mais alto que os caras:

— Jameson, puro.

— Stella Artois, por favor — Rath pede.

Quando ela se vira para Bram, ele esfrega a barriga e diz:

— Um leite quente cairia muito bem, sabia?

Que porra é essa?

— Não — interrompo, dispensando-o. — Ele vai querer tequila. Obrigado.

Um pouco confusa e talvez um pouquinho perturbada, ela se afasta enquanto Bram reclama:

— Ei, eu queria mesmo um leite quente.

— Você não vai beber essa merda perto de mim. Não vai rolar. E também é um homem adulto, então tenha colhões e beba álcool.

— Caramba. — Bram desdobra seu guardanapo e o coloca no colo. — O que está rolando?

— Nada. — Passo a mão pelo meu cabelo grosso.

— É uma garota — Rath revela, fazendo Bram quase saltar da cadeira e dar uma cambalhota bem na nossa frente.

— Uma garota? — ele solta. — Não com o Roark McCool, o eterno solteirão.

Meu coração não aguenta.

Sabe quando dizem que tudo que vai, volta? Está voltando para mim agora. Posso não ter sido o melhor dos amigos quando Bram estava tendo problemas com a Julia. Sim, eu o ajudei, mas fui um babaca quanto a isso na maior parte do tempo.

Dá para sentir que ele está se vingando e me deixando nessa agora, ainda mais com aquele brilho diabólico nos seus olhos.

Mas, verdade seja dita, isso não é a mesma coisa, nem chega perto. Não estou apaixonado pela garota nem quero namorá-la. Pois é, ela é linda e tem peitos incríveis, mas não significa que vou tomar alguma atitude quanto a isso.

Tudo bem... sim, é divertido tirá-la do sério, mas não é a mesma coisa que Bram tem com a Julia ou a dificuldade pela qual ele passou.

— Rath está exagerando.

— Ele manteve o celular dela como refém por dias e ela dormiu na casa dele ontem.

— O quê? — Os olhos de Bram quase saem das órbitas. — Um contatinho recorrente? O que está rolando? Roark McCool não tem contatinhos recorrentes.

Jesus.

Ainda bem que a garçonete chega com nossas bebidas, então tenho um segundo para me recompor e não explodir, causando perguntas indesejadas dos meus amigos.

— Você já dormiu com ela? — Bram pergunta, bebericando sua tequila e franzindo os lábios.

Estar em um relacionamento amoleceu mesmo o maldito. Ele já foi o cara mais popular do campus e agora passa as noites de sexta-feira aconchegado com sua garota. Não consigo me lembrar da última vez que ele saiu com a gente. Faz muito tempo mesmo.

— Eu não dormi com ela.

— Não? — Rath indaga, surpreso. — Quando disse que ela passou a noite na sua casa, achei que tinham transado.

— Como é que você sabe sobre essa garota, e eu não? — Bram reclama. — Cara, você sabe que eu sou o romântico. Rath tem um tijolo no lugar do coração, você precisa discutir essas coisas comigo.

— Não tenho um tijolo no lugar do coração — Rath se defende.

— Não, só não consegue esquecer a sua ex — retruco com um sorriso malicioso.

Ele se mexe na cadeira, mas não diz nada. Seu silêncio é tudo de que preciso. Agora, para fazer Bram calar a boca, me viro para ele, que cruza os braços em desafio, como se dissesse *você não tem munição contra mim*. E é verdade, não tenho. Costumava ter quando ele estava atrás da Julia, mas agora é como se ele fosse um livro aberto para todo mundo.

— E então... quem é essa garota?

Cacete. Posso muito bem terminar com isso logo.

— Vou começar dizendo que não estou interessado nela, então antes que esse seu coraçãozinho comece a bater feito louco por um casal em potencial, saiba que nunca vai rolar.

Em um tom sarcástico, Bram responde:

— Nunca diga nunca.

Porra, como ele é irritante.

— A gente se esbarrou lá no Gray's Papaya antes de eu entrar em uma briga. Deixei meu celular cair no chão e ela também. Eles se misturaram e Rath acabou pegando o errado. Com uma curiosidade natural, dei uma olhada no celular dela, que não tinha senha, e comecei a bisbilhotar as coisas.

Bram cutuca Rath com o cotovelo.

— Eu teria feito a mesma coisa. Adoro bisbilhotar.

— E eu posso ter levado um tempo para devolver o celular. — Dou de ombros. — Sei lá, isso deu à minha personalidade de babaca alguma coisa para fazer. E isso durou até descobrir que ela é a filha de Foster Green.

— O quê? Sério? — Bram pergunta. — Que coincidência.

Esfrego a nuca.

— Nem me fale. Aí ela começou a me seguir durante o dia todo de ontem até às duas da manhã, quando finalmente a levei de volta para a minha casa e devolvi o celular. Já estava bem tarde, as ruas estavam cobertas de neve e ela estava com medo de voltar para o Brooklyn. Aí dormiu no quarto de hóspedes. É isso. Fim da história.

— Além de ter que trabalhar com ela agora — Rath acrescenta, encontrando a voz de novo.

Bram bate palmas, divertindo-se.

— Que reviravolta, por essa eu não esperava. — Ele dá um gole na bebida e continua: — Me deixe adivinhar: você tem que trabalhar para a fundação do pai dela para cumprir as suas horas de serviço comunitário?

Coço a lateral do queixo.

— Algo assim.

— Porra, que perfeito. Vocês dois vão se apaixonar.

— A gente não vai se apaixonar. Ela não só é filha do meu cliente, como também só tem vinte e quatro anos.

— E daí? — Bram dá de ombros. — Oito anos não é tanta diferença assim quando você para e pensa. E a Julia também é mais nova do que eu.

— Julia só é dois anos mais nova que você — saliento, meio que concordando que idade não importa tanto assim. Ela só parece mais nova para mim, porque trabalho com o pai dela. *E ela é tão ingênua e educada... e fofa pra caralho*. Não. Esqueça isso. Filha de cliente...

— Dois anos, oito anos. — Ele fecha as mãos. — A mesma coisa. — Ele está delirando. — Me fale uma coisa, você a acha atraente?

— Eu seria cego se não achasse. Mas ela não faz o meu tipo. Inocente até demais. Tem toda aquela pose de *garota certinha* com grandes olhos e é incapaz de xingar. Eu me sentiria como se estivesse roubando a inocência dela se tentasse fazer qualquer coisa com ela.

— Você pensou nisso — Rath diz com um sorriso.

— Não do jeito que você está imaginando. Não é algo em que eu esteja interessado.

— Você diz isso agora... — Bram fala arrastado. — Mas espere só. Você vai estar implorando para ir a um encontro com ela. Dá para ver nos seus olhos.

Não sei o que ele está vendo, mas não há nada aqui, não mesmo.

Sutton: Dei um dia para você se recompor. Agora, dá para agir como um adulto e me falar quando a gente vai poder se encontrar?

Sutton: Me evitar não é uma escolha que você vai querer fazer.

Sutton: Não tenho medo de envolver o meu pai. Não me faça ter que dar essa cartada.

Sutton: Tudo bem, você está me tentando. Já até escrevi um e-mail para ele, estou pronta para enviá-lo, te delatando.

Sutton: Acabei de colocar o nome dele na barra de destinatário.

Sutton: Estou prestes a enviar.

Roark: Meu Deus, seis mensagens em uma hora. Eu tenho a porra de um emprego, sabia?

Sutton: Ah, oi. Como foi o seu dia?

Roark: O que você quer?

Sutton: Você sabe o que eu quero.

Roark: Não precisa pedir, lass. Venha cá e pegue.

Sutton: Você está falando do seu pênis?

Roark: Porra, não. Isso seria pouco profissional.

Sutton: Ah, já saquei o seu sarcasmo.

Roark: Viu só, não precisou de asterisco.

Sutton: Olha só para esta conversa engraçada. Você não quer fazer isso pessoalmente para a gente conversar sobre o acampamento?

Roark: Não.

Sutton: A gente precisa se encontrar.

Roark: A única coisa que eu PRECISO fazer é tirar a água do joelho. Falo com você depois.

Sutton: Você pode... "tirar a água do joelho" e falar comigo ao mesmo tempo.

Sutton: Oi?

Sutton: Quanto tempo você demora para fazer xixi?

Sutton: Será que arde quando você faz xixi?

Sutton: ^^^ é sinal de uma IST.

Roark: Cacete, como você é irritante.

Sutton: Você fumou hoje? Lembra quando falou que ia parar?

Roark: Como é? Nunca falei nada disso para você.

Sutton: Ahá! Consegui fazer você responder na primeira mensagem.

Roark: Inacreditável. Ninguém nunca falou para você que mentir é pecado?

Sutton: Você mente para mim o tempo todo.

Roark: Nunca disse que eu era santo.

Sutton: Nem eu.

Roark: Você não engana ninguém, Sutton. Você é uma boa menina.

Sutton: Não é verdade. Eu faço coisas.

Roark: Alguém que é durão jamais diria "faço coisas".

Sutton: Ah, é? Bem… eu costumava roubar Tic Tacs enquanto estava na fila do mercado.

Roark: Quantos anos você tinha?

Sutton: É irrelevante.

Roark: Você tinha uns sete anos?

Sutton: Não…

Roark: É, tá bom. Boa noite, Sutton.

Sutton: Bom dia, flor do dia. Está pronto para se encontrar comigo às nove? Vou levar scones.

Roark: A gente não vai se encontrar.

Sutton: Mas poderíamos.

Roark: Estou ocupado.

Sutton: Não está, não! Sei que não está. Por favor, pelo amor de Jesus, se encontre comigo.

Roark: Por que você precisa tanto assim de mim? Só me dê um trabalho.

Sutton: O seu trabalho é de coorganizador.

Roark: Ah, tá bom que é.

Sutton: Você não leu os e-mails? Whitney disse que só vai aprovar as suas horas de trabalho se você me ajudar a organizar. Estamos juntos nessa.

Roark: Ela não falou isso.

Sutton: Falou, sim. Dê uma olhada nos seus e-mails.

Sutton: Olá?

Roark: Vou ter uma conversa com o seu pai sobre isso.

Sutton: Nem se incomode. Já tentei conversar. Ele está firme nessa decisão.

Roark: Então faça tudo sozinha e coloque o meu nome.

Sutton: Queria poder fazer isso, seria muito mais fácil, mas é muito trabalho e preciso da sua ajuda com as celebridades.

Roark: Meu Deus.

Sutton: E então... às nove? Scones?

Roark: Não.

Sutton: Roark! POR FAVOR!!

Sutton: Olá?

Sutton: Não me dê gelo.

CAPÍTULO 8

Querido Ralph,

Ralph, Ralphy? Ralphito?

É, não curti.

Você ouviu as novidades? Dizem por aí que Foster Green é um babaca criativo e cruel. Adoro o cara por muitas razões, milhões delas estão bem na minha conta bancária, mas desde que ele decidiu ser o meu responsável, é como se ele tivesse, de alguma forma, pegado o meu saco, o enfiado em sua pequena pochete e o usado em volta da cintura, mantendo-o em rédeas curtas, fazendo com que fique impossível sair de seu joguinho.

Coorganizador? Será que eu pareço com a merda de um planejador? Não faço merdas desse tipo. Eu contrato pessoas...

Nossa, espere um segundo.

Uma ideia acabou de surgir. Isso, uma genial. Uma ideia incrivelmente genial.

Talvez este diário não seja tão ruim assim, no fim das contas.

Não se empolgue, foi uma mentira. Eu preferiria cutucar o saco com um lápis bem apontado a ter que ficar sentado aqui escrevendo.

Roark

Sutton

Sutton: Você sabia que sei fazer os melhores biscoitos amanteigados do mundo?

Roark: Você vai começar a me mandar mensagens aleatórias agora?

Sutton: Você se recusa a atender as minhas ligações.

Roark: Aliás, você pode parar de tentar. Nunca vou atender. Pare de perder tempo. Trabalhe com eficiência.

Sutton: Duvido muito que é você quem vai me dar conselhos sobre como trabalhar de forma ética.

Roark: Não sei, não. Minha conta bancária diz outra coisa.

Sutton: Você é tão cheio de si.

Roark: E mesmo assim você continua me mandando mensagem.

Sutton: Quando a gente vai se encontrar?

Roark: Amanhã, meio-dia, no Makers, na Broadway.

Sutton: O quê? Você está falando sério?

Roark: Sim, não se atrase.

Sutton: É melhor você não estar tirando uma com a minha cara.

Roark: Jamais faria isso.

Sutton: É, tá bom.

Carregando a pasta junto ao peito, ando de um lado para o outro à espera de Roark. Estou adiantada, então não preciso entrar em pânico, mas ele tem mesmo um histórico de não aparecer, e sua repentina mudança de ideia foi um pouco surpreendente. Quase não acreditei nele, então quando liguei para o restaurante para ver se ele tinha feito reservas, e fez mesmo, fiquei chocada, para dizer o mínimo.

— Srta. Green, sua mesa está pronta. Por aqui.

— Obrigada.

Mais uma vez dou uma olhada para a porta antes de segui-la. A hostess me leva para perto da janela, oferecendo-me uma vista da rua. Pelo menos vou poder ficar de olho em Roark, se ele vier nesta direção.

Depois de me acomodar, pego o cardápio, mas as palavras parecem se misturar, tornando impossível me concentrar. Para ser sincera, estou meio nervosa com a ideia de ver Roark de novo. Não por causa do que temos que conversar, mas por causa da forma como meu corpo reage quando ele está perto. Fico toda ansiosa e desconfortável, meu rosto cora, e, por alguma razão, quando ele fala comigo, só consigo me lembrar da sua bunda.

Pode ser que também pense nisso quando ele manda mensagem.

Eu o culpo.

Nádegas deveriam ser sagradas, não uma coisa que você mostra para um desconhecido sem mais nem menos, e sabe por quê? Porque quando você está diante de nádegas bonitas e firmes, é só sobre isso que a outra pessoa consegue pensar. E é justo? Não.

Agora dá para entender minha apreensão com a ideia de ver Roark.

Nádegas.

Bunda firme, apertada...

— Srta. Green?

Pega de surpresa, solto uma risada nervosa e ergo o olhar para uma jovem de cabelo castanho parada perto de mim, com um sorriso acolhedor e uma bolsa de laptop pendurada no ombro.

— Sim?

Ela estende a mão para mim e diz com orgulho:

— Sou a Siri, tipo como a mulher do telefone.

— Ah... oi. — Aperto sua mão, porque não quero ser mal-educada.

— É um prazer conhecer você. — Ela coloca a bolsa na mesa e tira o casaco antes de se sentar de frente para mim. — Dá para acreditar nesse tempo? Não sabem nem o que fazer com toda aquela neve, mas é claro que a cidade nunca dorme, não é? — Ela pega o cardápio e ofega. — Ah, adoro uma boa salada *wedge*.

Será que deixei passar alguma coisa?

Quem é esta Siri e como ela me conhece?

E por que ela está agindo como se eu a estivesse esperando esse tempo todo?

— Você vai querer alguma coisa para tomar?

Siri ergue os olhos para a garçonete e assente.

— Chá gelado, sem açúcar, por favor, e também gostaria de uma salada *wedge*. Estou morrendo de fome. — Ela entrega o cardápio e sorri para mim.

— E você, senhorita?

Pisco algumas vezes, totalmente desnorteada. O que está acontecendo aqui?

— Hã, vou querer a mesma coisa — respondo, perplexa.

Assim que a garçonete se afasta, Siri recomeça:

— Você também tem um caso de amor com saladas *wedge*? Vou te falar, é um grande problema para mim. Sempre peço quando vejo no cardápio, porque não consigo ficar sem. É o bacon. Acho mesmo que seja o bacon. E você?

Com um sorriso psicótico — dá para sentir —, assinto e gentilmente coloco as mãos na mesa, tentando ser o mais legal possível.

— Desculpa — engulo em seco —, mas já nos conhecemos?

Ela ri.

— Não, mas chego com tudo, então dá para ver por que você ficaria com essa impressão.

Ainda confusa, dou uma olhada ao redor à procura de Roark, imaginando se ele está parado em algum lugar, me observando, como se fosse algum tipo de pegadinha esquisita que ele armou, mas quando não vejo nenhum sinal dele, eu me viro para Siri, que está sentada ali... olhando para mim.

— Você é bem bonita. — Ela cobre a boca, quase constrangida. — Não quero parecer esquisita, mas sou meio direta. — Não me diga. — Mas você é bem bonita mesmo. Seus olhos são lindos. E que cílios compridos. São naturais?

Tudo bem, é algum tipo de armação? Estou em um tipo de encontro sem saber?

— Desculpa. — Tento ser o mais educada possível. — Mas estou meio confusa. Era para eu me encontrar com Roark McCool para o almoço...

— Ai, meu Deus, é claro que ele não falou para você. É tão a cara de Roark... — *É tão a cara de Roark?* Como se eles se conhecessem *mesmo*. Sério, quem é esta Siri? — Sou a assistente dele. Ele me colocou no seu projeto. Quer que eu cuide de tudo com você. Estou superanimada. Pesquisei a manhã toda e tive tantas ideias maravilhosas. Começando com a mudança do acampamento todo para a cidade. A gente teria mais celebridades à nossa disposição e a cobertura midiática seria bombástica. A gente poderia até transformar isso em um evento promocional.

Levanto a mão, com a minha educação desaparecendo.

— Com licença, mas os planos são para que o acampamento aconteça no rancho, no Texas. Não queremos a atenção da mídia, porque não se trata disso. Roark deve se encontrar e entrar em contato com os atletas selecionados. Me desculpa se parecer grosseria, mas receio dizer que o seu envolvimento com o projeto não será necessário, Siri.

— Ele disse que você falaria isso. — Ela sorri, mas não é tão encantador desta vez. — Vou te explicar, Sutton. Roark é um cara ocupado. Ele não tem tempo para falar sobre coisas irrelevantes como um acampamento para crianças.

— Irrelevantes? — Minha voz fica mais alta. — Me deixe falar uma coisa, Siri. Passei um dia inteiro com ele, seguindo cada movimento dele, e se ele tem tempo para passar nos correios e receber uma massagem de duas horas, o mínimo que pode fazer é ter a decência de aparecer nesta reunião de negócios. — Jogo meu guardanapo na mesa, já desprovida de todo o meu charme sulista. — E quer saber de uma coisa? O que meu pai faz por essas crianças é tudo, menos *irrelevante*. Sugiro que você pesquise um pouco melhor da próxima vez.

Com isso, pego minhas coisas e saio às pressas do restaurante, com uma única ideia em mente: dizer poucas e boas ao estilo sulista para Roark.

Sutton: Perdi todo o respeito por você.

Roark: Nem sabia que você ainda tinha algum.

Sutton: Por que não apareceu para a reunião?

Roark: Siri não explicou?

Sutton: Perdoe meu jeito de expressar, mas a Siri é uma vaca. Ela foi bem mal-educada e desagradável.

Roark: Que engraçado, ouvi a mesma coisa sobre você.

Sutton: Ela chamou o acampamento do meu pai de irrelevante. Não sei quanto a você, mas isso é condescendente e ofensivo para mim. Não levo numa boa quando as pessoas menosprezam o meu pai e seus anos de trabalho duro para ajudar os outros. Ele se orgulha mais disso do que das estatísticas que conseguiu ou os prêmios que recebeu ao longo dos anos. Então, o fato de a sua assistente, enviada POR você para representar as SUAS ideias, ter menosprezado o legado do meu pai dessa forma é inaceitável, Roark. Sei que você não tem nenhum respeito por mim. Tanto faz. Mas isso com certeza me mostrou o pouco respeito que VOCÊ tem pelo meu pai. E aos meus olhos, isso é ainda pior. Ficou claro que você só se importa com o dinheiro que fez com ele. É repugnante. Você me enoja.

Roark: Droga, Sutton. Desculpa.

Roark: Sutton?

Roark: Ei, você está aí?

Roark: Porra.

Depois de um bom banho, uma enorme caneca de chocolate quente com marshmallows e meio pacote de Oreo, finalmente me acalmei e posso agir como uma adulta racional.

Pelo menos foi isso que disse a mim mesma enquanto estava no meu apartamento, mas agora estou andando de um lado para o outro no saguão do prédio de Roark, esperando-o voltar da boate, e a Sutton adulta racional não está mais presente, e sim a maluca.

Pensei ter ficado de alma lavada com aquelas mensagens, mas quando vi suas respostas depois, o grande arrependimento em suas palavras, tive que ver por mim mesma se ele estava falando sério, se estava mesmo arrependido. *Mas ele está farreando por aí, essa é a minha resposta. Sem dúvida...*

Talvez seja maluquice, ou até desespero, mas é a situação em que estou, porque foi onde ele me colocou. Não estou arrependida pelo que disse para ele, porque é tudo verdade, e ainda me deixa com raiva. Mas se ele estiver arrependido...

— Posso pegar uma garrafa de água para você, srta. Green? — Harris pergunta.

— Não, obrigada, Harris. — Olho para o meu celular. Uma e quinze. — Quanto tempo o sr. McCool costuma ficar fora?

— Depende da noite. Gostaria de poder ser mais exato.

— Tudo bem. — Me sento em um dos sofás duros da entrada. — Ele fica fora até tarde todas as noites?

— Quase todas as noites, mas pelo menos uma vez na semana ele fica em casa. — Ele dá uma piscadela. — Mas você não ouviu isso de mim.

A porta se entreabre e Harris corre para abri-la mais para dar passagem a um Roark muito trôpego e com olhos vidrados. Ah, maravilha, ele está bêbado. Já deveria saber. Esta foi uma ideia idiota. Por que me dei ao trabalho?

— Boa noite, sr. McCool.

— Ei, Harris. — Ele dá um tapinha no ombro do homem e abre caminho para a entrada. Ele me dá uma olhada antes de continuar para o elevador e está prestes a apertar o botão de novo quando se vira devagar e olha para mim, com a cabeça inclinada. — Sutton? — Ele me analisa por um instante antes de algo cruzar sua expressão. Antes que eu possa me dirigir a ele, seus olhos se estreitam e ele vem até mim, pega minha mão e me puxa para o elevador.

— O que você está fazendo?

Ele aperta o botão de subir e o elevador se abre no mesmo instante. Ele me empurra para dentro, insere o cartão e aperta o botão C. Então se vira para mim e entrelaça os dedos nos meus, um toque íntimo para o qual eu não estava preparada, e, naquele instante, enquanto subimos os múltiplos andares até sua cobertura, seu calor se espalha por mim e sinto a fria fachada que ergui começar a derreter.

Quero estar brava, quero gritar e berrar para ele, fazê-lo se sentir mal assim como me senti mais cedo, mas um único olhar para sua expressão arrependida já foi suficiente para saber que ele foi sincero em suas mensagens. Não apenas sincero, mas genuíno, e isso esfria a raiva ardente que estava crescendo dentro de mim enquanto esperava lá embaixo.

Sei que não deveria... mas é isso o que acontece.

Há algo neste homem que puxa as cordas do meu coração de uma maneira assustadora que nunca experimentei antes. Ele vai de quente para frio, confundindo-me e mudando minha opinião a respeito dele de boa para ruim em questão de segundos. Ele é divertido com suas respostas ácidas e pensamento rápido, mas há um lado mais suave, e posso apostar minha vida que ele o mostra a poucas pessoas.

Sei que posso dizer com sinceridade que sou uma das poucas pessoas que teve o privilégio de ver além da persona de bad boy.

As portas se abrem e ele me puxa para dentro do seu apartamento, com os olhos fixos em mim, e o calor de suas pupilas dispara um sério alerta.

Não passou despercebido o fato de ele ter voltado sozinho para casa, ou que quando me viu, um sorriso minúsculo agraciou seus lindos lábios e que agora ele está segurando minha mão desesperadamente, querendo que eu fique com ele.

E com todos estes sentimentos desconhecidos girando dentro de mim, sei que deveria soltar a mão dele e ir embora, mas meu cérebro parece não comandar meus pés, não importa o quanto grite e berre para eles. Quero ficar, quero ver até onde vai esta eletricidade que está faiscando entre nós. Quero saber o que esse olhar suave e sincero vai me trazer.

— Ei — ele diz, colocando uma mecha do meu cabelo atrás da orelha.

Meu rosto se vira para o dele por um brevíssimo instante.

Ai, Deus, isso não é bom. Eu *não* vim aqui pela intimidade, nem para uma noitada — nem sei se é isso o que ele quer, mas pela sua expressão, me sinto nervosa à espera do seu próximo movimento.

— Roark.

Ele envolve meu rosto, passa o polegar sobre a minha bochecha, e meu estômago dá cambalhotas por esse toque.

— Me desculpa — ele finalmente diz, com a voz mais rouca que o normal, mas o propósito em suas palavras é tão genuíno, tão sincero. É desnorteante... e tentador.

Engolindo em seco, olho para ele.

— Você está falando sério mesmo?

Ele assente.

— Estou. Estou falando sério pra caralho. — Seu polegar acaricia minha bochecha outra vez enquanto seus olhos buscam os meus. Mal conheço este homem, mas há algo que me puxa para ele, uma dor que começa a se formar na boca do meu estômago, uma dor apenas por ele. Uma dor que quero aliviar. Ele aponta com a cabeça para algo atrás de mim na direção do corredor, quebrando o feitiço, e diz: — Vá.

Espere. O quê?

— Vá? — Minha empolgação diminui.

Ele aponta outra vez, como se estivesse tentando se convencer e dá um passo para trás, enfiando as mãos nos bolsos.

— Quarto de hóspedes. Agora.

Ele está falando sério? Ele quer que eu vá para o quarto de hóspedes? Depois de tudo isso, do olhar, do pedido de desculpas, dos toques suaves... Ele apenas quer que eu vá?

Parando para pensar, não sei se quero ficar. *Mas também não quero ir embora.*

Reunindo um pouco de coragem, digo:

— Não vou ficar aqui de novo.

Ele me nivela com aqueles olhos verdes ardentes.

— São quase duas da manhã. Você quer mesmo voltar para o Brooklyn agora?

Odeio que ele tenha razão.

— Posso ficar em um hotel.

— Não seja idiota, Sutton. — Ele aponta de novo. — Vá dormir.

— Mas quero conversar com você.

— Agora não. Assim, não. — Ele dá outro passo para trás enquanto passa a mão pelo cabelo. — Vá, Sutton.

Também não quero conversar com ele desse jeito, bem como não quero este fim abrupto para a nossa noite. Mas parece que não tenho escolha.

Soltando um suspiro pesado, eu me viro e vou na direção do quarto de hóspedes, desejando que ele não estivesse bêbado, desejando que a gente pudesse resolver isso tudo.

Logo antes de tocar a maçaneta, ouço um último pedido de desculpa.

Aff, por que ele tinha que estar bêbado? Ele parece tão aberto, tão vulnerável, como se tivesse deixado de lado a barreira de sarcasmo e deboche atrás da qual gosta de se esconder, tornando a comunicação muito mais fácil.

Mas pode ser que ele só esteja assim porque está bêbado.

Passo os minutos seguintes me preparando para ir para a cama, pegando uma camiseta que ele deixou na cômoda, que me faz ficar imaginando se ele esteve me esperando, se me conhece tão bem assim que uma mensagem não seria suficiente. *Mas quando foi que ele colocou isto aqui? Por que pensou nisso?*

A camiseta tem o cheiro dele, e eu o inspiro sem vergonha alguma enquanto a coloco sobre meu corpo nu. Escovo os dentes, lavo o rosto e então vou para a cama. Conecto o celular ao carregador. É quando vejo uma mensagem dele.

Roark: Você está bonita hoje.

Aperto os olhos e seguro o celular junto ao peito. Ah, Roark...

Sutton: Você está bêbado.

Roark: Eu sei.

Sutton: Por quê, Roark?

Roark: Não gostei da forma como te tratei. Tive que beber para esquecer o dia.

Sutton: Você poderia simplesmente ter mandado uma mensagem, me ligado, ido ao meu escritório.

Roark: Poderia.

Sutton: Mas não fez isso.

Roark: Sou um babaca, Sutton. O quanto antes você se der conta disso, melhor.

Sutton: Há momentos em que você não é.

Roark: Não se apegue a eles, porque são poucos e não acontecem com frequência.

Sutton: É verdade, mas quando você tem esses momentos, eles causam um grande impacto.

Roark: Tipo quando?

Sutton: Uns minutos atrás, quando você disse que eu estava bonita.

Roark: Fique longe, Sutton. Fique bem longe.

Mas e se eu não quiser...

CAPÍTULO 9

Querido Sal,

Sempre fui fã do álcool. Começou quando tomei o primeiro gole, com a idade avançada de treze anos. Tem sido um amigo, um confidente, um protetor contra as emoções, e tem me dado muita diversão. Nunca na vida fiquei com raiva do álcool nem nunca disse nada terrível sobre ele, mesmo quando levo um chute no saco e acordo todo revirado no dia seguinte por ter enchido a cara.

Mas na última noite, Sal, na última noite, o álcool me traiu.

Alguns podem pensar que eu estava bêbado demais para lembrar qualquer coisa da noite passada, mas nunca fui esse tipo de bêbado. Sempre fui este babaca sortudo que, quando bêbado, se lembra de cada coisa idiota que disse e fez, incluindo falar umas merdas idiotas para uma garota para a qual ele não tem direito nenhum de dizer.

Você adivinhou, posso ter dito algumas coisas para a Sutton sem querer. Sabe, coisas como "você está bonita" — que sei que toda mulher quer ouvir —, mas nem todo cara quer dizer isso alto, ainda mais quando ele não quer dar falsas esperanças à mulher.

Culpo o álcool. Eu o culpo por tudo. Por ter sido um babaca com ela na maioria das vezes, quando na verdade ela não merece nada disso — mesmo que a maioria das babaquices tenha acontecido enquanto eu estava sóbrio. Eu o culpo por ter segurado a mão dela no elevador, por ter entrelaçado nossos dedos, por ter levado um momento para cheirá-la, algo que jamais teria feito sóbrio. E o culpo pelos pensamentos safados que tive com ela na noite passada, especialmente um que envolvia minha cabeça enterrada entre as pernas dela. E culpo o álcool por precisar me masturbar no chuveiro hoje de manhã para que possa estar, de alguma forma, apresentável quando fosse acordar a avestruz.

Jesus.

Valeu, Sal. Pode ser que eu considere manter esse nome, sabe. Vamos ver.

Roark

Roark

Apenas abra a droga da porta. É seu apartamento, você é dono desta maçaneta, então coloque a mão nela e gire.

Estendo o braço, mas não a pego.

Droga, e se ela estiver nua ou algo assim? Mal estou conseguindo passar pela manhã com a lembrança daqueles seus olhos grandes e ousados e como ela cheira a campos frescos, mesmo tão tarde da noite.

A mão que não está segurando o café se arrasta pelo meu rosto, enquanto eu pondero. Ela ficou chateada da última vez que não a acordei, mesmo que, tecnicamente, não fosse responsabilidade minha. Ainda assim...

Suspiro e estendo a mão para a maçaneta mais uma vez, abrindo aos poucos. *Por favor, não esteja nua. Por favor, não esteja nua.*

Apesar de que... uma espiadinha não me mataria.

Não! Mataria, sim. Me destruiria.

Não esteja nua.

Entreabro a porta e espio lá dentro.

Mas que porra?

Empurro a porta e encontro a cama totalmente arrumada e vazia. A luz do banheiro está apagada, e é como se ninguém tivesse estado ali.

Que merda é essa? Ela foi para casa na noite passada?

É melhor ela não ter ido embora.

Tiro o celular do bolso e vou até a cozinha, onde deixo meu café e digito uma mensagem para Sutton.

Roark: Você foi para casa ontem à noite?

Espero pela resposta, imaginando se ela talvez tenha acordado cedo e voltado para casa, mas quando não recebo uma resposta em dez minutos, começo a entrar em pânico. Muitas coisas poderiam ter acontecido com ela se tiver ido para casa na noite passada, e acho que não me perdoaria se ela tiver se metido em problemas.

Andando de um lado para o outro, pondero sobre o que fazer a seguir. Uma ligação. Simples assim.

Digito seu número e espero.

E espero.

— Olá, você ligou para Sutton. Desculpa ter perdido a sua ligação, mas se você me der um pouquinho de tempo, vou fazer questão de retorná-la. Tenha um ótimo dia.

Porra.

Desligo.

Sua voz é tão animada, tão doce com o toque mais fofo do sotaque texano.

Por que ela não atendeu?

Bato na bancada, batucando com os dedos contra a superfície dura enquanto decido o que fazer. Talvez outra mensagem.

Isso, uma mensagem. Pode ser que ela esteja em uma reunião e não possa atender. Mas ela pode responder uma mensagem de forma discreta.

Roark: Ei, dá para você me dizer se está tudo bem?

Simples. Se ela tiver alguma decência, vai me responder. Considerando o seu vício ao charme sulista, ela jamais deixaria uma mensagem sem resposta, ainda mais uma que claramente demonstra preocupação. Droga, será que eu deveria ter usado asterisco para demonstrar preocupação?

Mordo o lábio e encaro a mensagem. Pode ser que sim.

Porra, tudo bem...

*Roark: Só uma mensagem rápida. *preocupado**

Tenho bancado o tranquilo. Estou conseguindo dar conta do pânico que está, neste momento, inundando meu peito, mas aquela mensagem... pois é, me fez parecer desesperado.

Muito desesperado.

Mas, sabe como é, estou desesperado para saber se ela está bem, porque ela é a filha do meu cliente, um dos meus clientes mais próximos, e eu me sentiria uma grande merda se algo acontecesse com ela sob o meu cuidado. Não que eu tenha que tomar conta dela, mas ela esteve aqui na noite passada, e se está chateada, tão chateada assim para ir embora, a culpa é minha. Não quero decepcionar meus clientes. Nunca.

É por isso que estou agindo assim. Insistindo em entrar em contato. Pelo meu cliente.

Não porque estou começando a sentir algo por ela...

Meia-hora depois e nenhuma resposta. Vou matá-la se ela ainda não estiver morta.

Lembra quando eu disse que estava entrando em pânico? Não foi nada comparado ao que estou sentindo agora. Estou no modo de um completo ataque cardíaco enquanto vou até o escritório dela na fundação do seu pai. Não faço ideia de onde ela mora ou teria ido para lá, e com certeza jamais perguntaria ao pai dela. O escritório é a melhor alternativa.

Quando o elevador se abre, entro apressado na recepção e pergunto:

— Sutton Grace está aqui?

Assustada, a mulher que trabalha atrás do balcão por anos, a mesma cujo nome nunca consigo lembrar, me recebe com um sorriso.

— É bom ver você, sr. McCool...

Seguro a beirada da mesa e me inclino para frente, tentando não parecer tão louco quanto me sinto.

— Sutton Grace está aqui?

A pobre mulher engole em seco e assente ao apontar.

— Terceira porta à direita, no corredor.

E, com isso, fico expelindo fogo quando dou meia-volta e vou pisando duro em direção à terceira porta à direita.

Vai rolar. Eu vou matá-la.

Bem ali, na fundação do seu pai, vou matar a única filha dele.

Nem me dou ao trabalho de bater. Abro a porta, fazendo Sutton se sobressaltar em sua cadeira, derramando chá por toda a mesa.

Com a mão no peito e a respiração pesada, ela olha para mim em completo choque.

— O que você está fazendo aqui, Roark?

Fecho a porta com o pé, então me inclino sobre sua mesa, com as mãos agarradas à madeira e os olhos estreitos.

— Por que raios você não atendeu o celular?

— O quê? — Ela parece realmente confusa.

— Mandei várias mensagens e liguei. Você está tentando me punir? É esse o seu joguinho, Sutton?

Estou fervendo e não há chance alguma de parar agora, não quando há emoções indesejadas e confusas pra caralho correndo por mim.

— Eu... não. — Distraída, ela pega a bolsa e a vasculha enquanto enxuga o chá com guardanapos. — Não estava com o celular. Está... aqui está.

Porra.

Estendo a mão para pegá-lo.

— Me dê.

Ela não precisa ver minhas mensagens. Com certeza não precisa ver meu uso de asteriscos.

Ela se afasta mais rápido do que o esperado, deslizando a cadeira, que bate na parede logo atrás. Ela segura o celular junto ao peito e diz:

— Não. Este é o meu celular.

— Foi meu por um tempo. — *Lá se vão a maturidade e a lógica enterradas bem fundo com essa minha exigência.* — Agora me dê. — Estendo a mão.

Pensativa, ela inclina a cabeça para o lado.

— O que é que você não quer que eu veja ou ouça?

— Nada, só me dê. Preciso ver se... hã... está envenenado. Havia veneno para rato por todo o meu apartamento ontem à noite, e só quero me certificar de que não esteja no seu celular.

— Você é tão mentiroso. — Ela olha para a tela e seus olhos se suavizam. — Aw, você usou asteriscos.

— Jesus — murmuro, me virando, com a mão no cabelo.

— E você ligou.

— Bem, você não está morta, então vou embora.

— Espere. — Ela se levanta depressa, dá a volta pela mesa e puxa minha mão para me manter no lugar. Uma onda de lavanda me atinge de uma vez quando ela me vira, forçando-me a olhá-la. — Você ficou preocupado, Roark.

Ela não vai deixar isso pra lá. Dá para ver em seus olhos. Suspirando, falo:

— É, tá bom. Eu fiquei preocupado. Esperava que você estivesse no quarto de hóspedes, então quando não te vi lá, achei que tinha tentado voltar para casa, e quando você não respondeu nem atendeu o celular, pensei o pior.

E Harris não estava de plantão, o que é compreensível, então não deu nem para perguntar quando havia ido embora.

Seus dedos se entrelaçam com os meus, e sei que deveria me afastar. Sei que preciso desencorajar qualquer toque íntimo, mas, pelo amor de Deus, não consigo. Não quando tenho esta sensação estranha que me obriga a ter certeza de que ela está bem de verdade.

— Eu configurei o despertador dessa vez, já imaginando que você não levantaria cedo, considerando o seu estado ontem à noite. Voltei para a minha casa e me arrumei para o trabalho.

Assinto.

— É, faz sentido.

Sua mão sobe e brinca com a lapela da minha jaqueta. Meu Deus, ela está perto demais.

— Obrigada por vir ver como estou. Me faz pensar que você tem mesmo um coração de verdade.

— Um pequeno, mas está aí... de vez em quando.

Sabendo que devo um pedido de desculpas a ela, engulo o orgulho e tento controlar minhas mãos, ainda que meus dedos estejam coçando para colocar uma mecha de seu cabelo atrás da orelha.

Oito anos mais nova.

Filha do cliente.

Doce e inocente.

Não é o seu tipo de garota.

Não. Eu não sou o tipo de homem para ela.

Lembretes sutis de por que preciso manter distância.

— Ei, eu, hã... — Esfrego a nuca, não sou bom nessa coisa de me desculpar. — Me desculpa por ontem e como tudo aconteceu com a Siri. Tive uma longa conversa com ela, e haverá um pedido de desculpas dela também.

— Não estou nem aí para a Siri. Quer dizer, meio que estou, sim. — Ela olha para o chão. — Me importo com a forma como você trata o trabalho que eu valorizo. Você age como se fosse uma piada, quando significa muito para mim. Não estou aqui para ficar indo atrás de você. Se não quer mesmo ajudar, posso fazer tudo sozinha, só peço que me passe o número das celebridades que podem ajudar com o acampamento. Não vou te forçar a fazer nada que não queira.

Quando foi que ganhei uma consciência?

— Desculpa, Sutton. Eu não estava... Quando mandei a Siri, não foi para prejudicar você ou o seu trabalho. E sem dúvida não cheguei a pensar em como ficaria em relação ao seu pai. Jamais o desrespeitaria, Sutton. Acredite nisso, por favor. Sou meio que um babaca que não reconhece quando está machucando alguém.

— Não acredito que você está mesmo se desculpando — ela provoca enquanto me afasto, precisando de distância.

— É, mas não se acostume com isso. Estou me sentindo meio esquisito hoje, não estou no meu dia mais normal, então você teve sorte.

Ela ri e dá um passo para trás, para se sentar na mesa.

— Então, você vai me ajudar?

Por que ela precisa estar tão linda neste escritório minúsculo? Está mexendo comigo, ainda mais quando esses cílios ridiculamente grandes dela tremulam, afastando a cortina para revelar enormes piscinas azuis.

Jesus.

Quando foi que me referi a olhos como *piscinas azuis*? Nunca até agora, isso com toda a certeza.

Evitando sua pergunta, porque ter outra conversa a sós com essa mulher está me apavorando, dou uma olhada para as quatro paredes do escritório. Nenhuma janela, nenhuma outra saída, e a iluminação mal funciona.

— Que porra é isto aqui? Costumava ser... o armário do zelador?

— Sim. Foi o cheiro de limão que te deu a pista, não foi?

— Colocaram você aqui? A filha do fundador? Que tipo de tratamento é esse?

Furioso, me viro para a porta e estou prestes a falar para Whitney encontrar um melhor lugar para a Sutton trabalhar quando, mais uma vez, ela puxa minha mão.

— Não faça isso.

— Você não pode trabalhar neste lugar. Só os odores já são horríveis.

— Eles estão reformando. É temporário e não é grande coisa. Não quero tratamento especial só porque Foster Green é o meu pai.

— Bem, você deveria ganhar tratamento especial, sim.

Ela balança a cabeça.

— Você, mais do que ninguém, já provou para mim que não mereço respeito só por ser filha dele, Roark. Então, não, também não mereço tratamento especial, mas agradeço a sua preocupação. Agora... sobre o acampamento, por favor.

Porra. Ela não está errada.

Você, mais do que ninguém, já provou para mim que não mereço respeito.

Sou um grande babaca. Escondendo o seu celular, fazendo com que ela me seguisse para compromissos idiotas, dizendo que deveria ficar no quarto de hóspedes quando eu deveria tê-la levado para casa em segurança... mandando Siri se encontrar com ela no dia anterior... E ela não está nem com raiva ao dizer essas palavras. Tipo, eu mereço. É como se ela estivesse... resignada. E tem a porra de um mestrado. *Sou só um fodido e ela é uma pessoa muito melhor do que eu.*

— Pode ser. — Suspiro, irritado. Irritado comigo mesmo, não com ela. Não há mais como evitar isso.

— E você promete que vai aparecer para as reuniões que a gente marcar?

Olhando para o chão, assinto. Mas é provável que isso não seja o suficiente para ela, pois ergue meu queixo com seus dedos delicados e me força a olhar em seus olhos. Neste momento, me dou conta de que é assim que vai ser entre a gente: uma exigência por honestidade, respeito e tempo. Todas as qualidades que eu jamais consegui dar a qualquer ser humano. Sempre vacilei em pelo menos uma das categorias, mas com a forma como seus olhos estão fixos em mim, um reconhecimento surpreendente me atinge: quero tentar por ela.

— Olhe para mim e me diga que sim, você vai dedicar um tempo para me ajudar.

Lambendo os lábios, eu a examino por um instante antes de dizer:

— Vou aparecer.

Um lindo sorriso brinca em seus lábios quando ela abaixa a mão e volta para a mesa, tentando agir como profissional, mas é péssima em esconder a alegria. Ela abre sua agenda e pergunta:

— Quando?

Passo a mão pelo cabelo.

— Não ligo. Hoje à noite?

Acabei mesmo de falar isso?

Surpresa, ela abre um sorriso tímido.

— Hoje à noite está ótimo. Que tal às oito?

— É, tudo bem.

— Você não precisa dar uma olhada na sua agenda?

Dou um passo em direção à porta.

— Vou reagendar algumas coisas se houver algum conflito. — Faço uma pausa e então digo: — Quer me encontrar lá na minha casa? Posso pedir para o meu *chef* preparar alguma coisa e a gente trabalha.

— Claro, se estiver tudo bem para você.

Abro a porta do escritório.

— Vai ser mais fácil assim — respondo, mesmo sabendo que não vai ser mais fácil coisa nenhuma, porque a tentação de ver o que esses lábios carnudos podem fazer vai ser uma grande distração. — Às oito. Vejo você lá.

Saio antes que possa ouvir sua resposta, imaginando no que acabei de me meter.

Com o copo na mão, me recosto em uma das muitas janelas do meu apartamento, contando os segundos até que Sutton chegue. Harris já foi informado da sua chegada, então agora estou esperando ouvir o elevador.

Dizer que mal consegui fazer alguma coisa hoje é um eufemismo. Depois que saí do escritório da Sutton, fui para o meu e tentei muito focar em contratos que precisavam de outra examinada, mas não consegui me concentrar de jeito nenhum. Só conseguia pensar que em questão de vinte quatro horas, minha vida parecia ter virado de cabeça para baixo. Já demostrei preocupação até demais por um ser humano, e isso está me assustando pra caralho. Mal consigo demonstrar preocupação por Rath ou Bram, então por que deveria me importar tanto com Sutton?

Vou culpar o pai dela e a conexão que temos. *De novo.* Posso admitir que queria que todos os meus clientes fossem como Foster Green. O que Sutton disse sobre a Gaining Goals é verdade. Ele tem uma mente filantrópica genuína, e eu não devo nem fazer ideia do quanto ele abre mão para a caridade, mas aposto que é uma quantia absurda. Ele *nunca* faz publicidade em cima disso, e, sério, respeito o homem pra caramba. E a sua filha, que poderia ser uma patricinha mimada, que aceita humildemente trabalhar na porra de um armário com cheiro de limão, é farinha do mesmo saco. Altruísta de verdade. *Sou um imbecil em comparação, e mesmo assim ela persiste em me procurar para ajudá-la.* Porra, ela está disposta a fazer tudo sozinha pela caridade, só pedindo os contatos para mim. Boa, babaca. Mas a expectativa que sinto com sua chegada vem do meu respeito pelo seu pai. Só pode ser isso. Nada mais.

Termino a bebida e pulo algumas vezes, balançando os braços. *Vamos lá, seu filho da puta, aja como um babaca. Aja como um babaca*. Dou uns tapinhas no rosto, estalo o pescoço de um lado para o outro e tenho maus pensamentos. Posso fazer isso.

Esqueça o maldito sensível que deu as caras hoje de manhã. Você está de volta ao seu normal. No mínimo, Sutton espera por *ele*, e não posso decepcioná-la. Não mais.

O elevador faz um barulho e a porta se abre.

Eu consigo.

Sutton dá um passo para dentro do apartamento, radiante com um doce sorriso animado, usando uma legging de cintura alta e um suéter folgado e de ombro a ombro, que revela um pedaço da sua barriga quando ela se move. Com a jaqueta na mão, ela fica à vontade, pendurando-a no encosto de uma cadeira e então abrindo caminho para a sala depois de tirar as botas.

— Meu Deus, como está frio hoje. — Ela tira o gorro e balança a cabeça para a frente e para trás, afofando seu longo cabelo loiro.

Porra.

Caralho.

Isso não é bom.

Nada bom.

Ela tem que ir para casa. Esse suéter, em que porra ela estava pensando?

Seus peitos marcam o tecido como globos perfeitos, e a renda preta da alça do sutiã está exposta pelo amplo decote. Conseguir fazer alguma coisa enquanto ela está usando isso vai ser quase impossível.

E então ela se vira.

Jesus. Arrasto a mão pelo rosto.

A legging molda sua deliciosa bundinha e se estende para a parte inferior das costas, deixando pouco para a imaginação. E nem sinal da porra da marca da calcinha à vista. Que maravilha.

— O que foi que você disse que a gente teria para jantar mesmo? — ela pergunta, cavoucando a bolsa.

Você. Você é o jantar.

— Hã, não faço ideia. Está no forno.

Ela levanta a cabeça, com o notebook na mão, completamente alheia ao quanto está me deixando duro por causa do que ela considera uma roupa "confortável". Para mim, ela poderia muito bem estar usando lingerie.

— Está com um cheiro ótimo. Já está pronto? Estou morrendo de fome.

— Sim, só esquentando.

— Perfeito — ela responde com alegria. — Vamos sentar à mesa para comer e trabalhar?

— A gente pode comer primeiro e aí trabalhar.

— Ótimo. Quer que eu arrume a mesa?

— Não. — Obrigo as minhas pernas a começarem se mover e vou até a cozinha, tiro uma caçarola do forno e pego os pratos e talheres para nós dois. — Parece que ele fez *shepherd's pie.*

— Ah, esse não é um prato tradicional da Irlanda? — Ela salta ao meu lado. Quando foi que ela chegou aqui?

— Sim. Já comeu antes?

— Não. — Como se morasse aqui, ela se move pela cozinha, pegando água da geladeira e então ergue uma garrafa para mim. — Quer água?

— Já tenho uma bebida...

— Nada de álcool enquanto a gente trabalha. — Ela aponta o dedo para mim, séria. — Preciso que você esteja sóbrio.

Divido algumas porções e levo os pratos e talheres para a mesa, onde os coloco.

— Desculpa decepcionar, mas já comecei a beber antes de você chegar.

Com um passo tranquilo, ela arremessa a garrafa de água para mim e joga o cabelo sobre o ombro.

— Bem, então se recomponha, temos muitas coisas para decidir hoje.

Quando ela diz merdas assim, me fazer querer ainda mais pegar a garrafa. Uma longa noite enquanto ela está vestindo *aquilo*, com um cheiro tão incrível... vai ser uma tortura tentar manter as mãos afastadas.

Ela se senta à minha frente, dobra o guardanapo, que peguei de uma das gavetas, sobre o colo e ergue a garrafa de água para mim. Relutante, ergo a minha.

— A uma maravilhosa parceria.

— Porra, como você é brega. — Brindo minha garrafa de água com a dela, e o encontro do plástico produz um som nem um pouco satisfatório.

— Não, só estou empolgada. Vamos levar esse acampamento a outro nível. Posso sentir.

Sério? Porque tudo que sinto é o meu tesão furioso contra o zíper da calça jeans.

— Você falou alguma coisa? — ela pergunta, com o garfo a meio caminho da boca.

— Não.

Fiz algumas péssimas escolhas na última semana, mas convidar Sutton para jantar aqui antes de trabalhar deve ter sido a pior ideia de todas. Apesar do cheiro de batatas e carne, dá para sentir a leve fragrância de lavanda, um cheiro que comecei a associar a ela. A forma como sua boca envolve o garfo... droga, fico imaginando meu pau como utensílio que leva a *shepherd's pie* à boca em vez do garfo, e isso está fodendo com meu cérebro bagunçado.

O silêncio se estende entre nós, enquanto jantamos. O meu é intencional, mas o da Sutton não é. Ela está absorta no sabor de seu jantar e fazendo alguns barulhinhos de apreciação, sem dizer uma palavra.

— E aí, em que parte da Irlanda você morou?

Conversa fiada não, valeu.

— A gente pode simplesmente comer em silêncio. — Enfio uma grande porção na boca e mastigo, desviando o olhar dela.

— Vamos trabalhar bastante juntos, sabia? Então seria legal saber algumas coisas divertidas um sobre o outro, não acha?

— Não.

Mastigar. Engolir. Beber água.

— E se me contar três coisas sobre você e eu fizer o mesmo? Que tal?

— Não.

Seu garfo tilinta no prato, finalmente desviando minha atenção da fibra de madeira muito divertida e bem interessante do meu piso.

— Não se feche para mim, Roark.

— Não estou me fechando. Só escolhi não dividir nada.

— Por que não?

Dou de ombros e então outra garfada.

— Me conte três coisas sobre você, Roark McCool.

Ergo uma sobrancelha para a sua tentativa de parecer severa.

— Você acha mesmo que isso vai funcionar?

— Sim, acho.

Dou a ela um breve sorriso antes de me voltar para o meu jantar.

— Não funcionou.

Ela geme, e soa mais sensual do que acho que foi sua intenção. Isso ou minha libido está nas alturas agora e tudo o que ela faz será considerado sensual — mesmo se arrancasse um fio de cabelo e começasse a tentar tirar a carne dos dentes com ele.

— Tá bom, vou contar três coisas sobre mim.

— Não precisa.

— Tive a minha primeira menstruação quando estava na sexta série...

— Como é? — Estremeço. — Por que essa é uma coisa que conta para as pessoas?

Surpresa, de olhos arregalados, ela diz:

— Falando sério, não estava esperando dizer isso. Nem sei por que disse. Mas agora você sabe.

— Eu não precisava saber.

— Considere como um fato divertido. — Ela dá de ombros. — Só fiz sexo com dois caras. — Ela leva a mão à boca, parecendo completamente mortificada. Um acesso de pura raiva começa a subir pela minha espinha enquanto penso nos dois caras que não conheço que fizeram sexo com ela. — Ai, meu Deus, não sei como fui dizer uma coisa dessas. Estou nervosa e, quando fico nervosa, digo a primeira coisa que me vem à mente.

Me controlando, assinto, sem querer me aprofundar nessa coisa toda de sexo, porque há muitas perguntas passando pela minha cabeça. Coisas que quero que sejam respondidas, como: eles a fizeram gozar com a língua? Eles veneraram seus peitos perfeitos por horas a fio? Eles apreciaram os gemidinhos que sei que escapam da sua boca quando está com tesão...

— Foi bem pouco profissional da minha parte. Aqui estou eu, repreendendo você por ser pouco profissional, e aí, na primeira reunião que temos, já estou contando sobre a minha menstruação e a minha vida sexual, ou a falta dela. Já faz um tempo que vi um pênis. Ou pelo menos um bom pênis. Não que você precise saber disso. Não precisa. — Ela morde o lábio inferior. — Era pequeno, o último, tipo, bem, bem pequeno, e sei que não tem a ver com tamanho, mas mal o senti dentro de mim...

— Pare.

Ela assente.

— Tudo bem.

Voltamos a comer, e minha mente gira por ela ter falado demais.

Pênis pequeno.

Já faz um tempo.

Falta de sexo.

Cacete, meus braços estão coçando para limpar esta mesa, jogá-la em cima dela e mostrar exatamente o tipo de homem que sou: ávido e com um grande apetite.

— No que você está pensando? — Ela pressiona a mão na testa. — Estou tão envergonhada. Não consigo ficar em silêncio. — Dá para ver. — Só me fale no que está pensando.

Mastigo o jantar e solto:

— Você não vai querer saber.

— Vou sim. Qualquer coisa para me tirar deste constrangimento.

Lanço um olhar afiado na sua direção e digo:

— Você. Não. Vai. Querer. Saber.

— Ah. — Ela recua. — Tudo bem.

Mais silêncio.

Se ela está usando calcinha, de que tipo será? Cavada? Fio-dental? De renda para combinar com o sutiã? Como será sua bunda? Firme? Nossa conversa sobre sexo anal logo vem à minha mente. Meu Deus, ela nunca fez isso. Será que ia gostar? Mesmo que fosse só um pouquinho, só para testar. Será que ela ia gostar?

— Sua mandíbula está bem apertada. Está tudo bem?

Não, porra, não estou nada bem. Estou duro pra caralho sem nenhuma promessa de alívio por pelo menos algumas horas.

— Tudo bem.

— Você não parece bem. Há uma veia na sua testa que está começando a me assustar. Você está tenso? Sou eu que te faço ficar assim? — Ela se inclina para frente e seu suéter cai, o que me dá a visão perfeita dos seus seios cobertos pelo sutiã de renda preta.

Cacete.

Me afasto da mesa, assustando-a, e vou direto para o bar, onde me escondo atrás da bancada e me sirvo de dois dedos de uísque.

— Ei, o que foi que eu falei sobre beber?

— Preciso tomar uma.

— Sério? Você não pode esperar...

— Só cale a porra da boca pela droga de alguns segundos, Sutton! Tá bom? — Agarro minha nuca, com força, tentando acalmar o forte fluxo de sangue que está indo direto para o meu pau.

Isso nunca aconteceu comigo. Já estive com tesão várias vezes, e já quis muitas mulheres, mas nada como isto aqui. Nada tão intenso a ponto de sentir que vou explodir de desejo. E não sei se é porque ela está fora do meu alcance, ou se é a inocência que a envolve, mas a cada palavra que escapa de seus lábios e a cada movimento de seus dedinhos suaves, eu a quero cada vez mais.

— Não seja grosseiro, Roark. Por favor.

Ela está prestes a se levantar, mas aponto um dedo severo para ela.

— Não saia dessa cadeira.

— Por que está sendo tão idiota?

— Porque... — grito, perdendo todo o controle. É o suéter. Aquele maldito suéter perfeitamente tentador que molda cada parte sexy de seus peitos.

— Por que o quê?

— Porque, Sutton, eu nunca na vida quis foder tanto alguém como quero te foder — grito. — Você queria um fato sobre mim, bem, aí está. Acho você linda pra caralho, e se sou mal-humorado com você, é porque te quero.

Ela fica boquiaberta, seus olhos se arregalam e o choque toma seu rosto.

— Você quer fazer sexo comigo?

— Eu quero foder você.

— Ah...

Ela desvia o olhar e está prestes a dizer algo, mas se interrompe.

— Não vai rolar — acrescento, percebendo como sua mente já está acelerada. — Então pode parar de pensar nisso.

— Não? — Ela balança a cabeça, como se tivesse se dado conta do que acabou de perguntar. — É, não vai. Somos colegas.

— E você é oito anos mais nova do que eu, filha do meu cliente, e, verdade seja dita, acho que você seria toda melosa.

Seus olhos se estreitam e ela estufa o peito.

— Eu *não* seria melosa. Não sou virgem.

— Pois é, fiquei sabendo por causa de um dos seus fatos divertidos. — Há uns bons quatro metros entre nós, e quero manter assim, então permaneço atrás do bar. — Mas pelas suas descrições nada inspiradoras e sem brilho, você nunca experimentou uma boa foda.

— Eu sei sobre sexo.

— Mas já chegou a gozar?

— Sim.

— Com um homem?

Ela olha para o lado. *Bingo*.

— Foi o que pensei. Depois que eu te fodesse, tenho certeza absoluta de que você seria uma melosa.

— Você está bem cheio de si, hein? — Ela cruza os braços sobre o peito, erguendo seus seios, me seduzindo. — Como você sabe que pode me fazer gozar?

Dou uma olhada nela.

— Pode acreditar. Eu sei.

Claramente irritada com a minha confiança, ela se volta para a comida, bufando e esfaqueando a carne com o garfo. Estremeço por dentro, esperando que ela não esteja me imaginando em seu brutal ataque à comida.

Pode parecer babaquice, mas acredito no que acabei de dizer. Ela seria melosa... ou acabaria se apaixonando. Porra. Não. Não há nada casual quando Sutton está envolvida. Ela não é o tipo de garota que tem uma noite de sexo e depois segue com a vida. Ela é doce demais e deixa transparecer as emoções. Sem chance, não vou trilhar esse caminho, não importa o quanto sua bunda naquela legging esteja implorando por isso.

Querendo cortar a tensão crescente, já que ainda vamos ter que trabalhar juntos, pigarreio.

— E aí, você só me falou dois fatos, qual é o último?

Ela olha na minha direção, com raiva preenchendo suas pupilas. Que bom, que ela fique com raiva. Raiva é muito mais fácil para mim do que felicidade.

Refletindo a respeito, ela leva alguns segundos antes de responder, mas quando faz isso, é como a droga de um soco.

— Meu terceiro fato? Fácil... meu sutiã é G.

Ela abre um sorriso radiante e então se volta para a comida.

Touché.

Pois é, o sutiã dela é tamanho G. Confirmo isso pela vigésima vez hoje. Sempre que se debruça para escrever alguma coisa em seu bloco de notas na mesa de centro, dou uma olhada sob seu suéter.

É uma ótima visão, que tem me mantido duro durante esse tempo todo em que estamos conversando sobre o acampamento. Não posso contar nada sobre o que estivemos planejando, porque minha mente tem estado em todos os lugares, exceto em ajudar as crianças. Em vez disso, tem se concentrado na forma como ela lambe os lábios a cada poucos minutos, na maneira como coloca a caneta na boca enquanto está pensando ou quando fica animada ao ter uma ideia.

E... suas tetas.

Estive obcecado por elas desde que a conheci. Agora que sei um pouco sobre elas, quero me tornar o melhor amigo delas. Nunca fui melhor amigo de peitos antes, mas estou aberto à ideia.

— Você está prestando atenção? — ela indaga, tirando meu olhar do seu peito.

— O quê? Claro. — Coço a lateral do queixo. — Você está falando sobre o equipamento.

— Eu estava falando sobre as restrições alimentares.

— É a mesma coisa. — Dou de ombros.

— Não é a mesma coisa. — Ela suspira, exasperada. — Preciso que foque, Roark.

Me recosto no sofá.

— Não há como focar enquanto você está usando esse suéter. Está se abrindo para todos os lados. Por que você usa isso?

Ela olha para o suéter e parece surpresa por eu ter um problema com ele.

— É confortável.

— É a porra de um cachecol. — Me levanto do sofá e vou ao meu quarto, onde pego uma camiseta de manga comprida e volto para a sala. Eu a jogo em seu colo. — Vista isso. Vamos conseguir fazer mais coisas assim.

— Não vou trocar minha blusa só porque você está com tesão e frustrado com as minhas *tetas*, como as chamou de forma tão elegante.

Não vou negar sua avaliação sobre mim, então apenas dou de ombros e digo:

— Tudo bem, boa sorte.

Coloco o braço no encosto do sofá e fico à vontade. Não vou ficar lançando olhares descarados para os peitos dela, mas sei que vou dar outra espiada daqui a mais ou menos um minuto, porque a necessidade de olhar para eles tem sido uma fixação para os meus olhos hoje.

Ela começa a tagarelar sobre algo e, como esperado, se debruça, me dando uma boa visão de seus seios. Suspiro de alegria. Aí estão eles de novo.

— Você está mesmo olhando para a minha blusa de novo, depois de eu ter falado que está com tesão?

— É o que homens com tesão fazem, eles olham para dentro da blusa, ainda mais depois de você ter revelado o tamanho do seu sutiã. Só estou checando.

Ela geme, bufa, e, em segundos, tira o suéter. Fico boquiaberto ao ver o sutiã de renda preta mal contendo seus seios. Eles balançam com os movimentos, quase revelando um mamilo, e enquanto ela luta para desdobrar minha camiseta, eu imploro para que seu sutiã se abra bem aqui e agora. Mas não adianta. Deus me odeia, e antes que eu possa guardar a visão na memória, ela já está vestindo a camiseta. As mangas são longas demais, então ela começa a dobrá-las, e os ombros pendem de um jeito fofo.

Droga.

Isso era para ter ajudado.

Assim que termina de dobrar as mangas, ela cruza as mãos sobre o colo e me olha bem nos olhos.

— Só estou pedindo uma hora. Dá para você focar?

Mexendo-me no sofá, me endireito e junto as mãos.

— Sim.

Ela balança a cabeça e diz com ironia:

— Nossa, que homem mais corajoso.

Vou conceder isso a ela. Ela tem a inteligência do pai. O que é um problema. Porque eu gosto mesmo do pai dela.

Uma hora se transformou em duas, e é meia-noite quando terminamos. Sem uma gota de álcool no organismo, graças às garrafas de água que Sutton ficou jogando na minha direção e me obrigando a beber. Estou completamente sóbrio e muito cansado.

Acho que já faz um bom tempo que sinto este nível de exaustão, talvez porque todas as noites eu me impeça de sentir qualquer coisa. Pelo visto, tenho feito um bom trabalho com isso.

Depois de juntar suas coisas, Sutton vai em direção ao elevador, mas a detenho.

— Para onde você vai?

— Para casa. — Ela olha para a minha camiseta e diz: — Ah... desculpa. — Ela coloca as coisas no chão e, mais uma vez, tira a camiseta na minha frente, me proporcionando a melhor visão da noite, então coloca aquele maldito suéter de volta. — Aqui está. — Ela estende a camiseta.

— Não estou nem aí para essa porcaria, você não vai para casa.

Ela exala.

— Não posso passar a noite aqui sempre que ficar tarde, Roark. Preciso crescer em algum momento.

Pego sua mão e a puxo na direção do quarto de hóspedes.

— Não tem a ver com crescer. — Entrelaço os dedos nos dela, me deliciando com a sensação por um momento e levando-a até a porta do quarto de hóspedes. — Tem a ver com estar segura.

— Várias mulheres andam sozinhas pela cidade à noite.

— É, mas não vou arriscar.

O que eu não daria para estender o braço e pressionar a mão em seu rosto, sentir o quanto sua pele é macia, para ver se ela vai se inclinar para o meu toque.

Ela abre um sorriso tímido, e nossas mãos ainda estão entrelaçadas quando ela dá um tapinha na bolsa.

— Trouxe roupas para amanhã, caso a gente terminasse tarde.

Mordo o lábio inferior, meu autocontrole começando a vacilar enquanto observo o quanto sua timidez é fofa. Ela é encrenca, uma encrenca das grandes, e preciso me afastar o quanto antes. Dou um passo para trás, mas sua mão ainda segura a minha com força.

Ao olhar para a nossa conexão, sua voz me atrai para seus olhos.

— Obrigada por hoje, Roark. Mesmo que a gente tenha tido um começo difícil, conseguimos fazer bastante coisa.

— Sem problema.

Ela dá um passo à frente e, juro por Deus, meu coração bate de uma maneira inesperada. Inclinando-se para a frente, ela dá um doce e casto beijo na minha bochecha e se afasta.

Sorrindo para mim, uma mecha do cabelo loiro cai sobre seu olho, e ela diz:

— Boa noite.

E então se retira para o quarto, fechando a porta devagar.

Passando a mão pelo cabelo, aperto os lábios com força e me obrigo a sair dali, mesmo que seu perfume de lavanda tenha ficado em mim. Nosso próximo encontro precisa ser em um local neutro. Jantar na minha casa não é mais uma opção. Não quando tudo nela é capaz de me tentar. *Eu menti quando disse que não estou a fim dela no outro dia com Bram e Rath — está na cara, e já sei disso.*

Relutante, vou para o quarto, me preparo para deitar, tiro as roupas e me enfio debaixo dos cobertores, meu pau ainda está duro por causa desta noite. Que nada, deve ser de não ter feito sexo por... semanas, caralho. *Como é que isso foi acontecer?* É tudo culpa dela, e só há um jeito de consertar. Deslizo a mão até a base da minha ereção pulsante e a aperto com força.

— Porra — gemo, com os olhos apertados. Estive esperando a droga da noite inteira por isso.

Minha mão vai subindo pelo pau só para descer outra vez, quando meu celular vibra perto de mim na mesa de cabeceira. Faço uma pausa e minha cabeça vira para o lado, para ver se é a Sutton. Quando seu nome surge na tela, considero ignorar, mas e se ela estiver precisando de algo? Droga.

Estendo a mão e pego o celular.

Sutton: Você... está se tocando agora?

Jesus. De todas as pessoas, não esperava que Sutton fosse perguntar isso. Gemo e digito a resposta com uma das mãos enquanto a outra volta para a ereção.

Roark: O que você acha?

Ela responde de imediato. Será que... está se tocando também? Será que a noite foi torturante para ela assim como foi para mim? Não deve ter sido, porque não fui eu quem ficou saltitando com a droga de um suéter.

Sutton: Acho que está.

Roark: Você me conhece bem.

Sutton: Está pensando em mim?

Roark: Que pergunta mais ousada.

Sutton: Estou me sentindo um pouco ousada hoje.

Pelo amor de Deus, espero que não ousada demais, porque se ela vier para o meu quarto, não vou conseguir parar.

Roark: Sim, estou pensando em você.

Puxo meu pau e uma longa expiração escapa de mim enquanto observo os pontos pulando na tela, esperando por sua resposta.

Sutton: Eu estou nua?

Agora está...

Roark: Está.

Sutton: O que você vê?

Ela está falando sério mesmo? O que aconteceu com aquela garota doce e inocente? Jamais esperaria algo assim vindo da Sutton, nunca, nem em um milhão de anos.

Roark: Você está querendo elogios, é?

Sutton: Quero saber o que você vê quando pensa em mim.

Roark: É perigoso, Sutton.

Sutton: Me fale.

Droga. Solto meu pau e uso as duas mãos para digitar, agilizando isso.

Roark: Você está nua na minha cama, sua pele de porcelana contrasta brilhantemente com o meu edredom preto. Seu cabelo está espalhado, os lábios estão entreabertos e os mamilos, muito duros. Com as pernas abertas, sua boceta está molhada e pronta para mim. Você está se contorcendo embaixo de mim enquanto enfio meu pau em você. E, ao longe, consigo ouvir seus gritinhos de prazer enquanto te faço gozar várias vezes.

Jogo o celular para o lado e agarro meu pau com mais força. A imagem que criei é tão viva na minha mente que me esqueço das mensagens e foco no prazer que atravessa meu corpo. Com o peito subindo e descendo acelerado, os dentes rangendo, sinto o sangue se acumular na base do meu pau, meu orgasmo a segundos... quando há uma batida à porta.

Fico paralisado, me perguntando se imaginei o som.

— Roark?

— Sutton. — Respiro com dificuldade. — Volte para a droga do seu quarto.

A porta se entreabre e, em questão de segundos, voo para fora da cama e pego uma camiseta descartada no chão para cobrir minhas partes, enquanto ela espia da porta, usando *só* a camiseta que emprestei para ela mais cedo. Seus olhos se arregalam quando me vê, indo direto para o meu pau, e então de volta para cima. Ainda bem que a camiseta está me cobrindo, caso contrário, ela teria visto um show e tanto.

— Vá embora, Sutton.

Ela dá outro passo à frente, minha determinação a segundos de estourar quando ela estende a mão para a minha. Eu a deixo pegar, porque sou um idiota. Ela me puxa para mais perto, e a única coisa que está bloqueando sua visão do meu pau duro é a camiseta preta. Seus dedos vão pelo meu braço até meus ombros. Aperto os olhos enquanto ela explora meu peito devagar, suas unhas arranhando minha pele e indo até meu mamilo.

Respiro fundo e logo a pressiono contra a parede, sua mão errante acima de sua cabeça enquanto eu a encaro.

— O que você está fazendo?

— Explorando — ela responde, sem vergonha alguma. — Você disse que estava pensando em mim. Por que não deixar as coisas reais?

Meu pau pula com a ideia. Eu poderia muito bem possuí-la agora mesmo. Jogá-la na cama, abrir suas pernas e traçar um caminho safado para dentro dela. Mesmo que meu corpo esteja pulsando para que isso aconteça, minha mente está dizendo não.

— Você sabe que não posso ter a coisa real. — Soltando sua mão da parede, envolvo seu rosto e lentamente passo o polegar em sua pele. *Tão macia.* — Não posso.

Seus olhos esperançosos escurecem.

— Por que não?

— Você sabe por quê.

— Mas você me quer? — Assinto, incapaz de dar voz ao meu desejo. — Tudo bem, então. — Ela solta um suspiro. — É sempre bom ouvir. — Com um sorriso triste, ela vai até a porta e me sinto como um grande babaca.

— Me desculpa, Sutton.

— Eu sei, me desculpa também.

CAPÍTULO 10

Querido Winston,

Fui à megera hoje. Ela disse que eu ainda tenho muita raiva interior. Está mais para frustração reprimida. É como se alguém tivesse colocado uma rolha no meu pau e dito que não tenho direito de gozar. Pode ser que eu esteja exagerando, já que me masturbei duas vezes por dia, todos os dias desta semana. Mas quando estou perto da Sutton, o que acontece com frequência, eu me sinto bloqueado, e a pressão vai crescendo até me fazer ficar puto.

E por alguma razão desconhecida, não consigo mais ir às boates. Elas não me interessam. Em vez disso, fico em casa, com o copo na mão, assistindo à alguma série qualquer na TV enquanto mando mensagem para a Sutton.

Não sou de mandar mensagem. Nunca fui de mandar mensagem, mas, bom Deus, quando o nome dela aparece no meu celular, eu fico... porra, eu fico animado.

O que é essa merda?

Eu não deveria ficar todo empolgado ao receber uma mensagem, ainda mais porque as nossas conversas não são nem importantes. Há algumas aqui e ali sobre o acampamento, mas a maioria é sobre alguma coisa positiva dela, e eu sendo um babaca com isso.

De qualquer forma, quando a terapeuta – não consigo lembrar o nome dela de jeito nenhum, mas quem liga? – me perguntou se havia qualquer novo envolvimento na minha vida, eu quase falei "há uma garota". Mas ainda bem que me impedi. Teria sido como abrir a Caixa de Pandora, e não estou preparado. Então sobra para você.

É isso aí, Winny.

Roark

Roark

— Aí está o meu cara — Foster diz, vindo até mim com a mão estendida. Eu a aperto logo antes de ele me puxar para um abraço. — Como vai?

— Sabe como é. — Rio, tentando esconder o pânico nos olhos. Será que Sutton falou com ele? Será que contou algo sobre nós? Não que haja um *nós*, mas será que ela falou alguma coisa? Tipo, alguma coisa incriminadora como: *eu vi a bunda do seu agente, o seu agente falou que quer me foder* ou *o seu agente não parou de olhar para os meus peitos enquanto a gente trabalhava.*

Por que não chequei com ela de antemão?

Porque aí pareceria que estamos escondendo alguma coisa e, pode acreditar, não estamos escondendo nada. Se estivéssemos, meu pau saberia disso.

Nós dois nos sentamos à mesa em que eu estava tentando trabalhar enquanto esperava por Foster, mas não consegui fazer muita coisa além de analisar um contrato.

Aponto para o copo na mesa e falo:

— Já pedi o seu bife e deve chegar logo.

Ele pega o chá gelado e dá um gole.

— Você é um serviço completo, hein?

— Só para as divas — respondo, arrancando uma risada de Foster.

— Posso ser mais glamuroso se você preferir.

— Não, obrigado.

Recostando-se na cadeira, ele diz:

— E aí, como vai a terapia?

Que ótimo, vai ser uma *daquelas* reuniões.

— Fantástica — afirmo com um sorriso e tomo um gole de água. Pois é, água, e não é porque Sutton acha que eu não deveria beber durante as reuniões, mas porque é provável que Foster me repreenda, e não estou a fim de um sermão agora. Ou nunca, na verdade. *E por que ligo se os dois Green ficam me repreendendo sobre beber? Porra.*

Ele considera minha resposta.

— Isso me pareceu bem sarcástico.

Sabia, nada passa despercebido por ele. Se tivesse sido escrita em uma mensagem para Sutton, minha resposta teria vindo entre asteriscos.

— Alguns adoram terapia, outros não. Eu não sou o tipo de cara emotivo, então ficar sentado lá por uma hora é uma tortura para mim.

— Ser honesto e expressar seus sentimentos não é uma coisa ruim, sabia? Você não é menos homem por isso.

— Deu para notar naquele dia em que você gritou na frente da imprensa que o próximo ano seria o seu último. Você mal conseguiu pronunciar duas palavras.

Ele sorri.

— Sou um cara passional e, olha só, isso me rendeu aquele patrocínio com a Kleenex. — Ele aponta um dedo cúmplice para mim.

— É verdade, não dá para esquecer aquela oportunidade de ouro.

— É mais divertido do que qualquer outra coisa. Os fãs adoram.

Bebo um gole de água, odiando por não queimar ao descer pela minha garganta.

— Até cheguei a ouvir que um novo requisito que os fãs procuram em um quarterback é que seja ultrassensível e que chore na frente das câmeras, sabia?

— É por isso que os Steel têm me mantido por tanto tempo, eles amam um cara que consegue agradar os fãs.

Nós dois rimos e começo a nivelar com ele, sabendo muito bem que ele vai ficar sério no minuto seguinte, então posso já ir direto ao ponto.

— Estou escrevendo todos os dias no diário.

— É mesmo? Achei que fosse gostar mais das sessões de terapia do que do diário.

Balanço a cabeça.

— O diário é pessoal. Não preciso compartilhar com ninguém. Nas sessões de terapia, parece que sou forçado a me abrir para que a terapeuta me julgue. Odeio aquilo. Odeio cada segundo daquilo, na verdade.

— Faz sentido. Você sempre foi um homem reservado.

— Se você me perguntasse, eu diria, mas não vou sair por aí distribuindo informação como se fosse biscoito natalino.

— Respeito isso. — Ele solta um longo suspiro. — Desde que esteja progredindo, é só com o que me importo. Você é como um filho para mim, Roark, um filho que faz muito dinheiro. — Nós dois rimos. — Quero me certificar de que esteja bem.

Você é como um filho para mim.

Sei que Foster me vê com bons olhos. Diferente do meu pai, que me considerava um inútil e não queria nada comigo.

— Agradeço, Foster.

Ele olha em volta e coloca as duas mãos nos braços da cadeira.

— Não queria estragar esta conversa pessoal, mas há algum banheiro aqui?

Aponto para atrás de nós.

— Pelo corredor, à direita.

— Obrigado. — Ele se afasta, e eu tiro o celular do bolso para me manter ocupado. E então sorrio.

Sutton: Você mandou e-mail para Brock, Freddie e Carmichael?

Roark: Sempre trabalhando.

Sutton: Alguém precisa fazer isso. E aí, mandou?

Roark: Quem disse que não estou trabalhando agora?

Sutton: E está?

Roark: Estou em uma reunião.

Sutton: E você está me mandando mensagem...

Roark: Pode ir parando com a gracinha, ele está no banheiro. Eu sou multitarefa.

Sutton: Que homem moderno você é. E aí, mandou e-mail para eles?

Roark: E se eu não tiver mandado?

Sutton: Roark! Eu pedi com educação.

Roark: E eu pedi uma foto das suas tetas, e não consegui.

*Sutton: Você poderia ter tido as minhas *tetas* uma semana atrás.*

Roark: Gostava mais quando você não ficava de gracinha.

Sutton: Mentira. Agora, por favor, mande o e-mail para eles!

Roark: Já mandei, lass.

Sutton: Por que você tem que me torturar?

Roark: Porque é fácil.

— Olha só para esse sorriso no seu rosto — Foster diz, chegando por trás de mim e me assustando.

— Jesus. — Rio. — Não sabia que sua próstata estava funcionando tão bem, meu velho. Que mijada rápida.

— Posso ter uns fios grisalhos, mas tudo ainda está funcionando muito bem. — Ele aponta para o meu celular. — Conheço esse sorriso. É o sorriso de um homem apaixonado. Quem é a garota?

Uma gota de suor se forma na minha nuca e escorre pelas minhas costas em questão de segundos.

Primeiro, não estou apaixonado, porra, nunca estive e nunca estarei. Segundo, de jeito nenhum vou contar para o Foster que estou mandando mensagem para a filha dele, então invento uma mentira.

— Não é uma garota. Só uma coisa que um dos meus amigos mandou. Uma bobagem.

— Ah. — Ele assente. — Parecia que você estava envolvido com a mensagem.

Dou de ombros, incapaz de responder. *Eu estava mesmo envolvido com a mensagem?* Tipo, pode ser, não me lembro de nada dos últimos minutos. Sutton escreveu a palavra tetas. Então é claro que estou pensando nela. Surpreso por conseguir formar palavras...

Tentando prosseguir, digo:

— Sutton está mesmo muito envolvida com o acampamento. Ela é organizada. Meio que está me colocando nos eixos.

Concordando com um aceno de cabeça, ele toma um gole de água.

— Ela é muito boa no que faz e parte da razão por ela ser boa nisso é porque se importa de verdade. Sempre se importou. Ela é o motivo de eu ainda ter a fundação, porque ela me incentivou a continuar trazendo alegria para as pessoas durante os momentos difíceis.

— Dá para ver como esse é um grande fator.

— Vocês já conversaram sobre quando vão para o Texas?

— Hã, como é? — pergunto, aproximando a orelha, tentando garantir que ouvi direito.

— Texas. Você precisa estar lá para o acampamento.

— Ah, é, sei disso. Deve ser um dia antes de começar e então vou embora assim que terminar.

Foster franze a testa.

— Você só vai ficar lá por cinco dias? Sutton sabe disso?

— Não faço ideia. A gente não falou sobre isso.

A garçonete traz nossa comida, interrompendo seja lá o que Foster estava prestes a dizer. Os bifes parecem bem-preparados, assim como as saladas de acompanhamento. Quando ela vai embora, Foster se volta para mim enquanto começa a cortar o bife.

— Vamos precisar de você lá por pelo menos duas semanas.

— Como é? — reajo, quase engasgando com a saliva. — Duas semanas? Por quê?

— Há a preparação do acampamento, o acampamento e o pós-acampamento. Precisamos de você em todos os dias. É necessário, e ajudar com tudo isso vai dar as últimas horas de serviço comunitário de que você precisa.

— Duas semanas? Não sei, não, Foster. Tenho clientes...

— Que vão entender que você vai ter que trabalhar à distância. Nem todos moram em Nova York, então já estão acostumados a não ter você por perto sempre. Temos internet e sinal de celular no rancho, então você ainda vai conseguir trabalhar. Vamos precisar dessas suas mãos para deixar tudo pronto.

Por que será que estou imaginando Foster me recebendo à sua porta segurando um laço e botas de cowboy para mim?

— Vou ter que checar minha agenda — digo, tentando evitar duas semanas no Texas.

— Tenho a sensação de que vai estar livre — Foster responde, convicto.

Droga. Alguém vai receber uma ligação.

— Você finalmente decidiu me ligar de volta — falo, deitado na cama, completamente nu e assistindo a um documentário sobre ursos polares na Netflix. Sentindo a *abstinência* do uísque. — Demorou, hein?

Sutton solta um riso.

— Foi um longo dia no escritório. Imaginei que o que você tinha para dizer não fosse tão importante assim, ou teria me mandado mensagem.

— Eu poderia estar morrendo.

— Bem, da próxima vez, se estiver morrendo, me deixe saber seus últimos desejos, porque aí não vou me sentir mal por não ter atendido.

— Que dureza, mas é justo.

Sua doce risada ecoa pelo telefone.

— O que você quer, Roark?

— O seu pai chegou a comentar que jantamos juntos hoje?

Ela faz uma pausa e depois diz:

— Não. Ai, meu Deus, você falou para ele que tentei fazer sexo com você?

— Sou um babaca, Sutton, mas não tanto assim. — Na verdade, não falei para ninguém, além do meu *diário*.

— Ai, graças a Deus. — Ela exala. — Teria sido tão constrangedor. Se você tivesse feito isso, eu teria falado para ele que foi você quem me mostrou a bunda primeiro.

— Você continua trazendo isso à tona. Será que a imagem da minha bunda ficou gravada na sua mente?

— Sim — ela responde com sinceridade. — Era uma ótima bunda.

— Era? Já não é mais?

— Hum, agora é só boa.

— Mentirosa. — Rio.

— Chega de falar da sua bunda. Me conte sobre o que você conversou com o meu pai.

Coloco a mão atrás da cabeça.

— Seu pai me contou uma coisa hoje que acho que você se esqueceu de me contar.

— Ah, não, será que ele comentou sobre o Texas?

— Bingo — respondo, com a voz brincalhona. — Quando você ia me contar sobre isso?

— Eu estava planejando isso. Você não parece ser o tipo de pessoa que se dá bem com o interior do Texas.

— É, não muito. Prefiro a cidade.

— Ar fresco não vai te matar.

— Você sabe muito bem que tipo de ar fresco eu curto — retruco.

Um gemido irritado sai de seus lábios.

— Você não está fumando mais, está? Faz tão mal para você, Roark.

— Sabe o que me faz mal? Você.

— Eu? — ela pergunta e, porra, como eu queria ver seu rosto. Adoro a expressão que ela faz quando fica chocada.

— É, você.

— Por que eu te faço mal?

Pressiono os dedos no meu couro cabeludo, fazendo uma pequena massagem na cabeça.

— Você está tentando acabar com todos os meus vícios. Não faz bem para mim e está acabando com a minha reputação.

— Ah — ela responde, baixinho. — Você não precisa fumar e beber para manter sua reputação, sabia?

— E como você espera que as pessoas pensem que sou um bad boy sem um copo de uísque numa mão e um cigarro na outra?

— Você não precisa de acessórios para ser um bad boy, Roark, tem a ver com a atitude.

— Atitude não é tudo, *lass*. Prefiro os meus acessórios, como você os chamou.

— Seus acessórios vão te levar a uma morte prematura.

— Então poderia muito bem viver a vida agora — retruco. — Me mande uma foto das suas tetas, aí posso começar a viver a vida bem agora.

— Você não tem jeito. E não é que eu não confie em você, mas jamais mandaria um nude para alguém, ainda mais porque sou a filha de Foster Green. Se caísse em mãos erradas, eu poderia arruinar tudo o que meu pai construiu.

— Vou ser bem cuidadoso.

— Não. Nunca vai acontecer, mas se você quiser ver meus peitos ao vivo, posso fazer acontecer.

— Não. — Copio sua resposta, mesmo que meu pau esteja endurecendo com a ideia.

— Azar o seu. De qualquer forma, voltando ao Texas.

Com o pau duro, seguro o gemido irritado que está borbulhando na minha garganta.

— Duas semanas no Texas... não vai rolar.

— Vai. Desculpa, mas vamos precisar de você nas duas semanas. Além disso, meu pai vai querer que você tenha a experiência completa de vida no rancho.

Torcendo os lábios para o lado, tentando me imaginar na atmosfera do interior, pergunto:

— E qual é a experiência completa no rancho?

— Sabe... — ela murmura algo que não consigo entender muito bem.

— Pode repetir?

Ela murmura outra vez e só consigo entender algo sobre cavalo.

— Hã, o que tem o cavalo?

Ela boceja alto.

— Estou cansada. Vou dormir. A menos que você precise de mais alguma coisa, vou desligar.

— Sim, quero saber sobre esse cavalo — pressiono, com pensamentos selvagens se formando na mente.

— Só isso? Tudo bem. Obrigada por mandar e-mail para os caras. Me fale o que eles disseram quando responderem. Boa noite, Roark.

— Espere... — Mas ela desliga antes que eu possa dizer outra palavra. *Traiçoeira.*

Droga. O fato de ter evitado me deixa nervoso. Não sou do tipo que gosta de cavalos. Nunca montei em um, e não pretendo cavalgar tão cedo.

Nem com a visão de grandes pares de peitos.

— Que tal este? Como ficam meus olhos enquanto seguro perto do meu rosto?

— O que os seus olhos têm a ver com diamante? — pergunto a Bram, que me arrastou para comprar uma aliança. — Seus olhos vão ficar vermelhos de tanto chorar, de qualquer forma.

— Não vou chorar. — Antes que eu possa rebater sua declaração, ele ri e balança a cabeça. — Quem estou tentando enganar? Vou ser um grande chorão. Você acha que ela vai dizer sim?

— Não faça perguntas idiotas. — Pego um de rubi e o estendo para ele. — Se está atrás de algo que vá combinar com os seus olhos nesse dia, este aqui vai ser perfeito.

Bram dá uma espiada no anel e então olha para mim.

— Este é um dia importante para mim. Dá para você parar de ser um babaca sarcástico só por um segundo?

Coloco o anel de volta no lugar.

— Se queria alguém para ajudar, deveria ter chamado o Rath. Ele é o irmão da Julia, afinal.

— E é por isso que não pude chamá-lo. Quero encontrar um anel sozinho.

— Então por que raios está pedindo a minha opinião se quer encontrar um sozinho?

— Só para confirmar — ele responde, analisando um anel à luz.

— Ainda assim, não está fazendo isso por conta própria.

Frustrado, ele abaixa o anel e me dá uma olhada.

— Por que está sendo tão babaca? Você não conseguiu nenhuma foda ultimamente? Sempre que fica assim, é impossível ficar por perto, e é porque está com tesão reprimido. Esse é o seu problema?

Meu Deus, sim.

— Não.

— Não? — E então ele faz uma pausa, com um sorriso se formando lentamente em seus lábios. — Ah, droga, é uma garota?

Me afasto do balcão de vidro e começo a andar até a porta. Não vou entrar nesse assunto com Bram, porque ele vai fazer grande caso disso, quando não é nada, e não estou a fim de ficar por perto enquanto seu coração alegre fica todo empolgado.

— Me mande uma foto quando encontrar o anel.

— Espere. — Bram se endireita rápido e para na minha frente, com a mão no peito. — Você não vai embora. Não pode ir. Preciso de ajuda.

— Você não precisa de ajuda. Conhece a Julia melhor do que ninguém. É o único que pode escolher o anel perfeito.

— Eu sei, mas agora quero ouvir sobre o seu problema.

— Não estou com problema nenhum. Mas você vai ficar com um problemão se não sair da minha frente, porra.

Nem um pouquinho assustado, Bram diz:

— Qual é o nome dela mesmo? Sally?

— Saia.

— Espere, não é Sally. É Sara, né?

— Bram...

Estalando os dedos, ele tenta de novo:

— Não, é Sassafras. É isso.

— Sutton, seu *maldito* imbecil.

E sei que era exatamente isso o que ele queria, mas, meu Deus, não queria que ele achasse que o nome dela é Sassafras.

— Ah, é, a boa e velha Sutton. Como ela está?

— Está muito melhor do que como você está prestes a ficar.

Do nada, Bram me dá um tapinha numa bochecha e então na outra, mas um pouco mais forte. Me afasto assim que ele se prepara para mais um golpe.

— Que porra você está fazendo?

— Fazendo você despertar para os seus sentimentos. Será que esse coração gelado está ganhando vida? — Ele estende o braço para mim de novo, mas afasto sua mão.

Meus punhos se fecham. *Ele é o seu melhor amigo; não dê um soco nele. Você conseguiu passar mais de dez anos sem dar um soco na cara dele. Esta não é a hora.*

— Porra, não me toque de novo ou você não vai gostar do que pode acontecer.

Bram revira os olhos.

— Cara, acorde e veja como você está reagindo. Está na cara que gosta dessa garota. Por que fica torturando todo mundo com essa atitude azeda?

— Porque torturar as pessoas é o que eu faço melhor — respondo e dou a volta por ele para que possa alcançar a porta. — Fique com o anel de seis quilates com diamantes no aro, você sabe que ela vai amar.

— É mais de trezentos mil dólares.

Olho sobre o ombro.

— Ainda bem que você é um filho da puta rico.

A porta se fecha atrás de mim e a luz brilhante do sol me atinge primeiro, uma raridade em Nova York. Em geral, fica bloqueada por todos os prédios altos. Cubro os olhos e chamo um táxi. Os caras acham que sou maluco por usar esse meio de transporte, mas prefiro chamar alguém com facilidade e rapidez a ter um cara esperando por mim em um carro. Uso motorista de vez em quando, mas, no dia a dia, prefiro táxi.

Me afundo no banco depois de dar o endereço e olho pela janela, enquanto as palavras de Bram saltam na minha cabeça.

Será que esse coração gelado está ganhando vida?

Não costumo dar muita atenção para as divagações de Bram, mas não sei se meu coração gelado quer ser ressuscitado. Ainda assim, está mais claro do que nunca que ele encontrou uma pequena pulsação.

Acordei às seis da manhã nos últimos dias, malhei e comi um café da manhã que não fosse líquido — e estou tão chocado quanto você.

Veja só o que uma noite decente de sono pode trazer para você: responsabilidade. Mas acho que não gosto disso. Não gosto de ser *esse* cara. Sabe, o que lê o jornal pela manhã depois da execução perfeita de sua rotina matinal. Eles são chatos. Gosto da imprevisibilidade de acordar em uma hora estranha e tentar espremer tudo que tenho que fazer antes de sair para as reuniões.

Vou admitir, tenho conseguido trabalhar em alguns contratos pela manhã e pode ser que tenha digitado alguns e-mails que trouxeram uma quantia absurda de dinheiro para o meu cliente e para mim.

Ainda assim, nem mesmo me reconheço ao me olhar no espelho. Não há fortes olheiras nem meus olhos estão vermelhos. Já não tenho uma tosse de fumante pela manhã e em vez de "batizar" meu café com Baileys, eu o tomo preto, com uma colherada de açúcar, por que não?

O que está acontecendo comigo? Daqui a pouco vou estar usando gravata e acenando para as pessoas na rua ao passar por elas, com o jornal debaixo do braço e uma disposição radiante no rosto.

Não gosto disso.

Mas também meio que gosto.

Porra.

Sentado no escritório, olho para o horizonte e considero os pobres filhos da puta que, como eu, têm uma rotina matinal. Eles são homens dignos e bem estabelecidos, cada um com uma cabeça sã. Vejo meu reflexo no vidro... esse sou eu?

Eu perdi mesmo meus acessórios de bad boy. Agora sou só... Jesus, sou como Rath, o homem de negócios implacável.

Ah, merda.

Pressiono a mão na testa, com um sorrisinho espreitando nos meus lábios. Quem poderia imaginar que eu ficaria como o Rath? Pelo menos ainda tenho o meu sarcasmo, isso é bom.

Meu celular vibra ao meu lado. Um número internacional aparece, o que só pode indicar uma coisa: é a droga da minha mãe. Agora, você poderia pensar que eu ignoraria o telefonema e não atenderia, mas se fizesse isso, ela continuaria ligando, ligando e ligando; é o seu jeito de conseguir o que quer.

Cerrando os dentes, respiro fundo e atendo.

— Alô?

— Ah, aí está o meu menino — ela responde, com a voz melosa, arrastando as palavras. Filho de peixe, peixinho é.

— Oi, mãe, o que foi? — Tento manter a irritação longe da voz, me preparando para a razão de ela ter ligado, a única razão pela qual ela liga. Esta ligação acontece mais ou menos uma vez por mês, e se eu estiver mesmo *com sorte*, duas.

Parece que vamos para a segunda rodada este mês.

— Quando é que você vai voltar para casa, Roark? Quando vai parar de abandonar a sua família?

Ah, nossa, agora ela vai ficar dando voltas.

Arrasto a mão pelo rosto.

— Quanto você quer?

— Não fale comigo assim, com essa voz irritada. Não fui eu que largou a família sem nada além de algumas batatas na plantação que o seu pai não consegue nem colher sozinho por causa da deficiência dele.

A "deficiência", como ela disse de forma incorreta, é o alcoolismo.

— Se você estivesse aqui, a gente não estaria pobre, passando fome e lidando com um telhado cheio de goteiras. Você abandonou sua família.

Mesma história de sempre. Mesma tentativa de culpa. Mesmo ódio na voz... pelo seu próprio filho.

— Você largou suas raízes para ir morar num arranha-céu.

— Eu sei, mãe. Você me faz lembrar disso a cada maldito mês.

— Não ouse xingar assim. Não foi assim que eu te ensinei. — Ela não me ensinou nada além de tomar uma sem vomitar depois. — Pelo menos achei que tinha ensinado, mas pelo visto não absorveu nada. — As lágrimas começam a se formar, e solto um longo suspiro. — O que eu fiz para merecer este tratamento da sua parte? Você nunca vem para casa, não ama a gente. Seu pai está doente e precisa de você, Roark.

Ele só *quer* a minha carteira. Ele *precisa* de auxílio para manter seus péssimos hábitos.

— Tenho uma reunião, mãe. Preciso ir.

Um soluço alto escapa dela.

— Você sempre foi um ingrato por tudo o que eu te dei. A esta altura, seria mais fácil se você estivesse morto. Pelo menos assim eu iria poder lamentar a perda do meu filho mais velho e seguir em frente, em vez de ficar sendo insultada sempre, sabendo que você está nos Estados Unidos, vivendo uma vida chique, enquanto sua família mal tem dinheiro para colocar comida na mesa. Antes de morar nesse arranha-céu, você morava nesta casa de pedra.

Conto até três, mas ainda não funciona. Minha pele coça, a raiva começa a ferver enquanto minha mãe vai me tirando cada vez mais do sério e uma nuvem escura começa a se mover na minha cabeça.

Com os dentes cerrados, há um rangido na minha voz quando falo:

— Desculpa, sou uma decepção para você, mãe.

— Só queria que você mostrasse mais cuidado com a gente, pelas pessoas que sempre estiveram aqui por você.

— Tá bom. E? — pergunto, querendo que isso termine.

— Dá para mandar dinheiro para a gente?

Aperto os olhos e balanço a cabeça, sabendo exatamente como será minha noite.

CAPÍTULO 11

Querido Eu Não Dou a Mínima,

Tudo o que eles querem de mim é dinheiro.

Não ligam para como consegui o dinheiro, como estou me saindo ou a carreira que construí. Só ligam para a grana da minha carteira e o quão rápido consigo enviá-la para eles.

Tenho pavor da ligação mensal. Sei quando está prestes a acontecer e tenho pavor dela.

É um forte lembrete de que, ainda que pareça que eu tenho uma família, estou sozinho neste mundo.

Bram diz que tenho um coração de gelo. Bem, há uma boa razão para isso.

Vamos tomar uma.

Roark

Sutton

Bang. Bang. Bang.

Pulo da cama, assustando Louise, e ela sai correndo e dispara para debaixo da cama. Com o cobertor junto ao peito e o coração martelando, olho na direção da porta. Aquilo foi uma batida à minha porta? Ou foi à porta do vizinho?

Que horas são?

Está escuro feito breu, então acendo meu celular e vejo um monte de mensagens e as horas. Três da manhã.

Bang. Tum. Tum.

Viro a cabeça na direção da porta. Com certeza está vindo da minha. Com o coração ainda mais acelerado, pondero minhas opções. Ninguém que conheço estaria acordado a esta hora, então pode ser um vizinho bêbado que acabou se perdendo no nosso pequeno prédio de arenito. Já aconteceu antes. Em vez de atender a porta — não sou a garota que morre primeiro nos filmes de terror —, levo os joelhos ao peito e abro minhas mensagens, todas de Roark.

Ai, não. Meus olhos estão um pouco embaçados do sono interrompido de forma abrupta, mas ainda consigo lê-las.

Roark: Oi.

Roark: O que você tá fazendo?

Roark: Dormindo? Claro que está dormindo. Como um avestruz, né?

Do que ele está falando?

Roark: Meio que queria que você estivesse dormindo no meu apartamento. Gosto de quando você dorme aqui.

Roark: Está usando a minha camiseta?

Dou uma olhada para mim mesma e mordo o lábio. Sim, e não a lavei, porque gosto do cheiro dela… tem o perfume dele.

Roark: Se você estivesse usando a minha camiseta, eu iria passar a mão pela sua coxa para ver que tipo de calcinha você está usando.

Roark: É cavada, né?

Roark: Porra, como quero ver você usando uma calcinha cavada. No meu colo, quero você no meu colo.

Meu rosto fica corado assim que há outro *tum* na porta, e então… uma voz.

Com o coração batendo forte, coloco o celular na mesa de cabeceira e vou até a porta o mais rápido possível, na ponta dos pés no piso de madeira. Pressiono a mão na porta, espio pelo olho mágico e prendo a respiração. É quando vejo Roark recostado ali, com a cabeça batendo de leve na porta.

Como é que ele sabe onde eu moro?

E por que está aqui?

— Sutton — ele sussurra, assim que outro *tum* atinge a porta. — Abra.

— Roark? — pergunto através da porta, fazendo-o recuar. Ele se balança para frente e para trás e levanta a mão como um cumprimento.

Ele está completamente bêbado.

Ah, Roark. Suspiro e destranco a porta, abrindo-a o suficiente apenas para caber meu corpo na entrada. Apesar de seu óbvio estado embriagado, meu corpo não consegue não reagir a ele. Eu o examino: calça jeans preta, sapatos pretos, camiseta preta de manga comprida, sem jaqueta e o cabelo muito bem penteado. Ele está absolutamente delicioso com a camisa agarrada aos músculos e a calça de cintura baixa. Moreno, sensual e com um toque de sensibilidade por trás daquele olhar ardente, ele é encrenca, e quero me meter nela.

Ele dá um passo à frente e coloca a mão no batente da porta, seus olhos examinando minhas pernas nuas e meus seios sem sutiã.

— Oi — ele diz, baixinho. — Eu te acordei?

Dou uma risadinha.

— Sim. São três da manhã.

— É mesmo? — ele pergunta, e sinto o cheiro de uísque em seu hálito.

Assinto, cruzando o braço sobre o peito ao me recostar na parede.

— São e estou aqui imaginando como é que você sabe onde eu moro.

Ele abre um sorriso perverso, e a malícia em sua expressão me tenta e me provoca.

— Dei o meu jeitinho. — Com as mãos nos bolsos, ele balança nos calcanhares e indica com a cabeça o meu apartamento. — Posso entrar?

— Você está bêbado.

— Eu sei.

— Não vou te convidar para transar.

Ele franze a testa.

— Você nunca seria só um convite para transar, Sutton.

Meu Deus, meu coração derrete quando ele diz coisas assim. Eu deveria falar para ele ir para casa, mas meu corpo reage de uma maneira diferente quando dou um passo para o lado e o deixo entrar. Ao passar por mim, ele estende o braço e pega minha mão, apertando com força ao entrar no apartamento. Não é nada comparado ao dele. São dois cômodos — um quarto-sala-cozinha e banheiro —, mas é perfeito para mim. Tudo de que preciso.

Acendo a luz da mesa de cabeceira, para iluminar o ambiente, enquanto Roark olha ao redor. Ele não diz nada, apenas observa. No que está pensando? Será que está pensando em alguma coisa? Ele é um bêbado bem lúcido, mesmo quando está trocando as pernas.

Por fim, ele se vira para mim e pergunta:

— Posso usar o banheiro e a escova de dentes?

— Banheiro, sim. Escova, não. Mas tenho uma extra debaixo da pia. A pasta de dente está no armário.

— Valeu, *lass*. — Ele olha ao redor e indaga: — Hã, e há um banheiro aqui?

Dou uma risadinha e aponto para atrás dele.

— A única porta à direita, bem ali.

Assentindo, ele solta minha mão e se afasta. Sem saber o que fazer, volto para a cama. Ele veio até o Brooklyn, quando, provavelmente, estava bebendo perto de onde mora. Se não está aqui para transar, por que então? E o que o deixou tão bêbado?

Dou uma olhada na minha camiseta, na forma como meus mamilos estão enrugados e pressionados contra o tecido, algo que acontece sempre que ele está por perto. Meu corpo implora por ele, e não há nada que eu possa fazer para impedir isso. Pegando meu celular, termino de ler as mensagens que ele enviou, na esperança de encontrar alguma dica de por que está aqui.

Roark: Já te falei que quero te foder? Acho que já.

Releio a mensagem, lembrando-me de como ele quer que eu me sente no seu colo. Bem, se não é um convite para transar, não sei o que é. Pelas mensagens que ele mandou, parece que só há uma coisa na mente dele.

Volto a ler as mensagens.

Roark: Não quero mais ir para as boates. Quero te ver. Está dormindo ou me ignorando?

Roark: Por que o Brooklyn fica tão longe?

Roark: Vou ter que contratar um serviço de transporte para poder te levar por aí em segurança.

Isso faz meu coração querer explodir. Mesmo bêbado, ele é atencioso. Atencioso, mas confuso. Ele não quer começar nada comigo, ainda assim, quer me proteger, fica me mandando mensagens e está aqui na calada da noite. Não para uma transa, pelo visto.

Acho que eu não poderia estar mais confusa.

A porta do banheiro se abre e Roark entra na minha sala minúscula, vestindo nada além de cueca preta. A luz do banheiro ilumina cada contorno de seu peito e de seus braços esculpidos. Estendendo o braço para trás, ele apaga a luz e se aproxima de mim. Engulo em seco, com a pele formigando de desejo, e o observo chegar perto de mim. Quando me alcança, prendo a respiração, imaginando onde isso vai dar.

Ele indica o colchão com a cabeça.

— Abra um espaço, *lass*. — Ele deve ter visto a desconfiança nos meus olhos, porque continua: — A gente só vai dormir. Agora, abra um espaço.

Tá bom então. Apago as luzes do abajur e então me movo pela cama. Ele se deita bem ao meu lado. Sem saber o que fazer, eu me sento e, sem jeito, observo-o se aconchegar. Assim que ele está acomodado, com a mão debaixo da cabeça, seu olhar vai para o lado.

— Você vai se deitar, Sutton?

— Você quer que eu me deite?

— Com certeza não quero que fique aí me olhando enquanto eu durmo. — Ele puxa minha mão. — Venha cá.

Ele fica de lado na cama e me faz deitar para que fiquemos cara a cara, com as nossas mãos enfiadas debaixo do travesseiro. Ele abre um sorriso preguiçoso e coloca uma mecha atrás da minha orelha.

— Valeu por ter atendido a porta.

— Por que você está aqui, Roark?

Ele dá de ombros e passa o polegar na minha bochecha, nossos corpos a centímetros de distância de se tocarem.

— Não queria ir para casa, e nenhuma das garotas da boate me interessa.

Isso faz eu me afastar.

— Você esteve com alguma delas?

Se ele esteve com garotas se atirando nele e depois veio para o meu apartamento, isso me deixaria enjoada. Posso estar desesperada por seu toque, mas não tanto assim. Tenho meus princípios e ficar com as sobras de outras mulheres não está entre eles.

— E como poderia? — ele pergunta. — Só consigo pensar em você, merda.

Sorrindo, volto para o seu toque, me derretendo com sua resposta.

— Você pensa em mim, mas não quer ficar comigo.

Ele balança a cabeça.

— Não, eu não mereço você, Sutton. Você é o tipo de garota para apresentar para a família, e não sou o tipo de cara que faz isso.

E bem assim, ele destrói o pedacinho de esperança que se forma em mim. Ele poderia ser esse cara. Posso ver isso nele, nos pequenos atos de consideração que demonstra, na sinceridade em seus olhos sempre que me vê, mas, por alguma razão, ele se recusa a aceitar.

— Então por que está aqui? — pergunto, baixinho, incapaz de encará-lo.

— Porque precisava de você. — Sua mão se move pelo meu corpo, até meu quadril, onde para. — Foi um dia difícil. Eu precisava de você.

O ritmo do meu coração acelera.

— Você... quer falar sobre isso?

Ele balança a cabeça e boceja.

— Não, só precisava ter você nos meus braços. — Ele gesticula para trás de mim. — Vire-se.

— Você vai querer dormir de conchinha? — pergunto, provocando.

— Vou, quero muito dormir de conchinha com você. Agora se vire. — Sua resposta me causa uma onda de frio na barriga.

Incapaz de esconder o sorriso, eu me viro para o outro lado só para ser puxada para o peito quente de Roark, por seus braços incrivelmente fortes. Ele junta nossos travesseiros e enterra a cabeça no meu cabelo, com os braços ao redor da minha cintura, nossos corpos pressionados bem perto um do outro.

Não consigo respirar estando assim tão perto dele, envolvida por esse abraço tão protetor. Parece demais.

— Porra, como seu cheiro é bom — ele diz, acariciando meu cabelo e então ao longo do meu pescoço. Uma onda de arrepios se espalha pela minha pele. — Lavanda — ele murmura. Sua mão que está ao redor da minha cintura vai para a minha coxa, onde ele a enfia por baixo da camiseta. Congelo enquanto sua mão desliza pelo meu corpo, passa pelo osso do quadril e vai para a minha barriga, onde se acomoda.

Com a respiração presa nos pulmões, ainda não sei o que fazer quando sua mão se abre na minha barriga e seu nariz corre pela minha orelha.

— Está tudo bem se eu tocar a sua pele?

Um fraco latejar pulsa entre as minhas pernas, meus mamilos pressionam a camiseta com mais força, e estou com este desejo intenso de esfregar as pernas para me entregar de alguma forma a este forte sentimento que se forma no meu núcleo.

— Sim. — Respiro com dificuldade.

Ainda bem que ele está cansado demais para notar o desespero na minha voz ou o desejo que vibra pelo meu corpo. Seu polegar está tão perto do meu peito, só mais alguns centímetros e ele estaria tocando-o. Estou tentada a me curvar, e penso sobre isso por alguns segundos antes de me impedir. Não quero uma roçada acidental no seio, não vinda de Roark. Quero que a intenção seja dele de querer me tocar, de sentir cada pedacinho de mim.

— Obrigado, Sutton — ele sussurra.

— Pelo quê?

Seus lábios roçam minha orelha, deixando cada nervo do meu corpo em chamas, pulsando, latejando. Tão necessitado. Eu me mexo para mais perto dele, movendo a bunda contra sua virilha, e ele geme e mordisca minha orelha.

Preciso que ele faça isso de novo. Estendo o braço para trás e entrelaço os dedos em seu cabelo, incentivando-o. Sua respiração passa pela minha orelha antes de seus dentes puxarem meu lóbulo.

Isso.

Movo a bunda para sua virilha de novo, e, desta vez, sou recebida por sua ereção.

Sua mão segura minha barriga com mais força, e seu polegar acaricia minha pele. Solto um leve gemido enquanto ele vai movendo a boca pelo meu pescoço. Ele não beija, não morde, é quase como se estivesse sentindo o contorno do meu pescoço com os lábios.

Isso me causa um arrepio que desce pelos meus braços e chega à barriga. Ele mal está fazendo alguma coisa — apenas roçando os lábios e acariciando com o polegar — e já estou molhada, pronta, desesperada para que ele me dê mais.

Já incapaz de controlar meus movimentos, eu me viro em seu abraço para que minhas costas fiquem encostadas no colchão. Sua mão gira sobre a minha barriga e seu polegar quase fica entre meus seios.

— Se vire de novo, Sutton.

Me sentindo ousada, digo:

— Me toque, Roark. Quero sentir você por todo o meu corpo.

— Meu Deus — ele geme, com a ponta do polegar roçando meu seio. — Pare de se mexer, Sutton.

Com o peito arfando, a junção entre as minhas pernas precisa desse toque. Abro as pernas, afastando uma delas, e coloco a mão sobre a dele.

— O que você está fazendo? — ele pergunta.

Em vez de responder, deslizo a mão para baixo na minha barriga e assim que estou prestes a movê-la para além do meu umbigo, ele para. Gemo, frustrada.

— Por favor, Roark.

— Não — ele sussurra no meu ouvido. — Agora não, não assim. — Ele lambe ao longo da minha orelha. Aproveito a chance de deslizar sua mão para além da bainha do meu short.

Ele respira fundo, com os dedos dançando perigosamente onde os quero.

— Me toque — sussurro. — Estou tão molhada, Roark.

— Porra — ele solta, ofegante. — Porra, Sutton.

Seus dedos deslizam ao longo do meu osso púbico, provocando.

— Só um dedo, é tudo de que preciso. Estou à beira da combustão, Roark. Só me dê alguma coisa.

Posso ouvi-lo engolir em seco antes de dizer:

— Não posso. Estou bêbado, Sutton.

— Não ligo.

— Mas eu ligo — ele responde, tirando a mão e colocando-a de volta na minha barriga.

Solto um gemido de pura frustração e me viro de lado, de costas para ele. Por que ele precisa complicar tanto as coisas? É apenas sexo. Não estou pedindo para ele me engravidar. Só quero um pouco de prazer. Não, não é só isso que eu quero. Quero que seja Roark a me satisfazer. Que faça eu me sentir desejada, com tesão... sexy. Sei que não sou, mas, caramba, como preciso disso agora. Do seu toque. Da sua carícia. Do seu corpo sobre o meu.

— Não fique chateada, *lass* — ele fala perto da minha orelha, com o polegar fazendo círculos suaves na minha barriga.

Não digo nada. Apenas enterro a mão debaixo da cabeça e fecho os olhos. A pulsação em meu corpo fica mais persistente, lembrando-me de que não haverá alívio tão cedo.

Rejeitada duas vezes por este homem. Será que algum dia ele vai dizer sim? Será que algum dia ele vai ceder? Estou começando a achar que não. Se ele fosse aproveitar a oportunidade de dormir comigo, esta seria a noite, mas, mesmo bêbado, ele ainda tem esse bom senso idiota de me rejeitar.

— Você sabe que eu quero, Sutton.

— Suas palavras não significam nada para mim agora, Roark.

— Ohhh — ele murmura. — Que declaração forte.

— Não me venha com brincadeiras. Estou com raiva de você.

— Ah, qual é — ele diz com um sussurro que mais parece uma carícia. *Mas não é o tipo de carícia de que preciso.* — Só aproveite este aconchego, *lass*. Isto não acontece... nunca. Considere uma vitória hoje.

Seus lábios pressionam um beijo suave na minha bochecha quando ele se aconchega mais perto, com sua ereção encaixada na minha bunda, seu peito cobrindo minhas costas como um cobertor pesado, e o firme aperto de seu braço ao redor da minha cintura oferece uma sensação de segurança que acho que nunca tive. E, pelo visto, é provável que nem ele.

Mesmo que eu esteja com tanto tesão a ponto de sentir dor, considero o que ele está me oferecendo. Pode não ser sexo, mas, de alguma forma, é melhor. É um pedaço de intimidade que ele não divide com os outros. Preciso me sentir agradecida por isso. A outra parte disto virá — faço questão disso —, porque se me dei conta de uma coisa hoje é que Roark está começando a abrir caminho para o meu coração. Aos poucos, mas está abrindo um caminho.

— Ah, cacete. — Ouço um gemido doloroso perto de mim, me assustando pra caramba. Pulo pelo menos alguns centímetros no ar e me viro para encontrar Roark, segurando sua virilha, com os olhos fechados de dor.

A noite passada volta para mim: as mensagens de Roark, sua visita tarde da noite — ou melhor, de madrugada. Os toques. Os toques não dados. O "quase lá" que me fez tanto sofrer.

Sua confissão.

A forma como ele me segurou.

Seus beijos suaves ao longo da minha orelha e do meu pescoço.

— Você me pegou em cheio, Sutton. — Ele respira fundo. — É um jeito de dar conta da ereção matinal.

Minha compaixão finalmente vem à tona quando pressiono a mão em seu braço.

— Desculpa. Devo ter esquecido que você estava aí. Será que o meu joelho sem querer bateu em você?

— Dá para dizer que sim. — Soltando um longo suspiro, seus olhos verdes se abrem e sua respiração parece se estabilizar. — Porra, mulher. Se você queria me acordar, era só me dar uma sacudida.

— Desculpa. Não queria dar uma joelhada na sua virilha. — Rio.

— Tem certeza de que não foi revanche por eu ter atrapalhado seu sono ontem?

— Não, você que é o ressentido aqui, lembra? — Me sento na cama. Seus olhos vão para o meu peito no mesmo instante, onde sei que ele está absorvendo meus mamilos duros. É de praxe. Já estou quase acostumada com isso agora.

Assim que ele dá uma boa olhada, seus olhos vão subindo pelo meu corpo.

— Seu cheiro é bom, é de flores.

Não estava esperando isso. Pressiono a mão no lençol e digo:

— Borrifei óleo de lavanda na cama, me ajuda a dormir.

— Tem o seu cheiro, me deu a droga de um pau duro.

— Sinto como se qualquer coisa fizesse isso com você.

Ele estende o braço e me puxa de volta para a cama, com a mão envolvendo minha cintura.

— Nem tudo, *lass*. — Ele afasta uma mecha do meu rosto antes de suspirar e se virar, tirando o meu fôlego.

Ele joga o lençol para o lado e vai na direção do banheiro, os músculos de suas costas se flexionando a cada movimento. Estou tão focada nas suas costas que quase sou pega observando quando ele para e se vira para me encarar.

Coçando a lateral da cabeça, ele olha ao redor e pergunta:

— Há um segundo andar neste apartamento?

— Há um segundo andar, mas não me pertence. O que você está vendo é o que é meu. É isso.

Com os olhos arregalados, ele indaga:

— Este é todo o seu apartamento? Meu quarto é maior do que isto. — Ele observa a cozinha. — Você nem mesmo tem uma geladeira de verdade. Até na faculdade eu tive. E um forno?

Divertida, me sento na cama outra vez.

— Tenho um forno elétrico que funciona muito bem.

— E cadê a pia da cozinha?

— No banheiro.

— E quanto você paga? — ele zomba.

— O suficiente para fazer você questionar a minha sanidade. — Gesticulo para o lado. — Mas olha só para a bela lareira e a luz que entra pelas janelas que vão do chão ao teto bem na frente da pequena alcova. É perfeito.

— Você não tem sofá.

— Para que precisaria de um quando tenho uma cama? — Arqueio as sobrancelhas.

— Você precisa de um sofá para transar.

— E para que serve uma cama?

— Para muito mais — ele diz com um sorriso antes de entrar no banheiro.

Suspirando como uma adolescente apaixonada, eu me jogo de volta na cama e cubro os olhos com o braço. Meu Deus, o que eu não daria para ver Roark sair do banheiro completamente nu e me empurrar para o colchão, só para abrir minhas coxas e enfim me dar o que tenho desejado por semanas.

Para me impedir de ficar quente só com a ideia e evitar uma reprise da noite passada, me concentro no teto antigo e nas intricadas molduras que foram pintadas vezes demais para contar. É uma das razões para eu adorar este apartamento: tanta história embalada dentro de quatro paredes pequenas. E mesmo que a lareira não funcione, e que eu não tenha uma cozinha de verdade, e que haja uma corrente de ar que passa pelas janelas, eu amo isto aqui.

A porta do banheiro se abre e eu viro a cabeça para o lado para ver Roark usando sua calça, mas é isso, e não está nem com o zíper fechado.

Impeço que minha língua saia pelo canto da boca quando ele se aproxima, com o cabelo bagunçado, uma expressão sonolenta nos olhos e um sorriso preguiçoso na boca. É assustador que, a cada passo que ele dá, meu coração bata mais rápido, meus nervos disparem e meu desejo por ele cresça.

— Você é uma daquelas pessoas.

— Hein? — pergunto, na esperança de não ter ficado olhando demais.

Ele se senta ao meu lado na cama e pressiona a mão na minha coxa, olhando para mim.

— Vai soar bem brega...

— Eu gosto de breguice. — Sorrio para ele.

— Imaginei, mas você já acorda linda. — Sua mão desliza pela minha coxa, e minha respiração falha quando ele chega ao osso do meu quadril. — Você sabe que eu queria ir muito além com você ontem, né?

— Deu para notar. — Dou uma olhada em sua virilha e rio.

— Tudo bem, só não queria que você ficasse pensando o contrário, já que acabei não indo além.

— Pois é. — Passo os dentes pelo meu lábio inferior. — Você é uma tentação.

— Não é de propósito. Você também é uma tentação. Mas sabe qual é a minha posição.

— Infelizmente. — Suspiro, e minha esperança morre mais uma vez. — Posso te fazer uma pergunta?

— Não sei, não. Vou precisar de café para responder? — Ele passa a mão pelo cabelo bagunçado.

— Pode ser que sim.

Levantando-se da cama, ele vai até a minha "cozinha" e esfrega a nuca enquanto a examina. Seu bíceps vibra, como uma rocha bem no meio dele, enquanto os pequenos músculos acima de sua bunda se apertam. Quero saber qual é a sensação deles sob o meu toque, como eles ondulam...

— Cadê as suas outras canecas? — ele pergunta, ligando minha minúscula máquina de café.

— Só tenho uma.

Ele faz uma pausa no que está fazendo e olha sobre o ombro.

— Você só tem uma caneca? — Assinto. — Por quê?

— Sou só eu. Por que precisaria de mais?

Ele pega a simples caneca branca com a logo da Gaining Goals.

— Você poderia ter escolhido algo com mais personalidade. — Ele continua fazendo o café enquanto fala.

— Como se você tivesse canecas com mais personalidade. Tenho certeza de que encontraria um monte de canecas pretas no seu guarda-louças.

— É, mas não sou o tipo de cara que combina com canecas divertidas.

— E que tipo de personalidade eu tenho?

O café fica pronto e ele olha ao redor das pequenas prateleiras em busca de açúcar, que logo encontra e coloca uma colherada na caneca antes de mexer. Há algo em Roark abrindo caminho pela minha cozinha que é tão reconfortante e sexy.

Vindo até mim, ele responde:

— Falante, fofa e doce. — Ele ergue o olhar. — Você precisa desse tipo de canecas. Cor-de-rosa com bolinhas. Algo assim.

— Cor-de-rosa com bolinhas? — Rio. — Vou me lembrar disso.

Ele gesticula para eu abrir espaço na cama, então faço isso, e ele não leva muito tempo para se enfiar sob os lençóis comigo e colocar o braço ao redor dos meus ombros, puxando-me para mais perto. Ele me entrega a caneca e diz:

— A gente pode dividir.

Dividir.

Isso parece algo tão familiar, como se houvesse algo nascendo entre nós que fosse além da simples tensão sexual. Na noite passada, eu já deveria ter adivinhado quando ele apareceu bêbado no meu apartamento e quis se aconchegar. Precisando me segurar, me tocar. Há de fato uma coisa nascendo, só quero saber o quê.

Pego a caneca e dou uma assoprada antes de olhar para ele, com um sorriso brincando em meus lábios.

— Costumo acrescentar leite também.

— Você não poderia ter dito isso quando eu ainda estava em pé? — Ele pega a caneca de mim e vai até a cozinha.

— Não sabia que a gente ia dividir.

Ele coloca um pouco de leite na caneca e dá outra rápida mexida.

— Que tipo de babaca eu seria se tivesse feito café para mim e não para você? Mas se você tivesse mais de uma caneca, não haveria confusão.

— Nossa, como você é esperto — digo, assim que ele volta para a posição anterior, mas, desta vez, mantém a caneca para si.

Com o braço ao redor dos meus ombros, ele me puxa para o seu lado, e seu perfume fresco aquece meus dedos.

— Tudo bem, o que você queria perguntar? Com café em mãos, estou pronto.

— Hã, deixa pra lá — falo, pensando melhor.

— De jeito nenhum. — Ele balança a cabeça. — Fiz café na menor cozinha que já vi, então você vai me fazer aquela pergunta.

Rindo, descanso a cabeça em seu ombro, me sentindo incrivelmente nervosa, mas também curiosa para a sua resposta.

— Então... o que está rolando entre a gente?

Ele fica em silêncio por um segundo, e minha respiração depende da sua resposta. Por fim...

— Ah, se eu soubesse... — Ele coça a lateral do queixo. — Sei que não posso ter você, mas também não consigo ficar longe.

— Não faz sentido nenhum. Você fica me tocando como se estivéssemos juntos. Fala comigo como se houvesse mais do que amizade, mas quando se trata de qualquer coisa física, você amarela.

— Eu não amarelo. Eu me impeço, e por uma boa razão.

— Por quê? — indago, frustrada.

— Você sabe por quê, Sutton.

— Então você basicamente pode me deixar com tesão sempre que estiver por perto e aí cair fora, me deixando cheia de desejo pelo seu toque? — Empurro seu ombro e me viro para olhá-lo nos olhos, que estão focados na parede à nossa frente.

— Não é fácil para mim, Sutton — ele diz, baixinho. — Não fique achando que é algo de que gosto. Tá bom? — Ele esfrega o queixo. — Olha, me desculpa por ter aparecido aqui ontem e confundido as coisas. Fui longe demais e não deveria ter feito isso.

Agora ele está se afastando. Sabia que deveria ter mantido a boca fechada.

— Estava passando por um momento difícil ontem e eu simplesmente... Porra. — Ele suspira e coloca as duas pernas para fora da cama, pronto para recuar, mas seguro seu ombro antes que ele possa fazer isso.

— Não vá embora, Roark. Fale comigo. Por que foi uma noite difícil?

— Você não vai entender.

Como se ele tivesse me batido, recuo, ofendida.

— Posso não ser uma pessoa atormentada como você, Roark, mas me orgulho de ter empatia.

Ele deve ter notado a mágoa na minha voz, porque coloca o café na mesa de cabeceira e se vira, com a expressão arrependida.

— Não quis te ofender.

— Mas ofendeu.

Suspirando, ele volta a se recostar na cabeceira da cama e puxa minha mão até eu ficar em seu colo. Suas mãos vão para as minhas coxas, acariciando-as de leve para cima e para baixo. Momentos como este me confundem pra valer. Quando foi que chegamos a este ponto? Nesta relação de intimidade em que sinto que poderíamos enfrentar qualquer coisa juntos, em que quero escutar tudo sobre seus problemas e suavizar a ruga em sua testa com meu leve encorajamento.

Qual foi o ponto de virada?

É por isso que estou confusa. Porque agora é isso o que quero com ele, e ele me dá a conta-gotas, mas sem se comprometer por completo.

Seja paciente, eu me lembro.

— Desculpa, Sutton. Não quis te ofender. Só que você tem esse relacionamento perfeito com o seu pai, e a minha família é bem diferente.

Me inclinando para frente, pressiono a mão em seu peito.

— Era por isso que você estava chateado ontem?

Suas mãos sobem até a minha cintura e ele me puxa para mais perto, para que nossos peitos quase se toquem. Ele desliza as mãos para a minha bunda, aperta com força e apoia a cabeça na cabeceira da cama, fazendo seu pomo de adão saltar. Estou tentada a me inclinar e provar seu pescoço, passar a língua ao longo dele e seguir até seus lábios, onde eu o devoraria, desesperada.

— Sim. — Seu aperto fica mais forte. — Meus pais são... merda, são péssimos. — Não consigo nem acreditar que ele está se abrindo para mim. Fico sentada, escutando, acariciando lentamente seu peito firme. — Cresci em uma cidadezinha fora de Killarney. O melhor emprego por lá era trabalhar na fazenda, e eu nunca quis isso. Fiz intercâmbio em Yale, e gostei tanto que fiquei por lá para estudar. Sabia que era aqui nos Estados Unidos que eu queria ficar, onde tiraria o melhor de mim. Meus pais não levaram isso numa boa. E ainda pensam assim. Eles não ligavam para mim quando eu era criança, sempre dependeram de mim como mais um par de mãos em vez de me tratar como filho, mas quando souberam que eu estava ganhando dinheiro, começaram a me ligar todos os meses, tentando me fazer sentir culpa e dizendo que tenho obrigação de sustentar a família.

— Eles ligam para você todos os meses? — pergunto, franzindo a testa.

— Sim. E sempre dou dinheiro para eles.

— Por quê?

Ele solta o aperto de uma das mãos que está na minha bunda para que ele possa puxar o cabelo, frustrado.

— É mais fácil assim. Ouço o abuso emocional que minha mãe tem para jogar em mim, pergunto o quanto ela quer e aí mando.

— Roark. — Suspiro, pressionando a mão em seu rosto. — Família jamais deveria ser assim.

— Eu sei. — O olhar triste, a frustração na tensão de seus músculos... quase me despedaça vê-lo assim. — É mais uma razão para não ter você. Assim que eles souberem que estou namorando a filha de Foster Green, as exigências não vão ter fim.

E parece que o real motivo está começando a vir à tona. Ele não só está me protegendo dos hábitos autodestrutivos que parece cultivar, mas também de sua família.

Saber isso me deixa ainda mais determinada a permanecer em sua vida. Uma amiga. Sua confidente. Alguém que não tire dele, mas que se entrega.

Sem querer oferecer sugestões vazias, tento acalmar sua alma ao passar a mão em seu cabelo.

— Sinto muito, Roark, mas vou te dizer uma coisa. Você nunca me verá querendo nada além do homem que habita dentro de você.

Seus olhos encontram os meus, o verde tão belo e hoje cor de musgo, mesmo depois de uma noite de bebedeira. Sua mão desliza para as minhas costas, arrastando minha camiseta enquanto faz seus dedos dançarem lentamente sobre a minha pele.

— Você é especial, Sutton.

— E não acha que já está na hora de ter algo especial na sua vida?

Com a cabeça inclinada, ele me analisa.

— Quero algo especial, com certeza. — Sua mandíbula se move de um lado para o outro enquanto ele pensa, com os olhos em busca dos meus. Por fim, ele diz: — Tenho um evento para ir na próxima semana, quer ir comigo?

Meu coração acelera e um sorriso puxa meus lábios.

— Tipo um encontro?

— Tipo... parceira de negócios.

E mais uma vez, a esperança se despedaça. Frustrada, saio do seu colo e resmungo, enquanto caio para o lado da cama. Olhando para o teto, sinto a cama se mexer quando ele paira sobre mim, com o cabelo caindo para frente. Antes que ele possa falar qualquer coisa, digo:

— Você me deixa frustrada.

— Você não é a primeira pessoa que me diz isso.

Sentando-se, ele se levanta da cama e pega nossa caneca compartilhada. Dá um longo gole e a entrega para mim quando também me sento. Enquanto Roark vai para o banheiro, fico ali sentada, contemplando minha vida e o quanto tudo é irritante. É claro que eu ia começar a gostar do homem mais teimoso de Nova York.

Com os sapatos calçados e a calça abotoada, Roark volta para o quarto enquanto veste a camiseta de manga comprida. Meus olhos se fixam, indo direto para o seu torso nu, e observam com relutância enquanto ele o cobre. Eu estava tão perto e agora sinto que estou tão longe.

Ajustando a camiseta, ele vem até mim e para a centímetros da cama. O perfume da noite passada está grudado em suas roupas, envolvendo-me no calor. Ele coloca as mãos nas minhas bochechas lentamente, baixando a cabeça até estar à altura da minha, nossas testas se conectando. Ele respira fundo e diz:

— Obrigado por ontem à noite e por hoje de manhã. Significa muito para mim, Sutton. — Erguendo a cabeça, ele pressiona um beijo suave na minha testa, aquecendo-me por dentro, e então se afasta, enfiando as mãos nos bolsos como se tentasse se impedir de me tocar de novo. — Pense no evento. Falo com você depois. Tenha um bom dia, *lass*.

Com um aceno de despedida, ele vai embora. Assim que a porta se fecha, solto um suspiro decepcionado e me recosto na cama. Que raios aconteceu nas últimas vinte e quatro horas? *Como fui me tornar a pessoa que ele procura quando está se sentindo atormentado?* Sinto como se tivesse conseguido colocar os pés em seu mundo, mas assim que pisei ali, fui arrastada para fora de novo. É tão confuso. *Ele* é tão confuso.

Não estou com vontade de fazer nada. Roark me deixa confusa, e não há ninguém com quem eu possa falar sobre isso. Não estou com o coração partido, e sim... preocupada. Será que quero ser a amiga a quem ele recorre quando nenhuma das garotas da boate *faz isso por ele*? Aff. É um dia cinzento e nublado, perfeito para ficar de preguiça, enrolada na cama e assistindo a filmes. Estou em uma maratona de comédias românticas, começando com *Como Perder um Homem em 10 Dias* — aquele em que Kate Hudson faz uma personagem atrevida —, indo para *Harry e Sally: Feitos um para o Outro* — em que Billy Cristal canta *The Surrey With the Fringe on Top*, meu favorito — e agora estou quase terminando *Podres de Ricos*. Meu Deus, a parte em que a garota chega para o casamento e parece que o tempo para enquanto a água continua fluindo me faz chorar sempre.

Louise está enrolada no meu colo, substituindo a necessidade de um cobertor mais pesado. Quem precisa de um quando se tem uma gata de sete quilos que dá conta do recado?

Seu ronronar vibra na minha mão a cada carícia que faço ao longo do seu corpo, e enquanto assisto ao filme, não consigo impedir minha mente de se desviar para a noite passada. A intimidade que dividi com Roark, a necessidade que senti vibrando dele, mas o freio de ferro que ele tem — mesmo bêbado — o impediu de dar esse passo.

A menos que ele não queira mesmo. Já vi as mulheres pelas quais ele se sente atraído, e embora tenha dito que não consegue parar de pensar em mim, eu com certeza não me encaixo no padrão. Meu pai é cliente dele. É um obstáculo, mas não o suficiente para tornar impossível. Papai tem uma opinião muito boa a respeito de Roark, do contrário, jamais teria nos juntado para trabalhar no acampamento. Nossa idade? Não é problema nenhum. A família dele? Não faço ideia do quanto pedem, nem por que, mas Roark já os tem *provido* todos esses anos. Por que será que ele acha que me namorar fará alguma diferença? Ele já permitiu que sua família o explorasse por anos.

Acho que a verdadeira pergunta é: por que isso é problema meu? *Será que quero ter algo a mais com ele?* Suas razões não parecem intransponíveis para mim, então talvez eu precise aceitar que há barreiras autoimpostas que só ele pode remover se *ele* quiser. Sim, quero ter intimidade com ele, porque nunca senti este tipo de atração física na vida. Ele tem razão. Nunca tive um orgasmo durante o sexo com um cara. Mas algo me diz que não é só a falta de sexo que está me frustrando.

Quero mais do Roark McCool do que apenas sexo. Eu o quero de corpo e alma. Paciência nunca foi o meu forte, e ele está testando a minha habilidade de esperar e deixar as coisas acontecerem. Fico me lembrando, sempre que me sinto frustrada, de respirar fundo e pensar sobre o que a paciência pode me trazer. Se eu me mover rápido demais, posso acabar afastando-o, e essa é a última coisa que eu quero. *Que estranho... mas também quero sua amizade.*

Toc. Toc.

Com Louise ainda no meu colo, eu a movo com cuidado para o lado, tiro o cobertor das pernas e ando de leve até a porta para ver pelo olho mágico. Meu coração acelera ao ver Roark parado do outro lado da porta.

Empolgada, destranco tudo e a abro. Um sorriso cruza seu rosto quando ele me dá uma rápida olhada. Estou usando legging térmica roxa e um cropped combinando, com o cabelo preso em um coque no topo da cabeça, e não estou usando nem um pingo de maquiagem. E pela forma como está me olhando, parece que gosta disso... muito.

Recostada no batente, com a mão na porta, pergunto:

— O que você está fazendo aqui?

Ele dá um passo para a frente, com as mãos nas costas. Seu perfume é a primeira coisa a laçar meu coração, a segunda é o sorriso devastador que se abre em seu rosto quando ele tira as mãos das costas e coloca uma sacola entre nós.

— Trouxe uma coisa para você.

— Você comprou algo para mim? — Meu Deus, como ele me faz sorrir.

— Sim. — Ele gesticula para o meu apartamento. — Posso entrar?

Dou um passo para o lado, permitindo que ele entre. Vestido com calça jeans preta, botas marrons e uma jaqueta preta, ele me entrega o presente enquanto eu fecho a porta.

Eu o pego — é meio pesado — e digo:

— Quer tirar o casaco?

Ele enfia as mãos nos bolsos e balança a cabeça.

— Não vou ficar, só vim trazer isso.

Escondo a decepção enquanto vou até a cama e cruzo as pernas, deixando o presente no meu colo. Ainda no meio da sala, Roark mantém distância, mas observa com atenção enquanto começo a puxar o embrulho de papel da sacola.

— Foi você quem embrulhou?

— Se eu disser que sim, impressionaria você?

— Talvez.

— Paguei alguém para fazer isso. — Ele abre um sorriso perverso.

Isso me faz rir alto. É claro que pagou. Balançando a cabeça, tiro o objeto redondo e começo a desembrulhá-lo, revelando uma caneca cor-de-rosa... com bolinhas brancas. Não consigo me livrar do sorriso que não sai dos meus lábios.

— Você comprou uma caneca fofa para mim.

— Duas. — Ele ergue os dedos.

Enfio a mão na sacola e tiro a outra. Esta não é cor-de-rosa com bolinhas, é uma cabeça de gato com orelhinhas e bigode.

— Ai, meu Deus, é tão fofa!

Parecendo sem jeito, ele dá de ombros.

— Quando eu vi, sabia que seria perfeita para você, já que tem uma gata e tal.

— Adorei. — Eu a seguro com força. — Obrigada, Roark.

— Não há de quê. — Ele vai para a porta. — Só me prometa que vai se livrar daquela caneca sem graça e usar essas de agora em diante.

— Prometo.

Ele estende a mão para a maçaneta e eu logo pulo da cama, colocando as duas canecas na mesa e indo até ele.

— Você vai me deixar agradecer do jeito certo?

— E o que seria o jeito certo?

— Um abraço.

— Só um abraço?

— Você quer mais? — pergunto, pressionando-o.

— Você sabe que quero mais. — As veias de seu pescoço ficam tensas. — Mas um abraço vai servir.

Antes que eu possa responder, ele me puxa pela mão e me envolve com os braços, e seu queixo descansa na minha cabeça.

— Obrigada — sussurro. — Foi bem atencioso da sua parte. Acho que nunca ganhei algo tão criativo de um cara.

— Então você não tem saído com as pessoas certas. — Ele dá um beijo suave no topo da minha cabeça e se afasta. Deve ter esperado que eu me movesse para o lado. Mas quando não faço isso, ele puxa a barra do meu cropped de brincadeira. — Você vai me deixar sair?

— O que você vai fazer pelo resto do dia?

— Tenho alguns compromissos.

Sua mão permanece no meu cropped, com os dedos brincando com o tecido.

— Você tem compromissos aqui também. — Meu Deus, isso acabou de sair da minha boca? Minhas bochechas coram pela ousadia, mas deve ter funcionado, porque Roark geme e fecha o espaço entre nós, me empurrando para a porta.

A mão que estava brincando com meu cropped agora vai para a minha pele nua, e seu polegar acaricia o osso do meu quadril. Sua outra mão vai para a porta, perto da minha cabeça, envolvendo-me. Ele encosta a testa na minha, e seu nariz roça o meu por alguns segundos.

Minha respiração fica presa nos pulmões enquanto a tentação ardente me atravessa. *Seja paciente, deixe que ele avance.*

— Por que você tem que ser tão perfeita?

— Estou longe de ser perfeita, Roark.

Seu olhar encontra o meu.

— Você é perfeita para mim.

Seus olhos ardentes e lindos abriram um buraco bem no meu coração, tirando o ar dos meus pulmões e interrompendo o bombeamento de sangue nas minhas veias.

Por favor, me beije.

Cada músculo, cada osso do meu corpo vibra com o desejo por este homem. Apenas um gostinho, é só o que quero, só um gostinho para que eu saiba como é ter seus lábios nos meus.

Suas mãos se movem para as laterais do meu corpo enquanto sua respiração acelera. Posso senti-lo vacilar, sua barreira rachando e se rompendo. Posso sentir sua indecisão. Posso sentir seu desejo por mim em seu firme aperto no meu corpo. Ele quer, tanto quanto eu.

Incapaz de permanecer parada por mais tempo, engancho os dedos nos passantes do cinto e o trago para mais perto. Ele respira fundo enquanto movo a mão para a sua jaqueta e a abro, deslizando a mão sob o suéter bege que ele está usando. *Quem é esta ousada e o que ela fez com a doce e recatada Sutton?*

Quase como se estivesse sentindo dor, ele fecha os olhos com força.

— Sutton.

Meu nariz roça no dele, nossas respirações se misturam, nossos lábios estão a centímetros de distância.

— Me beije, Roark.

— Sutton — ele repete, desta vez mais tenso.

— Por favor, Roark. Me beije. — Minha mão viaja pelo seu abdômen sarado, que se contrai e estremece sob meu toque.

Seu aperto na minha lateral fica mais forte, e sua mão se abre sobre a minha costela.

— Você sabe o que eu quero? — ele pergunta, com o nariz roçando ao longo da lateral da minha cabeça até minha clavícula. — Quero tirar essas suas roupas, aos poucos, então te levar para a cama e abrir bem as suas pernas. — Minha respiração fica presa. — Eu beijaria cada pedacinho das suas pernas até alcançar a sua boceta, que estaria bem molhada e pronta para mim. Mas eu não beijaria ali. Em vez disso, beijaria sua barriga até seus seios, e eu os veneraria. — Seus lábios deslizam sobre a minha pele, mas sem saírem do lugar, quase como um toque de ar. — Chupando, beliscando, mordiscando. Provaria cada centímetro deles até que suas mãos estivessem puxando o meu cabelo, seus gemidos implorassem por alívio e seu corpo se contorcesse embaixo do meu.

Deixo escapar um suspiro baixo, porque sou incapaz de esconder o quanto quero tudo o que ele descreveu. Cada beijo. Cada toque. Cada gostinho. Quero tudo isso. *Preciso de tudo isso.*

— E aí eu abaixaria as suas pernas e faria tudo de novo até você gozar só com os beijos. Eu assistiria a você desmoronando embaixo de mim e então... iria embora.

— Como é? — pergunto, como se ele estivesse mesmo executando toda essa sedução comigo e tivesse dito que estava indo embora. — Por quê?

— Porque... — ele sussurra junto à minha pele antes de se afastar e me olhar nos olhos. Ele aperta meu queixo entre o seu dedo indicador e o polegar. — Você merece coisa muito melhor do que eu, Sutton.

Ele empurra a porta, pega minha mão e me ajuda a ir para o lado. Chocada, atordoada e também incrivelmente excitada, sou incapaz de protestar, enquanto ele abre a porta e sai para o corredor do prédio.

— Vejo você mais tarde, Sutton.

E então ele se vai, me deixando com mais raiva e chateada do que estava pela manhã.

Quem faz uma coisa dessas?

Roark: Dá para sentir a sua raiva daqui.

Sutton: Nossa, como você está conectado aos meus sentimentos.

Roark: Não precisei de muito para saber o quanto você estaria fervendo.

Sutton: Fervendo não é uma palavra boa o suficiente.

Roark: Por que está com tanta raiva?

Sutton: Hum, sei lá, talvez porque você continua me deixando com tesão e então vai embora sem me dar alívio.

Roark: Você... fez alguma coisa para cuidar disso?

Sutton: Fiz, e foi bom ter a minha mão entre as minhas pernas, tirando a frustração que você deixou aqui.

Roark: Porra.

Sutton: Você quem saiu perdendo, Roark. Sempre que você vai embora do meu apartamento, ou me deixa assim, saiba que é a minha mão que acaba dando conta do recado, e não a sua.

Não sei que bicho me mordeu. Talvez seja porque são onze da noite e Roark esteja me mandando mensagem. Talvez seja porque senti uma dor física hoje, duas vezes, sem nenhum alívio com o homem que quero mais do que qualquer outra coisa. Mas estou me sentindo ousada e nem um pouco mal por isso.

O celular vibra na minha mão e o nome de Roark aparece na tela. Estou tentada a deixar cair no correio de voz, mas conhecendo-o bem, ele me ligaria de novo.

— O que foi? — Estou deitada na cama, com o dedo enrolando uma mecha de cabelo. — A menos que seja sobre o acampamento, não estou a fim de conversar agora.

— É sobre o acampamento.

Meu coração fica apertado. Não quero que ele me ligue para falar sobre o acampamento idiota — não quis dizer idiota, não é idiota. Só estou frustrada. Sexualmente frustrada e uma pilha de nervos. Tentando esconder o quanto estou irritada, pergunto:

— O que foi?

— Reservei minha passagem para o Texas para o dia depois do evento que tenho que comparecer.

— Tudo bem... — digo sem ânimo.

— É isso.

— Foi só para isso que você ligou? Para falar que reservou a passagem quando poderia ter ido de jatinho particular?

— Você sabe como sou quando se trata de transporte particular. Não ligo de ir com o povão.

Esfrego um dos olhos, tentando entender esse homem.

— Tudo bem, bom saber. Valeu por ligar às onze da noite só para me falar isso. A menos que tenha outra coisa para dizer, vou desligar.

Ele fica em silêncio por um segundo, e estou prestes a desligar quando ele finalmente diz:

— Você pensou sobre o evento?

— Sim, e eu não vou — respondo, com mais amargura do que gostaria.

— Sutton... — Ele suspira. — Por favor, vá comigo.

Tudo bem, preciso dar uma recuada por um instante.

Por que estou com raiva?

Porque ele não vai fazer sexo comigo.

Eu deveria estar com raiva por isso?

Bem, na verdade, não, já que ele tecnicamente não me deve nada. Não estamos namorando, e somos apenas colegas. Não é como se ele tivesse feito algo errado. Será que as coisas estão passando dos limites? Estão, muito, mas se este caso fosse levado a um tribunal, será que Sutton Grace tem o direito de estar com raiva de Roark McCool? Não, não mesmo.

— Para quem é o evento? — indago, resignada.

— Jericho Stanton.

— O jogador de basquete?

— Isso. É uma arrecadação para a Associação Cristã de Moços aqui da cidade. Ele levanta muito dinheiro, é um evento de alto nível. Ele disse que a minha doação não está boa o suficiente este ano e me quer lá... acompanhado.

Isso me faz sorrir.

— Os seus clientes sempre ficam tentando moldar a sua vida assim? Meu pai, Jericho, quem mais?

Ele ri, e a vibração profunda retumba pelo meu corpo, como se nós dois estivéssemos sentados na minha cama e a minha cabeça estivesse descansando no ombro dele.

— Pois é, eles ficam tentando me fazer melhorar. Acho que ficam preocupados de eu acabar perdendo o controle e manchar a carreira deles.

— É uma preocupação válida.

— Não vai rolar. Sei quando as coisas começam a ficar ruins pra valer, e acabo me afastando dos meus acessórios, como você gosta de chamá-los.

— Você acaba tendo que se afastar com frequência?

— Que nada, consigo me controlar. Poucas vezes tive que avaliar o que estava fazendo. — Ele solta um suspiro. — Mas não é esse o ponto. Acha que consegue ir?

— Qual é o código de vestimenta?

— Vestido vermelho curto, muito decotado. — E esse tipo de resposta é o que me deixa tão confusa. É o motivo de me sentir como se estivesse entrando em combustão, porque meu estômago está sempre enrolado em um nó apertado.

Incapaz de me comprometer, digo:

— Não sei, vou pensar a respeito. — Antes que ele possa responder, acrescento: — Preciso desligar. Boa noite, Roark.

Desligo e jogo o celular para o lado, sem saber o que fazer. Mordendo o lábio, avalio minhas opções. Posso deixar que ele continue flertando comigo, me provocando, me fazendo sentir uma corrente elétrica por dentro só para depois me jogar um balde de água fria. Ou posso definir os limites, deixar que ele saiba que estamos apenas trabalhando juntos, e é isso. *Afinal, isso é tudo o que ele está oferecendo*. Se ele quiser falar comigo, precisa ser profissional — não que ele saiba de fato como ser profissional.

A ideia de pôr um fim aos momentos de intimidade quase perfura meu coração, mas hoje foi um dia difícil. Não sei quantos outros dias como este vou conseguir suportar.

Acho que está na hora de definir alguns limites.

CAPÍTULO 12

Querido Travis,

Não sei se gosto de Travis para você, me faz sentir como se estivesse falando com uma criança de dois anos e não com um guerreiro ouvinte. Acho que Travis vai ter vida curta.

Fiz dois milhões de dólares hoje. Com uma assinatura, garanti isso para a minha boa e velha conta bancária. Em geral, eu ficaria animado, mas, por alguma razão, parece só mais um dia normal. Desde que saí do apartamento da Sutton no domingo — aquele apartamento minúsculo —, venho me sentindo esquisito. Como se tivesse deixado algo para trás, mas por nada no mundo consigo descobrir o quê. É isso o que faço. É nisso que sou bom. Dois milhões no banco. Deveria estar na boate... mas não é onde quero estar.

Vou para o Texas em breve. Estou com pavor disso, e não é porque não sou bom com crianças ou porque essa coisa toda de cowboy e rancho não seja a minha praia, mas porque sei que vou ver Sutton todo santo dia. Acho que não consigo encarar uma tentação tão constante. Mal consegui sobreviver à semana passada e só a vi algumas vezes.

A tensão entre nós está crescendo de um jeito doentio. Sei que deveria ter ficado longe na outra noite, que deveria ter ido para casa em vez de parar no apartamento dela, mas quando achei que tinha dado o meu endereço para o motorista, me dei conta de que foi o da Sutton.

Eu deveria ficar longe, mas não consigo.

Preciso parar de pensar nela, mas não consigo.

Sei que estou deixando-a frustrada, mas parece que não consigo parar.

Merda... quando foi que este diário se tornou só sobre uma garota?

Deve ter sido desde o momento em que a vi lá no Gray's Papaya. Eu deveria ter previsto que ela ia me destruir.

Roark

Roark

Não faço ideia de por que estou no meu escritório hoje. Poderia ter feito o trabalho de qualquer outro lugar, como no meu apartamento ou em uma dessas cafeterias que os hipsters adoram, em vez disso, decidi ir ao meu escritório. Meu escritório chato e simples, sem nenhuma personalidade ou conforto. Não que meu apartamento seja melhor, mas pelo menos há minha cama lá. E por duas noites, também havia Sutton.

Com a perna cruzada sobre o joelho, olho para a cidade abaixo, as caixas d'água no topo dos prédios, as nuvens cinzentas que nunca desaparecem no inverno e os escritórios de frente para o meu, com pessoas circulando, executando tarefas que tenho certeza de que odeiam.

Há três contratos na mesa, meu e-mail está lotado de pedidos e meu celular vibra na mesa a cada cinco minutos.

Maldita segunda-feira.

Passo a mão pelo rosto.

O interfone toca na minha mesa.

— Sr. McCool, a srta. Green está aqui para ver você.

Cacete, acho que esta segunda acabou de ficar muito melhor. Pressiono o botão vermelho e digo:

— Pode deixá-la entrar.

Dou uma olhada no escritório, considerando organizá-lo um pouco, mas acabo desistindo. Em vez disso, assumo uma pose casual e a espero passar pela porta.

Não demora muito e, droga, minha respiração fica presa no peito quando ela entra, com um sorriso no rosto e um agradecimento para a minha assistente nos lábios.

Usando um casaco cor-de-rosa de lã, calça preta justa e saltos altos, ela entra confiante no meu escritório, seu cabelo levemente cacheado soprado para trás a cada passo. Ela destacou aqueles olhos devastadores com delineador preto e seus lábios com brilho estão sexy pra caralho.

Engulo em seco, sabendo muito bem que vai ser difícil manter as mãos longe dela, ainda mais quando seu cheiro de lavanda começar a tomar conta do meu escritório. Merda, vai acabar permanecendo por um tempo e é muito provável que me deixe louco de desejo.

— Oi — digo quando ela se senta de frente para mim. Minha assistente fecha a porta, deixando-me sozinho com Sutton, do jeito que eu gosto.

Ela cruza as mãos no colo e ergue o queixo. Meu Deus, acho que estou prestes a escutar algo de que não vou gostar.

— Por que não tira o casaco?

Dá para ver que ela está pensando em não fazer isso, mas considerando o quanto meu escritório está quente, ela desabotoa o casaco. Como se fosse um show erótico de strip-tease, observo seus dedos o desabotoando, abrindo só um pouquinho até tirar a peça toda, revelando uma blusa branca de seda com um sutiã de renda preto por baixo. *Roupas de guerreira. Minha garota veio a negócios.*

Tudo bem, pode ser que ela queira ficar de casaco.

Conhecendo a minha tendência de olhar para os seus peitos, me recosto na cadeira, com o braço apoiado, e cubro a boca com a mão enquanto me forço a olhá-la nos olhos. É doloroso, mas farei isso.

— A que devo o prazer da sua visita, srta. Green?

Espero que ela pergunte quando foi que me tornei tão educado, mas em vez disso, ela vai direto ao ponto.

— Vim conversar sobre o nosso relacionamento profissional.

Pois é, eu tinha razão. Acho que não vou gostar do motivo de ela estar aqui.

— O que foi?

— Precisa se manter assim, como um relacionamento profissional.

Assinto.

— Não poderia concordar mais.

— O que significa que precisamos nos portar como profissionais.

— Amo ser profissional — digo, com os olhos indo para seus seios.

— Você sabe o que significa se portar de maneira profissional, sr. McCool? — Suas narinas se inflam.

— Sr. McCool? — Um sorriso se espalha pelo meu rosto. — Porra, curti a forma como você diz isso, mas pode me fazer um favor? Sussurre da próxima vez.

— Estou falando sério, Roark.

— Dá para ver, pela cara que você está fazendo. Se quer que eu responda, seja verdadeira.

Não quero que esta falsa — empertigada e séria — Sutton me diga o que ela quer. Não, quero aquela mulher tenaz, astuta e desenfreada que conheci nas últimas semanas. Quero que *aquela* garota me confronte.

— Quer que eu seja verdadeira? — Seus olhos começam a ficar marejados. Merda, não esperava que ela fosse ficar emotiva. — Tá bom. — Ela respira fundo e diz: — Não consigo mais continuar com esse lance de carícia e flerte com você. Ou a gente namora ou somos colegas. Não quero ficar em cima do muro. — Seu peito estufa. — Conheço o meu valor, Roark, e mereço mais do que ficar mendigando, esperando pelo próximo agrado que você decidir jogar para mim. Se quiser me tocar, sentir a minha pele, ficar de conchinha, cheirar o perfume de lavanda do meu cabelo, vou precisar que se comprometa; também quero tudo que vem de você. Se isso não é algo que possa fazer, então pare de me mandar mensagem, de me tocar, de flertar comigo e de ficar olhando para os meus peitos. Se você não pode me dar isso, então ficamos só por conta do trabalho, terminamos essa coisa do acampamento e cada um vai seguir seu caminho.

Porra.

Sei que ela tem razão, não dá para continuar com esta farsa — com este flerte de brincadeira — sem progredir ou que alguém acabe machucado, mas será que estou mesmo disposto a abrir mão da chance de sentir sua pele na minha? Será que estou disposto a jogar fora as nossas conversas de tarde da noite e as mensagens fofas e brincalhonas dela? *Mensagens que me colocaram de castigo. Que me acalmaram. Será que posso perder isso?*

Não. Acho que não.

Não mesmo.

Mas será que consigo dar o que ela quer? Namoro? Comprometimento?

Porra, acho que não.

Devo ter ficado pensando por um bom tempo, porque ela se levanta da cadeira e veste o casaco.

— Vou interpretar seu silêncio como a sua incapacidade de se comprometer. — Ela tira o cabelo da gola, deixando-o cair graciosamente sobre os ombros, e vai na direção da porta do escritório. — Vejo você no Texas, Roark.

— Espere — finalmente digo, desgrudando-me da cadeira e indo até ela. Pego sua mão e vou aos poucos empurrando-a para a parede, sem saber o que fazer a seguir. Observo seu peito subindo e descendo um pouco mais rápido, seus lábios se abrindo, e seus olhos buscando os meus, procurando respostas que não tenho.

— O que foi, Roark? — ela pergunta, com o corpo tenso, sua mão frouxa na minha em vez de segurá-la com força como já fez no passado. *Não posso perdê-la. Não posso.*

— Eu... — Engulo em seco. — Não quero que você vá.

— Mas você não pode dar o que eu quero?

— Precisa ser tudo tão preto e branco?

— Sim — ela responde com convicção. — Não é justo, para mim, você ficar me dando pedacinhos e não a coisa toda. Se vamos ser íntimos, então que seja por completo, não apenas partes. — Ela olha para as mãos e murmura: — Isso me machuca.

Sentindo-a escapar a cada segundo, solto um longo suspiro.

— Você sabe que não sou capaz de deixar você ir embora.

— Vai ter que fazer isso — ela diz, dando um passo para o lado, para longe de mim.

Agarro seu pulso antes que ela consiga sair.

— Não sei o que você quer que eu diga, Sutton. Eu não sou de namorar.

— Você já disse que mereço coisa melhor, então por que não tenta ser melhor? Por que não quer algo melhor... comigo?

Porra, ela não deveria estar questionando isso. Nunca.

— Porque não sei se posso.

— Não pode... ou não vai?

— E há diferença?

Ela solta o pulso.

— Para mim há. Uma me mostra a sua fraqueza, a outra, a sua indiferença. Posso lidar com a fraqueza de um homem, mas não vou me dar ao trabalho de lidar com a indiferença. — Ela me lança um olhar hesitante e então balança a cabeça. — Você é indiferente. Vejo você no Texas, Roark.

Com um último puxão, ela sai do escritório, me deixando em um estado de dor desconfortável e inesperado. Sei que não posso dar o que ela quer — pelo menos acho que não posso —, mas não posso deixá-la escapar.

Passo furiosamente a mão pelo cabelo e me viro para a janela do escritório, de costas para onde Sutton foi.

— Porra — murmuro, com o corpo vibrando de frustração, minha boca fica seca, minhas veias parecem explodir. Além do maldito telefonema da minha mãe, já faz semanas que não *preciso* disso, que sinto este inexplicável mal-estar dentro de mim. Como é que vê-la ir embora pode despertar este... mal-estar? Esta inquietação?

Porque foi ela quem deu a você um motivo para não se entregar.

Vou até a mini geladeira e pego algumas pequenas garrafas de uísque, abrindo com um movimento só. Bebo um longo gole, descarto a garrafa vazia e tomo outra. *Não posso* tê-la, então preciso de ajuda para aliviar a dor que está começando a surgir por toda a minha pele.

Roark: Posso aparecer aí?

Sutton: É uma da manhã. Não trabalho a esta hora.

Roark: Não tem a ver com trabalho.

Sutton: Então, não.

Roark: Me deixa passar aí. Quero me aconchegar com você, te abraçar.

Sutton: Você está disposto a dar o que eu quero?

Roark: Você já sabe a resposta.

Sutton: Então você também sabe a minha. Boa noite, Roark.

Roark: O evento é amanhã. Agendei uma estilista para você na Bloomingdale's.

Sutton: Fale para ela não perder tempo. Eu não vou.

Roark: Venha como uma parceira de negócios.

Sutton: É isso o que sou para você?

Roark: Não consigo ir além disso.

Roark: Por favor, Sutton. Venha.

Sutton: Me desculpa, Roark, mas não sou como você. Vai ser confuso demais.

Roark: Por favor...

Roark: Sempre que me viro, fico pensando que vou ver você.

Sutton: Mas não vai.

Roark: Você não está aqui mesmo?

Sutton: Não, não estou aí.

Roark: Porra.

Sutton: O que você esperava, Roark?

Roark: Talvez que você fosse deixar seus desejos de lado apenas durante uma maldita noite para estar aqui comigo. Não somos ao menos amigos?

Sutton: Somos colegas. Trabalhamos juntos. Depois do acampamento, acabou.

Roark: Mentira. Não dá para você simplesmente parar de falar comigo.

Sutton: Dá e vou fazer isso. Tomara que eles consigam muito dinheiro hoje à noite. Não perca o seu voo amanhã. Nossa agenda está apertada, e vamos precisar de você pronto para trabalhar.

Roark: Venha, por favor.

Roark: Suttooon. Cadê você?

Roark: Quero ficar de conchinha com você.

Roark: Porraaaa, juro que fico vendo você nesta festa.

Roark: Você está dormindo?

Roark: Posso aparecer aí?

Roark: Lass...

Ela falou para eu não aparecer. Falou que não queria nada comigo. Ela quer muito mais do que eu posso dar e, mesmo assim, aqui estou eu, parado do lado de fora da sua porta, desesperado, com os nervos à flor da pele pelo desejo, e prestes a fazer aquilo que ela disse para eu não fazer: possuir algo que não mereço.

Ergo o punho, mas então me detenho e descanso a testa na madeira.

Bebi demais hoje. Droga, tenho bebido demais nos últimos dias. Desde que ela foi embora do meu escritório, com aquela dor em seus olhos, não fui capaz de me recompor. Tenho tanto medo assim da intimidade a ponto de afastá-la?

É, tenho.

Porra, não faço ideia do que seja o amor; nunca aprendi a sentir as emoções. Não tenho ideia de como sentir ou dar amor. Sutton é uma garota para se amar. Ela é... Porra, como ela é perfeita.

O longo cabelo loiro que cai para além de seus ombros, aqueles olhos ardentes e, ainda assim, inocentes, o doce sotaque sulista que sai de sua língua. Ela é viciante, e preciso de uma parte dela.

Antes que possa me impedir, bato alto à porta.

Já passa das duas da manhã. É bem tarde, ou talvez cedo, seja lá como for, mas isto não pode esperar. Preciso vê-la, preciso olhá-la nos olhos, preciso segurar sua mão. Alguma coisa, qualquer coisa, só preciso que ela abra a porta. *Que me deixe entrar, mesmo que seja imprudente.*

— Abra, Sutton. — Bato outra vez, a princípio preocupado que talvez ela não abra, mesmo sabendo que ela pode me ouvir. Estou fazendo barulho o suficiente. Bato de novo, assim que a fechadura começa a abrir, me enviando uma onda de tranquilidade.

A porta se abre e ela fica parada à minha frente, usando uma das minhas camisetas que ainda está com ela, seu cabelo está emaranhado e seus olhos mal se abrem.

Porra, ela é linda.

— Por favor, não faça isso comigo, Roark.

— Você parou de responder — digo, entrando no apartamento e fechando a porta.

— Já é tarde.

Avanço, mas ela dá um passo para trás, então dou outro passo para frente e fazemos essa "dança" até que ela acabe pressionada na parede oposta, e eu me aproximo.

— Queria que você tivesse ido ao evento.

— Nem sempre conseguimos o que queremos, Roark.

Estendo o braço e pego sua mão, com os olhos baixos.

— Você estava me punindo.

Ouço seu suspiro e ergo o olhar a tempo de vê-la balançar a cabeça. Ela vem para mim e pousa a mão no meu peito, e seus dedos brincam com a lapela do meu paletó.

— Não estava te punindo, Roark. Estava tentando proteger o meu coração. Gosto muito de você, e não consigo ficar brincando de cabo de guerra.

— Desculpa. — Deslizo a mão pelo seu braço, passo pela sua clavícula até sua bochecha, onde a envolvo de leve. Ela se inclina para meu toque, e meu coração fica acelerado. Meu corpo zumbe, minha mente vira pura geleia, toda a clareza se vai.

Eu a quero pra caralho.

Não consigo passar nem mais um momento sem provar seu gosto, sem conhecer a sensação dos seus lábios passando pelos meus.

Estou desesperado para conhecer os sons que ela faz quando eu estiver passando as mãos pelo seu corpo.

— Porra... Sutton. — Com o peito pesado e o pulso martelando, eu me inclino.

Com os olhos arregalados, a mão agarrando meu paletó, seu corpo vibra, e seu peito sobe e desce, esperando pelo meu próximo movimento.

O ar começa a ficar estagnado enquanto a cidade dorme ao nosso redor, nem um único som ecoa pelas paredes de gesso, fazendo meu pulso martelar nos ouvidos.

Não faça isso.

Mordo o interior da bochecha, incapaz de escutar a parte racional do meu cérebro. O desejo por ela é forte demais, e é por isso que me sinto sendo puxado na direção da sua cama.

— O-o que você está fazendo? — ela pergunta, e quando suas pernas batem no colchão, ela é forçada a se sentar. Um breve suspiro lhe escapa, mas quando me ajoelho na cama e guio suas costas para deitá-la, seu olhar se suaviza. — Roark...

Minha mão vai para sua perna, onde deslizo os dedos de leve por sua coxa, até o quadril, arrastando sua camiseta. É quando me dou conta de que ela não está usando calcinha. Minha mão que está trêmula para, enquanto olho para ela.

E como um galho quebrado na floresta, minha vontade estala, ecoando pela minha cabeça com uma força tão poderosa que chega a explodir.

Tirando a mão, eu me levanto, seus olhos preocupados procuram os meus, até que eu tiro o paletó e arregaço as mangas. Um sorriso satisfeito cruza seus lábios enquanto eu me posiciono entre suas pernas e ofereço minha mão. Quando ela a pega, eu a puxo para se sentar e estendo o braço para a barra de sua camiseta, tirando-a pela sua cabeça.

Ela está completamente nua. É a primeira vez que a vejo sem roupas e, caralho. Seios redondos e fartos, com mamilos tesos e escuros. Um pouco maiores do que a minha mão, e estou prestes a me perder neles. *Não é de se admirar que estive obcecado.*

Passo a mão pela minha boca, absorvendo-a antes de deitá-la na cama.

— Linda — murmuro. Por onde começar? Já imaginei este momento inúmeras vezes no chuveiro, na cama, no meu escritório durante uma reunião de videochamada, e agora que está acontecendo, estou paralisado.

Talvez seja porque eu não deveria estar fazendo isso: me dando um gostinho, um breve toque, qualquer coisa para aliviar esta dor que queima dentro de mim. *Estou sendo egoísta pra caralho, mas não consigo não ser. Ela é uma divindade. Minha âncora.*

Ergo sua perna e começo a beijá-la, deixando minha barba arranhar de leve sua pele branca e sedosa, marcando-a temporariamente como minha. Suas mãos seguram o edredom abaixo enquanto abro caminho para sua coxa.

Eu me abaixo na cama e a levo mais para cima para que eu possa utilizar a cama como apoio enquanto exploro seu corpo. Em uma posição melhor, baixo a boca para sua coxa, ficando com a cabeça bem perto de sua boceta. Pressiono beijos rápidos ao longo de sua pele, sacudindo a língua de leve, fazendo-a estremecer de surpresa e então gemer ao relaxar.

Vou passando a boca ao longo de sua perna, sem nunca chegar perto demais do ponto entre suas pernas. Não estou pronto para isso ainda, nem perto disso. Vou saboreá-la e me deliciar com este momento.

Voltando para cima, arrasto a língua por seu quadril, onde faço pequenos círculos por um minuto antes de deslizar para a sua barriga. Olho para seu rosto — seus olhos estão fechados e seus lábios, abertos — então observo seus seios subindo e descendo depressa.

— Você está molhadinha para mim, Sutton?

Sua cabeça cai para o lado.

— Muito molhada — ela sussurra. Estou tentado a estender a mão e sentir por mim mesmo, mas não ainda, preciso me familiarizar com seus seios primeiro.

— Seus peitos, porra, são tão gostosos. Desde que vi você só de sutiã, eles têm me torturado nos sonhos. — Deslizo a mão, envolvo um deles e o aperto. *Cacete*. Respiro fundo, enquanto meu pau pressiona o zíper da calça. — Quis tanto isso. Já pensei em chupá-los, brincar com seus lindos mamilos e aí fodê-los com o meu pau.

— Roark — ela diz, sem fôlego, com os olhos se abrindo depressa, enquanto baixo a boca para um de seus mamilos e massageio seu outro seio. — Ah, Roark — ela geme, passando os dedos pelo meu cabelo.

Eu puxo e chupo, passando a língua sobre o mamilo, adorando a forma como ela geme embaixo de mim, seus quadris se movendo para cima e para baixo, buscando qualquer tipo de alívio. É sexy pra caralho.

Eu me movo para seu outro peito, dando o mesmo tratamento, enquanto minhas mãos caem entre nós. Pelos sons que ela está fazendo e pelo empurrão necessitado dos seus quadris contra os meus, está extremamente excitada, mas preciso saber o quanto ela está molhada, o quanto está pronta.

Quando ela nota o que estou fazendo, a linda garota abre ainda mais as pernas, me informando que posso fazer o que quiser, e planejo fazer exatamente isso.

Minha mão vaga para além de seu umbigo, direto para sua boceta. Pairo por uns segundos antes de passar o dedo indicador de leve na sua fenda.

— Porra, tão molhada — murmuro junto ao seu peito. Tanto tesão, tão disposta. Isso me faz perder o controle. Deslizo o dedo para dentro dela, apertada e perfeita, e então o tiro. Acrescento mais um dedo, e ela grita de prazer, enquanto meu polegar esfrega seu clitóris.

— Ai, meu Deus, Roark. — Suas mãos vão para os meus ombros, e eu considero o quanto ela já experimentou. É como se ninguém nunca a tivesse tocado assim.

— O que você quer? — pergunto, rolando a língua sobre seu mamilo.

— Quero você. — Suas mãos apertam ainda mais os meus ombros quando pressiono seu clitóris. — Quero... você...

Incapaz de processar o que isso significa de fato, solto seu mamilo e vou movendo a boca até estar posicionado de frente para sua boceta. Solto a mão, fazendo-a gritar, só para substituí-la com a boca.

— Isso — ela diz, com o torso erguendo-se da cama. Agarro seu peito, abaixando-a de volta, ajudando-a a relaxar enquanto minha língua faz o trabalho.

Sabia que ela seria doce, sabia que estar com ela seria uma nova experiência para mim, mas nunca, em um milhão de anos, teria adivinhado que seu gosto seria tão bom e que ela faria sons tão incríveis.

Seu corpinho se contorce sob minha língua, para cima e para baixo, sua cabeça cai para o lado e seus dentes marcam o lábio inferior. Seus dedos se agarram desesperadamente aos lençóis, e eu observo, fascinado, enquanto a levo a um orgasmo completo em questão de segundos. Sem vergonha alguma, ela grita meu nome, e seu corpo pede por mais. Eu a seguro firme e enquanto minha língua cuida de seu clitóris, ela continua a ter espasmos, até que está dizendo que não consegue mais aguentar e joga o braço sobre os olhos.

— Ai, meu Deus — ela murmura, e seus quadris se projetam uma última vez para cima até que ela finalmente se acalma. Pressiono alguns beijos na lateral de suas pernas antes de me levantar e a cobrir. Tiro os sapatos e caio na cama ao seu lado, com o pau duro pra caralho, e me aconchego em seu corpo nu.

Leva alguns minutos, mas então ela move a cabeça para o lado e tenta olhar para mim sobre o ombro. Dificulto isso quando meu aperto ao redor da sua cintura fica mais forte, e tento enterrar o rosto em seu cabelo, em seu cabelo sedutor com perfume de lavanda.

— Roark.

— Hum — respondo, com o sono começando a me consumir.

— E você?

— O que tem eu? — Beijo sua orelha enquanto minha mão desvia para o seu peito, e o envolvo, como se fosse meu melhor travesseiro.

— Você está muito duro.

— Eu sei.

— Me deixe cuidar disso. — Ela começa a se mover, mas eu a detenho.

— Não. Só fique deitada aqui comigo. Me deixe abraçar você.

— Não é justo, Roark. — Ela começa a virar o corpo para mim, mas a detenho.

— Só durma comigo, Sutton. Por favor. — Com um suspiro pesado, ela assente e permite que eu a puxe para ainda mais perto. — Obrigado — sussurro em seu ouvido.

É a última coisa de que me lembro antes de acordar... e cair fora.

CAPÍTULO 13

Querido Senhor,

Este registro nem merece um nome.

Eu ferrei com tudo, pra valer. Sei que ferrei e não precisava ser confrontado sobre isso.

São sete da manhã e, em vez de ficar naquele paraíso de lavanda da Sutton, aconchegado junto a ela, eu caí fora assim que ela ligou o chuveiro.

Deixei um bilhete?

Não.

Nem mesmo mandei uma mensagem. Só fui embora.

Entrei em pânico, porque acordei pela manhã sentindo... porra, sentindo como se estivesse no topo do mundo. Mesmo depois da noite de bebedeira, nada poderia me deixar mal, exceto a compreensão de que uma pessoa fez isso por mim: me levou ao ápice da felicidade. E isso me fez entrar em pânico.

Sutton me faz feliz. Nunca disse isso sobre outra pessoa. E é aterrorizante. Mas não posso negar o que sinto sempre que ela está por perto. O problema? Sei que não consigo lidar com este sentimento do jeito que ela quer. Ela quer um homem, merece um homem, que estará ao seu lado, que cuidará dela, emocional e fisicamente. Não posso dar isso a ela.

Esta manhã foi um ótimo exemplo.

E não consigo nem explicar por que fui embora, além de ter entrado em pânico. Agora vou ter que pegar um voo para o Texas e passar duas semanas na merda do rancho com ela.

A comissária de bordo vai ficar muito ocupada me servindo bebidas hoje.

Roark

Sutton

— Mas você não está no Texas?

— Estou — respondo, segurando as lágrimas que ameaçam cair.

— Então qual é a emergência?

Apoio a cabeça na cabeceira da minha cama de infância e me afundo nas cobertas, com o coração pesado no peito. Olho para o lado, e meu nariz queima com todas as emoções que estão borbulhando dentro de mim.

Depois de ter saído do chuveiro e visto que Roark tinha ido embora sem nem deixar um bilhete, fiquei parada no meio do meu apartamento, em choque.

A raiva assumiu o controle, e fiquei tentada a mandar mensagem para ele e dizer poucas e boas, mas conhecendo Roark, ele provavelmente viria com sua lábia de volta às minhas boas graças. Ele é afiado com as mensagens, e eu não poderia fazer isso comigo mesma. Então desliguei o celular, terminei de arrumar as malas para o Texas e fui para o aeroporto.

Me segurei durante as seis horas de viagem, até que cheguei ao rancho, fui para o quarto e desabei na cama. Foi quando toda a vergonha, seguida da raiva, me atingiu.

Como ele ousa? Depois de eu ter dito para ele que não podia continuar com esse vaivém. Ainda assim, ele bagunçou a minha cabeça... bagunçou um pedacinho do meu coração.

— Roark deu uma passada lá na minha casa ontem à noite.

— Hum, delícia. Vocês fizeram alguma coisa? Você tocou no pênis dele?

— Não. Mas ele caiu de boca em mim. — Recordo a sensação eufórica que ele me causou. — Nunca me senti assim, Maddie. Gozei tanto que achei que não fosse parar.

— Bem… isso acabou de me deixar com tesão.

— Estou tentando falar sério, Maddie.

— Eu também, me conte mais.

— Ele foi embora enquanto eu estava no chuveiro.

Silêncio.

— Espera. Como é? Ele foi embora? Ele deixou algum bilhete?

— Não. — Ele não deixou nada além do seu aroma e o motivo da minha humilhação. Enxugo uma lágrima desgarrada. — Uns dias atrás, eu falei para ele que não podia mais ficar nessa situação ambígua. Ou namoraríamos ou seríamos apenas colegas de trabalho.

— Nossa, Sutton. Estou bastante impressionada. O que ele falou?

— Quase nada. Acho que foi culpa minha. Não consegui uma resposta decisiva dele. Ele passou na minha casa ontem, e eu estava prestes a mandá-lo embora, mas quando vi a expressão nos olhos dele, acreditei que ele queria mais. E aí as coisas saíram do controle e, antes que eu me desse conta, já estava nua e ele estava entre as minhas pernas.

— Isso é sexy.

— Maddie — gemo. — Por favor.

— Tá bom, é, desculpa. Dever de melhor amiga. Hã… bem, sinto muito que ele seja um babaca, mas pelo menos você teve um orgasmo.

Aí está ela, sempre olhando o lado positivo das coisas.

— É, o melhor orgasmo da minha vida. — Suspiro. Foi muito além de qualquer outra coisa que já senti.

— Ele parece ser o tipo de cara que muda a vida de uma mulher com o orgasmo. Os olhos dele prometem isso. Vamos pensar de forma lógica. Você não está apaixonada por ele, né?

— Não. Tipo, eu gosto dele.

— Está tudo bem gostar dele. Dá para consertar isso. Quando ele chega no Texas?

— À tarde. Ele vai ficar no quarto em frente ao meu.

— Aff, isso vai ser estranho.

— Nem me fale. — Posso agradecer ao meu pai por essa organização, apesar de ele não fazer ideia do que está rolando. — Estou com medo de vê-lo, Maddie.

Mordo a parte interna da bochecha, tentando me manter forte. *Não chore.*

— Por quê? Essa é a oportunidade perfeita para se vingar.

Me vingar?

— Do que você está falando? — pergunto, sentando-me na cama. — Como é que eu posso querer vingança e pelo quê?

— Por ter bagunçado a sua cabeça. Pelo que você me falou, Roark parece ser um cara complicado, com um passado sombrio, então é bem capaz de fazer algo que vai ferrar com as chances de vocês dois. Acho que isso está no sangue de bad boy dele. Não é desculpa, mas acho que é um fato.

— Pois é, mesmo que eu queira pensar que ele é o maior babaca do mundo, concordo com isso. Ele tem mágoas e não tem uma boa bússola moral. É como se ele vagasse, tentando tomar as melhores decisões com o que lhe foi dado.

— Espera aí — Maddie diz com a voz severa. — Ele tem mágoas, sim, mas não vamos ficar com peninha dele, não depois de ele ter te enganado. Ele precisa aprender a lição. É a única forma para ele crescer e se tornar o cara que você está procurando.

— E o que você sugere que eu faça?

— Que se vingue.

Reviro os olhos e me levanto da cama, sentindo-me um pouco melhor. Começo a desfazer as malas. Mesmo que eu tenha muitas roupas aqui, trouxe alguns itens confortáveis a mais comigo.

— Você já disse isso. Elabore.

Há um tom sinistro em sua voz enquanto ela fala, e não posso me impedir de sorrir com a minha amiga diabólica.

— Ele chega mais tarde hoje e vai dormir no quarto em frente ao seu, e isso me diz uma coisa: você tem a oportunidade de tornar a vida dele um inferno. Se exiba, Sutton. Mostre o que está perdendo e sempre que ele tentar segurar a sua mão ou buscar um pouco mais de intimidade, seja forte e se afaste. Depois de ter tido um gostinho de você na noite passada, ele com certeza vai querer mais.

— E como você sabe? Ele foi embora.

O motivo de ele ter se dado ao trabalho de ir lá ainda me deixa com raiva.

— É, mas o cara está caidinho por você. Eu não tenho dúvidas de que ele tem pensado em cada segundo que passou com você ontem à noite e está tentando afastar a lembrança com a bebida, porque ele quer mais. Sempre que homens como Roark ficam fixados em alguém, eles perseguem até finalmente conseguirem um gostinho, e aí não conseguem virar as costas para isso. Pode acreditar, ele ainda quer muito você, mas não sabe como lidar com os sentimentos.

— Você não sabe se é verdade.

— Não — ela cede. — Mas também sei que um homem não vai parar na casa de uma garota no meio da noite para abraçá-la se não sente nada por ela. Ele gosta de você, Sutton, e como o idiota que ele é, não sabe como lidar com isso.

Hum, ela tem razão.

— Então em vez de dar um ultimato, eu deveria mostrar o que ele está perdendo?

— Exato — ela diz, e como se pudesse ver seu rosto, sei que há um brilho animado em seus olhos. — Ele conhece a Sutton de Nova York, mas nunca conheceu a Sutton do campo. Vista shorts curtos e regatas brancas. Jogue um pouco de feno, monte num cavalo, mostre para ele o quanto seus quadris podem muito bem rebolar para cima e para baixo num corcel poderoso...

Bufo só de pensar nisso.

— Isso é tão cruel.

— Mas muito merecido. Ajeite a câmara de tortura, Sutton. Está na hora de fazer esse idiota se dar conta do que ele *poderia* ter tido.

Me sentindo mais leve, e agora com um sorriso no rosto, penso em todas as maneiras que posso fazer Roark suar. Ele acha que estará aqui para um acampamento de caridade, mas mal sabe que estou prestes a abalar o seu mundo.

— Obrigada, Maddie. Eu te amo muito.

— Arrasa, garota. *Se* você achar que ele vale o esforço, agarre o cara o traga de volta para cá para que eu possa dar o meu alerta de *melhor amiga*.

— Pode deixar.

Ao longe, vejo um carro preto subindo a longa e recém-pavimentada entrada do Rancho Green. É hora do show.

De pé ao meu lado está meu pai, usando a habitual calça da Levi's — pela qual ele é patrocinado, claro, obrigada, Roark — e uma camiseta cinza de manga curta. Seu robusto chapéu preto da Stetson está no topo da cabeça, enquanto suas botas pretas para combinar pisam na varanda. Ele está bem à vontade, mais do que quando está no campo de futebol americano. Ele é um texano até a medula, então sempre que volta ao rancho, não demora nadinha para ele se vestir e se sentir como parte do lugar de novo.

Sem querer parecer vadia demais na frente do meu pai para receber Roark nesta parte da minha vida, estou usando calça jeans, minhas botas desgastadas e uma camiseta branca bem justa. E, claro, coloquei meu chapéu Stetson branco. Recordo de quando consegui meu primeiro chapéu de verdade. Eu tinha seis anos. Papai disse que eu sempre seria a garota de chapéu branco e ele continua dizendo isso. Ele sempre diz que minha aureola branca deve enfeitar minha cabeça enquanto estiver no rancho.

Mal sabe ele que há chifres de diabinha espreitando através da minha aureola.

O carro se aproxima — meu pai o alugou para Roark —, e eu me recomponho. Estou no controle. Foi ele quem foi embora, ele quem deveria sentir vergonha. Não eu.

Missão Provocar o Roark está a todo vapor quando o carro estaciona. Prendo a respiração quando damos um passo à frente. A porta do carro se abre, e meu pai e eu paramos. Roark sai do banco de trás, e pequenas garrafas caem no concreto enquanto ele segura a maior garrafa de Jameson que já vi.

Ah, Roark.

Dou uma olhada no meu pai, que está com uma expressão decepcionada. Ele coloca a mão no meu ombro, me dizendo em silêncio para ficar onde estou, enquanto abre caminho até o bêbado à nossa entrada.

Roark ergue o olhar, tirando seu Ray-Ban preto dos olhos e lançando um sorriso torto ao meu pai.

— Foooooster — ele fala arrastado. — Eu cheguei.

Ele se esforça para se levantar, mas quando o faz, se recosta no carro e segura a garrafa de uísque como se fosse um bebê. Pela primeira vez, a habitual combinação de Roark de calça jeans justa e camiseta da Henley parece estranha, como se ele tivesse saído direto de uma boate em Nova York e vindo parar aqui. *O que deve ter acontecido.* Sua barba está mais densa, não foi aparada, e dá para ver olheiras sob seus olhos, pesadas e escuras, depois que seus óculos foram tirados.

Parece que Maddie tinha razão. Ele está mais machucado do que eu, e é bom saber. *Ou ele apenas recorreu ao que mais gosta.*

— Ficou bebendo o dia todo? — meu pai pergunta, aumentando o tom de voz.

Sem nem se importar, Roark assente.

— Sim. — Ele ergue a mão. — Mas não se preocupe... — Ele oscila para o lado. — Não entrei numa briga.

Dando um passo à frente, os ombros poderosos do meu pai se flexionam quando ele estende o braço e arranca a garrafa de bebida de Roark.

— Você não pode beber isto aqui.

Roark se recosta.

— As crianças ainda não chegaram. Considere isso como um presente de boas-vindas.

— Não quis dizer no rancho. Quis dizer neste condado.

Roark franze ainda mais a testa.

— Como é?

Roark está prestes a cair na real. Estou quase empolgada enquanto tento esconder o sorriso.

— É um condado com lei seca. Há pouquíssimos aqui no Texas, mas o rancho está no território de um desses condados, o que significa que nada de álcool.

Os olhos de Roark se arregalam.

— Nada de álcool?

— Sim. — Meu pai levanta a mão e diz: — E nada de fumar também. Passe para cá.

— Como é? Nada de fumar aqui também? — Roark olha ao redor, e o sol forte faz com que ele coloque os óculos de volta. — Que tipo de condado certinho é este?

— A regra de não fumar é minha. Agora, passe o maço para cá.

Enfiando a mão no bolso, Roark tira um maço de cigarros e o entrega na mão do meu pai. O que será que Roark vai fazer sem seus "acessórios"?

Talvez ele possa ficar mesmo sóbrio.

Gesticulando na direção do carro, meu pai diz:

— Pegue a sua mala. Sutton vai te mostrar o seu quarto enquanto eu me livro desta porcaria. Você vai tomar um banho, ficar sóbrio e se arrumar para um trabalho pesado. A gente precisa de mais um par de mãos para conseguir terminar as tarefas antes do jantar.

— Tarefas?

Meu pai assente.

— Você achou que fossem férias? Está longe disso. — Ele se inclina para frente e fica cara a cara com Roark. — Você acabou de chegar no inferno e está prestes a ficar sóbrio, querendo ou não. Você é um cara legal, Roark. Já está na hora de atingir esse potencial.

Murmurando alguma coisa, Roark pega a mala com o motorista e começa a andar na direção da casa, e é quando seus olhos se focam em mim pela primeira vez. Seus passos vacilam e seus olhos me analisam da cabeça aos pés por baixo dos óculos de sol, seus lábios se abrindo um pouquinho. Bem o tipo de reação que eu estava esperando.

Abrindo um sorriso alegre, digo:

— Por aqui, Roark.

Dou meia-volta com um bom rebolado enquanto abro caminho para dentro da casa. Seguro a porta aberta para ele e o guio escada acima. Dou uma olhada algumas vezes e vejo que ele se esforça para seguir em linha reta enquanto seus olhos estão fixos na minha bunda.

Caramba, como Maddie tinha razão.

Isto vai ser divertido.

Quando chego ao quarto dele, abro a porta e gesticulo para dentro.

— É aqui que você vai ficar. — Aponto para a porta de frente para a dele, e mesmo que ele esteja encarando meus seios, continuo falando: — Meu quarto é bem de frente para o seu. Vamos dividir o banheiro bem ali. Certifique-se de bater antes de entrar.

— Bater, claro, entendido.

Ele se apoia na parede, parecendo extremamente exausto. Será que pregou os olhos na noite passada? Pelo visto, não.

— Sugiro que tome um banho, como o papai falou, e um café. Vai ser uma longa tarde se você não fizer isso. Tudo de que precisa está em cima da cama. Bem-vindo ao rancho.

Começo a me afastar quando ele pega o meu braço para me deter.

Só para deixá-lo louco, jogo o cabelo para o lado e abro um sorriso radiante para ele.

— Você precisa de alguma coisa?

— Sutton — ele resmunga. — Eu... eu...

Estendo a mão e dou um tapinha em seu rosto.

— Não se preocupe, Roark. Me avise se precisar de alguma coisa.

Me afasto e desço a escada, deixando-o com uma expressão confusa no rosto e um desejo inexplorável nos olhos.

Não ria!

Só vai piorar as coisas.

Ai, caramba, mas é tão difícil não fazer isso. Nunca vi um homem com tanta dificuldade na vida. Quase sóbrio, parecendo destruído, Roark levanta outro fardo de feno e tenta jogá-lo na carroceria do caminhão, mas erra outra vez.

— Filho da puta — ele grita, chutando o fardo e então enxugando a testa com o antebraço.

O calor está implacável hoje, ainda mais para um cara que não está acostumado com isso, e graças às exigências do meu pai, os peões do rancho não estão dando trégua para ele.

— Qual é, rapaz — diz um dos caras. — Esses músculos são só para exibição ou eles trabalham de verdade?

Tenho certeza de que trabalham, não tenho dúvidas, mas Roark mal recuperou os sentidos e está tendo dificuldade.

O suor marca cada parte de sua camiseta, há sujeira em seu rosto e sua calça jeans está marrom e cinza em vez de preta, pela quantidade de vezes que ele tropeçou durante as tarefas. Só resta uma: alimentar os cavalos, mas está claro que para ele já chega.

— Vá se foder — Roark murmura enquanto pega o fardo outra vez.

Passo por ele, com um fardo nos braços, e o jogo na carroceria, usando o rebolado certo para colocá-lo acima da comporta. Roark me observa. Aponto para seu fardo.

— Quer que eu faça para você?

— Não. Eu consigo. — Ele estreita os olhos.

— Tem certeza? Parece que você está tendo um pouco de dificuldade.

— Não estou tendo dificuldade, só estou... porra. — Ele enxuga a testa outra vez. — Acho que estou de ressaca, pela primeira vez na vida.

Dou um tapinha em seu ombro como se fôssemos colegas, em vez de duas pessoas que têm atração uma pela outra, mas que não conseguem descobrir como fazer isso funcionar.

— É o que acontece quando você fica bêbado, a resseca vem em seguida.

Já faz bastante tempo que não tenho um dia difícil no rancho, por causa da faculdade e por tentar seguir minha carreira, mas hoje foi bom. Eu sei, esquisito, né? Me senti feliz por fazer o trabalho braçal, mas foi assim que cresci. Durante a temporada de futebol americano, eu ficava indo e voltado para visitar meu pai em Nova York, mas meu lar verdadeiro era o Texas, e papai era inflexível sobre eu ficar à toa no rancho.

Sempre que ele ficava sabendo que eu não estava fazendo minhas tarefas, vinha de Nova York para me dar um sermão, só para voltar para lá e treinar no dia seguinte. Logo aprendi que ele odiava isso, e os sermões eram a prova, então fiz questão de trabalhar duro.

E aprendi a gostar. Talvez não de imediato, afinal, qual adolescente quer ficar limpando cocô de cavalo no fim de semana? Mas com o tempo, entendi por que meu pai era rigoroso comigo. Ele queria que eu me desse conta dos benefícios do trabalho duro, tanto do acadêmico como do braçal. Tenho confiança de que mereci meu cargo na Gaining Goals e estou orgulhosa de mim mesma.

Deixando a água cair sobre meus músculos doloridos por mais alguns segundos, inspiro o vapor que sobe e solto um longo suspiro. Que dia.

Que dia maravilhosamente longo e recompensador.

Desligo o chuveiro, me enxugo e enrolo a toalha ao redor do corpo, enfiando a ponta entre os seios para mantê-la no lugar. Escovo meu cabelo longo e molhado, passo creme no rosto e borrifo um pingo de lavanda atrás das orelhas e nos pulsos.

Satisfeita, abro a porta do banheiro e ando pelo corredor na direção do meu quarto, onde vejo Roark recostado na sua porta, com os olhos fechados e uma toalha pendurada na mão. Quando ouve minha aproximação, ele se endireita e olha na minha direção. Seus olhos começam a analisar meu corpo no mesmo instante, e pelo olhar ardente de Roark, fico muito feliz por ter deixado minhas roupas no quarto.

— O chuveiro é todo seu.

Ele coça a barba, com os olhos fixos em mim.

— Valeu.

Faço uma pausa na frente dele, deixando que dê uma boa olhada enquanto o aroma de lavanda, que sei que o leva à loucura, paira entre nós.

— Você precisa de ajuda para ligar o chuveiro? Posso mostrar como funciona.

— Hã... acho que dou conta.

— Tem certeza? — Pressiono a mão em seu peito, piscando de um jeito inocente para ele.

Seus olhos vão para minha mão e então de volta para meu rosto.

— Sim.

Dou um tapinha em seu peito e vou para a minha porta. Olhando sobre o ombro, digo:

— Estou bem aqui. Você sabe onde me encontrar.

Começo a entrar no quarto quando ele fala:

— Espera.

— O que foi? — Me viro para ele, com a mão ainda na porta.

— A gente pode conversar?

— Acho que não há necessidade. — Abro um sorriso radiante. — A gente não tem muito o que conversar.

— Mentira — ele rosna. Imagino que não esteja gostando de como estou sendo legal e doce. Meu pai tem razão, dá para capturar mais abelhas com mel.

Completamente virada para ele, estendo o braço e limpo um pouco de lama da sua testa. Ele tenta se inclinar para o meu toque, mas me afasto antes que ele possa fazer contato demais.

— Olha, não há nada a ser dito. Estamos bem. Não se preocupe com isso. — Minha toalha começa a se abrir, então aperto o nó, mas fazendo questão que ela fique pendurada baixa.

Seu olhar se desvia para a abundância do decote que estou exibindo. Ele passa a mão sobre a boca e fecha os olhos com força.

— Tem sido um dia longo e doloroso, Sutton. Não me provoque.

— Do que você está falando? Não estou te provocando.

— Não está? — Ele ergue as sobrancelhas. — Você tem sido um doce comigo o dia todo, depois de eu ter ido embora do seu apartamento sem dizer uma palavra, e você tem andado por esta casa como uma maldita tentação com essa sua camiseta justa e só de toalha.

— Tentação? — Torço o nariz. — Duvido muito que estar aqui no meio do corredor para conversar com você feito adulta seja considerado uma tentação.

— Sabe o que quero dizer — ele responde, exasperado. — Você está me punindo.

Dou um tapinha em seu peito e abro o sorriso mais doce que consigo.

— E por que eu faria isso, Roark? Somos amigos... só amigos. Você deixou isso bem claro hoje de manhã. E está tudo bem. Agora, se me der licença, há feijões fresquinhos no fogão, e quero ter certeza de que serei a primeira da fila para me servir. Tome seu banho logo. O papai não gosta de quando as pessoas se atrasam para o jantar.

Satisfeita, entro no quarto e fecho a porta, com um enorme sorriso estampado no rosto. Isso vai ser mesmo muito divertido.

CAPÍTULO 14

Querido Satã,

Pois é, Satã, porque tomara que, de alguma forma, este maldito diário vá parar nas mãos dele.

Estou vivendo um inferno. Puro e torturante inferno.

Que tipo de condado decide banir o álcool? Adivinha? O que foi criado e nutrido pelo próprio diabo. Não há outra explicação.

Fodido. Sério, essa é a única maneira de descrever como estou me sentindo agora. Simplesmente... fodido.

Já é péssimo que os meus vícios foram tirados de mim, fazendo com que me sinta em carne viva e exposto, mas ter que dormir no quarto em frente ao da Sutton e dividir o banheiro com ela é a droga de uma tortura.

Depois que ela saiu do banho e veio na minha direção naquela toalha branca, minha língua quase caiu da boca. Toda fresca, molhada e sexy com aquela toalha pendendo baixo, fiquei duro em segundos. E toda essa fachada de gentileza que ela está usando contra mim? Não acredito nisso. Ela jamais teria ficado numa boa com o que fiz. Eu a conheço, e ela não esconde as emoções, então não acredito nem um pouco que esteja tudo bem.

O que deixa esta situação ainda mais irritante, porque queria que ela ficasse brava comigo, que gritasse, berrasse, fizesse alguma coisa, mas, em vez disso, ela anda por aí como se nada tivesse acontecido.

E juro por Deus, seu inimigo, que ela fica ainda mais gostosa aqui. Não sei se é por causa do ar fresco ou por ter voltado à casa de infância, mas ela está com esse jeito inebriante. É diferente e sexy pra caralho.

Foi por isso que passei uns bons dez minutos me masturbando no banho com seu perfume de lavanda que se misturou com o vapor do chuveiro. Foi como se Sutton estivesse à minha volta.

Pois é, estou perdendo o controle, Satã. Por favor, pelo amor de Deus, tenha misericórdia e me leve para o seu calabouço. Faça alguma esquisitice comigo, não ligo, mas me tire deste purgatório. Não vou durar mais treze dias.

Roark

Roark

— Ela não é uma visão e tanto? — Foster pergunta, parado perto de mim enquanto nos apoiamos na cerca de trilho que circunda o curral.

Depois de duas horas limpando merda de cavalo e correndo atrás de galinhas — nem me pergunte —, agora tenho o prazer de observar Sutton exercitar os cavalos com Josh.

Quem é Josh? Ah, é, o treinador de cavalos com quem Sutton parece bastante amigável. Sempre que ele a elogia, ela abre um sorriso lindo e intenso para ele sob o chapéu perfeitamente branco. Josh está prestes a ter o pescoço torcido por este que vos fala se ele gritar que ela está bonita mais uma vez.

Porque ela está bonita mesmo, muito bonita.

Foster observa como um pai orgulhoso, com seu corcel galopando pelo curral, com sua filha habilmente treinada encorajando o cavalo com a voz suave.

Josh está parado no meio do curral, oferecendo uma orientação ocasional, com um chapéu preto idiota na cabeça e uma camisa xadrez que parece ridícula nele.

E eu estou aqui, um filho da puta patético, com os olhos fixos em duas coisas: na forma como os seios de Sutton saltam para cima e para baixo na sua camiseta preta e na forma como seus quadris balançam para cima e para baixo no cavalo.

Com o pau completamente ereto, eu me recosto na cerca, quase babando. Quem poderia dizer que exercitar um cavalo seria algo tão sexy? Juro pelo próprio Satã que sempre que ela olha na minha direção, sabe exatamente o que está me causando. Me atormentando com seus quadris, estufando o peito, aquela risada, aquele sorriso. É como a droga de uma adaga no meu coração, torcendo e girando.

— Ela é bem astuta — respondo, sem saber o que mais dizer para Foster que não me causará problemas. Porque tenho certeza de que dizer algo como "tomara que os peitos da sua filha saltem para fora da camiseta em algum momento" não é nada apropriado.

Passamos a manhã trabalhando no rancho, ajeitando as coisas para o acampamento, como as cabanas e os equipamentos, e agora, depois do almoço, estamos nos preparando para uma longa cavalgada. É para ser um belo "passeio", mas só consigo pensar em como vou montar em uma dessas bestas sem parecer um idiota na frente da Sutton.

A mão enorme de Foster segura meu ombro e me balança de leve.

— Você parece nervoso. Não precisa se preocupar com a cavalgada. Vai ser divertido.

Nervoso, sim. Duro, com certeza. Desesperado por uma bebida e um cigarro, cem por cento.

— Nunca andei a cavalo. Não é bem nervosismo, mas não quero parecer um imbecil, sabe?

— Pois é. — Foster ri. — Temos uma reputação a zelar.

— Sempre. — Esperava que Foster fosse me falar poucas e boas pela forma como cheguei ontem, mas ele não fez isso. E mesmo assim me sinto patético e envergonhado.

— Não se preocupe, vou preparar a égua mais mansa e doce para você. O nome dela é Grammy, e ela vai te tratar muito bem.

— Dependendo do humor dela, vamos nos dar muito bem.

— Tudo pronto? — Foster grita.

— Sim — Sutton responde, fazendo o cavalo parar. Ela joga o cabelo por cima do ombro e, para meu horror, observo quando Josh estende o braço e a pega pela cintura, trazendo-a para o chão. Eu me endireito, com os pelos da nuca arrepiados de atenção. Eles ficam parados por alguns segundos, conversando, enquanto sua mão permanece no quadril dela. O aperto que dou na cerca vai ficando mortal enquanto conto os segundos que eles ficam ali.

Sobre o que estão conversando?

Será que eles têm um passado?

É por isso que Sutton está tão calma com ele, porque já sabia que ia encontrar esse cara?

Jogando a cabeça para trás, ela ri e então dá um tapinha no peito de Josh, e eu quase disparo pela cerca como um tornado e invisto contra Josh, pronto para fazê-lo se curvar com um pedaço da cerca.

Por fim, eles se separam e uma Sutton descontraída vem até nós, com as mãos nos bolsos de trás e um enorme sorriso.

— Foi tão divertido. Não lembro quando foi a última vez que cavalguei. Lady é uma égua tão tranquila. Josh tem feio um ótimo trabalho com ela.

Maldito Josh.

— Josh tem sido uma ótima adição ao rancho, tem feito um excelente trabalho com os cavalos enquanto estou fora. Ele é ótimo — Foster responde e então bate palma. — Vocês estão prontos para cavalgar ao longo da propriedade?

— Mal posso esperar. — Sutton me dá uma olhada. — Você vai voltar para a casa?

— Não. Vou com vocês.

Um sorrisinho espreita em seus lábios.

— Você já andou a cavalo antes?

— Não, mas estou confiante no rápido vínculo que vou desenvolver com a Grammy.

— Você vai colocá-lo na Grammy? — Sutton lança um olhar para o pai. Que cara é essa? O que eles sabem que eu não sei?

— Ela é bem mansa.

— E também bastante temperamental — Sutton rebate.

— Você vai ficar bem, não é, Roark? — Foster pergunta com um sorriso.

Não gosto da palavra temperamental, mas não vou discutir por isso, então me agarro firme à minha confiança.

— Sobre o que vocês estão falando? — Josh indaga, esbarrando em Sutton de brincadeira, que abre mais um de seus lindos sorrisos para ele.

Porra, vou acabar explodindo se ela fizer isso de novo.

— Vamos cavalgar pelos limites da fazenda, quer vir com a gente? — Sutton oferece.

— Será que ele não tem outras merdas para fazer? — As palavras escapam da minha boca antes que eu possa impedi-las. Todo mundo se vira para mim, e tenho um daqueles momentos *ah, droga*, então tento me recuperar depressa. — Quero dizer, você tem umas merdas para limpar antes de ir? Posso ajudar.

— Seria ótimo — Josh responde, como o filho da puta alegre que ele é. — Você pode limpar o curral enquanto eu selo os cavalos com o Foster. Que tal?

Parece que acabei de me enfiar na merda.

— Tudo bem, claro — murmuro, indo buscar o carrinho de mão e a pá enquanto todo mundo vai para o estábulo.

Como foi que isto se tornou a minha vida? Não faz muito tempo que eu estava na cidade, me divertindo nas boates, saindo com os meus amigos, fazendo meu trabalho com o que é esperado da minha experiência. Tudo foi jogado fora quando essa bomba que eu subestimei apareceu na minha vida, destruindo o meu habitual contentamento pela devassidão com seu sorriso e vivacidade. Um gostinho da sua boca e eu já estava passando a língua para cima e para baixo em seu clitóris. Agora estou pegando merda de cavalo e colocando no carrinho de mão enferrujado, enquanto Sutton está ficando toda amiguinha de Josh, o encantador de cavalos.

Onde foi que eu errei?

No entanto, sei exatamente onde foi que errei. Quando deixei a cama da Sutton como a merda de um covarde. Foi aí a minha reviravolta, a pior decisão que já tomei em um bom tempo, porque em vez de andar por uma linda fazenda com Sutton em meus braços, sorrindo para mim, tenho que ficar vendo seu rebolado o tempo todo neste maldito lugar, enquanto todos os homens que trabalham aqui ficam observando.

Rolo o carrinho de mão para a primeira pilha e começo a despejar a carga de excremento de cavalo nela.

Porra, que ridículo.

Continuo movendo o carrinho de mão pelo lugar até que faço a última limpeza. É quando me viro e vejo Sutton sentada na cerca, com as mãos apoiadas ao seu lado, me observando.

— Você é bom nisso.

— Que maravilha. — Reviro os olhos e coloco o carrinho de mão com a pá de volta no lugar. — Mais uma coisa para adicionar à minha lista de habilidades. Consigo limpar merda de cavalo.

— Nunca se sabe quando isso vai ser útil. — Quando a alcanço, ela pula da cerca e espana a poeira da bunda. É claro que ela consegue pular da cerca sozinha, mas precisa da ajuda do Josh para descer do cavalo. — Grammy está pronta. Quer montá-la?

Eu preferiria estar montado em outra pessoa.

— Claro. — Limpo as mãos na calça e ignoro o fato de que mais uma vez está coberta de poeira.

— Meu pai não te avisou que preto não cai muito bem por aqui? A gente deveria arrumar uma roupa de cowboy para você.

— Prefiro cair morto.

— Você não acha que fica bem em botas de cowboy?

— Acho que fico muito bem. Só não quero.

Ela balança a cabeça enquanto me dá uma olhada.

— Não sei, não. Acho que elas não caem bem em você, mas nem todo mundo consegue ficar tão bem num par de botas quanto o Josh.

Ela sabe muito bem o que está fazendo.

Ela tenta se afastar, mas agarro seu pulso antes que possa ficar longe demais e a puxo de volta. Ficando sério, ergo seu queixo para olhar direto em seus olhos.

— Me provoque o quanto quiser. Exiba essa sua bundinha linda naquela calça jeans, vista as camisetas mais curtas enquanto cavalga um cavalo, não estou nem aí. Bem, estou sim, mas faça o que quiser. Mas, juro por Deus, Sutton, não jogue outro homem na minha cara. Não me venha com essas porras de joguinhos.

Ela me analisa.

— Não o estou jogando na sua cara.

— Mentira. Por que mais você iria falar sobre ele assim e deixar que ele te toque o tempo todo? Está tentando me deixar com ciúmes.

— Você fez a sua escolha quando foi embora do meu apartamento ontem de manhã. Esta é a minha casa. Não faz sentido nenhum *jogar* outro homem na sua cara, Roark. Você foi embora.

— Não brinque comigo, Sutton. — *Ela tem razão. Porra, como ela tem razão. Não mereço sentir ciúmes.* Mas, infelizmente, não consigo esconder o quanto estou puto.

Ela revira os olhos, claramente sem me levar a sério.

— E o que você vai fazer? Me ignorar? Me deixar em paz? Nunca mais falar comigo? Você já está fazendo isso, então qual a diferença?

— Não brinque comigo — repito. — Ou não vai gostar do que vai acontecer.

— Vá em frente, Roark. Posso lidar com qualquer coisa que você atirar em mim a esta altura.

Minha mandíbula se move para frente e para trás enquanto engulo essa informação. Falando sério, o que eu faria? Só estou jogando ameaças vazias para ela, sem saber como lidar com a situação. *E ela sabe disso.*

Estou com ciúmes? Sim, porra. Não quero que ninguém nem olhe para Sutton, quanto mais tocá-la. E, sim, não tenho direito nenhum sobre ela, mas isso não significa que quero ver outros caras se lançando sobre ela.

Dou um passo para trás e arrasto a mão no rosto, irritado comigo mesmo, irritado com toda esta situação.

— Vamos só pegar os cavalos e acabar logo com isso.

— Com essa cara, é melhor nem ir.

— Tenho certeza de que é exatamente isso o que você quer, que eu não vá para que você possa ficar mais um tempo com o Josh. — Quando foi que me tornei tão petulante?

— E o que você tem a ver com isso? — ela retruca. — Não pertenço a você.

— Ah, pertence, sim — digo antes que possa me impedir. A raiva exala dos meus poros enquanto minhas mãos se contorcem ao meu lado, a percepção de que a quero mais do que qualquer outra coisa me atingindo fundo no peito. Fecho a distância entre nós e falo entre os dentes cerrados. — Assim que você gozou na minha língua, se tornou minha. Não brinque comigo.

Sem nem estremecer, ela fala:

— Para que eu seja sua, eu também preciso querer isso. Mas, sério, Roark, já superei.

— Se já tivesse superado, não ficaria por aí exibindo os peitos sempre que pode.

Ela me dá uma olhada.

— E quem disse que é para você?

— Juro por Deus, Sutton. — Mas antes que eu possa soltar outra ameaça vazia, ela se afasta.

Porra.

Grammy é uma vadia temperamental.

Sabe o que mais? Cavalgar não faz muito bem para as bolas.

Meu saco está dormente.

Minhas costas estão tensas por não querer assustar a Grammy.

E não consigo sentir as coxas.

Por que as pessoas gostam disso? Tudo bem, a vista é bonita e tudo mais, mas bonita o suficiente para aguentar esta tortura? De jeito nenhum.

E tem o Josh e a Sutton tendo um acesso de risos à frente, trocando piadas e cavalgando em sincronia, enquanto estou aqui atrás com a Grammy, tentando me certificar de que ela não me arremesse de novo.

Pois é... de novo.

Quando montei pela primeira vez nessa megera irritadiça, ela não quis nada comigo e me jogou das suas costas. Ainda bem que sou ágil e caí de pé. Foi um pouso impressionante, e se eu estivesse bêbado, não há dúvida de que teria lançado os braços para o ar como um ginasta, esperando pela pontuação. Em vez disso, dei um tapinha na bunda dela e montei de novo, segurando firme, implorando em silêncio para a égua cooperar comigo.

E desde então, ela tem feito isso.

— O que você acha? — Foster pergunta, conduzindo seu cavalo ao lado do meu como um profissional. É estranho vê-lo à vontade, quando ele parece um quarterback enorme em um cavalo. Estou tão acostumado a vê-lo de terno ou de uniforme, mas vê-lo assim, um cowboy com chapéu na cabeça, perneiras e rédeas nas mãos, parece tão estranho e também tão natural. *Esta é a casa dele.*

— Você tem uma ótima propriedade, Foster.

— Obrigado. Adoro este lugar. — Ele olha pela propriedade enquanto voltamos para o estábulo. *Ele parece contente.* — Esta última temporada vai ser difícil, ter que dizer adeus para muitas pessoas com quem joguei durante boa parte da minha carreira, mas no fim há a promessa de um novo começo. — Ele aponta para o estábulo. — Paz... e muitos e muitos banhos.

Rio enquanto Grammy desacelera.

— Você está pensando em se acomodar? — Foster me lança um olhar e revira os olhos. — Qual é, quem você está tentando enganar? Já sei que tem um lance com a Whitney.

Seus olhos se estreitam e ele também desacelera o cavalo.

— Fique quieto — ele sussurra, e seus olhos vão para Sutton, que está envolvida em uma conversa com Josh.

Maldito Josh.

— Ela não pode ouvir, e mesmo se pudesse, ela já tem vinte e quatro anos. Tenho certeza de que gostaria de ver você com alguém para que não fique sozinho pelo resto da vida.

Ele puxa o chapéu e mantém a voz baixa, e eu mal consigo ouvi-lo.

— Eu adoraria me acomodar, colocar um anel no dedo da Whitney, mas há muitas coisas me impedindo. Para começar, ela é seis anos mais nova que eu.

Escondo meu estremecimento.

— Diferença de idade não significa tanto assim hoje em dia.

— Ela também trabalha comigo.

Jesus.

— Romances no escritório estão na moda hoje em dia, sabia?

— Mas e a Sutton?

Eu o dispenso com um aceno.

— Ela deve ter as próprias coisas com que se preocupar. Só de tê-la conhecido durante este projeto para o acampamento, eu diria que ela ficaria numa boa com isso.

— Não sei, não.

— Tá bom. — Dou de ombros. — Então seja a porra de um solitário, nem ligo. Só apareça para as suas obrigações para que eu seja pago.

Ele ri e então fica sério.

— E você?

— O que tem eu? — pergunto, sabendo exatamente do que ele está falando, mas querendo impedir a conversa.

— Quando é que você vai sossegar? — Me dou conta de que ele não disse *acomodar*, mas mais uma vez quero ignorar isso. Ele não está sendo cruel.

O sol começa a se pôr no horizonte, cobrindo o céu em uma felicidade alaranjada e as nuvens delineadas de roxo. Dá para ver por que Foster ama este lugar. Calmo e tranquilo, longe de tudo. Me lembra um pouco de Killarney, ainda que não tão exuberante. Eu poderia me ver relaxando em um lugar assim um dia, limpando os cocôs de cavalo.

— Acomodar não é para mim. Gosto da vida no ritmo acelerado.

— Não é, e eu não disse acomodar. Eu disse *sossegar*. — Ele para o cavalo, então puxo as rédeas de Grammy, e ainda bem que ela obedece. — Para sossegar, você precisa encontrar o que te acalma. Está em você, e por mais ou menos uma semana, eu vi isso. E agora se foi. Você acha que o ritmo acelerado é a vida de que precisa, mas só está encobrindo a vida que quer de verdade.

— Ah, é? — Rio. — E que vida eu quero de verdade?

— A que você nunca teve quando era criança.

Droga, ele foi certeiro, Foster com certeza sabe identificar o ponto fraco de alguém. Ele deveria ser o meu terapeuta, porque praticamente resumiu a minha vida inteira em uma frase.

— Pois é, mas nem todo mundo pode ter uma cerca branca.

— Você pode, só escolheu não ter.

Dou uma olhada para Sutton, que desmonta do cavalo sem Josh desta vez. Isso aí.

— É mais fácil assim.

— É mais fácil não se permitir sentir alguma coisa? — Foster pressiona.

— Exato. Assim que você se permite sentir alguma coisa é quando tudo volta para você. Prefiro ficar entorpecido, o que tem sido bem difícil de conseguir aqui. Valeu por essa.

Ele não responde de imediato, apenas fica olhando o pôr do sol, parecendo régio pra caralho em seu corcel.

— Já trabalhei com muitos garotos e rapazes com essa atitude. Já vi alguns se tornarem homens e encontrarem o caminho através da escuridão deste mundo, e também vi alguns que não conseguiram. — Foster se vira para mim. — Você não é um garoto, mas também não é um homem, Roark. Está em algum lugar no meio disso. Um homem encara a vida e tira o melhor dela. Você é um ótimo agente, e sou grato por isso, mas também está por um triz de perder tudo pelo que trabalhou. Não seja um merdinha, seja homem. — Olhando sério para mim, ele diz: — Chega um momento na vida de um homem em que ele tem que decidir se vai agir e fazer alguma coisa, ou se vai cruzar os braços e nunca atingir seu verdadeiro potencial. — Ele aperta meu ombro. Minha boca está seca, e meu estômago, retorcido. — Você tem muito a oferecer, permita-se fazer isso. Ficaria surpreso em como a felicidade pode mudar toda a sua visão de mundo.

Com um sorriso torto para mim, ele me dá um tapinha antes de ir na direção do estábulo. Eu deveria detestar o que ele acabou de me dizer, mas, em vez disso, fico preso em suas palavras.

"... mas também está por um triz de perder tudo pelo que trabalhou. Não seja um merdinha, seja homem."

Seja homem.

Não seja um merdinha.

É a porra de um tapa na cara, ainda assim, de alguma forma, ressoa inesperadamente em mim. Minha mente está girando com as possibilidades.

Não seja um merdinha.

Seja homem.

Dois dias depois, as palavras de Foster ainda estão girando na minha mente.

Sei que já faz um tempo que trabalhamos juntos, mas ele foi capaz de me dissecar em segundos. Há razões pelas quais não quero me permitir ir além da luxúria. Luxúria é fácil. Seguro. Nunca leva à decepção, para mim ou para a outra pessoa. Amor é condicional. Limitado. "*Você sempre foi um ingrato por tudo o que eu te dei. A esta altura, seria mais fácil se você estivesse morto. Pelo menos assim eu iria poder lamentar a perda do meu filho mais velho e seguir em frente.*" Seguir em frente. Minha própria mãe preferiria que eu estivesse morto. *O que isso diz a respeito do amor?* As pessoas que deveriam me amar incondicionalmente só me encheram o saco para conseguir a grana que tenho no banco. Queria que eu estivesse morto. *O que isso diz a meu respeito?*

Porra, preciso de uma bebida. Preciso de alguma coisa para me livrar deste sentimento de inadequação que cresce dentro de mim. Beber deixa tudo mais fácil de esquecer. É por isso que vivo à base de uísque, para que eu não fique acordado à noite, pensando em todas as coisas que poderia ter, mas sou covarde demais para tentar consegui-las.

Como a Sutton.

Eu a quero, mas não só fisicamente. Quero seu cérebro, seu coração, sua alma. Quero saber como é ficar acordado a noite toda conversando com ela sobre nada. Quero saber como é consolá-la quando ela está chateada. Quero sentir suas lágrimas nos dedos, sabendo que sou a única pessoa no mundo que pode consolá-la. Quero saber como é estar completamente viciado em alguém a ponto de que, quando nos separamos pela manhã, eu sinta saudades dez minutos depois. Quero tudo isso, a parte boa, a ruim, tudo que vem com o amor.

E acho, não... sei que a Sutton pode ser essa garota.

Mas e se... porra, e se ela entrar em um relacionamento e acabar se dando conta, assim como os meus pais, de que sou um inútil? *Não posso* arriscar. Já estou por um triz de cair de cara no chão a qualquer instante, não preciso de mais um empurrão. Porque se Sutton me amasse e, em algum momento, eu a perdesse... *Não posso.*

Suspirando, com a testa pressionada na moldura de madeira da porta, agarro a maçaneta e me preparo para mais um dia de tarefas brutais, mais arrumação do acampamento, e ver Sutton sendo linda como sempre.

Abro a porta ao mesmo tempo que Sutton abre a dela. Faço uma pausa a meio caminho para absorvê-la. Vestida com um dos menores shorts que já vi, calçando suas botas com confiança e... Porra, não.

— O que é isso? — pergunto, apontando para seu peito.

Ela olha para baixo e então de volta para mim.

— Minha camiseta.

— Você chama isso de camiseta? — Minha testa franze. — É curtinha e dá para ver toda a sua barriga. — Me curvo um pouco. — Você está usando sutiã?

— Deixei no banheiro. — Ela aponta para o corredor. — Estou indo lá pegar.

Pontudos e perfeitos, seus peitos me provocam mais uma vez, e mesmo se ela estivesse usando sutiã, ainda assim eu teria sido capaz de ver. Ela não vai usar essa camiseta lá fora com todos aqueles peões andando pelo rancho, de jeito nenhum.

Nada disso. Não vai rolar.

Antes que ela possa seguir para o banheiro, eu a empurro para dentro do quarto dela e fecho a porta. Por um instante, observo seu modesto quarto de infância: paredes bege, colcha floral, um pôster de cavalo sobre a cama. É fofo pra caralho.

— O que você pensa que está fazendo? — ela pergunta, com as mãos nos quadris, sua camiseta subindo mais.

— Você não vai lá fora vestida assim. Dá para ver os seus mamilos.

Ela revira os olhos.

— Vou colocar o sutiã. E, sério, não é da sua conta, Roark.

Puxo o cabelo e me viro, frustrado com toda a situação. Ela está me levando à loucura, e não sei o que fazer quanto a isso. Ela tem razão, não é da minha conta como ela se veste, e mesmo se eu quisesse que usasse gola alta e calça, sei que não posso pedir isso a ela.

— Porra — murmuro. Ainda com a mão no cabelo, digo: — Se você vai usar isso, por favor, fique longe de mim.

Há uma suavidade em sua voz quando ela pressiona a mão nas minhas costas.

— Está tudo bem, Roark?

Balanço a cabeça, com o corpo todo formigando com a proximidade dela.

— Não. Está sendo difícil, Sutton.

Ela vem para o meu lado e tenta me olhar nos olhos, mas não viro a cabeça.

— Você pode conversar comigo, sabia?

— Não posso.

— Roark...

Eu a prendo na parede perto da porta com um movimento rápido, pegando-a desprevenida. Seus olhos estão um pouco selvagens, seu peito sobe e desce contra o meu quando ela pergunta:

— O-o que você está fazendo?

— Sei lá — respondo, com as mãos presas à sua cintura, coçando para se mexerem. Quando movo alguns centímetros, sua respiração fica presa no peito, então subo ainda mais com a mão até que a parte de baixo de seu peito roce meu dedo.

— Roark. — Ela respira. Com dificuldade.

Me inclino e pressiono a boca em sua orelha, mordiscando seu lóbulo. Sua cabeça cai para o lado, e mesmo que ela não tenha sido nada além de uma grande tentação nos últimos dias, sinto o desejo que ela tem por mim na forma como suas mãos caem para os meus ombros e então sobem pelo meu pescoço para se entrelaçarem no meu cabelo.

Me aproximo, pressionando os quadris nos seus, e envolvo seu peito ao mesmo tempo.

— Você está me deixando louco, Sutton. — Meus lábios vão de cima a baixo pelo seu pescoço. — Acha que é fácil para mim? Ficar aqui, no quarto em frente ao seu, vendo você conversar com outros caras? Está me matando.

— Então faça alguma coisa.

— O que você quer que eu faça? — pergunto, baixando a cabeça para seus peitos, levantando sua camiseta e sugando seu mamilo.

— Isso — ela diz com um suspiro. — Isso é tão bom, Roark.

Seu encorajamento me estimula e mexe com alguma coisa dentro de mim. Eu a pego pela cintura e a levo para a cama, onde a deito gentilmente. Pressiono nossos quadris, deixando claro o quanto ela mexe comigo.

Tiro sua camiseta, expondo seus seios. Ela é tão linda que quase chega a doer. Baixo a boca para eles, enquanto movo os quadris para junto dela, minha ereção encontrando um pequeno alívio com a fricção. Mas eu quero mais.

Ela deve ter lido minha mente, porque estende a mão entre nós e a abaixa sob o cós da minha calça, passando os dedos sobre a minha protuberância.

Eu me ergo, com a cabeça baixa, e solto um longo suspiro, dando mais acesso a ela. Meus músculos se contraem, meus olhos se fecham, e sua mão pequena envolve meu pau, minha cueca a única barreira.

— Porra — murmuro. — Sutton... eu... — Ela enfia a mão dentro da cueca, e juro que estou a segundos de gozar só pelo seu toque.

Ergo o olhar para ver seus lábios abertos, seus olhos arregalados quando ela diz:

— Você é tão grande, Roark.

E esta é a minha ruína. Aquele olhar inocente, a surpresa e também a alegria que cruzam seu rosto desfazem a minha determinação.

Estendo a mão para baixo e abro seu short, tirando-o com um movimento suave, então abaixo minha calça jeans. Como um adolescente, pressiono minha ereção ao longo de suas pernas abertas e busco conforto em seu calor. Minha ereção espreita além do cós da cueca enquanto eu a deslizo para cima e para baixo em seu centro coberto pela calcinha.

— Ai, meu Deus — ela geme, e eu a silencio, levando minha boca ao seu pescoço outra vez, com os quadris balançando junto aos seus em longos golpes e então rápidos e curtos, meu corpo não sabe mesmo o que quer.

Seria melhor sem roupas, mas não posso fazer isso com ela, não quando não tenho certeza sobre os sentimentos que estão surgindo dentro de mim, mas, porra, só quero um pouco de alívio.

— Nunca desejei tanto algo na vida — digo, me surpreendendo, mas... é verdade. — Você me deixa louco de desejo, Sutton. Os últimos dias têm sido um inferno para mim.

— Mas você não sabia? Você pode me ter, Roark.

Movo os quadris com mais força, minhas pernas começam a formigar e minhas bolas se contraem.

— É isso o que mais me preocupa. Você não deveria estar tão disposta, enquanto eu é quem estou preocupado. Não sou o cara certo para você.

Ela abre ainda mais as pernas e entrelaça as mãos na minha nuca.

— Por que não me deixa decidir isso?

Movo nossos quadris juntos enquanto ergo a cabeça para olhar para ela. Com os lábios úmidos e prontos, e os olhos focados em mim. Beijá-la levaria este desejo a um novo patamar. Sei que assim que meus lábios encontrarem os dela, não vai haver volta. Não vou ser capaz de parar.

Será que estou disposto a oferecer a ela um homem que não tem certeza se consegue retribuir o que ela dá?

Não sei se consigo fazer isso com ela.

Então, em vez de baixar a cabeça, mantenho os olhos fixos nos dela, enquanto movo os quadris para os dela, levando nós dois ao auge.

Ela morde o lábio, seu pescoço estica, seu orgasmo paira, pronto para vir. Jesus, estou chegando lá com ela, meu coração martela nos meus ouvidos e meu corpo vibra de prazer.

Toc, toc.

— Você está aí, Sutton? — a voz de Foster soa, congelando meus quadris num instante.

Puta merda.

Me ergo depressa, com a ereção dolorosamente dura enquanto recuo e olho ao redor. Encontro seu closet e fujo às pressas, puxando a calça para cima.

Um pequeno gemido sai dela durante a minha fuga e ecoa pela minha cabeça enquanto inclino o corpo para a porta fechada do closet, incapaz de recuperar o fôlego.

Tensa, Sutton diz:

— Estou... só tive um... acidente com a roupa. Já vou descer. — Um acidente com a roupa, eu diria que ter metade da blusa faltando é um acidente com a roupa.

— Ah, tudo bem. Só checando. Você viu o Roark?

— Hã, não... Você olhou no curral? Ele se deu bem com a limpeza de excremento.

Foster ri e eu franzo a testa. Muito engraçado.

— Boa ideia, vou checar lá. Se apresse, temos muito o que fazer antes de as crianças chegarem amanhã.

— Pode deixar, já vou descer. — Os passos pesados das botas de Foster ecoam pelo corredor enquanto ele se afasta. Devemos ter ficado tão envolvidos que nem notamos sua aproximação antes.

Com um suspiro pesado, apoio a cabeça na porta fechada enquanto ela se abre. Com as costas tensas e o pau duro enfiado na minha calça, me viro para Sutton, que não está vestindo nada além da calcinha. Qual é, isto não é nada justo, ainda mais com mais um dia de trabalho árduo à frente.

Estendo o braço para ela e a puxo para um abraço, e minhas mãos caem para sua bunda. Beijo o topo de sua cabeça e digo:

— Desculpa.

— Pelo quê?

— Por ter deixado isso sair do controle, por ter sido um babaca com você, por ter acreditado que você pertencia a mim, quando não é esse o caso.

Ela ergue a cabeça e me olha nos olhos.

— Mas é aí que você se engana, Roark. Não importa o quanto você tente me afastar, isso não muda o que sinto por você. — Ela morde o lábio e agarra a frente da minha camiseta. — Tentei agir como se você não importasse para mim, como se eu pudesse superar esta atração louca, mas é impossível. Você me faz derreter aos seus pés apenas com o olhar. E não há nada que eu consiga fazer com este sentimento. Então, sempre que você entrar no meu quarto e pressionar os seus lábios por todo o meu corpo, eu vou ceder, porque é o que desejo. — E isso faz de mim um maldito sortudo, algo que não mereço.

— Você não deveria — sussurro.

— Eu sei, pode acreditar, eu sei, mas não consigo resistir a você. Não importa o quanto eu tente. — Ela levanta a mão e acaricia meu rosto, e seus olhos se enchem de lágrimas não derramadas. — Por favor, não me afaste. Queria tanto que você visse o valor que há em nós dois juntos.

Infelizmente, ela abaixa a mão, passa por mim e veste uma calça jeans e uma camiseta comum. Quando se afasta do closet, eu grito:

— O sutiã, Sutton.

Ela me lança um sorriso tristonho.

— Ainda está no banheiro. — E então ela se vai.

Me apoio nas estantes e uma sensação avassaladora causada pela Sutton me cerca, enquanto tento desvendar minha mente.

Queria tanto que você visse o valor que há em nós dois juntos.

Posso ver, droga, posso até sentir, quase como se ela estivesse sendo aos poucos gravada nos meus ossos na última semana. Fraco e cansado, saio do quarto e desço a escada, onde vejo Sutton dar um abraço no pai antes de eles saírem da casa juntos.

Eu daria tudo para ser o homem a quem ela abraça assim, o homem para quem ela olha e sorri, ou o homem que a protege do resto do mundo.

"Não importa o quanto você tente me afastar, isso não muda o que sinto por você... Tentei agir como se você não importasse para mim, como se eu pudesse superar esta atração louca, mas é impossível." Mas como posso me tornar o homem que ela merece? Como posso me tornar o homem *dela*?

E então ouço os conselhos de Foster, que incrementam estes pensamentos.

Um homem encara a vida e tira o melhor dela.

Foster tem razão, eu não sou *esse* homem — ainda —, mas talvez esteja na hora descobrir como agir como ele.

CAPÍTULO 15

Querido Jasper,

Jasper é o nome de um porco com quem conversei outro dia enquanto o alimentava com o que parecia ser lixo. Ele tinha olhos mansos, aí pensei em tentar outro nome aqui. Não sei se vai rolar, só fico me lembrando daquele porco velho.

Sinceramente, não sei o que dizer agora. Se a minha terapeuta estivesse aqui, me faria perguntas irritantes tipo como me sinto. O que está passando pela minha cabeça. Algum obstáculo que tive que enfrentar ultimamente.

Bem... já que ela não está aqui — não que eu quisesse falar com ela —, mas já que ela está do outro lado do país, provavelmente brincando com seu bloco de notas, vou escrever as respostas aqui.

Como me sinto? Uma merda.

O que está passando pela minha cabeça? Sutton. Penso na Sutton todo santo dia.

Tive que enfrentar algum obstáculo ultimamente? Só alguns, tipo, abstinência de nicotina, o desejo por uma dose de uísque. Alívio sexual, a porra do bom e velho alívio.

E aí há o maior obstáculo de todos... emoções. Estou lidando com um monte de emoções que nunca senti. Coisas como... ciúmes, vazio, saudade.

Posso me ver derrubando minhas próprias barreiras e estendendo a mão para a Sutton. Posso sentir minha defesa desmoronando e a necessidade de algo além do álcool para me consolar.

Quero segurar a mão da Sutton.

Quero beijá-la sempre que eu desejar.

Quero contar coisas para ela, como meus medos e conquistas.

Quero dividir refeições com ela. Ela pega minhas batatas, eu pego a couve-de-bruxelas dela. Merdas assim.

Quero que ela vista a minha camiseta à noite, e quero acordar com o braço ao redor dela pela manhã.

Meu Deus do céu... acho que quero um relacionamento.

Roark

Sutton

— Como você está se sentindo com tudo isso? — papai pergunta, sentando-se ao meu lado e em frente à fogueira.

De banho tomado e vestindo um pijama confortável, eu me recosto na cadeira e olho para as chamas crepitantes. Foi um longo dia, preparando todas as cabanas, organizando as inscrições, certificando-me de que todas as mochilas estavam corretas e com os tamanhos certos. Mas conseguimos, e estamos mais do que prontos para começar as festividades amanhã. Meu trabalho está feito e agora posso relaxar e deixar que o resto do pessoal assuma.

— Me sinto muito bem. — Envolvo os ombros com o cobertor. — Acho que não poderíamos estar mais preparados.

— Concordo totalmente. — Meu pai dá um tapinha na minha perna e olha para mim, e as rugas perto de seus olhos surgem enquanto ele sorri. — Estou orgulhoso de você, Sutton Grace. Você se tornou uma mulher muito bonita e trabalhadora.

— Valeu, pai — digo, sem jeito, sem saber muito bem como reagir. — Fico feliz que Whitney tenha me dado esta oportunidade. Ela virá para cá?

Ele assente e se recosta na cadeira, cruzando a perna sobre o joelho.

— Ela está num hotel, deve chegar amanhã de manhã antes dos campistas.

— Ah, que bom. Seria estranho se ela não aparecesse. — Estremeço. — Você acha que ela vai criticar o meu trabalho?

Ele balança a cabeça.

— Ela não é esse tipo de chefe, mas vai supervisionar tudo, checar outra vez para ter certeza de que conseguimos dar conta de todos os detalhes. Não esperaria nada menos.

— Nem eu. — Olho para o céu claro; nunca vi estrelas brilharem tanto assim. — Você vai ficar triste quando se aposentar no ano que vem?

— Vou sentir saudade do jogo e das pessoas, mas acho que já está na hora. Tenho jogado por quase duas décadas. Acho que está na hora deste velho aqui tirar uma folguinha.

— Pensa em treinar o time da escola local? — Sorrio para ele. — Você sabe que eles estão só esperando você oferecer ajuda.

Ele levanta o chapéu e passa os dedos pelo cabelo. Ele é o único que ainda não tomou banho, porque deixou que todos fossem antes dele.

— Devo tirar o primeiro ano de folga, e aí vou acabar me metendo e ajudando. Acho que não consigo ficar longe do esporte por muito tempo. — Ele me dá uma cutucada. — E isso me lembra... quando é que você vai me dar netos? Vou me aposentar, estou pronto para ser avô agora. — Ele ri, baixinho.

— Hã, ainda vai demorar um pouquinho. Tipo, eu preciso encontrar um namorado primeiro. Além disso, preciso me estabelecer na minha carreira. Você vai ter que esperar um pouquinho. Desculpa.

Ele estala os dedos em decepção.

— Há alguma opção à vista?

A única se esconde atrás de uma armadura tão impenetrável que tenho certeza de que vou acabar velha antes de conseguir penetrá-la.

Dou de ombros, sem de fato querer conversar sobre Roark com meu pai, ou sobre relacionamentos no geral. É um tema bem delicado, ainda mais porque o homem que quero de verdade está dentro de casa, a uns quinze metros de distância.

— É só isso o que você vai me contar? Mais nada? Dê ao menos uma dica para o seu velho, você está saindo com alguém lá na cidade?

Já deveria saber que ele seria persistente.

Talvez, se eu mantiver as coisas vagas, posso tirar este peso das costas e aí conseguir alguns conselhos, porque, no mínimo, meu pai é mesmo muito bom em me orientar, sempre foi.

— Bem, há um cara...

Ele esfrega as mãos e se inclina para frente.

— Agora sim, me fale sobre ele.

É, não vai rolar.

— A gente se conheceu algumas semanas atrás e, no começo, não gostei dele, mas trocamos algumas mensagens e tivemos alguns encontros, e passei a gostar dele.

— E ele sente o mesmo que você? — Assinto, sabendo muito bem que sim. — Se ele gosta de você, por que você está com essa cara?

Mordo os lábios, tentando colocar em palavras o que sei sobre Roark sem defini-lo para o meu pai.

— Ele não vai ceder aos sentimentos, pelo menos não na maior parte. Não quero entrar em muitos detalhes, sabe, já que você é o meu pai e tal...

— Só peço que você use proteção. Será que vamos precisar ter essa conversa de novo?

— Meu Deus, não. — Ergo a mão. — Por favor, pai, não faça isso.

— Tudo bem, mas se certifique de seguir tudo o que te ensinei.

— Pode deixar. — Estou com o rosto em chamas, e sei que não tem nada a ver com o fogo à minha frente, e sim com a vergonha ardente desta conversa.

— Boa garota. — Ele acena com a mão. — Continue. Você disse que ele não vai ceder aos sentimentos?

— Sim, ele teve uma infância bem ruim e isso o está afetando agora. Acho que está com medo de me machucar, mas não se dá conta de que já está me machucando por não estar comigo de verdade. — Suspiro e relaxo na cadeira, puxando as pernas para o peito. — Só quero namorá-lo, pai. Quero poder sair com ele e abraçá-lo sempre que o encontrar. Quero ser carinhosa e ajudá-lo nos dias ruins, mas sempre que tento, ele diz que não é bom o suficiente para mim e, não importa o que eu diga, ele não vai mudar de ideia.

Sorrindo para si mesmo, ele diz:

— Sua mãe era assim também, achava que não era boa o suficiente para ficar comigo, quando, na verdade, ela era a razão da minha felicidade. Como já sabe, você chegou antes do planejado — ele ri — e ela achou que destruiria as minhas chances na carreira. Mal ela sabia que só as reforçou. Sim, eu tinha ainda mais responsabilidades, mas ter você, vocês duas, me ajudou a fazer o meu melhor. Eu fui o sortudo. — Ele se vira para mim e diz: — O mais fácil teria sido desistir e seguir outro rumo, mas é a luta que faz o resultado valer a pena. Não desista do que quer, Sutton Grace, mesmo que se machuque. Se ele gostar de você... como deveria... não desista de tentar.

De pé, ele alonga os braços sobre a cabeça e solta um longo suspiro.

— Vou encerrar por aqui. Acha que consegue apagar a fogueira sozinha?

— Como se você tivesse que pedir.

— Bem, agora que é uma garota da cidade e tal, achei que precisaria te lembrar.

Ele pressiona um beijo na minha cabeça enquanto digo:

— Não dá para tirar a vida no campo de dentro de uma garota, papai.

— É verdade. — Ele dá um passo na direção da casa e então diz sobre o ombro: — Temos mais uma semana aqui, e aí você vai poder voltar para a cidade e para o seu cara. Talvez você queira mandar algumas mensagens para ele enquanto estiver aqui, só para deixar que ele saiba que você tem pensado nele. É um gesto legal. — *Será que ele está dizendo isso por experiência própria?* — Boa noite, Sutton Grace. Vejo você pela manhã.

— Até de manhã, papai.

Assim que ele fica fora de vista, volto a atenção para a fogueira, observando as chamas crepitantes e pensando sobre o que meu pai disse. Ele acha que seria fácil desistir, mas isso quase parece mais doloroso do que não tentar, porque acho que superar Roark não vai ser tão fácil.

Mas mesmo cedendo hoje mais cedo, ele ainda assim me afastou, ainda se desculpou pela intimidade. *E mais uma vez, não me beijou na boca. Por quê? Será que momentos roubados — com pedido de desculpas — valem a pena?*

Não. Não quero isso.

Não quero que ele peça desculpas por me tocar, quero que queira me tocar cada vez mais. Quero que ele saiba que eu o quero de verdade, desesperadamente, e não apenas seu corpo, mas sua alma.

E mesmo que uma pequena parte de mim acredite que isso pode acontecer, há uma grande parte que acredita que, não importa o que eu diga, não importa quantas vezes eu tente mostrar a ele o quanto me importo, ele nunca vai mudar de ideia, e eu vou ficar lutando constantemente em uma batalha já perdida.

A percepção de que nada está acontecendo entre nós me atinge com mais força que o esperado, e as lágrimas começam a brotar nos meus olhos. Queria que ele pudesse ver o homem que é; esse idiota extremamente carinhoso e leal. Queria que ele pudesse se livrar de sua autodepreciação e entender o quanto me faz feliz, mesmo quando está me provocando, o que acontece na maioria das vezes. O brilho em seus olhos e o tom de sua voz revelam que há uma conexão profunda entre nós.

Encarando o fogo, deixo as lágrimas caírem, permitindo-me ter este momento. Não consigo segurar por mais tempo; é desgastante demais, avassalador demais.

Inclinando-me para a frente, descanso os braços nos joelhos dobrados e então coloco o queixo sobre os braços, entregando-me à tristeza, à dor, ao desamparo que sinto quando se trata de Roark. Ah, se ele pudesse nos dar uma chance, se ele...

— Sozinha aqui fora, *lass*?

Assustada, enxugo os olhos às pressas e me viro para ver Roark parado ao meu lado, me observando. Como não o ouvi chegar? Há um vinco em sua testa quando ele se ajoelha para ficar no mesmo nível que eu, seu cheiro fresco de sabonete me atingindo primeiro, depois seu hálito de menta.

— Você está chorando?

— Não. — Enxugo os olhos outra vez, mesmo que isso esteja me denunciando.

Sua boca se curva para o lado.

— Seus olhos não dizem a mesma coisa. O que foi?

— Nada. A fumaça irritou meus olhos.

Ele se vira para o fogo à nossa frente, notando que a fumaça está sendo soprada para a direção oposta. Droga de vento.

— É, tá bom. — De trás, ele pega uma cadeira e a puxa para ficar bem ao meu lado e se senta, me encarando completamente. — Fale comigo. Você está nervosa por causa de amanhã?

— Não. — Balanço a cabeça. — Estou muito confiante para amanhã.

— Tudo bem, então por que está chateada?

Pressiono a bochecha no braço e olho para ele, abrindo um sorriso triste.

— Por causa da gente, só isso.

— A gente? — Ele ergue a sobrancelha e se aproxima um pouquinho. — O que tem a gente?

Solto um longo suspiro.

— Meu pai perguntou se há algum cara na minha vida e eu falei para ele...

— Você não falou sobre mim, né? — Puro pânico atravessa seu rosto quando ele olha de volta para a casa, como se meu pai estivesse prestes a aparecer na varanda segurando uma espingarda.

— Não, não faria isso, mas conversei casualmente sobre um cara de quem eu gosto e falei para ele o que estou passando.

— O que você está passando? — Ele franze a testa.

— Os altos e baixos de querer você e não chegar a lugar nenhum. — Olho para o fogo, incapaz de olhá-lo nos olhos. — Eu gosto de você, Roark, muito, mas não sei se vou conseguir continuar lutando pelo que quero. Estou emocionalmente desgastada e rezo para que este talvez seja o momento em que você vai ceder, que este será o momento em que você vai me pedir em namoro, que este será o momento em que você finalmente vai me beijar. — Encolho os ombros, pressionando o queixo nos braços. — Uma garota pode sonhar.

A tensão enche o ar enquanto o silêncio nos atinge. Ah, se eu fosse como Mel Gibson em *Do que as Mulheres Gostam* e pudesse ler seus pensamentos, então todo este vaivém seria muito mais fácil. Em vez disso, tenho que ficar ali, sem jeito, esperando que ele diga alguma coisa, alguma coisa que, muito provavelmente, vai me machucar a longo prazo.

— Também falei com o seu pai — ele finalmente diz.

— Sobre o quê? — Sorrio, incapaz de esconder a diversão com a ideia de que nós dois conversamos com o meu pai sobre cada um, mas sem revelar sobre quem estávamos falando. — Quando foi que você falou com ele?

— Quando estávamos cavalgando. Ele perguntou se eu estava planejando sossegar em algum momento. Me deu uma lição sobre ser homem. — Roark coça a barba. — Acho que foi a conversa mais honesta que já tive. Ele me fez pensar em muitas coisas e no futuro que quero para mim, sobre a vida que quero levar. — Ele ri para si mesmo. — Droga, naquele momento, ele foi mais como um pai para mim do que meu próprio pai jamais foi.

Isso aquece meu coração.

— Ele é um homem bom. Fico feliz que possa confiar nele. Ele gosta de você, Roark, e só quer o melhor para você.

— É, eu sei. — Ele olha para o chão. — Ele meio que me fez pensar sobre o que está rolando entre a gente, meio que me deixou impressionado.

— O que ele falou?

— Nada de que você precise saber. — Roark cruza os braços. — Mas uma coisa se destacou. — Ele assente, como se pudesse ouvir as palavras do meu pai agora. — Seja homem. — Seus olhos encontram os meus, e fico impressionada em ver tanta intensidade em seu olhar. — Eu quero ser o homem que você merece, Sutton, mas não sei como fazer isso. — Ele coça a nuca, parecendo nervoso. — Não sei nada sobre relacionamentos ou como me importar com alguém. Só sei que estou sentindo algo por você, este sentimento entorpecente e destruidor que atravessa meu corpo não vai passar, então posso continuar tentando lutar contra isso ou posso te pedir ajuda.

— Ajuda? — pergunto, enquanto meu coração vacila no peito.

Ele acena e descruza os braços, pegando minha mão.

— Eu quero isso, quero nós dois juntos, mas não tenho ideia do que estou fazendo. Vou precisar da sua orientação, compreensão e uma promessa de que caso eu vacile, e sei que isso vai acontecer, você terá paciência. Tudo isto é novo para mim.

— Roark... — Pressiono a mão livre em sua bochecha e a acaricio sua barba com o polegar. — Somos humanos, então vamos acabar vacilando em algum momento.

— Mas eu nunca recebi amor de verdade.

— Bem, nunca é tarde para aprender. — Arrasto o polegar sobre seu lábio inferior, e meu corpo coça para estar mais perto dele. — Isso quer dizer que você vai me chamar para um encontro?

Um lindo sorriso puxa os cantos de sua boca.

— É, acho que sim.

Minha felicidade combina com a dele enquanto nós dois sorrimos um para o outro.

— E você vai parar de me impedir de sentir o seu pênis?

Ele mordisca meu polegar, me fazendo rir e afastá-lo dali.

— Porra, vou. Acho que meu pau não aguenta mais essa tortura.

— E isso significa que você vai parar de fumar?

— Parar de fumar? — Ele franze a testa. — Não sabia que isso estava nos planos.

— Está, sim, se quiser dormir comigo.

— Droga. — Ele arrasta a mão sobre o rosto. — Você vai tirar todos os meus acessórios, não vai? Fazer de mim um mauricinho.

— Não. — Balanço a cabeça. — Quero você do jeito que é, com todas as suas tendências para babaquices e tal.

— Então por que quer tirar os meus cigarros?

— Porque quero que seja capaz de me foder sem ficar sem fôlego. — Abro um sorriso radiante para sua expressão chocada. Droga, acho que até eu estou um pouco chocada.

— Preocupada com a minha resistência, *lass*?

Dou de ombros casualmente.

— Não sei, não. Você pareceu meio sem fôlego quando ficou se esfregando comigo.

— Sem fôlego? — ele pergunta, recostando-se. — Você achou que eu estava sem fôlego? — Dou de ombros outra vez. — Porra, eu não estava sem fôlego, estava desesperado. Você faz alguma ideia do quanto tem sido difícil me segurar? De não prender você contra a parede sempre que te vejo? Já faz semanas que estou tendo que me controlar, então se eu estava respirando com dificuldade, enquanto roçava meu pau duro na sua boceta, não foi porque estava sem fôlego — ele diz, e suas palavras aquecem todo o meu corpo. — Foi porque eu estava desesperado por você.

Está quente aqui ou sou só eu?

Mordo o lábio e seus olhos caem para a minha boca.

Umedeço os lábios, e ele também.

Me mexo na cadeira, e ele se senta na beirada da sua.

— Você vai me beijar, Roark?

— Não sei — ele fala, colocando a mão na minha nuca e me puxando para mais perto antes de passar os dedos pelo meu cabelo. — Você quer que eu beije?

— Você sabe que quero. Já faz tempo que estou esperando para saber como é sentir os seus lábios nos meus.

— Se é esse o caso... — Ele acena para que eu me aproxime e então dá um tapinha no colo. — Venha cá, Sutton.

A empolgação pulsa nas minhas veias enquanto me levanto da cadeira e vou até ele, trazendo o cobertor comigo. Eu o coloco sobre os ombros e monto em seu colo, meus joelhos de cada lado do seu corpo. Ele agarra o cobertor e o envolve mais ao meu redor antes de levar as mãos ao meu rosto e acariciar de leve minhas bochechas.

— Você é muito linda. Não sei por que me neguei isso por tanto tempo.

— Ah, porque você é mais velho do que eu, porque o meu pai é o seu cliente, umas merdas assim, sabe.

— Ah, então vamos dar uma de maduros aqui, entendi. — Ele ri.

— Só para que você saiba o quanto tem sido idiota.

— Acho que é algo com que eu possa contar quando se trata de nós.

Nós. Isso me faz sorrir enquanto me ajeito mais em seu colo.

— Gosto de quando você diz isso. *Nós*. Parece certo.

— É mesmo. — Ele pressiona a testa na minha. — Jesus, Sutton. Estou nervoso.

— Nervoso? — Minhas mãos deslizam para o seu peito firme. — Por quê?

— Porque não quero ferrar com tudo. — *Ai, Deus, eu amo mesmo este homem*. Finalmente sinto como se estivesse vendo-o por completo. Ele está mais... exposto, menos mascarado. Como ele pode ter tão pouca confiança em si mesmo? Deve ter a ver com sua família horrível. Ah, se eles soubessem o dano que causaram. Isso me deixa com tanta raiva. Passo as mãos sobre seu coração.

— Você não vai. — Cutuco sua cabeça com a minha e digo: — Agora me beije sob as estrelas. Nos dê este momento de recordação.

Seus lábios se abrem, suas mãos envolvem minha mandíbula, inclinando-a um pouco para trás logo antes de seus lábios pressionarem os meus. Suspiro com essa conexão e exploro. Ele é doce no começo, deslizando a boca sobre a minha, conhecendo o caminho, e então a intensidade começa a crescer quando ele me aperta com mais força.

Sua boca se abre assim como a minha, mas ele ainda não explora com a língua. Ele me beija de leve com a boca aberta, mantendo minha cabeça no lugar, enquanto inclina a sua de um lado para o outro, sem perder nem um pedacinho da minha boca.

Me mexo em seu colo e ele geme na minha boca, passando a língua pelos meus lábios, me seduzindo, buscando mais, então combino seu movimento com o meu. Assim que nossas línguas colidem, elas se entrelaçam, e o nosso aperto um no outro fica mais forte, nosso desejo se intensificando.

É muito mais do que eu esperava. Sabia que ele seria bom de beijo só pela forma como me fez gozar com a língua. Mas o contraste entre o suave e o intenso em seus beijos, a maneira como ele assume o controle, o gosto da sua boca, é mais do que achei ser possível. A cada beijo, ele estraga qualquer outro homem para mim... não que eu queira beijar outro homem depois disso.

Com as bocas conectadas, ele vai deslizando a mão pelo meu corpo até meus quadris, onde me segura com força. Vou aos poucos começando a balançar para a frente e para trás em seu colo.

Ele interrompe o beijo.

— Aqui não, Sutton.

— Aqui não o quê?

Colocando o meu cabelo para trás da orelha, ele me lança um olhar doce.

— A gente não vai se pegar na frente da fogueira, onde seu pai pode nos ver. A gente não deveria estar fazendo isso... aqui.

Ergo uma sobrancelha interrogativa, chocada com sua pose de certinho agora.

— O cara que quase nunca dá a mínima para alguma coisa está com medo de ser pego?

Ele ri e me segura com mais força, e esse sorriso diabólico me atravessa.

— Se fosse qualquer outra pessoa, eu estaria te deitando no chão agora, mas com você é diferente.

Por alguma razão, isso não cai bem para mim.

— Então quer dizer que não há paixão suficiente entre a gente para você querer me levar à loucura?

— É o oposto disso. Eu ficaria envolvido até demais para conseguir parar se seu pai aparecesse aqui... ou aquele imbecil do Josh.

Rio e brinco com a gola da sua camiseta, e o fogo delineia as linhas da testa dele.

— Você não gosta mesmo dele, né?

— Nem um pouco. Ele tem olhado demais para você e tem uma mão boba pra caralho. Fiquei ofendido por você.

— Josh é legal...

— Josh é um imbecil, fim de papo.

— É assim que vai ser? Você vai ser um idiota ciumento?

Ele assente... descaradamente.

— E você tem o direito de ficar com ciúmes também. A srta. Angelica estava flertando comigo outro dia, tentando comer meu biscoito, sabia?

— A srta. Angelica tem setenta e cinco anos. — Reviro os olhos. — E ela estava tentando fazer com que você também comesse os biscoitos dela, no plural. Não seja um pervertido.

— Não sei, não. Havia um brilho no olho dela que me dizia que, se eu a seguisse para a cozinha, ela me mostraria o forno dela, se é que você me entende.

— Você é tão idiota. — Solto uma risada.

Ele também ri e move a mão de volta para as minhas costas.

— E mesmo assim você quer ficar comigo.

— Pois é, devo estar louca. — Agarro suas bochechas de brincadeira e beijo seus lábios. Quando estou prestes a me afastar, ele me mantém no lugar e, mais uma vez, sua boca encontra a minha. Suspiro em seu aperto e o deixo assumir o controle.

Com o cobertor estendido no gramado e a fogueira apagada, estou deitada ao lado de Roark, olhando para o céu, curtindo o brilho das estrelas, enquanto ele me mantém aquecida com seu braço ao meu redor. Passo a mão por seu peito e me aconchego mais perto, ainda um pouco surpresa por ele estar aqui, ao meu lado, depois do vaivém pelo qual passamos.

— Você se imagina voltando para cá? — ele pergunta, com a voz retumbando por mim.

— Talvez um dia, mas agora estou focada na minha carreira.

— Você poderia fazer isso de qualquer lugar. Então, se pudesse escolher um lugar para morar, onde seria?

Aperto os lábios e penso um pouco.

— Sabe, acho que não fui feita para Nova York. Amo a atmosfera, mas muitas vezes acabo me sentindo deslocada.

— Você é uma garota do campo. Parece bem à vontade aqui. O sorriso no seu rosto quando você estava exercitando os cavalos quase me deixou de joelhos.

— Está tentando me fazer voltar para cá?

— Não, caramba, mas dá para imaginar você voltando para cá em algum momento e eu não te culparia. Este lugar é lindo. Dá para notar por que o seu pai está animado com a aposentadoria. A vida parece desacelerar aqui no interior.

— É por isso que ele ama tanto este lugar, ele sente como se tivesse tempo de se sentar e respirar o ar fresco. Estou feliz que ele vai ter uma folga da agenda apertada que tem mantido.

— A aposentadoria vai cair bem para ele.

Apoiando-me no cotovelo, encontro os olhos de Roark.

— Isso pode até soar bobo, mas obrigada por ter cuidado dele nos últimos anos, certificando-se de que ele fechasse bons negócios para representar a marca e a fundação dele.

— Não precisa me agradecer, Sutton. É o meu trabalho.

— E você faz esse trabalho muito bem.

Ele ergue a sobrancelha.

— É mesmo? Achei que eu fosse a pessoa menos profissional que você conhecia.

— E é, mas é surpreendente que ainda assim você consiga fazer o seu trabalho. Não entendo, mas funciona para você.

— Tive sorte — ele responde, puxando uma mecha do meu cabelo e a enrolando no dedo. — Quando cheguei aqui nos Estados Unidos e fui para Yale, eu ficava um pouco louco com as festas.

— Você? Não me diga. Não consigo nem acreditar nisso — digo, com o sarcasmo escorrendo dos meus lábios.

Ele aperta minha lateral, com um lindo sorriso.

— Eu estava animado para me livrar dos meus pais, então bebia e festejava bastante. Foi assim que acabei na mesma fraternidade dos meus dois melhores amigos, Bram e Rath. Daí, vi as oportunidades, me enturmei com as pessoas certas e não demorou muito para eu começar a ganhar credibilidade entre os amigos... *apesar* das festas. Por alguma razão maluca, eles confiaram suas carreiras em mim, e foi assim que me tornei o agente deles. Não faço ideia de como explicar como acabei neste negócio além de pura sorte irlandesa, mas levo o meu trabalho a sério, mesmo que às vezes não pareça.

— Dá para ver. Todos os seus clientes estão felizes?

— É... nem todos. Já perdi alguns, mas acho que foi por causa da personalidade que não bateu. Acho que não consigo mesmo trabalhar com os atletas pomposos e rígidos. São carentes demais, e não consigo lidar com essa merda.

— Você não quer lidar com pessoas carentes, mas é o homem mais carente que já vi.

— Como é? Porra, eu não sou carente.

— Você foi ao meu apartamento uma noite porque precisava me abraçar.

— É diferente. — Sua voz fica suave. — Foi uma merda de noite para mim, e você era a única pessoa que eu conhecia que poderia acalmar aquela dor.

E agora me sinto uma idiota por ter feito piada sobre isso.

— Desculpa, eu não...

Ele me silencia com um dedo em meus lábios.

— Não se desculpe. Apenas saiba que você me ajudou naquela noite. — Ele brinca com o meu cabelo, e amo o quanto ele pode ser carinhoso, mesmo que sua personalidade pareça ser o exato oposto. — Sempre que você está por perto, eu me sinto bem.

— Agora vai me lisonjear, é, Roark?

— Só estou falando a verdade. — Sentando-se, ele apoia minhas costas no chão e paira sobre mim. — O que vou fazer amanhã?

— Como assim?

— Vai ter um monte de adolescentes aqui no rancho, e não quero que eles achem que podem olhar para a minha garota sempre que quiserem.

— Não seja ridículo. — Reviro os olhos. — Eles vão ficar olhando para o meu pai o tempo todo. Pode acreditar, ninguém olha para mim quando meu pai está por perto.

— Você não planeja usar aquele cropped, né? — Ele ergue uma sobrancelha questionadora.

Solto uma risada suave.

— Não, aquilo foi só para te levar à loucura. Na verdade, fiquei esperando no quarto até que você abrisse a porta para que eu pudesse te encontrar no corredor.

Ele estreita os olhos.

— Porra, você gosta de provocar. Eu sabia. Eu sabia que você estava me atiçando de propósito. E o Josh?

Ela dá de ombros.

— Ele é só um cara legal, e o fato de você ter ficado louco de ciúmes por causa dele ajudou.

Ele passa a mão no rosto e então balança a cabeça.

— Você não percebe que quase me fez infartar nesses últimos dias?

— Se você não fosse tão teimoso, talvez eu não precisasse ter feito tudo isso.

— Não acredito nem um pouco nisso. Ainda acho que você teria me torturado.

— É verdade. — Rio. — Teria mesmo.

— É estranho, mas é uma das razões pelas quais sou atraído por você. Você pega no meu pé.

— Só quando você merece.

Ele ri. Debruçando-se, ele pressiona um beijo suave nos meus lábios e sua mão se emaranha em meu cabelo. Quando se afasta, ele diz:

— Você vai levar aquela camiseta branca para Nova York? Quero ver você tomando banho com ela.

— É mesmo?

— Sim. — Ele assente. — Eu acabei me masturbando no banheiro só de pensar em você a usando, toda molhada e sexy.

— Você se masturbou no chuveiro?

A risada que sai dele é sexy e com certeza significa encrenca.

— Minha mão foi para o meu pau a cada maldito dia que passei aqui, até duas vezes ao dia.

— Está falando sério? — Ela arregala os olhos.

— Não seja tão ingênua, Sutton. Acha mesmo que eu poderia ficar assim tão perto de você sem ser afetado? Para andar na linha, tive que fazer alguma coisa a respeito.

— Você deveria ter pedido ajuda.

Ele balança a cabeça.

— Eu jamais chegaria assim perto de você aqui, não com o seu pai na mesma casa. Quase perdi o controle hoje de manhã. Não posso ter outro incidente como aquele. A gente nem deveria estar aqui fora agora.

— Ele não consegue ver a gente.

— Não importa. É perto demais para eu ficar à vontade. Não vai haver foda até que a gente volte para a cidade.

Não gosto disso, e ele deve ter notado, porque dá um beijo nos meus lábios e então conecta nossas testas.

— Não se preocupe, quando a gente voltar para a cidade, vou fazer questão de compensar por todos esses dias.

— Promete?

— Prometo. — Ele baixa a cabeça e dá um beijo nos meus lábios antes de se levantar. Ele puxa sua calça jeans para cima e então pega minha mão para me ajudar a levantar do chão. Juntos, balançamos o cobertor e então o dobramos. Vamos de mãos dadas na direção do rancho, e a sensação é sublime. Algo tão simples, mas finalmente poder segurar sua mão parece tão certo.

Alcançamos a escada de madeira e Roark se vira para mim. Ele passa o polegar pelo meu lábio antes de se inclinar e me beijar de leve. É íntimo e tudo o que eu sempre quis dele. Sinto meus músculos virarem mingau.

Quando ele se afasta, meu corpo fica dolorido por mais.

— Boa noite, Sutton. Vejo você pela manhã. Amanhã será o nosso grande dia.

— Não poderia ter feito isso sem a ajuda de todo mundo e sua épica habilidade de limpar cocô.

— Engraçadinha.

Ele me beija uma última vez e vai na direção da porta da frente. Pela primeira vez, não me importo em observá-lo se afastar. Com seus quadris estreitos, as costas largas e a atitude sexy, não é nada difícil. Nunca, nem em um milhão de anos, eu teria acreditado que eu iria querer um cara como Roark — arrogante, convencido, grosseiro —, mas assim que passei pela sua primeira camada, descobri um homem gentil, carinhoso e doce. E mal posso esperar para conhecer mais sobre ele. *Um homem que quer estar comigo. Um homem que deseja que sejamos um "nós".*

CAPÍTULO 16

Querido Gerald,

Vou começar dizendo que, no passado, afirmei que não queria tratar este diário como um lugar de desabafo, como se eu fosse uma adolescente na puberdade, mas...

PUTA MERDA, como a Sutton beija bem.

Eu sabia que aqueles lábios iam causar um dano ao meu exterior durão, mas não achei que fossem derrubar todas as barreiras que ergui. Com um toque mínimo dos lábios dela nos meus, tudo ao meu redor desmoronou, me deixando exposto, vulnerável e implorando como um garoto desesperado que foi atingido pela luxúria.

É a forma como ela envolve minha bochecha com cuidado e vai aos poucos movendo as mãos pelo meu cabelo. É a leveza do seu beijo, mesmo que sua língua seja exigente. Leve e então intensa, leve e então intensa. Porra, se ela consegue me levar ao limite só com um beijo, o que mais pode fazer com aquela boca pecaminosa? Aposto que coisas bem sacanas.

E só de saber que ela está no quarto em frente ao meu... pois é, não consegui pregar os olhos na noite passada e é por isso que estou de pé antes de o sol raiar.

De pé antes de o sol raiar... é uma expressão usada aqui no rancho. Acho que eles estão me tornando um deles e, por alguma razão, estou bem com isso. Um cowboy irlandês, não sei se chega a ser popular, mas acho que cai bem para mim, desde que eu possa usar meu coturno nada cowboy e um gorro. Então, tudo bem.

O cowboy rebelde, acho que consigo entrar nessa.

Roark

Roark

Porra, estou dolorido.

Toda a tensão reprimida de não poder tocar a Sutton, a abstinência do cigarro, as inúmeras horas que passei fazendo trabalho braçal no rancho... tudo está vindo à tona nesta manhã enquanto me movo pelo quarto, me aprontando para o dia.

Depois de tomar um banho, observei o sol nascer da janela do meu quarto, inclinado para trás com as mãos apoiadas na cama, desejando que Sutton estivesse ao meu lado para curtir a vista, mas conhecendo a forma que ela dorme — na posição de avestruz e tal —, imagino que não estaria acordada cedo o suficiente.

Os campistas devem chegar hoje entre dez horas e meio-dia. Vou ajudar nas inscrições e guiar qualquer um que precise de ajuda para se orientar por aqui. Também vou ter que vestir uma camiseta verde-limão e chapéu, então... vai ser divertido.

Já de calça jeans, estendo a mão para pegar a camiseta quando uma leve batida à porta soa.

— Pode entrar — digo e vejo uma recém-banhada Sutton passar pela porta.

Um sorriso agracia seus lábios, e ela vem na ponta dos pés até mim e pressiona as mãos no meu peito, então as leva até o pescoço e me puxa para um beijo. Deixo a monstruosidade verde-limão cair na cama ao envolver sua bunda generosa com a mão, trazendo-a para mais perto.

Vestindo sua calça jeans justa e uma camiseta do acampamento, ela está natural, mas de tirar o fôlego. Não precisa de todos aqueles enfeites como maquiagem e babyliss. Fresca do banho, bochechas um pouco coradas e cabelo molhado, ela é deslumbrante.

Ela se afasta devagar, não sem antes me dar alguns beijos rápidos. Com um suspiro, ela dá um passo para trás.

— Eu deveria ter esperado para te beijar quando a gente já estivesse de volta à cidade. — Suas mãos deslizam para as minhas e se entrelaçam. — Porque agora que tive um gostinho, vai ser uma tortura não poder ter mais.

Nem me fale.

— A gente ainda pode se encontrar no celeiro e rolar entre o feno.

— Você já fez isso antes? — ela pergunta, com o nariz enrugado, mas um brilho cúmplice nos olhos.

— Eu que deveria estar perguntando se *você* já fez isso, garota do campo — digo, um pouco chocado.

— Na verdade, não. Mas já fiquei de topless no feno, e não foi bom.

— Por favor, me diga que você estava tendo uma festa de topless com as suas amigas e não que estava com algum cara.

— Pense o que quiser. — Ela ri. E então olha para trás e suspira. — Eu deveria ir lá para baixo e ajudar. — Ela olha para a camiseta na cama. — Você vai ficar tão bem usando aquilo. Fiz questão de te dar um tamanho menor, aí vai ficar apertada e agarrada aos seus músculos.

— Você fez isso mesmo?

Ela assente.

— Mesmo se a gente não estivesse junto hoje, me garanti uma boa vista para conseguir sobreviver aos próximos dias.

— E aí os seus planos eram os de me torturar com aquele cropped no corredor de novo?

— Pode ser que sim. — Ela morde o lábio.

— Sabe de uma coisa? — Tiro seu cabelo de cima do ombro. — Você parece toda inocente e doce, mas, no fundo, é sacana.

— Não saia por aí espalhando o meu segredo. — Meu celular toca na mesa de cabeceira, e ela aproveita este momento para ir embora. — Vejo você lá embaixo.

Vou até o celular, mas observo o rebolado de sua bunda enquanto ela se afasta. Meu Deus, mal posso esperar para vê-la pelada de novo.

— Alô? — atendo o celular, sem nem olhar o identificador de chamada.

— Sr. McCool, é o Darcy. — Dou uma olhada nas horas, percebendo que são nove da manhã lá no escritório. Por que Darcy está me ligando?

— Oi, Darcy, o que foi?

— Desculpe incomodar, mas tivemos um imprevisto com o contrato de Xavier Memphis e precisamos de você no escritório. Ele está surtando.

Porra, Xavier é jogador de basquete do Nova York Bobcats, e estamos em processo de elaborar uma extensão para seu contrato. Bastante confidencial, do tipo que não podemos nos dar o luxo de estragar... bem, não podemos nos dar o luxo de que ele perca o contrato.

— O que está rolando?

— Algo sobre os direitos autorais das camisetas não estarem sendo aprovados. Estou recebendo ligações tanto do Xavier quanto dos Bobcats. Ele já esteve aqui no escritório duas vezes hoje, exigindo ver você.

— Merda. — Passo a mão pelo cabelo. — Tudo bem, vou pensar no que fazer e aí ligo para você. Fala para eles que entrou em contato comigo e que vou dar um retorno em breve.

— Tudo bem. Obrigado, sr. McCool.

Desligo e pego uma camiseta preta da mala. Parece que vou ter que deixar para vestir a blusa verde-limão para a Sutton outro dia.

Roark: Já desembarquei e estou no carro. Valeu pelo voo.

Foster: Disponha.

Roark: E sobre o serviço comunitário, vou compensar. Prometo.

Foster: Não tenho dúvidas de que você vai. Dê um jeito no problema do Xavier. Não queremos que ele fique chorando no banco de novo.

Roark: Ele nunca vai esquecer essa. Me desculpa mais uma vez.

Foster: Está tudo bem. Obrigado por toda a ajuda aqui no acampamento. E tente ficar longe dos cigarros.

Roark: Não planejo comprar um maço. Boa sorte.

Baixo o celular e olho pela janela, enquanto o motorista de Foster me leva direto para o escritório para assumir o controle de danos. A última coisa que eu queria fazer hoje era pegar um voo privado e voltar para a cidade, ainda mais porque não tive a chance de me despedir da Sutton, já que ela estava ocupada com o acampamento.

Nunca tive de fato uma consciência, mas desde que Sutton entrou na minha vida a tal da consciência tem aparecido. Neste exato momento, sinto todos os tipos de culpa por tê-la deixado lá, ainda mais quando era para eu ajudá-la.

Coçando a barba do queixo, considero mandar uma mensagem para ela. Foster já deve ter dito para ela que não estou lá, mas será que eu também deveria avisá-la?

É provável que sim. Parece algo que um cara responsável faria.

Pego o celular do banco e digito uma mensagem, me sentindo estranho por ter que fazer um check-in com outra pessoa.

Roark: Acabei de pousar em Nova York. Imagino que o seu pai já tenha te contado que tive uma emergência e que precisei ir embora do acampamento. Desculpa, lass.

Pressiono enviar e descanso o celular no colo enquanto observo a paisagem urbana, imaginando quando foi que isto se tornou a minha vida, em que fico apegado a cada palavra de uma garota, desesperado para não ferrar com tudo.

Bram e Rath cairiam mortos se me vissem agora, ou pelo menos se pudessem ouvir o meu monólogo interno. Sempre fui o solteirão convicto, aquele que jamais esperariam que encontraria alguém, o cara louco e solteiro que vai no casamento de todo mundo.

E de jeito nenhum vou sossegar, mas um relacionamento... esta é nova.

Considero mandar mensagem para eles, informá-los que acabei ficando um pouco frouxo, mas recebo uma mensagem de Sutton antes que eu possa encontrar o contato dos meus amigos.

Espero que sua resposta rápida não signifique que ela está com raiva de mim.

Sutton: Nunca mais fale comigo.

Hã... não é bem a mensagem que eu estava esperando.

Um leve brilho de suor surge na minha testa enquanto tento pensar numa resposta.

Sutton: Brincadeira. Mas queria ter visto a sua cara ao ler isso. Aposto que foi de puro pânico. Estou certa?

Maldita engraçadinha. Ela tem me zoado até demais.

Roark: Cadê aquela garota doce que conheci no Gray's Papaya?

Sutton: Ela foi corrompida por um irlandês.

Roark: Pelo visto, sim. Jesus, você me fez suar.

Sutton: Sei que deveria estar me sentindo mal por isso, mas não estou. Não depois de tudo pelo que você me fez passar quando a gente se conheceu. A vingança pode ser um prato que se come frio, mas, ainda assim, é gratificante.

Roark: Vou me lembrar disso.

Sutton: Nem ouse pensar em me torturar.

Roark: Nem sonharia com uma coisa dessas.

Sutton: Mentiroso.

Roark: Desculpa por ter ido embora.

Sutton: Tudo bem. Você vai ficar na cidade?

Roark: Vou. Preciso revisar essas negociações de contrato.

Sutton: Que inconveniente. Quem eu vou beijar agora?

Roark: Se você falar Josh, vou te dar uma palmada.

Sutton: Ohh, me dar uma palmada, é?

Roark: Pois é, você foi mesmo corrompida.

Sutton: Vou fazer você suar a camisa.

Roark: Tomara.

— Por que você não para de olhar para o relógio? — Rath pergunta, bebericando de seu copo de uísque. — E por que não está bebendo?

Depois de horas de negociação com os Bobcats e seus agentes, chegamos a um acordo quanto ao número de *royalties* satisfatório para ambas as partes, mas vou ficar de olho neles. São conhecidos por fazer algumas merdas obscuras, e eu não duvidaria caso fizessem uma mudança quando os contratos forem redigidos.

Levei Xavier para um jantar para acalmá-lo e tentei reforçar que tudo ficaria bem. Ele é carente em excesso, mas depois de um dia agitado como hoje, não ligo de fazer um esforço extra.

Depois que nos separamos e ele voltou para casa para comemorar com sua esposa, respondi as cinco mensagens de Rath, que estava querendo sair hoje à noite. Já que não tinha mais nada para fazer, me encontrei com ele e paramos em um pequeno pub irlandês na Quinta Avenida.

— Não estou a fim de beber hoje — respondo, sabendo que a resposta não vai colar com o Rath.

Ele se endireita e me olha nos olhos.

— Você não está a fim de beber? — Ele me dá uma olhada e então fica sério. — Você está doente, cara? Tipo, está com alguma doença terminal?

— Não. — Reviro os olhos. — Só não quero beber, tá bom? — Dou outra olhada no relógio, contando os minutos até saber que Sutton estará sozinha no quarto.

— Tem alguma coisa rolando. Em todos esses anos que te conheço, nunca você rejeitou uma bebida. O que foi? Alguma coisa que eu não saiba aconteceu com você?

— Não. Só não vou beber, então para.

— Não posso. — Rath balança a cabeça, com os lábios apertados. — Foi mal, mas... — Ele faz uma pausa e seus olhos se iluminam. Ai, Jesus. Às vezes eu detesto a porra do homem inteligente que ele é. Não levou nem um minuto para ele descobrir. — Você gosta da filha do Foster Green, não é?

Nada passa despercebido por esse cara, sério.

Não vou nem tentar negar, então, em vez disso, me apoio no balcão e cruzo as mãos.

— É, gosto.

— E ela é uma garota comportada, né?

— É.

— Puta merda — Rath diz, admirado. — Não acredito que você encontrou uma garota capaz de te domar.

— Ela não está me domando — retruco, já de saco cheio desta conversa. — Só estou tentando fazer a diferença, sabe? Me esforçando.

— Você está se esforçando muito, mas também está domado e manso. — Ele ergue o copo para mim. — Bom para você. Fico feliz que não esteja mais vivendo loucamente. Quero ter meu amigo por mais um tempo.

— Se eu ainda não morri, é porque não vou mais.

Rindo, Rath assente.

— É assustador o quanto isso é verdade, mas, sério, você gosta dela mesmo?

— Gosto. A gente está... namorando.

— Sério? — O humor na voz de Rath se dissipa quando ele pergunta: —

Quando foi que aconteceu?

— Ontem. — Rio. — É meio recente.

— Só um pouquinho. Como foi que aconteceu?

Me mexo no banquinho do bar e meus joelhos ficam apertados pela posição encurvada.

— Sei lá, cara. — Esfrego o queixo. — Não conseguia tirá-la da cabeça. Eu tentei, cara, tentei mesmo, mas a cada tentativa, meu desejo por ela só aumentava. Mesmo que seja apavorante e que eu nunca tenha feito isso antes, não consegui virar as costas para isso. Há algo especial nela que eu não consigo explicar, mas que me faz querê-la cada vez mais.

Um sorriso cúmplice cruza seu rosto.

— Você gosta mesmo dela, não é?

— Gosto. Gosto muito, muito dela. — Solto um longo suspiro. — Porra, olha só para mim sendo um babaca cheio de luxúria.

— Só de ouvir você dizer a palavra luxúria me faz querer vomitar. — Ele dá outro gole na bebida e a coloca no balcão. — O que vai acontecer com a gente? Primeiro, o Bram. Agora, você. O que aconteceu com os solteirões?

— Você não está saindo com aquela garota, a Farrah?

— Não. — Ele me dispensa com um aceno. — Foi só uma curtição, nada sério.

— Ainda apegado àquela sobre a qual não devemos conversar? — Mexo as sobrancelhas para ele.

— Quando disse para não conversarmos sobre ela, quis dizer que não deveríamos nem mencionar que não conversamos sobre ela. Porra, cara.

— Merda, como você é emotivo. — Cutuco seu ombro. — Desabafa.

— Quando foi que a conversa veio parar em mim? A gente estava falando sobre a sua vida amorosa e o fato de você estar caidinho por uma mulher que é filha do seu cliente. O que vai fazer quanto a isso?

— Nada. — Dou de ombros quando meu celular vibra. — Vou ver onde isso vai dar. Não tem sentido em fazer grande caso disso enquanto a gente ainda está descobrindo. — *Parte de mim se sente bem com o Foster. Ele é o homem que mostrou fé na minha pessoa.* Mas vamos ver. Tiro o celular do bolso e vejo que é uma mensagem de Sutton. — Parece que é hora de ir. — Dou um tapinha nas costas de Rath. — Vejo você depois.

— Espera, você vai simplesmente me deixar aqui?

— Vou.

Saio sem falar mais nada, chamo um táxi e dou meu endereço antes de tirar o celular do bolso e ler a mensagem.

Sutton: Estou cansada.

Roark: Dia difícil aí?

Sutton: Puxado. Perdemos uma pessoa, porque ele teve que ir mimar um homem adulto.

Roark: Seu pai te falou tudo mesmo.

Sutton: Ele me mostrou o vídeo do Xavier chorando no banco. Eu o assisti três vezes e não conseguia parar de rir. E o mundo achando que a Kim Kardashian fazia cara feia enquanto chora. Eles não fazem ideia.

Roark: A gente tentou mudar o rumo das coisas, já que ele estava sendo ultrassensível, mas não funcionou tanto.

Sutton: Ele chorou por causa de uma rebatida pop-fly e aí gritou na toalha.

Roark: Estou bem ciente. Tem sido o meu único erro na carreira, sou incapaz de tirar melhor proveito da situação. Eu poderia pelo menos ter conseguido um patrocínio de toalhas de papel para ele, como fiz para o seu pai, mas aí ele não iria glorificar as emoções dele.

Sutton: É a coisa mais ridícula que já vi.

Roark: Mudando de assunto, como foi o acampamento?

Sutton: Foi ótimo. Você deveria ter ouvido os vivas quando o meu pai foi recebê-los. Amo ver as expressões no rosto das crianças, o respeito, a admiração. É tão maravilhoso ver o quanto elas o admiram.

Roark: Desculpa por ter perdido isso.

Sutton: Onde você está?

Roark: Indo para casa. Saí com o Rath. Não bebi nada.

Sutton: Você não precisa se reportar para mim, Roark.

Roark: Eu sei, mas queria que soubesse, de qualquer forma. Queria estar aí para conversar hoje.

Sutton: Você está planejando me ligar?

Roark: Só esperando chegar no meu apartamento. Já ligo.

Roark: Chamada de vídeo?

Sutton: Estou sem fone de ouvido aqui e não quero que meu pai escute.

Digito seu número, e ela atende ao primeiro toque.

— Esqueceu o seu fone? Não parece algo que a Sutton faria — provoco, enquanto deslizo para a cama e coloco a mão atrás da cabeça.

— Não é? Mas naquela manhã, um cara me deixou de coração partido, aí eu fiquei meio desorientada.

— Ah, tá bom, agora sou o culpado pelo seu esquecimento. Já vi tudo.

— E eu já vi que você não está assumindo a responsabilidade.

Sorrio, adorando a forma como ela se sente à vontade para retrucar.

— Você já sabe que me sinto um merda por causa daquela manhã.

— Eu sei. — Ela suspira. — Posso te fazer uma pergunta?

— Claro.

— Se você não tivesse ido embora naquela manhã, o que acha que teria feito?

Olhando para o teto, penso sobre isso.

— Não sei. Fugir pareceu a única coisa que eu conhecia. Acho que eu não estava pronto naquele momento para começar algo com você. Provavelmente acabaria dizendo alguma merda que te magoaria. Cair fora deve ter sido a melhor ideia.

— Queria que você não tivesse feito isso.

— É, eu sei. — Suspiro, odiando o fato de que não consigo ser a pessoa equilibrada que ela merece. — Não vou fazer isso de novo, se serve de consolo.

— Sei que não. O que vai fazer pelo resto da semana, terminar as negociações de contrato?

— É, e pode ser que eu compre alguns lençóis novos.

— Lençóis novos? Que estranho. — Ela ri. — Por quê?

— Imagino que você vá querer passar a noite aqui quando voltar para a cidade.

— Você não precisa comprar lençóis novos para mim.

— Preciso, se eu não quiser que essas suas unhas encurvadas cortem os meus bons lençóis — digo, com um sorriso.

— Como é? Eu não tenho unhas encurvadas.

— Vou colocar um rótulo neles. Lençóis que devem ser usados só quando a Sutton está aqui. Já marquei os lençóis do quarto de hóspedes por causa daquela surra brutal que você deu neles.

— Eu não baguncei os seus lençóis.

— Será que vou ter que mandar uma evidência empírica para você?

— Sim — ela diz, me desafiando.

Abrindo o navegador no celular, pesquiso depressa lençóis rasgados, salvo uma foto de uns brancos bem esfarrapados e mando para ela em uma mensagem.

— A evidência está a caminho.

Ela espera, e sei o momento exato em que viu a mensagem, porque ri alto.

— Esses não são os seus lençóis.

— Eu sei que é até difícil de reconhecer depois do massacre que você causou a eles, mas posso garantir que costumavam ficar na cama do quarto de hóspedes.

— Você está tentando me conquistar? Porque não está funcionando.

— Conquistar você? Pfff — brinco. — Eu já fiz você ficar caidinha, *lass*. Agora estou tentando te treinar.

— Me treinar? — Juro por Deus que, se ela estivesse aqui, teria visto seus olhos pularem para fora das órbitas. — Não me venha com essa de treino. Sou eu que treino você.

— Por quê, se já sou perfeito?

— E nem um pouco convencido.

Rio.

— É preciso ser um pouco convencido se você quer chegar a algum lugar.

— Ah, é mesmo?

— Sim. Olha só para todos os grandes atletas por aí, tipo o seu pai. Ele não fica de braços cruzados deixando que as pessoas pensem que ele é mediano. Até mesmo o mais humilde estufa o peito de vez em quando. É preciso. Tente estufar o peito, Sutton.

— Se eu estufar o peito, você vai acabar olhando para os meus seios.

Ela não poderia estar mais certa.

— E que problema há nisso?

— Eu tenho olhos.

— É, tem mesmo. Olhos lindos.

Ela fica em silêncio por um instante e então diz:

— Quando seu sotaque fica carregado assim, é bem sexy.

— É, e a sua boceta está ficando molhadinha?

— Roark! Ai, meu Deus, não diga isso. Está louco?

Uma risada alta escapa dos meus lábios. Segurando a barriga, deixo a risada preencher a ligação enquanto ouço uma risadinha vindo do outro lado da linha.

— Você não gosta de quando eu falo da sua boceta molhadinha?

— Tipo… não desse jeito.

— Aí está a garota inocente de que senti saudade. Por um instante, achei que ela tinha fugido e sido substituída por uma megera louca por sexo.

— Dificilmente me chamaria de megera louca por sexo. Que exagero.

— Você não sabia, Sutton, que é assim que a gente faz lá na Irlanda? Se a gente não exagerar, então não estamos contando uma história do jeito certo.

— Agora você vai me fazer questionar qualquer história que me contar.

— Nunca duvide de um irlandês e das histórias dele, dá má sorte. — Me mexo na cama e coloco o celular no viva-voz para que eu possa ficar de lado e ainda conversar com ela.

— Sério?

— Que nada, estava exagerando.

Ela solta um longo suspiro.

— Você está cansativo.

— Espera só até você ficar pelada. Vou te mostrar o quanto posso ser cansativo.

— E se a gente não for sexualmente compatível? Nossa, isso seria uma decepção.

Com a testa franzida, pergunto:

— Como assim? É claro que a gente é compatível.

— Tipo, pode ser que não. Minha amiga Stacy estava namorando um cara um ano atrás, e ela jurava que ele era o cara para ela. Eles eram o casal mais fofo que já vi. Ele era bem gostoso, tinha toda essa pose de macho alfa: peitorais enormes, bíceps malhados, o mais lindo…

— Continue.

— Bem atraente mesmo. — Ela ri e pigarreia. — Mas voltando ao assunto, eles esperaram por um mês e meio até fazerem sexo, mas a tensão entre eles era ridícula. Um vaivém de toques, beijos, mas sem nunca se envolverem de fato. Sempre que eu estava na mesma sala que eles, parecia que o ar ia explodir de tão tenso que era ficar perto deles. Os olhares que davam um para o outro... Não tenho ideia de por que esperaram tanto tempo, mas era uma tortura para todo mundo ao redor. E aí, finalmente, depois de uma noite de jogos bem tensa, eles voltaram para o apartamento da Stacy e transaram feito coelhos. Pelo menos, foi isso o que a gente pensou. Stacy me ligou no dia seguinte e contou que enfim havia feito sexo com Harrison e terminou com ele naquela manhã. Quando perguntei por que, ela disse que era tudo o que ela desejava quando se tratava de sexo: pênis gigante, muita atenção ao corpo dela, atingindo-a em todos os lugares certos. Havia atração, ritmo, os grunhidos, os gemidos, mas quando chegou a hora, nenhum dos dois conseguiu gozar. Era como se eles estivesse naquilo por horas, mas sem conseguir alívio. Eles acabaram tendo que se masturbar antes de irem para a cama. De manhã, eles perceberam que não eram sexualmente compatíveis e aí terminaram.

De que porra ela está falando?

— Então você está me dizendo que tudo foi ótimo, que os dois eram atraídos sexualmente um pelo outro e estavam fazendo a coisa do jeito certo, mas não conseguiram gozar?

— Exato. Não é triste? E se acontecer com a gente?

— Não vai. Eu já sei que posso te fazer gozar. Lembra?

— Mas foi com a sua língua. Seu pênis é outra história. Stacy disse que Harrison tinha um pênis enorme, então comparado a você, pode ser ainda pior.

— Espera. — Me sento na cama. — Você está dizendo que não acha que tenho um pau enorme?

— Só abrindo um espacinho para a decepção.

Pisco algumas vezes, mesmo que ela não possa me ver. Não faço ideia do que está rolando, mas não gosto disso. Ela acha que talvez a gente não seja sexualmente compatível, que eu não tenho um pau grande o suficiente para ela. Quem é essa garota e o que ela fez com Sutton Grace?

— Eu... — Droga, não sei nem como responder e antes que eu possa, ela começa a rir. E se eu não estivesse tão perturbado, poderia ter rido com o som contagiante, mas, em vez disso, espero até ela parar.

— Ai, Roark... é assim que se conta uma história exagerada. — Filha da puta. Mordo o lábio, tentando não sorrir. — Preciso ir, vou acordar cedo amanhã. Falo com você depois.

E ela desliga antes que eu possa me despedir. Ela me superou. Porra, como ela me superou, e eu gostei de cada maldito segundo disso. Bem, exceto quando achei que ela estava duvidando do meu pau...

Roark: Então... sobre ontem à noite.

Sutton: O que tem? Bom dia, aliás.

Roark: Bom dia, lass. Quando estava falando sobre compatibilidade, você estava brincando, né?

Sutton: Você prefere que seja uma brincadeira?

Roark: Prefiro que você pare de apertar meu saco.

*Sutton: Ah, então não quer que eu te dê uma mãozinha aí? *ESTREMECE* Deve ser o sinal de incompatibilidade sexual.*

Roark: Sutton.

Sutton: Sim?

Roark: Estou falando sério, porra.

Sutton: Você está com medo agora? Pode ser que queira ensaiar quando estiver sozinho em casa. Aí talvez não fique tão nervoso quando acontecer.

Roark: Eu não estou nervoso, porra.

Sutton: Parece que está sim.

Roark: E como você pode dizer que estou? Nem usei o seu amado asterisco.

Sutton: É porque eu consigo ler nas entrelinhas das suas mensagens. Está tudo bem, campeão, você consegue fazer uma mulher alcançar todos os orgasmos.

Roark: Seu encorajamento sarcástico não é apreciado.

Sutton: Pobrezinho. Venha cá para o meu colo. *Abre os braços*

Roark: Quero a minha garota doce e inocente de volta.

Sutton: Acho que ela ficou aí em Nova York.

Roark: Posso te fazer uma pergunta?

Sutton: Se for sobre o tamanho do seu pênis... não.

Roark: Vou te mandar uma foto do meu pau.

Sutton: Me poupe. Nenhuma garota em sã consciência quer um close do pênis de um cara.

Roark: Como você sabe? Você nunca viu o meu e pode acabar gostando dele.

Sutton: É uma vara feita de carne. Não, obrigada.

Roark: Você faz o meu pau ficar tão sem brilho.

Sutton: As mulheres não idolatram as genitálias masculinas como os homens fazem.

Roark: Com certeza você nunca viu um bom pau antes. Pode deixar que vou dar um jeito nisso.

Sutton: Vai ter que esperar sentado.

Sutton: Mais dois dias para te ver.

Roark: Vou passar uma semana na China para me encontrar com uma marca de roupa.

Sutton: O quê? Você está falando sério?

Roark: Não, só queria sentir a sua decepção.

Sutton: Seu idiota. Eu fiquei mesmo chateada.

Roark: Que bom, isso significa que está animada para me ver.

Sutton: Você sabe que estou.

Roark: Não sei, não. Depois daquela conversa sobre falta de compatibilidade sexual...

Sutton: Pare. Você sabe que eu quero te ver.

Roark: Quero ver você também.

Sutton: Quando você diz coisas assim, meu corpo todo fica quente.

Roark: Ah, é?

Sutton: É. Posso te fazer uma pergunta?

Roark: Sempre.

Sutton: É bem idiota, então sinta-se à vontade para dizer não.

Roark: Desembuche, lass.

Sutton: Você vai me buscar no aeroporto?

Roark: Já planejei fazer isso.

CAPÍTULO 17

Querido Tommy,

Isto será rápido, porque tenho três reuniões antes de ir buscar Sutton no aeroporto.

Você ouviu direito, eu vou buscar uma garota no aeroporto.

Por vontade própria.

Sei o que você está pensando, que estou tentando impressioná-la com gentileza.

Não chegou nem perto, sabichão. Quero muito vê-la e acho que não consigo esperá-la atravessar a cidade até aqui. Quero vê-la o mais rápido possível.

E o que isso significa para mim?

Que sou um homem atingido pela luxúria.

Coloco a culpa na falta de álcool no meu corpo... isso ou naqueles grandes olhos azuis que não saem da minha cabeça.

Porra, mal posso esperar para ver a minha garota.

Roark

Sutton

Que semana mais longa, mas tão gratificante também. Ontem, observei todas as crianças agradecerem meu pai pessoalmente pela oportunidade de participarem do acampamento. Cartões e cartas foram colocados nas mãos dele enquanto ele tirava inúmeras fotos com cada criança, alegrando o ano delas. Assisti com admiração quando ele tirou um tempo na semana passada para decorar o nome de cada uma, conhecer algo especial sobre elas, assim como seus pontos fortes e fracos dentro e fora do campo. Nunca senti tanto orgulho ou amor pelo meu pai.

Falei isso para ele quando me deixou no aeroporto. Ele não quis me deixar pegar um voo comercial, é claro — voar em um jatinho particular é sempre esquisito, mas pelo menos posso voltar com Whitney.

— Você deve estar exausta — Whitney diz, com as pernas cruzadas, usando um terninho todo branco, linda como sempre.

— Estou mesmo. Foram duas semanas bem longas, mas valeram a pena.

— Você me impressionou, Sutton. Ver você se importar tanto com cada campista... Você se disponibilizou sempre quando a gente precisou de mais um par de mãos, mesmo quando era trabalho pesado. Alguém em sua posição talvez não tivesse feito a mesma coisa, e isso só prova que tem uma grande personalidade, assim como o seu pai.

— Aprendi com o melhor. Só porque posso ter mais dinheiro na minha conta bancária do que muita gente, não significa que sou melhor. Papai plantou isso em mim.

— Ele é um homem inteligente — Whitney diz com um sorriso suave, olhando pela janela. — Temos alguns meses até definir os detalhes da última temporada do seu pai, então será que vai estar pronta para voltar ao trabalho na segunda-feira?

— Não vou precisar voltar ao escritório amanhã?

Ela balança a cabeça.

— Fique de folga amanhã, tenha um ótimo fim de semana de três dias e aí volte descansada para começar a trabalhar em todos os detalhes da aposentadoria do seu pai. Sua contribuição será vital.

— Isso significa muito para mim, obrigada.

— Você fez por merecer. — Ela dá uma piscadela para mim.

Olhando pela janela outra vez, observo como ela permanece equilibrada, sempre tão confiante e linda. É por isso que gosto tanto de Whitney. Ela pode até esperar muito de mim e exigir que eu trabalhe duro, mas, no mínimo, ela é justa, e eu gosto mais disso, já que sou a filha do chefe. Ela nunca me tratou de maneira especial, e eu não poderia estar mais feliz por isso.

Jogamos conversa fora pelo restante do voo, mas em algum momento acabamos cochilando até pousarmos, o pequeno avião parando na pista ao lado de um galpão. Pego minhas bolsas e sigo Whitney para fora do avião e pelos degraus, onde vejo Roark, de braços cruzados, recostado no carro preto alugado.

Merda.

Assim que Whitney o vê, ela vacila por um segundo e então se vira para mim. Estremecendo, abro um sorrisinho e espero e rezo que ela entenda. Ela volta a olhar para Roark, que descruza os braços e enfia as mãos nos bolsos, e sua postura se alarga um pouco. Ele está tão lindo, e só quero deixar tudo para trás e correr para ele, mas com a mente de Whitney dando voltas, eu me seguro.

Quando pegamos nossas malas, Whitney me para e pergunta:

— Isso é algo com que eu deva me preocupar?

Não faço ideia do que ela está falando, então dou de ombros. Ela lança outro olhar para Roark antes de se virar para mim.

— Ele está aqui por você, não é?

Engulo em seco, sentindo como se tivesse sido pega pelo meu pai.

— Está. — Digo a verdade, porque não consigo mentir para esta mulher, não quando ela tem sido tão maravilhosa para mim por tantos anos.

— Ele está sendo legal com você?

— Sim — respondo, com a garganta ficando apertada. — Muito.

Ela assente e pressiona a mão no meu braço antes de dizer:

— Tome cuidado. Gosto do Roark, mas ele também tem um lado sombrio, e eu odiaria ver você se machucar.

— Eu sei — respondo, com a boca ficando seca. — Mas não consigo me afastar dele.

— Entendo esse sentimento mais do que você imagina. — Whitney ri, baixinho.

Mordendo a lateral da bochecha, digo:

— Por favor, não conte nada para o meu pai. Deixe que eu falo quando chegar a hora.

Dando um tapinha na minha mão, Whitney diz:

— Não sei de nada. — Ela olha para Roark uma última vez. — Cuidado com aquele sotaque irlandês, é mortal.

Rio.

— Nem me fale. Obrigada, Whitney. Agradeço pela sua sensibilidade.

— Disponha. — Ela abre um breve sorriso antes de seguir pela direção oposta até outro carro à espera.

Antes de ir até Roark, espero um instante para Whitney entrar no carro para que eu possa ter um momento de privacidade com o homem pelo qual tenho ansiado.

O carro de Whitney desaparece, e eu vou até Roark, que não moveu nem um músculo desde que enfiou as mãos nos bolsos. A poucos centímetros de mim, ele sorri de leve e estende a mão. Eu a pego de imediato e deixo que ele me puxe para seu corpo forte. Seu aperto vai para a minha cintura, enquanto enlaço as mãos em seu pescoço, minha mala abandonada atrás de mim.

— Oi — digo, tímida.

— Oi, *lass*. — Com a mão livre, ele acaricia minha bochecha, me olhando nos olhos. — Não sabia que Whitney estaria nesse voo.

— Nem eu.

Com a preocupação nos olhos verde-musgo, ele pergunta:

— Está tudo bem?

Assinto.

— Ela disse que não contaria nada e que eu deveria ter cuidado com o seu sotaque irlandês. Disse que pode ser mortal.

— Ah, é? — Ele sorri. — Acho que ela é uma mulher inteligente. É mortal mesmo.

— Eu sei. — Ficando na ponta dos pés, passo os dedos em seu cabelo e o puxo para mim. — Me beija — sussurro muito perto de seus lábios.

Sorrindo, ele fecha a distância entre nós e pressiona um beijo suave nos meus lábios, me fazendo derreter em seus braços. Mesmo que tenha sido só uma semana, parece que faz uma eternidade desde que o vi, desde que pude sentir o gosto da sua boca, e agora que estamos juntos outra vez, não quero nada além de passar os próximos três dias descansando no apartamento dele — ou no meu —, pelada, sem fazer nada além de explorar um ao outro.

Gosto tanto dessa ideia que quando ele se afasta, digo:

— O que você vai fazer nos próximos três dias?

Ele sorri e passa a mão nas minhas costas.

— Ficar com você.

Animada, eu o puxo para o carro antes de pegar minha mala e pergunto:

— Na sua casa ou na minha?

Ele cutuca o queixo.

— Lata de sardinha ou suíte luxuosa? Hum...

— Minha casa não é uma lata de sardinha.

— Dá para ir da sua cama até o banheiro em quatro passadas.

— A sua perna é longa.

— Seu apartamento é minúsculo. Vamos para a minha casa, fim de papo. Além disso, a gente precisa testar aqueles lençóis novos. Eu os coloquei na cama hoje.

Ele me ajuda a entrar no carro e beija minha testa antes de entrar pelo seu lado e me segurar, sem me soltar uma única vez enquanto atravessamos a cidade até seu apartamento. Empolgação e expectativa borbulham dentro de mim.

— Tem certeza de que não quer dar uma passada na sua casa para pegar algumas coisas? — Roark pergunta enquanto vamos na direção do elevador do prédio dele.

— Qualquer coisa de que vou precisar já está na bolsa, além disso, não pretendo usar muitas roupas.

Ele ergue uma sobrancelha.

— Essa sua linda cabecinha está planejando uma maratona de sexo?

— Talvez. — Mordo o lábio. — Não é isso o que você está planejando?

As portas do elevador se abrem e ele arrasta minha mala atrás de nós enquanto seguimos para o seu apartamento.

— Você nem vai querer saber o que tenho planejado.

Assim que entramos na sala, ele se vira para mim, me pegando em seus braços... enquanto alguém se levanta do sofá e nos assusta pra valer.

— Eu ferrei com tudo! — ele grita, com os braços jogados para os lados.

— Meu Deus, Bram — Roark diz, me agarrando com mais força. — Que porra você está fazendo aqui?

Um homem loiro, usando uma calça de moletom desgastada e vermelha e um suéter macio de cashmere surge, parecendo um pouco maluco, apesar de seu rosto incrivelmente lindo e dos olhos verde-azulados penetrantes.

Ele puxa o cabelo, que parece que esteve em uma luta contra sua mão.

— Eu ferrei com tudo, cara, com tudo. Todo o meu trabalho duro foi direto para o ralo. — Ele olha na minha direção e força um sorriso, como se não estivesse prestes a se jogar de um penhasco. — Bram Scott, você deve ser a Sutton.

Roark me coloca no chão. Eu pego a mão de Bram e digo:

— É um prazer conhecer você.

Ele aperta minha mão e então se vira para Roark, com os olhos em pânico.

— O que raios devo fazer?

— Bem, já que não tenho ideia de que porra você está falando, sei lá — Roark responde, irritado.

— Do pedido, eu ferrei com o pedido.

Ohhh... se ele está falando sobre um pedido de casamento, só de olhar para ele vou supor que não foi nada bom.

Dando um passo para trás, falo:

— Acho que vocês dois vão precisar de um tempo sozinhos, sabe. — O aperto de Roark em mim fica mais firme.

— Você não vai a lugar nenhum. Bram pode ir embora.

— Preciso da sua ajuda — Bram implora, e, na verdade, fico com muita pena dele.

— Vá procurar o Rath. Ele é irmão dela, afinal. Quem melhor para te ajudar do que o irmão dela?

— Eu já fiz isso, mas ele está com uma garota.

Roark gesticula para mim.

— Que caralho você acha que estou fazendo agora?

Me lançando um leve sorriso de reconhecimento, ele diz:

— Mas vocês ainda estão muito vestidos, então, para mim, ainda é jogo limpo.

— Ele tem razão. — Eu rio.

Roark lança um olhar na minha direção.

— Não fique concordando com ele.

— Gostei de você, Sutton — Bram diz. — Acho que ela deveria ficar. Pode ser que tenha um bom conselho.

— É claro que ela vai ficar, você é quem vai embora. — Roark estende a mão para Bram, mas ele se desvia para o lado.

Erguendo os braços, ele diz:

— Não venha cheio de toques para cima de mim.

— Jesus, Bram, dá para você ir embora, porra?

— Não. Preciso de ajuda.

— Aqui vai a ajuda: fale para ela que você é um idiota e então entregue o anel. Resolvido — Roark fala, tenso e irritado. E aponta para o elevador. — Caia fora daqui, agora.

Pobre Bram.

Pousando a mão no braço de Roark, digo, gentilmente:

— Por que a gente não pede comida, nos sentamos com o Bram, nós o ajudamos, e aí a gente pode ter uma noite bem legal?

— Isso, ótimo plano. — Bram vai na direção da cozinha, tirando o celular do bolso. — E por ser um cara legal, o jantar é por minha conta.

— Claro que é por sua conta, porra — Roark retruca, exasperado, antes de levar minha mala para seu quarto.

Ele não está nem um pouco feliz. Que estranho, mas isso me faz dar risinhos. Gosto do Roark com raiva, porque só tem me trazido coisas boas.

— E aí, você vai parar de enrolar ou vai contar para a gente o que você está fazendo no meu apartamento? — Roark pergunta, recostando-se no sofá, com o braço atrás de mim.

Tendo comido metade de seu macarrão tailandês, Bram coloca a tigela na mesa e passa o guardanapo no rosto.

— Parece que as minhas boas-vindas expiraram.

— Suas boas-vindas expiraram no instante em que cheguei em casa, então vamos acabar logo com isso.

Com a testa franzida, ele conta:

— Estou desesperado, precisando de um amigo agora, seria legal se você deixasse de ser um babaca por um segundo, sabia?

Descanso a mão na coxa de Roark e tento acalmar a raiva que está se formando dentro dele. Seu olhar vai para a minha mão e me dou conta de que talvez meu gesto não tenha sido o melhor, talvez um pouco acima demais. Retiro a mão, e antes que ele possa gritar com Bram outra vez, me inclino para ele e sussurro em seu ouvido:

— Sei que você não quer nada além de ficar sozinho comigo agora, mas se demonstrar um pouco de compaixão pelo seu melhor amigo, vou colocar aquele cropped para você hoje.

Com as sobrancelhas erguidas, um sorriso malicioso nos lábios, ele indaga:

— Promete? — Assinto, e como o homem desesperado que é, ele volta sua atenção para Bram. — Vamos lá, desembucha.

Bram me olha, com uma expressão agradecida.

— Agradeço seja lá o que você tenha sussurrado para ele.

Sorrio e entrelaço a mão na de Roark, descansando a cabeça em seu ombro, curtindo o conforto que é estar perto dele. Se eu queria cair na cama com ele assim que cheguei? Sim. Mas ver um dos melhores amigos de Roark também é bom. Vê-lo se relacionar com um amigo, e não com um cliente, e nem com alguém que ele esteja tentando levar para a cama, me dá mais perspectiva sobre o homem que ele é. *Bram confia nele. Confia mesmo.* E isso diz muito.

— Eu tinha tudo planejado, jantar, vinho, o cheesecake favorito dela de uma confeitaria no centro da cidade. Estava tudo arrumado e perfeito. Ela voltou para casa do trabalho, e eu estava vestido como a porra de um modelo da *GQ*, com um avental preso na cintura. Que mulher não quer chegar em casa e ver isso?

— Parece uma boa imagem para se ver ao chegar em casa — digo, tentando aliviar a preocupação estampada por todo o rosto de Bram.

— Pois é, e estava tudo indo ótimo. O anel estava no meu bolso, a gente estava jantando, conversando sobre o nosso dia, e quando chegou a hora... eu engasguei.

— Você estava com medo?

Ele balança a cabeça.

— Eu engasguei mesmo, por causa de uma couve-de-bruxelas.

— Ai, Deus, está tudo bem? — pergunto.

Ele balança a cabeça, com a mão esfregando a testa.

— Tipo, é óbvio que ainda estou vivo, mas entre a Julia tentando me dar uma manobra de Heimlich e surtando, eu... — Ele faz uma pausa, torcendo as mãos. — Eu posso ter feito um pouco de xixi na calça.

— Como é? — Roark se levanta do sofá e cai na gargalhada, nem um pouco preocupado em tentar fazer seu amigo se sentir melhor. — Porra, você se mijou? — O rosto de Bram não se move, enquanto Roark dá um tapa em seu joelho e continua rindo. Tento me segurar, mas a risada de Roark é contagiante demais. Cubro a boca, sem querer ser grosseira. — Ela te apertou tanto que saiu.

Tudo bem, eu acabo rindo.

Sentado ali, com os lábios franzidos, Bram espera até que Roark se acalme, limpando as lágrimas sob os olhos.

— Ai, merda, essa é ótima. Você se mijou durante o pedido de casamento. Você ferrou mesmo com as coisas.

— E essa não foi nem a pior parte.

— Espera, tem mais? — Agora estou bastante envolvida no caso. Roark se senta, com a mão na minha coxa. Coitado do Bram. — O que aconteceu depois?

— Depois que ela desalojou a couve-de-bruxelas... valeu pela preocupação, aliás... eu fiquei lá, incapaz de me mover, porque eu tinha feito xixi na calça. Ela me perguntou se estava tudo bem e, em vez de responder, saí cambaleando para o banheiro.

— Porra de retirada. Ah, essa é ótima. Quer saber? Que bom que você ficou, essa é uma das melhores histórias que já ouvi.

— O que foi que eu disse sobre ser babaca?

Outra enxugada sob os olhos.

— Foi mal. Continue... *por favor*, continue.

Exalando, com as narinas dilatadas, Bram diz:

— Fui para o closet para me trocar, por razões óbvias. Não foi muito xixi, mas o suficiente para garantir uma nova cueca e outra calça jeans também, só por precaução. Quando eu estava com a bunda de fora, com as bolas à vista, procurando outra calça, Julia entrou e pegou minha calça, perguntando se estava tudo bem.

— Ai, não, ela sentiu o anel?

Ele assente devagar.

— Sim. Lá estava eu, de pau mole e com a garganta dolorida, vendo minha namorada fazer malabarismos com a minha calça molhada de xixi e o anel que comprei para ela. — Roark solta outra gargalhada, mas Bram continua falando, agora só se dirigindo para mim. — Quando ela perguntou o que era, eu surtei, peguei a calça mais perto de mim e fui para a casa do Rath. — Desesperado, Bram esfrega as coxas para cima e para baixo. — Não sei o que fazer. Não sei por que eu corri, talvez seja porque estava nervoso demais de ela dizer não depois de ter me apertado a ponto de fazer xixi, não tenho ideia, mas agora vai ser constrangedor. Ela sabe que eu queria fazer o pedido, então devo agir como se não fosse isso ou engulo o orgulho e pergunto se ela quer se casar com o cara que engasga e acaba fazendo xixi na calça?

Ainda rindo, Roark diz:

— É uma ótima pergunta. Tipo, se eu fosse você, estaria em um bar agora, tentando esquecer a noite toda. E então quando voltasse para casa e ela me perguntasse sobre isso, eu desmaiaria nos peitos dela e encerraria a noite.

— Roark. — Dou um tapa em seu braço. — Que péssimo conselho. — Ele dá de ombros, como se não ligasse. Me viro para Bram. — Não dê ouvidos a ele. Álcool não resolve os problemas.

— Mas com certeza os esconde — Roark intervém e se recosta no sofá, me puxando com ele, mas eu o afasto.

— Primeiro, se eu fosse a Julia, estaria preocupada e iria querer saber se está tudo bem. Você está com o seu celular aí?

Bram balança a cabeça.

— Eu saí com tanta pressa que nem me dei o trabalho de pegar. Ela já deve ter tentado me ligar algumas vezes.

— É claro, porque ela te ama e se preocupa. Sua melhor aposta é voltar para casa, mostrar para ela que está bem e aí engolir o seu orgulho. Conte que planejou tudo para tornar o momento perfeito, mas nem sempre a vida é perfeita. — Me aproximando um pouco, continuo: — Eu a tocaria de leve e aí ficaria de joelhos. Diga o quando ela é importante para você, o quanto está agradecido por tê-la em sua vida, até para os momentos de salvamento também. É sempre bom acrescentar um pouco de humor. E aí pergunte se ela quer passar o resto da vida dela ao seu lado. Não há dúvida de que ela dirá sim.

— Mesmo depois de tudo o que aconteceu hoje? Você não acha que ela vai fugir para as montanhas e tentar ficar o mais longe possível de mim?

Balanço a cabeça, tentando tranquilizar Bram.

— Acho que não. Acho que ela vai ficar grata por você estar bem e animada pelo fato de que o homem que ela ama a está pedindo em casamento.

Os olhos de Bram começam a se iluminar e seu peito começa a inflar, enquanto seus ombros se endireitam.

— Acho que você tem razão. Tudo bem... — Ele se levanta e bate palma bem alto. — Vou fazer isso. Vou pedir a minha namorada em casamento. — Bram estende a mão para um "toca aqui" e eu retribuo. — Você é uma salva-vidas, Sutton. Muito obrigado.

— Sem problema. — Também me levanto. — Vou te acompanhar até a porta. Me deixa só pegar a minha mala.

— Espera, como é? — Roark diz, também se levantando. Eu logo pego minha mala, com as rodinhas ecoando pelo corredor. — Aonde você vai?

Visto minha jaqueta e coloco a bolsa no ombro.

— Vou para casa. Acho que é melhor encerrar a noite.

— Hã... e o que aconteceu com aquela promessa? — Roark pergunta enquanto Bram observa, divertido, a nossa conversa.

— Você perdeu esse privilégio quando deu um conselho de merda para o seu amigo. Não faria mal ter tentado.

— Pois é, não faria mal ter tentado — Bram concorda, com um aceno confiante de cabeça.

— Fique fora disso. — Roark aponta o dedo para ele.

Afastando-se, Bram vai na direção do elevador e aperta o botão de descer. Eu sigo logo atrás. As portas se abrem e eu entro logo depois de Bram. Roark bloqueia a porta e me olha nos olhos.

— Você está mesmo indo embora?

— Sim. Estou. — Empurro seu peito para fora da porta do elevador e deixo que elas se fechem para um Roark muito furioso.

Quando o elevador começa a descer, Bram diz:

— Isso não vai acabar bem.

— Não mesmo — respondo, e um sorriso puxa meus lábios.

— Por que você fez isso?

— Ele fica mais sexy quando está com raiva.

— Você é uma mulher malvada, mas gostei de você. — Bram ri.

— Obrigada. Ele vai aparecer na minha casa dentro de uma hora.

Bram se recosta na parede do elevador, me analisando.

— Ah, vai mesmo, e você vai ter muito trabalho para se explicar.

— Não vou precisar de explicações para o que estou planejando.

Bram ergue uma sobrancelha.

— Você vai cumprir a promessa que fez para ele?

— Nunca tive a intenção de quebrá-la. — Abro um largo sorriso que o faz rugir com uma risada.

— Merda, Roark está perdendo a cabeça por causa de você.

Roark: QUE PORRA FOI AQUELA?

Sutton: Você está gritando comigo por mensagem?

Roark: É, estou sim, porra. Por que você foi embora?

Sutton: Não respondo muito bem a gritaria. Assim que baixar o tom, eu falo com você.

Roark: Juro por Deus, Sutton.

Sutton: Isso não é baixar o tom.

*Roark: *Respira fundo* Que porra foi aquela? *Digito segurando uma borboleta**

Sutton: Isso me fez rir.

Roark: Cadê você?

Sutton: Já falei, na minha casa.

Roark: Por quê?

Sutton: Achei que precisava de um tempo.

Roark: Bem, já te dei um tempo, agora abra a porta.

Sutton: Você está aqui fora?

Roark: Sim, então abra a droga dessa porta agora.

Engolindo em seco, mas cheia de empolgação, ajusto o cropped, afofo o cabelo e me preparo enquanto abro a porta para encontrar Roark, com a mão na parede, olhando para o celular, com o cabelo bagunçado. Ele está fumegando. Acho que acabei de despertar a fera. *E não estou nem um pouco arrependida.*

CAPÍTULO 18

Querido Ralph,

Bram se mijou em seu pedido de casamento. Puta merda, essa foi a melhor coisa que já ouvi. Bem, não é totalmente verdade, a melhor coisa que já ouvi em todos esses anos foram os gemidos da Sutton enquanto eu a lambia.

Ainda assim, pobre maldito. Me sinto um pouco mal por ele. Ele ama a Julia pra caramba, e sei que tudo o que ele quer é se casar com a sua garota. É por isso que, quando ele foi embora, mandei algumas mensagens de encorajamento para ele. Por que não falei aquelas coisas na frente da Sutton? Porque eu estava puto e irritado.

Ainda estou puto e irritado, mas agora por uma razão totalmente diferente.

Sutton foi embora.

Ela foi embora sem nenhum esforço, e a única razão por eu não estar entrando em pânico e tendo um colapso mental por conta disso é por causa do minúsculo sorriso que vi brincando em seus lábios quando a porta do elevador se fechou. Ela está brincando de gato e rato, sua ideia de preliminar.

Minha ideia de tortura.

Mas se é sexo com raiva que ela quer, então é o que vai ter.

Me deseje sorte, Ralph. Esta será uma noite da qual vou me lembrar por muito tempo.

Roark

Roark

Fervendo e com tesão, espero Sutton abrir a porta do seu apartamento. A audácia desta maldita mulher — ir embora do meu apartamento enquanto fica do lado do meu amigo.

Isso me causou um ataque de raiva, mas também me fez sorrir. Sutton Grace, *minha Sutton Grace*, não só se deu bem com Bram, como também mostrou compaixão e gentileza no momento de necessidade dele. Nunca duvidei que ele fosse gostar dela — porque ela é incrível —, mas Bram é um dos únicos caras em quem me apoiei de verdade, e ela veio e o colocou sob sua proteção, ajudando-o com o problema dele. Me fez querê-la ainda mais, e aí ela foi embora.

Não estou nem um pouco feliz, porra.

A porta do seu apartamento se destranca, e pressiono a mão no batente, tentando conter a raiva. A porta se entreabre e eu não vejo nada, apenas o interior de seu apartamento. Quando estou prestes a dizer algo, ela abre mais a porta, mas fica atrás da madeira, fora de vista.

Entro com tudo e ela fecha a porta às pressas.

E é quando a vejo.

Parada de frente para mim, usando nada além de uma calcinha preta e aquele cropped branco... molhada, então cada pedaço de tecido está colado em seus seios fantásticos.

Sem palavras, fico observando enquanto ela vem até mim e coloca a mão no meu peito. Imediatamente envolvo sua bunda e a trago para mais perto, seu cropped deixando minha camiseta molhada também.

Sua mão vai para o meu pescoço e para o meu cabelo quando ela diz:

— Por que demorou tanto para vir? Estava te esperando.

Aperto sua bunda, adorando cada parte que há para agarrar.

— Por que você fica com esses joguinhos, Sutton?

— Você pode fazer joguinhos, e eu não?

— Quando foi que fiz joguinhos? — pergunto, baixando minha boca ao seu pescoço, onde começo a mordiscá-la.

— Quando a gente se conheceu, com o meu celular.

— Não conta. Não estávamos juntos naquela época.

— Mesmo assim, você me torturou. — Ela move as mãos pelas minhas costas até minha calça jeans, e daí desliza as mãos por baixo da minha camiseta e começa a subir até minha cabeça. Eu a observo e jogo o tecido no chão, levando os lábios de volta ao seu pescoço.

— Ainda assim, não é a mesma coisa. Agora que a gente está namorando, a gente não ferra um com o outro.

— Você vai me dar um sermão? — ela pergunta, com os mamilos de seus seios pesados cutucando meu peito.

Amando seu perfume, passo o nariz ao longo da sua orelha, desço para sua clavícula, enquanto minhas mãos sobem por suas costas. Seu cheiro é tão bom, e sua pele macia é diferente de qualquer coisa que já senti. É como se jamais tivesse sido tocada. Posso me imaginar me perdendo em seu corpo com muita facilidade.

— Sim, vou. — Ergo a cabeça para olhá-la nos olhos. — Não brinque com a minha cabeça, Sutton. Ela já é bagunçada demais.

Seus olhos suavizam enquanto ela estende o braço e passa os dedos ao longo da minha barba.

— Queria que você viesse para cá para te fazer uma surpresa. — Ela me puxa para baixo até que eu fique sentado na cama. Logo tiro os sapatos antes de ela se sentar no meu colo. Eu a envolvo com os braços e minhas mãos pousam em sua bunda, onde eu as enfio por baixo da calcinha.

Ela descansa os braços nos meus ombros, inclina a cabeça para o lado, para que seu cabelo loiro caia também, e começa a mover os quadris. Gemo e não perco tempo em trazer seus lábios para os meus. Suaves e dispostos, seus lábios combinam com meus beijos necessitados, e nossas línguas se chocam no processo. Suas mãos se entrelaçam no meu cabelo e uso as minhas para deslizar sua calcinha pelas pernas. Ela se ergue, e eu a ajudo a tirar a roupa com o auxílio de cada perna. Eu a jogo junto com a minha camiseta e logo estendo a mão para o ponto entre suas pernas, onde pressiono um dedo em sua umidade.

Ela geme na minha boca quando meu dedo encontra seu clitóris, e começo a esfregá-lo, enquanto seus quadris vão se movendo para frente e para trás sobre meu dedo.

É tão gostoso que meu pau pula contra o zíper da calça jeans.

Endireito um dedo e a deixo montá-lo. Seus beijos ficam mais intensos; seu aperto, mais forte. Tão molhada, ela desliza para cima e para baixo enquanto acrescento outro dedo e o enfio nela.

— Isso — ela geme, agora movendo-se para cima e para baixo. Sua cabeça se inclina para trás, e eu tiro vantagem de seu pescoço exposto e seu cropped transparente. Do pescoço para o peito e para os mamilos. Puxo um para dentro da boca e aperto seu outro peito com a mão que ainda está dentro do cropped. Ela continua montada nos meus dedos, seu canal apertado vai se fechando ao meu redor, e eu só consigo imaginar meu pau recebendo o mesmo tratamento.

Desesperado para descobrir como é estar dentro dela, eu a giro na cama para que suas costas encontrem o colchão, e pego um pacote de camisinhas do bolso de trás. Eu as jogo na cama e alcanço seu cropped, tirando-o e deixando-a completamente exposta. Nem um pouquinho envergonhada, ela fica ali, nua, e linda pra caralho, me encarando. Ela abre as pernas, e eu a observo em câmera lenta enquanto sua mão desliza pela minha barriga até minha protuberância, e começa a massageá-la com dois dedos.

Seus quadris giram e seus mamilos ficam enrugados enquanto ela morde o lábio.

Puta merda.

Ela aponta com a cabeça para a minha calça e diz:

— Tire, Roark.

Com os olhos nela, estendo o braço para abrir a calça, arrastando-a pelos quadris junto com a cueca. Eu as chuto para o lado com minhas meias e fico em pé, enquanto meu pau se projeta para ela. Nem mesmo tentando disfarçar, seus olhos imediatamente vão para o meu pau, e ela fica boquiaberta. Melhor reação de todas.

Ela me olha e suas bochechas coram — a coisa mais sexy que já vi na vida. Aí está ela, a garota que eu conheci, a pureza transbordando de seus olhos. Agarro meu pau e o puxo, olhando para ela enquanto ela continua a se esfregar, com as pernas ainda mais abertas.

— Você é linda pra caralho, Sutton. — Tiro uma camisinha da caixa na cama e a coloco na minha ereção, que está mais do que pronta, antes de me debruçar e pairar sobre ela. — Tem certeza de que quer isso, que me quer?

— Mais do que qualquer coisa, Roark.

Acaricio sua bochecha, e o momento desacelera, ficando mais íntimo.

— Nunca me senti assim com outra pessoa. É diferente, e apavorante pra caralho.

— Se serve de consolo, também estou me sentindo assim. — Seu polegar passa pelo meu lábio. — Comecei a gostar de você e tenho medo de gostar ainda mais do que eu esperava. — Seus olhos ficam vidrados pela umidade. — Gosto muito de você, Roark.

Porra.

Pressiono um beijo em cada olho dela e então no nariz, tentando acalmar a preocupação em sua testa. Cutuco seu nariz com o meu e sorrio.

— Também gosto muito de você. — Abaixo os quadris, com meu pau pressionando sua entrada. — Não sei de onde você surgiu, mas não quero te deixar. — *E essa é a verdade mais honesta. Não consigo imaginar minha vida sem esta mulher.*

Ela estende o braço e envolve meu comprimento com sua mão delicada, antes de me guiar para dentro. Sua boca se abre, ela inspira e então move os quadris até que estou totalmente dentro dela.

Puta merda, é tão bom.

Meus músculos se contraem.

Bom demais.

— Não estou brincando, Sutton, você é minha agora. Entende?

Ela assente e traz minha boca à sua. Antes de me beijar, ela diz:

— Esse sentimento possessivo é mútuo. Você é meu.

Faço uma pausa, meus quadris param e meus olhos encontram os dela.

— Eu... porra — solto, com o coração se expandindo em meu peito sombrio e vazio. — Você não faz ideia do que ouvir você dizer isso faz comigo.

— É verdade. — Ela move os quadris, e eu ranjo os dentes.

— Preciso me mover, *lass*.

— E o que você está esperando?

Esta garota... ela está me matando. Pouso os lábios nos dela e a salpico de beijos com a boca aberta, enquanto aos poucos vou movendo os quadris para dentro e para fora dela. Entrelaço uma das mãos em seu cabelo e agarro seu seio com a outra, massageando seu mamilo de leve. Seu peito se ergue, seus gemidos me preenchem e sua doce boceta aquece cada nervo do meu corpo.

Tão boa.

Tão apertada.

Tão perfeita.

— Meu Deus — gemo, soltando sua boca por um segundo, precisando recuperar o fôlego.

Empurro com mais força para dentro dela, aumentando o ritmo.

— Isso — ela cantarola, com o pescoço esticado, e seus dedos se afundam nas minhas costas. — Ah, Roark. Ai, meu Deus. Roark.

A forma como ela diz o meu nome, seus sussurros sem fôlego, tudo isso pulsa dentro das minhas veias como oxigênio, fazendo meu corpo entrar em frenesi. Conecto nossas testas, apoio as mãos em cada lado da sua cabeça e meu peito se alonga sobre ela. Porra, meu orgasmo começa a se formar na ponta dos dedos e vai subindo pelas minhas pernas a cada glorioso centímetro.

— Porra. — Respiro com dificuldade e minhas bolas começam a ficar contraídas.

O aperto de Sutton aumenta, sua boceta se contrai ao meu redor e sua cabeça se inclina para trás e ela grita de êxtase.

— Isso, Roark. Ai, meu Deus.

Bombeio com mais força, com mais velocidade, usando seu orgasmo para desencadear o meu, enquanto ela pulsa ao redor do meu pau. Como um fogo atingindo a grama seca, o calor em meu corpo inflama num instante, meu estômago vibra e o prazer irrompe bem fundo dentro de mim quando paro e gozo dentro de Sutton.

— Jesus — murmuro, movendo os quadris para dentro e para fora mais devagar, até que nós dois abrimos os olhos e encaramos a alma um do outro. E então sinto algo que eu *nunca* tinha sentido.

Uma compreensão passa por nós dois.

É real.

É mais do que eu esperava. Do que ela esperava.

Isso poderia muito bem durar para sempre.

No apartamento minúsculo de Sutton, descanso a cabeça em seu travesseiro fofo. Ela está deitada ao meu lado, e eu acaricio seu cabelo, me sentindo absorvido pela vasta gama de emoções.

A primeira é que quero protegê-la. Nunca vou querer que nada de ruim aconteça com ela, e já que ela mora no Brooklyn, fico apavorado de saber que não poderei tê-la o tempo todo. Prometo a mim mesmo contratar um serviço de transporte para ela. Nos dias em que eu não puder estar com ela, quero saber que está segura. Pode ser ridículo, mas pela forma que nos conhecemos, acho que vale a pena.

Segundo, quero conversar com ela. Droga, quero conversar com ela sobre tudo, e eu nem sou de conversar, apesar da minha origem irlandesa. Preferiria tomar uma caneca de Guinness a me sentar para tagarelar. Mas esta necessidade está crescendo em mim enquanto ficamos aqui deitados, com seus sons suaves de sono preenchendo a noite, de acordá-la e conversar sobre a minha infância, contar para ela sobre o meu prato irlandês favorito — mesmo que seja sem graça —, contar tudo sobre a cidadezinha em que cresci. Quero que ela saiba cada detalhezinho sobre mim, e isso nunca aconteceu antes.

E tem toda essa paixão correndo por mim. Se eu já não a tivesse esgotado duas vezes hoje, eu a teria acordado para possuí-la outra vez. Relacionamentos e emoções nunca, jamais, foram a minha praia, mas com a Sutton, quero tudo isso. Quero as emoções envolvidas quando estamos fazendo sexo. Quero que ela me diga que gosta muito... de mim quando estou dentro dela. Quero que ela fique arrepiada quando meus lábios a acariciam, dizendo como ela me faz sentir. Sexo é diferente com a Sutton, da melhor maneira possível, e quero mais disso... tudo disso.

E esse maldito perfume de lavanda a envolve o tempo todo, e me leva à loucura. Agora, sempre que sinto esse cheiro, mesmo que ela não esteja por perto, fico duro. Está ficando fora de controle, e, ainda assim, deitado aqui com ela, respiro fundo, tentando inalar o máximo possível desse perfume.

Quem sou eu agora?

Eu não sou esse cara.

Mas mesmo que não seja, não há como voltar atrás, não quando fui um sortudo e consegui, de alguma forma, conquistar Sutton.

Ela é diferente, ela é desafiadora, ela é doce, e também pode ser picante quando quer. Ela me faz querer ser melhor, me faz ver que eu posso ser melhor e acredita em mim.

Porra, como ela acredita em mim. E, porra, não fazia ideia do quanto precisava disso.

Dou um leve beijo no topo de sua cabeça e a agarro com mais força. Agora que estou comprometido, dando uma chance para esta coisa de relacionamento, não vou estragar tudo de jeito nenhum, e se eu fizer isso, vou estar pronto para suplicar.

— Vista alguma roupa — Sutton diz, parada no banheiro, com uma das mãos na cintura e a outra escovando o cabelo molhado.

— Por quê?

— Porque vamos sair. Já passou do meio-dia e a gente não comeu nada.

Abro um sorriso perverso para ela.

— Não sei você, mas tenho certeza de que fiquei cheio depois de comer sua boceta duas vezes hoje.

Seu rosto fica sério e suas bochechas adquirem um tom intenso de vermelho.

— Dá para não falar assim? Você deixa tudo tão vulgar.

— Eu deixo tudo sexy. — Dou um tapinha ao meu lado da cama, e esfrego o edredom. — Agora volte para cá, estou com fome de novo.

Ela revira os olhos e desaparece no banheiro.

— A gente precisa de comida de verdade ou vou começar a ficar com fome.

— Já falei que a gente pode pedir.

— Preciso de ar fresco — ela rebate, saindo do banheiro com um roupão felpudo que estou morrendo de vontade de rasgar.

— Meu ar fresco já não é permitido, então estou muito bem aqui.

— Roark — ela resmunga. — Por favor, vamos sair para almoçar, é por minha conta, e aí a gente pode voltar para cá e você pode fazer o que quiser comigo.

Eu zombo:

— Você não vai comprar nada, não enquanto eu estiver por perto.

— Não seja esse tipo de cara.

— Que cara? — pergunto, com a testa franzida, ainda esfregando a cama, tentando seduzi-la.

— O macho alfa que exige pagar por tudo. Eu tenho um salário e posso comprar coisas também.

— E quanto você ganha?

Com a mão no quadril, ela pergunta:

— E por que isso importa?

— Porque eu devo conseguir o seu salário em um dia, por isso. — Isso nem é verdade. Certos dias, devo conseguir em uma hora o que ela faz em um ano, mas não vou falar isso para ela. Dou outro tapinha na cama. — Agora venha se sentar aqui. Vou pedir comida.

— Foi uma coisa bem legal de se dizer. — A expressão pomposa em seu rosto desaparece, e eu gemo por dentro, sabendo que minhas chances de trazê-la de volta para a cama acabaram de despencar.

Jogo as cobertas para trás e pego minha calça jeans.

— É a verdade. No mínimo, vou sempre te falar a verdade.

— Só porque é a verdade, não quer dizer que não seja algo desagradável.

Passo a calça pelas pernas e me levanto, enfiando meu pau semiduro para dentro do zíper. Seus olhos me observam o tempo todo, olhando meu pau, com seu peito subindo e descendo um pouco mais rápido. Tudo bem, talvez as minhas chances não tenham evaporado por completo.

— Nunca disse que não foi desagradável, só falei que é verdade. — Vou para o banheiro e, quando passo por ela, puxo seu roupão, afrouxando o nó para que as laterais caiam, e então continuo para o banheiro, onde me olho no espelho e ajeito o cabelo.

Dou uma olhada para o lado e checo sua barriga parcialmente exposta e seu decote.

— Você está sendo um babaca — ela afirma, sem ajeitar o roupão.

Levo mais alguns segundos para ajeitar o cabelo antes de sair do banheiro, então ergo seu queixo e sussurro:

— Desculpa por ter sido um babaca... mas é verdade.

Ela dá um tapa no meu peito, me fazendo rir.

— Você é irritante.

— É, eu sei, *lass*. Agora, você vai se vestir ou vai ficar assim? Preciso saber para entender como vou abordar cada cara na rua.

Com os lábios franzidos e os olhos estreitos, ela me olha e deixa o roupão cair no chão, expondo seu lindo corpo.

— Não é uma jogada inteligente, *lass*. — Balanço a cabeça.

Ela cruza os braços na frente do peito.

— Se você tentar agir feito um bárbaro e me jogar na cama, vai se meter em encrenca.

Dou um passo na sua direção e ela estende a mão.

— Estou falando sério, Roark. Nem pense nisso.

Outro passo.

— Roark.

Fecho os últimos centímetros e a jogo por cima do ombro.

— Roark! — ela grita e então ri quando dou um beijo em sua bunda e a levo mais dois passos para a cama. Eu a jogo no colchão e observo seu cabelo se espalhar e seus seios balançarem com a queda.

Perfeita pra caralho.

Tiro a calça em segundos e então pairo sobre ela, mas antes que eu possa fazer qualquer coisa, ela se levanta e me joga no colchão para que minha cabeça fique na cabeceira. Merda, por essa eu não esperava, mas gostei.

— Boa jogada, *lass*.

Ela não responde, em vez disso, se senta na minha barriga, com as mãos no meu peito.

— Você acha mesmo que estamos prestes a fazer sexo?

— Meu pau acha.

Ela estende o braço para trás, encontra meu pau já ereto e revira os olhos.

— Você já tem trinta e dois anos, não deveria ser... menos potente?

— Está me chamando de velho?

Ela dá de ombros e sorri.

— Novinho você não é.

— Não sou a porra de um velhote de bengala — respondo, com os olhos arregalados.

Seu sorriso aumenta.

— Poderia muito bem ser, já que está com seus trinta e poucos.

— Você está querendo uma palmada? É isso o que você quer? Porque posso fazer isso.

— É um lance de caras velhos? Isso de punir a garota com quem eles estão? Sou tão nova que não faço ideia — ela diz com uma voz inocente, mas detestavelmente sarcástica.

Passo a língua pelos dentes, considerando o que deveria fazer. Eu deveria "puni-la", mas antes que eu possa me mover, ela gira e fica de costas para mim e, de uma só vez, se debruça, pegando meu pau nas mãos.

— Ah, porra — solto devagar, por instinto, e minhas mãos vão para sua bunda. — Sutton.

Ela agarra a base do meu pau com força e baixa a boca para ele, lambendo a ponta de leve. Um assobio escapa dos meus lábios, então ela faz de novo, mas, desta vez, gira a língua ao redor da ponta e bombeia o comprimento.

Puta merda, isso é incrível. Descanso a cabeça no travesseiro e tento relaxar o corpo no colchão enquanto ela passa a língua ao redor do meu pau. A cada girada, a cada passada de língua, me sinto afundar cada vez mais em êxtase.

Ela não precisa se esforçar muito para me fazer contorcer de prazer.

Entreabro os olhos e é quando vejo, sua bunda no ar, sua boceta tão molhada que sinto um raio de prazer disparar para o meu membro. Ela está excitada por me ter em sua boca.

Preciso fazer alguma coisa quanto a isso.

Com as mãos na sua bunda, eu a puxo para o meu rosto e passo a língua ao longo de sua boceta. Sua boca para e então um longo gemido escapa dos seus lábios, e dou outra lambida. Levando alguns segundos, ela se recompõe, enquanto continuo trabalhando naquele pequeno pacote de nervos.

Intensificando seu aperto, ela começa a mover a boca para cima e para baixo no meu comprimento, com a língua girando. Seus gemidos vibram pelo meu pau da melhor maneira possível, então retribuo o favor. Murmuro junto ao seu clitóris e ela empurra os quadris para trás, seus gemidos guturais como um raio direto nas minhas veias.

Meu corpo inteiro fica suado, minhas bolas começam a se contrair, e meus dedos dos pés se curvam, meu orgasmo iminente repousando na base do meu pau.

Porra.

Não posso gozar sem ela.

Me segurando o melhor que consigo, meu corpo inteiro vibra pelo alívio iminente. Trabalho a língua em seu clitóris, lambendo, batendo, pressionando com mais força e então afastando de leve. Em segundos, ela gira os quadris em minha boca e grita. Seus sons ficam abafados enquanto ela bombeia meu pau para cima e para baixo com a mão.

Meu foco se estreita, os sons da rua ficam em segundo plano, o prazer atravessando meu corpo. Meus músculos ficam imóveis, meu peito se contrai, minhas coxas se apertam, e eu solto um gemido alto ao gozar, agarrando sua bunda com força.

Leva alguns instantes para recuperar o fôlego, mas quando o faço, giro Sutton, coloco-a sobre meu peito e beijo sua testa. Eu não tinha ideia do quanto precisava disso. *Ela poderia ser mais perfeita?*

Depois de alguns instantes em silêncio, ela diz:

— Nunca fiz nada assim.

— Foi gostoso pra caralho.

Ela me espia.

— Foi mesmo. — O doce sorriso que cruza seu rosto me faz lembrar de que, mesmo que esteja aberta e disposta a tentar coisas novas, no fundo, ela ainda é uma garota inocente. — Quer pedir comida?

— Porra, fiz você voltar ao juízo. — Rio.

Ela beija meu peito e também ri.

— Odeio admitir, mas fez mesmo.

— Como você era quando criança? — Sutton pergunta ao lamber o molho de queijo dos dedos. Acabamos pedindo *cheesesteaks*, e o que achei que seria uma refeição simples, acabou se tornando um show erótico quando Sutton enfia o sanduíche na boca e lambe cada dedo. Não tem sido fácil me controlar.

Pigarreando, bebo um gole de Coca-Cola. Só Coca, nada além, coisa mais sem graça.

— Um encrenqueiro. Um idiota. Você chamaria de moleque. Alguém que sabia tirar todo mundo do sério. Eu aterrorizava as pessoas da cidade, pelo menos quando era mais novo. Ao fazer dez anos, me colocaram para trabalhar.

— Como assim te colocaram para trabalhar?

Limpo os dedos e me recosto na cabeceira. Escolhi vestir a calça, enquanto Sutton usa a minha camiseta.

— No bar, eu lavava pratos por quatro dólares a hora, todos os dias depois da escola. E aí, quando terminava, eu ficava fazendo dever de casa num canto, até que meu pai estivesse trocando as pernas de tão bêbado, e era quando eu o arrastava de volta para casa.

— Quantas horas você trabalhava? — Há preocupação na voz de Sutton, e isso mexe com meu coração, fazendo-o bater mais forte.

— Dependia, mas, em geral, cinco horas por noite.

— Você ficava com o dinheiro?

— Que nada. — Balanço a cabeça. — Pagava a conta do meu pai com ele.

Ela pressiona a mão no meu peito, provavelmente sem acreditar no que ouve.

— Com dez anos você trabalhava para que o seu pai pudesse beber?

— Isso mesmo. Como ele dizia, eu estava fazendo a minha parte.

— Isso é horrível, Roark.

— Era a minha única realidade. — Dou de ombros. — Mas foi por isso que eu quis ir embora. Quando meu professor de Inglês me falou sobre o intercâmbio em Yale, com oportunidades de bolsa de estudos, eu me candidatei. Nunca imaginei que fosse conseguir, mas quando consegui, soube que era a minha saída. Quando eu estava estudando em Yale e festejando — ela revira os olhos —, eu também estava estudando para conseguir meu visto permanente.

Suas sobrancelhas se erguem, em surpresa.

— Você tem um visto permanente?

— Tenho.

Ela estala os dedos, decepcionada.

— Droga, e eu achava que ia conseguir riscar o item "casar por visto" da minha lista de promessas.

— Foi mal.

Ela dá uma piscadela.

— Vou te perdoar. — E então fica séria. — Estou impressionada, Roark, que você tenha feito tudo por conta própria e conseguido fazer seu negócio crescer sem ajuda nenhuma.

— Impressionada, é? — Eu a puxo para mais perto. — Não foi a sua primeira opinião sobre mim.

— Porque você entrou numa briga com um cara por causa de ketchup.

— Ah, não dá para prever o que acontece quando você tem álcool correndo nas veias, o que não tem acontecido nos últimos tempos, devo acrescentar.

Ela abre um sorriso tímido. Porra, quero beijá-la.

— Você pode beber, Roark. Só não podia beber lá no rancho.

— Estou ciente do que posso fazer. Sou um homem adulto, e se eu quiser evitar o álcool, vou fazer isso.

Ela se inclina para frente e passa os dedos pelo meu peito.

— E o cigarro?

— Pois é, tem sido difícil. — Esfrego a nuca. — E estou fazendo isso por você. Caso contrário, depois do que a gente fez meia hora atrás, com certeza eu estaria fumando um cigarro.

— O meu tipo de ar fresco não é melhor?

— Não.

Ela ri.

— Que bom que você parou.

— Não diria parar, atualmente estou sofrendo.

— Coitadinho. Posso ajudar com os seus desejos? — Ela passa o dedo sobre meu mamilo.

— De que tipo de ajuda você está falando? — Ergo uma sobrancelha interrogativa.

— Do tipo sexual — ela responde de um jeito fofo antes de tirar minha camiseta.

Quem sou eu para negar algo a essa garota? Tiro a comida do caminho e a empurro para o colchão. Seu cabelo se espalha pelo edredom, como a droga da auréola de um anjo. Vou movendo as mãos pela sua cintura e me inclino sobre ela.

— Você é viciante, sabia?

— O melhor tipo de vício, não é?

Assinto e levo a boca ao seu pescoço, onde murmuro:

— O único vício de que preciso.

CAPÍTULO 19

Querido Branson,

Branson... hum, parece que sou um gerente, chamando Branson, o fodido da empresa, no meu escritório, para que eu possa brigar com ele.

Não se preocupe, Branny. Não vai acontecer.

Só passando aqui para informá-lo de que eu conversei com a bruxa má de cara azeda, falei para ela que tenho sempre conversado com você, e aí posso ter mencionado a Sutton.

Pois é, pois é. Onde eu estava com a cabeça? Acabou saindo. Ela percebeu pelo meu sorriso, e eu tenho sorrido como a droga de um idiota todo santo dia e, pelo visto, não consigo contê-lo nem durante a sessão de terapia.

É claro que a boca dela se torceu, e eu sabia que ela estava escondendo um sorrisinho cúmplice; ficou evidente pelo brilho irritante no sorriso alegre dela. Como se estivesse toda animada por ter uma garota na minha vida. Foi a primeira vez que vi um fragmento de personalidade espreitar através de sua fachada de durona.

E você sabe o que aquele brilho nos olhos dela causou? Me fez contar a ela que Sutton é a filha de um dos meus clientes. Pois é, Branny, também estou tremendo.

O brilho nos olhos dela logo desapareceu e foi substituído por um sorriso de escárnio, apagando qualquer humanidade do rosto dela.

Sabe como não é para os terapeutas ficarem dando opinião? Que é para eles só ficarem lá, escutando, fazendo perguntas idiotas? Parece que ela se esqueceu disso, porque falou que namorar Sutton não parecia uma boa ideia, apesar dos coraçõezinhos nos meus olhos sempre que falo sobre ela.

Dá para imaginar o meu choque quando ela me falou para considerar uma mudança quando se trata da Sutton? Quis falar para ela que posso considerar fazer uma mudança, sim, que é a de jogá-la no olho da rua. É claro que o sistema judicial não diria o mesmo, então, em vez disso, me levantei do sofá, abotoei meu paletó, disse que ela tinha semente de papoula agarrada no dente e saí pela porta.

Ela não tinha.

Mas vi que ela já estava com a opinião formada e quis dar o troco.

Não preciso que ela fique me julgando, não quando já sei que o que estou fazendo não é totalmente certo. Pois é, vou ter que falar para o Foster, de homem para homem, que estou namorando a filha dele, mas quando for a hora certa.

Já tenho tudo planejado. Não se preocupe.

Roark

Sutton

— Por favor, não me envergonhe.

— O que eu poderia fazer para te envergonhar? — Maddie pergunta ao colocar seu cabelo castanho atrás da orelha. — Eu tenho um pouco de compostura, sabia?

— Eu sei, só estou… nervosa.

— Conhecer a melhor amiga é difícil, eu sei, ainda mais depois da última vez que o vi. Não se preocupe, não vou fazer nada para te envergonhar.

A porta da pequena cafeteria se abre, deixando a brisa entrar, seguida por um Roark todo empacotado, com seu gorro habitual, calça preta e jaqueta preta. Sua barba está habilmente aparada e há um leve tom rosado em suas bochechas por causa da manhã fria. Ele é tão lindo que me faz suspirar como uma adolescente.

Ele dá uma olhada no lugar e então nos vê. Com um sorriso torto, ele faz contato visual comigo e se aproxima.

Maddie aproveita o momento para erguer os olhos do celular e avistá-lo.

— Aí está ele, em carne e osso, o melhor sexo que Sutton já teve.

Roark faz uma pausa ao alcançar a mesa e ergue uma sobrancelha para mim.

Sério, Maddie?

Rindo, ele se inclina, agarra meu queixo com o dedo e dá um doce beijo nos meus lábios antes de sussurrar:

— Melhor, é? Gostei.

Corando, dou outro beijo em seus lábios e me afasto, e ele se senta ao meu lado, puxando a cadeira para mais perto para que possa passar o braço pelas minhas costas.

Depois de se acomodar, ele estende o braço por cima da pequena mesa.

— É um prazer conhecer você do jeito certo, Maddie.

Ela me dá uma olhada e se vira para Roark.

— Sim, é um prazer conhecer você do jeito certo. — Por que aquela olhada? Não gosto daquela expressão no seu rosto. — Você pode dizer "me foder"?

Ai, Maddie...

Confuso, com a sobrancelha franzida, ele agrada minha amiga e diz:

— Me *fuder*.

— Viu só? — Maddie bate palma e faz uma imitação terrível. — Me *fuder*. Meu Deus, isso foi sexy. Não é de se admirar que foi o melhor que você já teve.

— Maddie — repreendo, baixinho. — Comporte-se.

— É só sobre isso que vocês falam? *Fuder*? — Roark pergunta, com seu sotaque ficando mais carregado, e sei que ele está fazendo de propósito.

— A gente conversa sobre outras coisas que dizem respeito a você, mas costuma começar com isso.

— Ah, é? — Ele enrola uma mecha do meu cabelo no dedo. — Me dê um exemplo.

— Não tem necessidade — digo, balançando a cabeça.

Mas parece que Maddie tem uma opinião diferente.

— Ela me conta tudo, desde posições até circunferências.

— Circunferências? — Roark se recosta na cadeira e olha para mim, enquanto coro bastante.

— Pois é, circunferências, e devo te parabenizar. — Maddie beberica o café e então continua: — Aliás, obrigada por dar à minha garota a primeira experiência com a posição meia nove. Ela não conseguia parar de falar nisso.

— Pelo amor de Deus, Maddie, pare. — Pressiono a mão na testa, completamente humilhada.

Inclinando-se para mais perto, Roark pressiona os lábios na minha orelha e diz:

— Não precisa ficar envergonhada, é sexy saber que você fala sobre isso. — Um arrepio desce pelos meus braços quando ele se afasta e se dirige para Maddie: — Há quanto tempo você conhece a Sutton?

Graças a Deus ele muda de assunto.

— Desde o nosso primeiro ano na faculdade. Nossa querida Sutton aqui estava perdidinha na NYU e pediu ajuda. Eu não fazia ideia de para onde estava indo, mas precisava de uma amiga, aí fingi estar indo para o prédio da administração. Por sorte, a gente acabou encontrando. Depois disso, fomos para a cafeteria, conversamos enquanto comíamos cereal e a nossa amizade se solidificou. — Maddie olha na minha direção. — Melhores amigas para sempre.

— Não sei, não. Depois disso aqui — murmuro, cruzando os braços. Sentindo minha irritação, Roark move a mão para a minha nuca e massageia de leve a tensão com seus dedos habilidosos. Vou dizer que, mesmo que ele não tenha experiência com relacionamentos, com certeza sabe como fazer tudo certo.

— Relaxa. — Maddie cutuca minha perna por baixo da mesa. — Você já sabia o que ia acontecer quando me pediu para conhecer o seu namorado.

— Você disse que se comportaria — murmuro pelo canto do lábio.

Ela dá de ombros e toma um gole de água.

— Acho que todo mundo já sabia que era mentira.

Roark ri ao meu lado, e a vibração da sua risada alivia a tensão nos meus ombros.

— Gostei dela, *lass* — ele diz, baixinho. — Espera só até você conhecer Rath e Bram, quando ele não estiver nervoso por ter mijado na calça.

— Xixi na calça? — Maddie pergunta, apoiando o queixo na mão. — Vamos, conta por que o seu amigo fez xixi na calça.

— Ele engasgou com uma couve-de-bruxelas, recebeu uma manobra de Heimlich e aí se mijou. Foi um processo. Ele não mijou na calça do nada. É um cara bem legal — conto, na esperança de que Maddie não ache que Roark sai com caras com próstatas instáveis.

— Parece péssimo. — Ela olha para o lado antes de voltar sua atenção para nós. — Esse Bram é solteiro?

Ai, Maddie.

— Noivou recentemente — Roark responde, me fazendo uma alegre surpresa.

— Ele fez o pedido?

Roark assente.

— Ele seguiu o seu conselho, fez o pedido assim que chegou em casa, e é claro que a Julia disse sim. Eles estão em Barbados agora, comemorando. Vão estar de volta na sexta.

Maddie estala os dedos, decepcionada.

— Por que os caras legais sempre estão comprometidos?

— Mas a única coisa que você sabe sobre o Bram é que ele comeu couve-de-bruxelas e mijou na calça. Dá para chamar isso de legal? — Roark pergunta, um pouco perplexo.

— Se um homem consegue admitir que fez xixi na calça, quero conhecê-lo. Isso mostra que ele não é cheio de si. Gosto disso. — Maddie dá uma olhada em Roark. — Já fez xixi na calça, Roark?

— Devo ter feito. Já estive bêbado o bastante. — Ele dá de ombros. — E eu gostava de fazer xixi no cesto de roupa suja do Bram na faculdade.

Maddie ri enquanto eu me viro na cadeira, um pouco horrorizada.

— Você fazia xixi nos cestos de roupa suja?

Seu sorriso perverso me atravessa.

— Quando você está bêbado demais, qualquer coisa redonda e branca parece um vaso sanitário. Não se preocupe, *lass*, eu lavei a roupa suja dele na semana seguinte.

— Que atencioso — Maddie diz, apontando o dedo para Roark. — Muito atencioso. Você descolou um cara legal.

Mesmo que esta seja uma das conversas mais ridículas que já tive, acho que não poderia concordar mais com a Maddie. Eu encontrei um cara legal — apesar dessa coisa de mijar no cesto de roupa suja. Roark é o tipo de homem que sei que sempre vai me proteger, que sempre vai se esforçar para me fazer feliz, enquanto eu faço o mesmo. Encontramos nossa cara-metade, e posso ver um futuro com este homem ao meu lado. Sinceramente, espero que ele sinta o mesmo.

Maddie e Roark conversam sobre a faculdade, e dou uma olhada nele e percebo uma pequena ruga perto de seu olho sempre que ele sorri e ri. A maneira como ele combina tão bem com a minha melhor amiga torna muito mais fácil de saber que estou com o cara certo. Pela nossa interação inicial, nunca imaginei que seria com este homem que desejo estar, mas com suas respostas espirituosas e seus gestos gentis e inesperados, ele foi me conquistando... completamente.

E agora não consigo parar de pensar nele. Odeio quando não estou ao seu lado ou descansando em uma das nossas camas, conversando sobre tudo e qualquer coisa, enquanto ficamos aconchegados, pele com pele. Por trás do bad boy imprudente e dos comentários babacas, ele é um homem amável e viciante de verdade, e não planejo deixá-lo ir embora... nunca.

— Então, conheci a Maddie. — Roark coloca um brownie gigante de chocolate e nozes na mesa e se senta de frente para mim à mesa de jantar. — Quando a gente vai contar para o seu pai?

Já estava prevendo isso.

Não é a primeira vez que ele menciona contar para o meu pai sobre nós, e acho que é porque respeita muito o meu pai, e ficar guardando segredo sobre isso está preocupando Roark. Mas me sinto nervosa. Sei que meu pai gosta de Roark e o respeita, mas sempre foi protetor, e dado o histórico de Roark, não sei se é o tipo de cara que ele teria escolhido para mim.

Mas Roark é muito maior que seu passado. Ele é protetor, doce e se importa comigo mais do que qualquer outra pessoa, acho, incluindo meu pai, se isso é possível. Ele fará qualquer coisa por mim e se esforça para me fazer sorrir todos os dias. São nessas características que quero focar quando conversar com o meu pai sobre Roark, e acho que se eu adotar essa abordagem, ele pode muito bem aprovar.

Só preciso encontrar o momento certo.

Tem tudo a ver com o momento certo com o meu pai; aprendi isso da maneira mais difícil. Ainda me lembro de quando estava no ensino médio e disse para ele que ia a um encontro com Luke Jameson. Falei para ele cinco minutos antes de Luke chegar. Não é preciso dizer que meu pai, com seu um metro e noventa, foi muito intimidante para o pobre Luke, e também não é preciso dizer que o encontro não aconteceu. E nunca mais fui chamada para sair durante todo o ensino médio...

Ou da vez em que disse para ele que estava pensando em fazer faculdade em outro estado, que eu não queria mais morar no Texas, mas queria explorar Nova York, onde ele passou tanto tempo jogando futebol americano. Ele também não ficou muito feliz com isso, porque queria que eu ficasse segura no meu pedacinho do Texas. Pois é, eu era estudiosa, mas não tinha nenhuma vivência e queria mudar isso. Chega a ser cômico o fato de que Maddie foi a primeira pessoa que me fez ficar na rua após as nove da noite depois de todos os meus protestos sobre ser madura o suficiente para morar na cidade. Ele sempre quis ser meu protetor, a ponto de vetar qualquer coisa que achasse que me mudaria completamente.

Então, com Roark, preciso ir com calma. Sei que meu pai se importa com ele, só preciso ter certeza de que ele estará num bom momento para saber sobre o nosso relacionamento.

Pego um pedaço do brownie com o garfo e mastigo, olhando para a sobremesa.

— Acho que a gente ainda precisa de tempo para contar para ele.

— É mesmo? — Roark pergunta, recostando-se na cadeira, com seu braço largo pousado no encosto ao lado. Sem camisa, os músculos do seu peito se contraem quando ele se mexe, seus olhos fixos nos meus, enquanto seu cabelo bagunçado cai sobre a testa. — Você acha que ainda temos tempo? O que isso significa, exatamente?

Ele não está bravo, nem mesmo chateado, apenas curioso. E isso quase me deixa nervosa.

— Acho que a gente precisa se conhecer mais antes de contar para o meu pai.

— Está pensando em mudar de ideia, *lass*?

— Como é? Não. Claro que não. — Respiro fundo. — Gosto de onde estamos agora e não quero perder isso. — Mordo o lábio e digo o meu maior medo em voz alta: — E se ele não aprovar, Roark? E aí? Não estou preparada para te perder.

— Se ele não aprovar, você vai terminar comigo? — ele pergunta, movendo-se para a frente e juntando as mãos por baixo da mesa.

— Não. — Balanço a cabeça. — Mas deixaria as coisas muito mais difíceis se ele não aprovar, e não quero ter que lidar com coisas difíceis agora. Gosto de como as coisas estão entre a gente. Não dá para manter assim um pouquinho mais?

A compreensão o envolve quando ele visivelmente cede.

— É, dá.

— Obrigada. — Me levanto da cadeira e circulo a mesa para me sentar no seu colo e enlaçar sua nuca com os braços. Vestindo nada além da sua camiseta e calcinha, eu me acomodo com facilidade em suas coxas e pressiono um beijo quente em seus lábios, que ele retribui com facilidade.

Com as mãos nas minhas coxas, ele respira fundo e se inclina para trás para olhar para mim. Uma expressão séria passa pelos seus olhos antes de dizer:

— Você não está com vergonha de mim, né, Sutton?

Ele não pode estar falando sério.

— Ai, meu Deus, não. — Como ele pode pensar em uma coisa dessas? Envolvo seu rosto. — Se você acha isso, Roark, é porque não estou sendo boa em te assegurar do quanto você significa para mim.

Ele esfrega ao longo das minhas coxas, o calor de suas mãos se espalhando por toda a minha pele.

— Desculpa ter perguntado aquilo; foi idiota da minha parte.

— Não foi, e se você perguntou, é porque coloquei alguma dúvida na sua cabeça, uma dúvida com relação a nós dois. — Eu o forço a olhar para mim, aqueles olhos quase nunca sérios penetram meu coração. — Por favor, não duvide da gente, Roark. Quando digo que estou mais feliz do que nunca por estar com você, estou falando sério. Sei que você quer contar para o meu pai, acabar logo com isso, mas me dê mais um pouquinho de tempo, tudo bem?

Ele assente.

— Vou te dar todo o tempo de que você precisar, desde que seja minha.

— Sou toda sua. — Me movo em seu colo, enganchando os pés em suas pernas.

— É melhor mesmo. — Ele traz minha boca para a sua e explora meus lábios sem pressa, de vez em quando passando a língua por eles, enviando um raio de tesão direto para o meu núcleo. Quando ele se afasta, arrasta meu lábio com os dentes por um instante, me provocando. — Se você não vai contar para o seu pai, acho que está na hora de conhecer os caras... do jeito certo.

— Os caras?

Ele assente.

— Bram e Rath.

Ah... Os famosos caras. Isso vai ser interessante.

Muito interessante e divertido.

— E se acontecer de eu achar Rath mais atraente do que você? Você não tem medo disso?

— Não.

Roark fica ao meu lado, com o braço envolvendo a minha cintura e a mão firme ao redor da minha, enquanto nos encaminhamos para o restaurante que Rath e Bram escolheram para me conhecer. Só mais alguns quarteirões com a passada larga de Roark.

— Como você pode ter tanta confiança? Ele não é incrivelmente inteligente, implacável e rico?

— Prestando atenção nos detalhes, *lass*?

— Quem sabe? — Rio. — Sério, você não sente nem um pouco de medo?

— Não. — Ele para na frente do restaurante, segura a maçaneta e se vira para mim, seus olhos tentando encontrar os meus. — Não estou com medo, porque depois do que eu fiz para você hoje de manhã e a forma como gritou o meu nome em adoração, pode acreditar, estou me sentindo muito confiante. Além disso, sou mais sexy que o Rath. — Ele dá uma piscadela e então me guia para dentro do restaurante, enquanto meu rosto fica quente pela lembrança da manhã.

Não que eu fosse me interessar por mais alguém além de Roark — é divertido provocá-lo —, mas claramente não dá para provocá-lo quanto a isso, porque ele jamais vai cair nessa. E não há forma de fazê-lo cair, ainda mais depois do que ele disse. Esta manhã, meu Deus, nunca gozei tanto. Ele prendeu minhas mãos à cabeceira da cama usando lençóis, e então passou o que pareceu meia hora correndo os lábios para cima e para baixo pelo meu corpo, até que fiquei com tanto tesão que não conseguia pensar em mais nada. E quando ele me deu o alívio, gemi alto seu nome que o prédio inteiro deve ter escutado.

Foi diferente de tudo o que já experimentei, e acho que não é só as excelentes habilidades de Roark na cama. Eu confio nele. De olhos fechados. E isso permite que eu ceda o controle para ele, e, puta merda, vale a pena. *Apenas* Roark pode gerar tanto êxtase dentro de mim.

— Quer saber, se você continuar corada desse jeito, eu vou pular o jantar e te levar de volta para a minha casa para fazer algo com essas suas bochechas vermelhas — ele sussurra no meu ouvido.

Me viro para ele e sorrio, envergonhada por ele conseguir ver o quanto me afeta. Ele ri e me envolve com os braços, me puxando para o seu peito.

— Você é muito doce, Sutton. — Ele dá um beijo no topo da minha cabeça e informa nosso nome para a hostess.

Ela nos conduz pelo salão de jantar até uma porta dos fundos coberta por uma cortina vermelha. Quando puxa o tecido grosso, há dois homens sentados à mesa, com as bebidas em mãos e sorrisos nos rostos enquanto conversam. Os dois se viram na nossa direção. Bram me recebe com um aceno amigável, e Rath me lança um olhar mais sério.

A cortina volta a cair sozinha, Rath e Bram se levantam, e Roark faz as apresentações.

— Bram, você já conhece a Sutton.

— Com certeza — ele diz, me puxando para um abraço.

— Parabéns pelo seu noivado. Estou muito feliz por você — murmuro junto ao seu peito largo que me mantém cativa por alguns longos segundos.

— Tudo bem — Roark fala, me afastando. — Chega dessa merda.

Rindo, Bram me dá uma piscadela e se senta.

— Obrigado, Sutton.

Quando nos viramos para Rath, fico um pouco surpresa pela intensidade da sua expressão. Um pouco mais alto que o corpo grande de Roark, Rath dá um passo à frente, com os ombros largos e musculosos, sua mandíbula se contraindo enquanto ele continua a me avaliar. Dá para ver por que Roark o chama de implacável. Ele não parece ser do tipo sensível e afável, nem deve saber como sorrir.

É meio confuso como esses três homens são melhores amigos, porque suas personalidades parecem tão diferentes, mas talvez seja por isso que dá certo.

Ofereço a mão enquanto Roark me apresenta.

— Rath, esta é a Sutton.

Ele pega minha mão e dá um aperto firme antes de soltá-la.

— É um prazer conhecer você, Sutton — ele diz em uma voz profunda e rouca, que acredito que só ouvimos quando um homem acorda de uma longa noite de sono. Mas olhando para Rath, vou apostar que ele não sabe o que é uma longa noite de sono.

— É um prazer conhecer você. — Engulo em seco, me sentindo muito intimidada por ele. Talvez seja por isso que Roark sabia que a minha provocação foi apenas isto: uma provocação. Não há maneira alguma de eu conseguir lidar com um homem como o Rath, só a sua intensidade já me deixaria esgotada em uma hora.

Roark puxa a cadeira para mim e tira o casaco antes de se sentar, sua cadeira desliza ao lado da minha, como quando nos encontramos com Maddie.

Mas diferente do nosso encontro casual na cafeteria, o jantar no espaço coberto por cortina de veludo parece muito mais íntimo, mas acho que não poderia esperar nada menos desses três poderosos empresários — empresários que costumavam ser garotos loucos de fraternidade, pelo que Roark me contou.

Na outra noite, ele me satisfez com algumas velhas histórias de faculdade de seus amigos, o tipo de histórias em que eu jamais acreditaria se tivesse conhecido esses dois no ambiente profissional. Até que eu poderia acreditar parcialmente nas infrações passadas de Bram de andar sem camisa e provocar todo mundo em seu caminho, pela forma que o conheci. Mas se eu tivesse conhecido Rath em seu escritório, e alguém me dissesse que ele já foi encontrado em posição fetal no closet, agarrado ao travesseiro como se fosse um ursinho de pelúcia, conversando com ele, eu não acreditaria.

Do outro lado da mesa, Rath me observa com atenção, enquanto Bram esfrega as mãos, preparando-se para a rodada de perguntas.

— Conte o segredo para a gente, Sutton.

— Que segredo? — pergunto, confusa.

Bram leva a bebida aos lábios, assente para Rath e responde:

— O segredo de como domar esse irlandês malandro ao seu lado.

— Jesus — Roark resmunga. Ele se mexe na cadeira antes de sussurrar no meu ouvido: — Você não precisa responder a nenhuma das perguntas idiotas deles.

Com um sorrisinho passando pelos meus lábios, coloco a mão na coxa de Roark, mantendo-o perto assim como ele está me mantendo, e digo:

— Basta fazê-lo gritar como uma mulherzinha no quarto.

Bram cospe a bebida, enquanto um sorriso minúsculo atravessa o rosto de Rath. Com o guardanapo no colo, Bram logo enxuga a boca antes de dizer:

— Por essa eu não esperava.

Roark olha para mim e diz:

— Nem eu. Acho que você se confundiu, *lass*. Não era você quem estava gritando hoje de manhã quando os meus dedos apertaram os seus mamilos?

Meu rosto fica em chamas na mesma hora. Já deveria ter aprendido a não testar o Roark, ainda mais na frente de seus amigos. De leve, como que para me acalmar, ele beija a lateral da minha cabeça e ri. Ele levou a melhor desta vez. A quem estou tentando enganar? Ele vai acabar sempre levando a melhor, e sei que é uma das razões por eu estar tão apaixonada por esse cara. Ele me provoca sem vergonha alguma, *mas* sua versão doce e suave me seduz.

— Você já beliscou os mamilos do Roark? — Bram pergunta, fazendo meu rosto se aquecer outra vez. — Ele ama isso.

— Como você sabe? — Roark indaga, com a postura completamente relaxada na cadeira, enquanto seu polegar faz círculos na minha nuca.

Com um sorriso perverso, Bram fala sobre a borda de sua taça:

— Você me pediu para torcê-los certa noite na faculdade.

— Mentira — Roark retruca, mesmo que haja uma risada em sua voz. — Você deve ter sonhado que eu pedi isso, porque sempre ficava querendo me tocar.

— É esse sotaque irlandês, não é, Sutton? — Bram dá uma piscadela e toma um gole da bebida, me fazendo rir.

A amizade que Roark compartilha com eles me faz lembrar tanto da minha amizade com Maddie. Por trás das piadas, há lealdade, honestidade e disposição para ir além. Afinal, Bram achou que seria totalmente razoável procurar Roark quando acreditou ter arruinado o pedido de casamento. Considerando o que Roark compartilhou sobre sua família, fico feliz que ele tenha esses caras em sua vida. Parece que Rath e Bram são os irmãos de que ele precisava, aparecendo para preencher o vazio que sua família criou. E mesmo que só tenha algumas semanas que estamos namorando, já quero agradecer aos dois por serem leais e amáveis com Roark.

Agora sinto ainda mais pressão para eles gostarem de mim.

Pelo menos sei que já tenho o voto de Bram. É com Rath Westin que estou preocupada.

— E você, Rath, gosta que brinquem com os seus mamilos?

Não sei por que perguntei isso.

Não sei o que estava passando pela minha cabeça no momento.

Mas com seus olhos sedutores e contemplativos me encarando, o nervosismo está se revirando no meu estômago, e com essa necessidade de que gostem de mim, acabou saindo. Não dá para dizer pela forma como sua sobrancelha devassa se ergue se ele está se divertindo.

Pelo menos Bram e Roark estão, porque eles riem, enquanto eu fico, sem jeito, esperando a resposta de Rath.

Rath se mexe na cadeira, com os olhos fixos em mim, e é neste momento que me dou conta do porquê de Rath ser o empresário de sucesso de quem Roark se gaba. Nos poucos segundos que ele manteve contato visual comigo, estou começando a murchar sob seu olhar. Eu não iria querer encarar esse cara em uma sala de reuniões. Não mesmo.

Por fim, ele responde, com um sorrisinho puxando seus lábios:

— Só quando é o Bram quem faz isso.

Bram pressiona a mão no peito, todo dramático.

— Cara, essa declaração foi profunda.

— Você tem os melhores dedos da cidade. — Rath dá de ombros.

Eu rio, enquanto Roark balança a cabeça.

— Que jeito de deixar as coisas esquisitas, vocês dois.

— Foi ela quem começou a falar sobre mamilos. — Bram aponta para mim.

— Eu? — Aponto para o meu peito. — Foi o Roark que começou a falar sobre mamilos, eu só falei sobre gritos.

— Ela te pegou — Rath diz enquanto a garçonete coloca um prato de nachos no centro da mesa.

Nachos.

Não esperava por isso. Nem esperava que os três homens fossem mergulhar com tanta urgência enquanto o queijo escorre dos nachos. Pode me chamar de louca, mas considerando onde estamos e a posição social desses homens, teria apostado o meu salário que eles fossem pedir algo como tartar de atum em vez de uma montanha de nachos com queijo e pimenta jalapeño. Quem imaginaria que este lugar serve algo assim?

— Se joga, Sutton — Roark diz, com a boca cheia. — Vão acabar antes que você se dê conta.

E ele tem razão, porque quando estendo a mão para meu primeiro nacho, cada um deles já está no terceiro, dando uma reduzida significativa no prato.

Enquanto mastigo o queijo derretido e a tortilla crocante, rio, observando os três homens lamberem os dedos e beberem seus drinques. Acho que Roark tem razão: a fraternidade sempre vai estar dentro deles.

No meio da mastigação, Rath pergunta:

— A gente já sabe que o sotaque irlandês é matador para a maioria das mulheres, mas, e aí, o que mais fez você querer ficar com este cara aqui?

Acho que a pergunta sobre mamilos o fez se soltar, porque em vez de um olhar intenso, Rath parece mais relaxado, à vontade, e isso me deixa mais aliviada. *Ou pode ser que seja porque ele está comendo. Homens amam comida.*

Dou uma olhada em Roark, só a alguns centímetros de distância, e absorvo sua linda feição: aqueles olhos que podem exibir malandragem e paixão, sua barba perfeitamente aparada que dá uma sensação fantástica quando roça a parte interna da minha coxa, seu sorriso que muitas vezes *ainda* me deixa sem palavras... São todos atributos físicos que atrairiam qualquer mulher, mas o que me conquistou está além da superfície.

— Vou ser honesta — respondo, mantendo os olhos em Roark. — Não foi amor à primeira vista. Na verdade, eu o detestava.

— Manter o celular dela refém não foi legal, cara — Bram diz do outro lado da mesa. *Eles sabem sobre isso?*

— Não queria devolver. — Roark sorri para mim.

— Ele me deixava frustrada — acrescento. — Me frustrou mais do que qualquer outra pessoa que já conheci, mas com aquela frustração, ele me desafiava. — Os olhos de Roark suavizam. — Ele me ajudou a me posicionar, algo em que nunca fui muito boa. Ele me forçou a ser mais assertiva, outra característica que me faltava. Ele me forçou a sair da zona de conforto e a cumprir uma das promessas que fiz para este ano: viver a vida intensamente. Acho que não há outra pessoa no planeta que poderia ter me desafiado tanto quanto ele. E aí meu apreço por ele foi crescendo em algo mais quando comecei a ver seu lado mais gentil.

— Ele é mesmo um ursinho, não é? — Bram interrompe.

Repouso a cabeça no ombro de Roark e digo:

— É sim. Ele finge ser esse bad boy do tipo "não dou a mínima", quando, na verdade, é um fofo total.

— Ele é um homem bom — Rath elogia, com a seriedade envolvendo cada palavra. — Não confio em muitas pessoas, nem ligo de perder tempo com pessoas que não causam um impacto positivo na minha vida, e mesmo que Roark tenha feito algumas merdas no passado, ele é leal e faria qualquer coisa por mim, pela gente.

O tom do salão muda drasticamente depois da confissão de Rath, deixando Roark se contorcendo e Bram empolgado.

— Cara, você sente o mesmo por mim? — Bram pergunta, fazendo-me rir.

Rath revira os olhos.

— Quantas vezes vou ter que te dizer? Se eu tivesse que salvar você ou a Julia, sangue do meu sangue, de um penhasco, eu sempre escolheria você.

Bram aperta os lábios, baixa a cabeça antes de estender o braço e agarrar a mão de Rath.

— Eu te amo tanto, cara. Se eu gostasse de pau, teria me casado com você ao invés da sua irmã.

— Jesus — Roark murmura e leva a boca para a minha orelha. — Esqueci de dizer o quanto a amizade deles é esquisita.

— Que bom que você não falou — sussurro em resposta. — Gosto de ver em primeira mão. É bem divertido.

— Não conte para eles. — Ele dá um beijo rápido em meus lábios antes de me envolver por completo e me reivindicar na frente de seus amigos.

É um gesto pequeno, mas que significa muito para mim.

E quando vejo os sorrisos deles em resposta, me entrego à vontade ao abraço de Roark.

Esparramada nos lençóis de cetim de Roark — os novos que ele comprou para mim —, faço círculos preguiçosos em seu peito nu enquanto ficamos ali no escuro, nossas respirações finalmente se acalmando da atividade vigorosa de dez minutos atrás. Por todo o caminho de volta para casa no carro preto que Roark insistiu em alugar, ele ficou sussurrando coisas safadas no meu ouvido, me falando tudo o que tinha planejado fazer assim que chegássemos em seu apartamento. E ele não mentiu.

Ele cumpriu *todas* as promessas que fez no carro, incluindo sexo em frente à janela do quarto, seguido por este aconchego em que estamos.

Seus dedos serpenteiam pelo meu couro cabeludo, entrelaçando-se no meu cabelo, enquanto pressiono meu corpo nu no dele, me deleitando em seu perfume.

— E aí, você acha que eles gostaram de mim?

— Eles te acham perfeita para mim.

— Seus amigos te falaram isso? — pergunto, me levantando para olhar em seus olhos.

Ele assente.

— Falaram, eles já sabiam que você era perfeita para mim antes mesmo de te conhecerem, porque podiam ver o quanto eu estava feliz. — Seu polegar acaricia a minha bochecha. — Você me faz tão feliz, Sutton.

No quarto iluminado pela lua, deitada nos lençóis mais macios do mundo, sinto meu estômago dar cambalhotas antes de se acalmar. Eu o faço feliz, este babaca indisciplinado. Eu *o* faço feliz. Não sei como, mas que bom que faço, porque não consigo imaginar um dia sem ouvir sua voz sensual, sem sentir seus toques afetuosos, sem ver seu rosto se iluminar sempre que estou por perto. É viciante. Ele é viciante, e não estou mentindo quando digo que é um vício que jamais vou querer largar.

— Você também me faz muito feliz, Roark.

— Ah, é? — ele pergunta, com um sorriso tímido aparecendo em seus lábios, uma sombra de dúvida nos olhos.

— Sim. Como pode duvidar disso?

Ele morde o lábio e olha para o teto por um instante.

— Nunca estive em um relacionamento. Nunca experimentei estes sentimentos avassaladores de querer manter você por perto o tempo todo, de protegê-la, de fazer questão de ver o seu lindo sorriso todos os dias. É tudo novo, e às vezes sinto esse peso se formando no meu peito, imaginando se estou fazendo o que é certo, se estou ferrando com alguma coisa. — Ele envolve meu rosto. — Não quero ferrar as coisas com você, Sutton.

— Você não vai ferrar nada, Roark.

— Eu sempre ferro com tudo.

Balanço a cabeça.

— Não é verdade, nem chega perto disso. Você já ferrou com algum contrato antes?

— É diferente. Isso é negócio. Quando se trata de relacionamentos pessoais, sou a droga de um fodido.

— Sério? Porque eu acabei de jantar com dois caras que têm uma ótima opinião sobre você, que têm sido os seus amigos desde a faculdade. E todos os seus clientes continuam com você, não só porque gostam do dinheiro que traz para eles, mas também do relacionamento que têm com *você*. Foi assim que o seu negócio começou, pela sua habilidade de se conectar com os outros, de conhecer as necessidades deles e antecipar o que querem. A palavra *relacionamento* não significa só algo romântico, Roark. Você tem se relacionando com as pessoas por muitos anos, mas ainda não entendeu o quanto é bom nisso. É como se tivesse se escondido atrás da fachada da indiferença e da babaquice, como se duvidasse de que eles de fato gostam de você. Mas o seu sucesso, o seu negócio, prova o contrário. Então você já esteve em relacionamentos, e é isso que faz de você tão bom no nosso.

Ele arrasta a mão pelo rosto e solta um longo suspiro. Ao olhar em seus olhos, vejo dor neles.

— Então por que a minha família não me ama?

Meu doce homem. O *amor* deles? Eles não sabem o que a palavra significa. Odeio o quanto eles danificaram seu coração e sua alma incríveis. Odeio o quanto a ganância e a ignorância deles ainda molda como ele se vê. Mas entendo. Se meu pai não me amasse de maneira tão incondicional, eu não seria quem sou hoje.

— Olhe para mim, Roark. — Ergo seu queixo com o dedo para que ele seja forçado a olhar para mim. Quando tenho sua atenção, digo: — Queria ter uma resposta para você, a razão exata de por que a sua família te trata com menos do que o amor incondicional. Queria muito ter respostas, mas não tenho. Só sei o que vi desde que te conheci. Você é amoroso, atencioso, leal, gentil e genuíno, todas as características que tornam um homem impressionante, que quero manter para sempre ao meu lado. Me dói saber que a sua família não enxerga o mesmo cara que eu. Me deixa com raiva que eles nem fizeram questão de conhecer o homem que você se tornou, os amigos que fez, os relacionamentos duradouros que você fortaleceu. O problema é deles, não seu.

Passo o polegar de leve por seu lábio inferior antes de me inclinar e pressionar um beijo suave em sua boca. Ele quer aprofundá-lo ao pressionar sua mão na minha nuca, mas eu me levanto, ainda não terminei o que tenho a dizer.

Respirando fundo, continuo:

— Eu me preocupo com você, Roark, de verdade. — A palavra que começa com A está na ponta da minha língua, mas eu a seguro, sem querer ir rápido demais. — E por me preocupar com você, vou ser franca. A forma como a sua família te trata, como manipula você, como eles são terríveis em fazer você se sentir mal consigo mesmo por querer mais, não é assim que uma família amorosa age. Não é assim que pais deveriam tratar os filhos. E sei que você sente essa culpa esmagadora para ajudá-los, e é algo que vai ter que lutar com o tempo, mas quero que saiba que não está nada certo eles te usarem, fazer você se sentir menor do que é, a ponto de se sentir culpado até mandar dinheiro para eles todos os meses. Não está nada certo, e enquanto eu estiver na sua vida, vou te mostrar todo santo dia como você deveria ser tratado.

Seu rosto suaviza, seus olhos ficam vidrados quando ele me puxa para perto, nossas testas se conectam.

— Você me fez mudar da melhor forma, Sutton. Duvido que algum dia eu encontre palavras para dizer o quanto você significa para mim.

— Então me mostre — peço, levando os lábios aos dele, e ele os toma de leve e me faz rolar de costas.

Levando um momento, ele me analisa. Seu dedo traça a lateral da minha mandíbula. Seus olhos buscam os meus, e uma onda de nervosismo vibra no meu estômago. E então vejo em seus olhos... amor. Está bem ali, não há dúvida. Ele não precisa dizer, porque neste instante, posso senti-lo. Vê-lo.

Ele me ama.

E eu o amo.

Sem outra palavra, Roark pressiona os lábios nos meus e, pela primeira vez desde que nos conhecemos, fazemos amor, devagar e docemente. Não é apressado, e não há necessidade de brincadeiras ou provocações. Em vez disso, nos conectamos da forma mais profunda possível, com os nossos corações.

CAPÍTULO 20

Querido Ned,

Puta.

Merda.

Estou apaixonado.

Pois é, estou tão chocado quanto você. Levei uns dias para perceber. Depois de levar Sutton para conhecer os caras, voltamos para a minha casa e transamos pra valer. Foi incrível, mas aí algo aconteceu, algo que mudou o nosso relacionamento. Algumas pessoas podem chamar de momento de virada.

Eu me sinto seguro perto dela, o que me fez me abrir sobre a única coisa que pesa no meu peito: minha família. E mesmo que o que Sutton tenha dito para mim soe verdadeiro, que minha família não me trata da forma que mereço, sei que vai levar tempo até aceitar isso, porque a dúvida sempre estará lá no fundo da minha mente, imaginando por que eles não podem me amar como Foster ama a Sutton.

Se eu fosse reiterar o que a minha terapeuta pé no saco me disse ontem — que é doloroso para mim —, viver a vida buscando o amor deles só vai me frustrar, porque não posso controlar o sentimento ou ações deles. Mas posso controlar a minha vida e como eu trato as pessoas positivas que estão nela.

Profundo, né? E eu geralmente teria zombado, mandado um dedo do meio mental para ela e aí iria embora, mas com Sutton na minha vida, consigo compreender sobre o que ela está falando. Tenho a oportunidade de ser feliz, a chance de sentir o amor pela primeira vez. Isso significa que posso fazer uma escolha. Em vez de ficar chafurdando sobre o que não posso consertar, posso aproveitar esta oportunidade de me provar que, na verdade, sou alguém que merece o amor. E que posso retribuir esse sentimento.

Sutton é tudo o que eu sempre quis na vida, mas nunca soube, e já está na hora de me permitir sentir em vez de ficar vivendo em um constante estado de atordoamento.

Foi mal pela tagarelice, cara.

Roark

Roark

Dou outra olhada no relógio, e os ponteiros mal se movem ao redor do mostrador. Estou impaciente.

Impaciente pra caralho.

Já faz dois dias desde que vi minha garota, porque eu estava fora da cidade a negócios, lidando com um dos meus clientes na Costa Oeste, e agora que estou de volta, só quero abraçá-la, levá-la para a minha casa e beijar todo o seu corpo doce.

Mas alguém quis jantar primeiro...

Acho que comer é uma necessidade, mas entrar na Sutton também é.

Me apoiando na parede do restaurante, examino as ruas de Nova York, procurando sem parar cabelos loiros ondulados e brilhantes. É engraçado que esta seja a minha vida agora, desesperado pelo vislumbre da garota que capturou o meu coração.

E mesmo que seja fora do habitual para mim, parece tão certo, como se tivesse uma peça faltando na minha vida, que Sutton completa.

Lembra quando eu disse que posso ser a droga de um cavalheiro às vezes e usar palavras como "apaixonado"?

Bem, estou apaixonado pra caralho pela Sutton.

E não tenho vergonha de admitir isso... mentalmente.

Ficando irritado, me afasto da parede e esfrego a nuca — a necessidade de fumar está forte — e então vejo Sutton virar a esquina em seu casaco de lã cor-de-rosa. Seu cabelo ondulado está balançando em seus ombros, e suas bochechas atingidas pelo vento estão com um belo corado que combina com a cor dos seus lábios.

Deslumbrante... e então ela ergue a cabeça, me encontra e seu rosto se ilumina. *Isso aí.* Minha garota. Ela se apressa até mim, uma façanha com seus saltos enormes e a calça justa.

Assim que ela me alcança, eu a envolvo nos braços e a ergo para minha boca, dando um beijo desesperado em seus lábios. Me derreto em seu toque, na maneira como sua mão roça minha barba e na exigência suave de sua boca, querendo mais.

Eu a seguro com força, puxando-a do meio da calçada e para mais perto do restaurante para que não fiquemos bloqueando os nova-iorquinos de chegar aonde precisam ir. Dois dias, é isso, ficamos separados por dois dias e sinto como se fosse uma tortura. É o quanto estou caidinho por esta garota.

Me afastando, respiro fundo e repouso a testa na dela, com as mãos envolvendo sua cintura.

— Senti tantas saudades.

— Também senti saudades — ela responde, em seu doce sotaque sulista. — Por que parece que levou uma semana?

— Não faço ideia, mas que tal a gente pular o jantar e ir direto para a minha casa?

Ela ri e puxa minha mão.

— Boa tentativa. Lembre que o nosso relacionamento não é só sexo. Há mais em nós. Temos substância e a gente não precisa passar cada momento na cama. — *O cérebro feminino é um grande mistério.*

— E por que não? Não me lembro de ter concordado com essa teoria. Podemos ter substância na cama. — Eu a sigo para dentro do restaurante e falo perto de sua orelha: — Que tal a gente tentar? Vou me enterrar fundo em você, e aí podemos conversar sobre aonde queremos ir nas férias, enquanto sua boceta apertada envolve meu pau. — *Ai.*

Sutton me dá uma cotovelada na barriga e fala pelo canto da boca:

— Dá para você se controlar? Estamos em público.

Movo a mão para a sua bunda, sem vergonha alguma.

— É isso o que consegue quando me força a sair para jantar depois de dois dias sem ver você. Está brincando com fogo, Sutton.

Olhando para mim, com uma expressão sedutora, ela diz:

— Se você quer mesmo entrar nesse jogo, não tenho problema nenhum em deixar você com tesão enquanto jantamos. É isso mesmo que quer, McCool? Hambúrguer acompanhado de tesão?

Um sorriso puxa meus lábios. Malditas sejam ela e essa boca atrevida.

— Não consigo pensar em nada melhor para o jantar.

Ela ergue uma sobrancelha para mim.

— Ah, é? — Com cuidado e muita indiferença, ela volta para mim, move as mãos por trás das costas e me envolve, como se sua mão fosse um ímã para o meu pau. Ela dá um leve aperto, levando minha libido para os ares quando pulo para trás. A risadinha que sai de seus lábios me diz que ela está muito satisfeita com a minha reação. — Cuidado, Roark. Aprendi com o mestre a como jogar sujo.

Agarrando seus ombros, me inclino em sua orelha e aviso:

— Você vai pagar por isso, *lass*.

Antes que ela possa responder, a hostess nos recebe e Sutton dá nossos nomes.

— Vai levar uns quinze minutos. Gostariam de se sentar no bar enquanto esperam?

Sutton olha para mim e assente.

— Seria ótimo.

A hostess aponta para a esquerda.

— Logo atrás do arco. Vou chamar vocês quando a mesa estiver pronta.

— Obrigada. — Sutton pega a minha mão e abre caminho para o bar.

— Quinze minutos é muito tempo, sabia? Talvez a gente devesse pedir comida.

Ela me encara e revira os olhos.

— Vamos ser um casal civilizado e jantar. — Ela se senta no banquinho do bar e eu a bloqueio, prendendo-a com meu corpo largo.

O barman coloca um guardanapo no balcão à frente de Sutton e pergunta:

— Vocês vão querer alguma coisa?

Mantendo os olhos em Sutton, digo:

— Jameson para mim e um Shirley Temple para a senhorita.

Ele assente e começa a preparar nossos drinques.

— Shirley Temple?

Dou um puxão em uma mecha de seu cabelo e sorrio.

— Pareceu o certo para você. E não consigo lembrar a última vez que bebi. Se vou ter que passar por este jantar, vou precisar de algum encorajamento alcóolico.

— Você age como se fosse um esforço jantar comigo.

— Não é esforço, srta. Green. É *tortura*, ainda mais quando você está usando essa calça sexy e esses saltos enormes.

Ela abre um sorriso tímido.

— Posso ter dado um toque especial à minha roupa hoje.

Descanso a mão em sua coxa e a outra no encosto de seu banco. Ela está sentada de lado, então tenho um bom controle sobre seu assento.

— Toque especial? Você está me torturando de propósito?

— Não. — Ela balança a cabeça e passa os dedos pela lapela do meu paletó. Ela conhece minha roupa habitual de reuniões, então posso ter me arrumado para ela também. Achando que minha garota ia gostar disso. — Só queria ficar linda para o meu namorado.

— Você está linda pra caralho. — Minha mão sobe por sua coxa. — Linda demais, *lass*.

O barman empurra os drinques na nossa direção e pego a carteira e tiro uma nota de cinquenta quando ele ergue a mão.

— Vou adicionar na sua conta, sr. McCool.

Quando ele se afasta, Sutton leva o drinque aos seus lábios sensuais e diz:

— Sr. McCool? Amigo do barman?

— Pode ser que eles me conheçam aqui, talvez não pelo melhor motivo. — Dou de ombros. — Mas eles fazem hambúrgueres maravilhosos, e você disse que estava a fim disso. Estou surpreso por eles ainda não terem uma mesa para a gente.

Ela dá um tapinha na minha bochecha.

— Ai, nossa, que terrível, o homem rico tem que esperar com o povão.

— Continue me provocando, *lass*, veja aonde isso vai te levar.

— Espero que para baixo de você. — Ela dá uma piscadela enquanto beberica do canudo, a sucção de suas bochechas me deixando louco.

— Você vai tornar as coisas mais difíceis que puder, não é?

Ela dá uma olhada para o meu pau e sorri.

— Vou. Quanto mais difícil, mais eu gosto.

Tomo um gole do uísque e o reviro devagar na boca antes de engolir.

— Você vai ter sexo selvagem hoje, Sutton. — Eu me movo para perto e baixo a cabeça para sua orelha. — Vou arrancar essa calça de você, te empurrar para o meu sofá, abrir suas pernas e...

— Ai, Deus. Ai, merda. — Sutton empurra meu peito, me jogando para trás enquanto diz: — Saia de perto de mim.

— Como é? — pergunto, completamente confuso pelo pânico em seus olhos.

— Meu pai — ela murmura, endireitando-se. — Ele acabou de entrar no restaurante. — *Ai, caralho.* — Se esconda.

Dou uma olhada para trás.

— Não dá para me esconder, Sutton.

— Bem, então tire a mão da minha coxa.

Tudo bem, ela tem razão. Apesar de não querer, dou um passo para trás e coloco alguns centímetros entre nós, e uma pequena parte de mim deseja que Foster tenha me pegado com a mão na coxa dela para que pudéssemos acabar com isso. Não estamos mentindo para o Foster; só ficamos quietos. Mas na última semana, senti esta necessidade de contar para ele, de ter sua aprovação, e agora parece um ótimo momento para resolver isso.

— Vamos chamá-lo.

— Você ficou louco? — Sutton pergunta, com os olhos arregalados. — Este não é o momento nem o lugar para contar para o meu pai que estamos namorando.

— Ele é um cara legal, Sutton. Tenho certeza de que vai ficar de boa.

— Você não o conhece tanto quanto eu.

Ai.

Ela pode ter razão, mas, ainda assim, respeito bastante meu relacionamento com Foster. Tenho uma grande admiração por ele, quase como se fosse a figura paterna pela qual eu ansiava.

Estou prestes a responder quando um homem esbarra em mim, me desequilibrando. Ao me virar, ele sorri e se senta ao lado de Sutton, com os olhos fixos no peito dela.

Ele estende a mão para ela e diz:

— Oi, sou o John.

Sutton olha na minha direção e gentilmente pega a mão do cara. A raiva aumenta dentro de mim quando ela sorri para ele. Na minha cabeça, sei que está sendo educada — é da natureza dela —, mas não significa que eu não esteja puto com isso.

— Sutton, é um prazer...

— Ela está comigo, cara — digo, com a voz severa, dando um passo para a frente, mas não tão perto para caso Foster se vire na nossa direção.

John me encara e balança a cabeça.

— Vi quando ela te empurrou, então acho que não quer nada com você, *cara*.

Ranjo os dentes, tentando me manter o mais calmo possível, me lembrando da técnica idiota de respiração que minha terapeuta me mostrou em uma sessão. Como era? *Inspirar e expirar dez vezes?*

Pois é, essa merda não está funcionando agora.

A mão que não está segurando o copo de uísque se cerra ao meu lado, coçando para dar uma lição para cada cara no restaurante.

Sutton é minha.

— Ela não estava me empurrando — sibilo entre os dentes cerrados.

— Relaxa, cara. A mão dela estava no seu peito, ela não quer você por perto.

Seria ótimo se Sutton entrasse na discussão a qualquer momento.

— Olha só, seu...

— Sutton? — a voz de Foster pergunta atrás de mim, e então ele se aproxima do bar.

Os olhos de Sutton se arregalam e suas mãos se mexem no colo.

— Puta merda, Foster Green — John fala ao se levantar e estender a mão. — Não acredito que você está indo para a sua última temporada. Você é o meu ídolo.

Sendo o cara legal de sempre, Foster sorri para John e aperta sua mão.

— Obrigado, mas está na hora do velho aqui pendurar as chuteiras. Na esperança de terminar bem.

— Tomara que a diretoria possa fazer boas contratações este ano, para ajudar você um pouco no campo.

— Estou confiante de que vão fazer isso. — Sorrindo uma última vez para John, ele pede licença, puxa Sutton pela mão e me lança um olhar. Eu os sigo para o canto do bar, com o coração batendo na garganta. Por que ele me lançou aquele olhar? Será que está com raiva? Será que ele sabe?

Espero que não, porque quero muito poder contar a ele eu mesmo. Acho que ele gostaria de saber por mim.

Com cautela, me aproximo do pai e da filha. Ele estende o braço para mim e apertamos as mãos.

— Roark. — Estou prestes a respondê-lo, tentando encontrar equilíbrio no meio desta bagunça, quando Foster olha sobre o ombro. — Não esperava encontrar vocês dois aqui.

Sutton ri de nervoso.

— Que mundo pequeno, hein? Vim tomar um drinque depois do trabalho quando encontrei o Roark.

Tudo bem, acho que não vamos contar a verdade hoje.

Passo a língua pelos dentes quando uma leve pontada de dor irradia no meu estômago. Sei que ela não vai simplesmente contar ao pai, mas esta poderia ter sido a deixa perfeita. Na verdade, não conversamos sobre como vamos contar, porque sempre que trago isso à tona, Sutton muda de assunto, e agora que estou pensando a respeito, fico imaginando se há uma razão mais profunda para isso.

Minha mente batalha com o meu coração enquanto tento me convencer de que a preocupação que começa a marcar minha mente é apenas isso... preocupação. *Preocupação infundada.*

— Vocês dois iam jantar sozinhos? — Foster pergunta, olhando sobre o ombro outra vez.

— Hã, era para eu encontrar Maddie aqui — Sutton diz. As mentiras continuam saindo de sua boca. — Mas ela cancelou. Roark me comprou um Shirley Temple. Não foi legal da parte dele?

— Foi. — Foster dá uma olhada no drinque e depois em mim. — Como você está, Roark? Já faz um tempo que não te vejo.

Seguro minha bebida ao lado, sem querer que pense que estou no bar para beber.

— Bem. — Assinto, sem jeito.

— Que bom — Foster responde, parecendo distraído. — Sinto muito que Maddie tenha cancelado. Estava indo pedir algo para comer, a gente pode convidar o John, se você quiser. — Dando uma piscadela, Foster acrescenta: — Ele não pode ser tão ruim se é um fã do seu velho, eu acho.

Que tal o agente do velho? As palavras quase escapam da minha boca, mas as seguro.

— O que você acha? Ele é um cara bonito — Foster continua, parecendo pouco à vontade ao tentar bancar o casamenteiro. *Porra, ele não está tão pouco à vontade quanto eu agora.*

Por sobre o meu ombro, Sutton dá uma olhada em John, só Deus sabe por que, e diz:

— É mesmo.

Hã...

Que porra é essa?

Ela está querendo me tirar do sério? Porque estou prestes a perder a cabeça se ela olhar mais uma vez para aquele imbecil.

— A menos que esteja conversando com o cara sobre quem você me contou. Chegou a se encontrar com ele quando voltou para a cidade?

Fico esperando sua resposta, sabendo muito bem que Foster está falando sobre mim. Sutton leva um instante para bebericar seu drinque, evitando contato visual comigo. Que oportunidade perfeita para começar a conversar sobre o nosso namoro. No entanto, ela diz:

— As coisas são complicadas com ele.

Quando ela me lança um rápido olhar, minhas sobrancelhas se erguem. Complicado, é? Pelo que sei, somos tudo, menos complicados, mas entendo, estamos em um lugar público e ela está nervosa.

Mas, porra. Sei que sua intenção não é a de me tratar como seu segredinho sórdido, mas é o que está parecendo. *E dói pra caralho.*

— E aí, devo chamar aquele cara aqui, apresentá-lo para a minha filha linda?

— Não. — Ela balança a cabeça. — Acho que não é uma boa ideia. Roark está aqui, e não quero deixá-lo pouco à vontade.

Foster ri e segura meu ombro.

— Tenho certeza de que ele não vai se importar, ele pode me ajudar a analisar o cara.

Só sobre o meu cadáver.

Por que ele está insistindo nisso? Ela disse não, pelo amor de Deus.

Lanço olhares mortais para Sutton, tentando me comunicar com o olhar, que ela precisa tirar essa ideia do pai, e rápido.

— Não estou preparada, pai — ela diz com mais convicção, indicando para Foster desistir.

— Certo. Tudo bem. — Nunca vi Foster assim, pouco à vontade.

Constrangido. Ele pigarreia. — Você poderia pedir o número dele...

— Pai — Sutton geme, o que me faz rir.

Ele puxa Sutton para um abraço e beija o topo de sua cabeça, enquanto olha outra vez para a porta. Seus olhos têm se desviado para lá o tempo todo, o que me faz pensar...

— Ai, meu Deus. Olha lá, é a Whitney — Sutton fala ao se afastar de Foster.

Não é de se admirar que ele tem se distraído da conversa o tempo todo. Foster ia encontrar a Whitney aqui. Seu distanciamento faz muito mais sentido agora. E parece que as coisas estão prestes a ficar interessantes.

— Ei, Whitney, aqui. — Sutton acena para ela.

Foster fica tenso ao lado de Sutton e me lança uma rápida olhada, como se implorasse por ajuda. Mesmo se eu soubesse o que fazer, acho que não ajudaria, porque, verdade seja dita, Sutton é adulta, e se o pai dela está namorando alguém, ela deveria saber.

E vice-versa, mas não vou entrar nessa de novo.

Whitney se aproxima com cautela, deslumbrante em um vestido vermelho justo e saltos pretos. Seus cabelos caem em ondas como cascata por seus ombros, e seus lábios combinam com o tom do vestido. Dou uma olhada em Foster, que está com um olhar ardente de apreciação.

Jesus. Se não está óbvio agora, a expressão de Foster entrega que ele está apaixonado.

— Oi, pessoal. — Ela evita contato visual com Foster. Nem um pouco óbvio.

— Nossa, Whitney. Você está linda — Sutton elogia. — Essa cor combina com você.

— Obrigada. — Whitney se mexe nos calcanhares e tenta sorrir, mas parece incrivelmente forçado.

Ainda alheia, Sutton diz:

— Quais são as chances de todos nós nos encontrarmos aqui ao mesmo tempo? Que estranho, né? — Ela dá uma olhada no pai. — Parece que você está aqui para um encontro. E qual é a ocasião, Whitney? Acho que nunca vi você tão arrumada assim além dos eventos no trabalho.

Foster e Whitney trocam um olhar, com uma expressão preocupada.

Se eu fosse o namorado da Sutton neste momento, em vez de ficar escondido, iria me aproximar dela e explicar o que está se desenrolando à sua frente. No entanto, me recosto e tomo um gole de bebida, observando as engrenagens começando a girar na cabeça de Sutton.

— Vocês dois estão aqui, arrumados. — Ela torce os lábios para o lado, pensativa. — Não havia nada importante na agenda hoje. — Ela olha para o pai e então para Whitney. De volta para o pai. — Vocês estão… — Acho que ela está quase lá; ela está juntando as peças. — Vocês estão saindo?

Whitney morde o lábio e parece que está prestes a vomitar, enquanto Foster enfia as mãos no bolso e pensa na resposta.

— Não queria que você descobrisse assim, querida. Queria me sentar com você para te contar, mas com o seu novo trabalho e tudo o que tem acontecido na sua vida, não queria tornar as coisas estranhas. — Endireitando-se, ele passa o braço ao redor da cintura de Whitney, que logo se aproxima mais dele e diz: — Mas já que ficou meio que óbvio, já faz um tempo que Whitney e eu estamos namorando. Estamos meio que… apaixonados.

Me viro devagar para Sutton, com os olhos semicerrados, esperando sua reação.

Ela pisca algumas vezes enquanto sua mente processa, mas assim que o faz, uma pequena lágrima escorre por sua bochecha, e preciso de um esforço tremendo para não estender o braço e enxugá-la.

— Pai, isso é… isso é maravilhoso. Não acredito que você não tenha me contado antes. — Sutton estende os braços e puxa Whitney para um abraço. — Meu Deus, estou tão feliz por vocês dois.

E se eu já não estivesse apaixonado pela minha garota, agora teria ficado. Isso poderia ter acabado de tantas outras formas, mas em vez de surtar, ela aceita de imediato a nova informação de braços abertos, deixando seu pai e Whitney à vontade.

Sutton não é só linda por fora, como também é absolutamente linda por dentro.

— Obrigada — Whitney diz, parecendo bastante aliviada. — Não sabia como você ia lidar com isso, já que sou sua chefe, mas não posso nem dizer o quanto significa para mim que você esteja bem com isso.

— Desde que estejam felizes, é tudo o que importa. — Sutton também abraça seu pai, um abraço que dura mais que o esperado. Ela diz algo junto ao seu peito, mas não consigo entender com todo o barulho de fundo. Porém, este poderia ter sido o nosso momento. Já que ele entende o que é estar apaixonado, tenho certeza de que verá o mesmo olhar que ele tem para a Whitney nos meus olhos para a Sutton.

Sem jeito, me viro para Whitney e digo:

— Parabéns.

— Obrigada. — Ela ri e assente. — E parabéns para vocês também.

Ai.

Merda.

Fecho os olhos com força quando Foster indaga:

— Parabéns?

Jesus. Não era para as coisas seguirem por esse caminho.

Olho para Sutton, que empalidece no mesmo instante, com o pânico correndo em seus olhos. Em geral costumo ser rápido no gatilho, mas sinto a língua presa, sem saber o que dizer, sem saber o que Sutton quer que eu diga. Devemos ter ficado em silêncio por tempo demais, porque Foster começa a olhar para nós dois. *É isso. É agora que ele verá meu amor por sua filha. Não vamos nem precisar contar.*

— Sutton — sua voz fica séria —, há algo que *você* precisa contar para *mim*? — Quando olha na minha direção, Foster não parece feliz. Um homem mais fraco teria murchado sob seu olhar, mas, em vez disso, me mantenho firme e não quebro o contato visual.

— Eu meio que... ia te contar...

— Sr. Green, sua mesa está pronta — a recepcionista avisa, quebrando a tensão no nosso pequeno círculo.

Foster morde o lábio, olhando para nós dois antes de assentir — não de um jeito alegre — e pegar a mão de Whitney. Sem dizer outra palavra, ele segue a recepcionista em direção ao salão de jantar, enquanto Whitney sussurra um pedido de desculpa para nós.

Nem um comentário. Nada.

Esperava que ele tivesse algo a dizer, mas seu silêncio?

Porra. Acho que não consigo lidar com o silêncio.

Assim que eles saem de vista, Sutton pressiona a mão na testa e lágrimas começam a encher seus olhos. Vou para o seu lado no mesmo instante, mas ela me empurra outra vez.

— Isso foi péssimo — ela diz, com a voz trêmula. — Ele está com tanta raiva.

— Sutton... — Dou um passo à frente, mas ela dá outro para trás. — Dá para a gente ir para a minha casa para pensar no que fazer?

— O que há para pensar, Roark? — Ela gesticula na direção pela qual seu pai foi. — Ele com certeza está com raiva.

— Ele está processando.

— Ele não está processando. — Ela balança a cabeça. — Ele está fervendo.

— Vamos só voltar para a minha casa...

— Ei, está na cara que ela não quer ir a lugar nenhum com você. — Meu ombro é puxado para trás, e me viro para encontrar John mais uma vez. *Esse babaca.*

Respirando para me acalmar, digo:

— Se você fosse esperto, cuidaria da própria vida.

— Se você fosse esperto, teria entendido a dica — John responde, passando por mim e pegando a mão de Sutton. — Venha comigo.

O rosto de Sutton diz tudo.

Me ajude.

— Solte a mão dela, agora — digo, dando um aviso.

Em vez disso, o idiota arrasta Sutton para o meio da multidão, mesmo quando ela diz:

— Aquele é o meu namorado.

— Se ele é, então está te dando um tratamento de merda. — Ouço-o dizer antes de eles se moverem para longe do alcance dos meus ouvidos.

Quero empurrar aquele filho da puta na parede, mas não posso. É um restaurante grande, e não posso me dar o luxo de entrar em outra briga. Mesmo que o imbecil chamado John ache que ele pode bancar o super-herói. *De onde esse cara surgiu?*

Então, em vez disso, coloco o copo na mesa alta e os sigo... com calma. Mas quando viro para o corredor que leva aos banheiros, fico furioso.

John está pressionando Sutton contra a parede, prendendo-a, enquanto ela tenta empurrá-lo, mas ele não se move.

Porra. Não.

Esse filho da puta foi mexer com a pessoa errada. Ninguém tira a minha garota de mim e a prende contra a vontade. *Fúria. É o que estou sentindo agora.*

— Sai fora. — Ouço o grito dela logo antes de eu puxar o ombro do cara e enfiar o punho em sua mandíbula.

Ele tropeça alguns passos para trás e pisca antes de erguer a cabeça e investir, atingindo meu corpo e me empurrando contra a parede. Ele consegue socar minha lateral algumas vezes antes que eu lhe dê uma joelhada na barriga para me livrar de seu aperto.

Ao fundo, ouço os gritos estridentes das mulheres enquanto invisto atrás de John, meu punho encontrando a sua lateral logo antes de ele acertar meu olho, enviando uma dor vibrante pelo meu crânio.

— Pare, Roark! — Sutton grita.

Não consigo parar. *As mãos dele estavam na minha garota.* Mas antes que eu possa impulsionar o braço outra vez, um par de mãos fortes me puxam para trás pela gola da minha camisa e me levam para a entrada e então para a rua, onde sou empurrado para frente.

Me viro para encontrar Foster, parado confiantemente, com as mãos nos quadris, com raiva e ferocidade nos olhos, e eu ainda estou quente de fúria pelo que aquele filho da puta fez com a minha garota. Sutton vem até mim, mas antes que ela possa me tocar, Foster estende o braço para o lado.

— Saia daqui, Roark.

Recobro o equilíbrio, me curvando para a frente, enquanto o sangue escorre do meu nariz para o chão. Passo a mão pelo rosto e ergo a cabeça para o homem que respeito mais do que qualquer outra figura masculina na minha vida.

— Não é o que parece, Foster.

— Parece que você não mudou. Eu pus a mão no fogo por você e coloquei meu nome como seu responsável. — Ele passa a mão pelo cabelo. — Esperava mais de você.

— Pai. — Sutton tenta puxar seu braço, mas Foster se move para frente, fechando o espaço entre nós.

— Quando te conheci, Roark, soube que você levaria meu negócio e minha imagem para outro nível. Você eleva os atletas e ajuda a manter uma imagem positiva deles e, mesmo assim, aqui está você, ainda bebendo, ainda entrando em brigas, escondendo malditos segredos. — Ele se aproxima mais, ficando cara a cara. — Namorando a minha filha sem dizer nada para mim. — Ele balança a cabeça. — Achei que você tivesse mais respeito por mim do que isso.

— Pai, por favor. Não...

— Não, Sutton. Agora não — ele diz, fazendo-a dar um passo para trás com um soluço. Foster foca sua raiva mal contida de volta em mim.

— Você não é o homem que achei que fosse e provavelmente nunca será o homem que acreditei que tinha o potencial de ser. — Ele me olha de cima a baixo. — Não há como eu deixar a minha filha namorar alguém que seja menos do que ela merece. E você, Roark, não chega nem perto do nível dela.

Retirando-se, ele envolve os ombros de Sutton e a guia de volta para o restaurante.

— Sutton — grito. Mas não é amor que vejo em seus olhos marejados quando ela me lança um rápido olhar sobre o ombro. *Será que ela está com raiva também? Decepcionada?* Ela se vira e segue o pai para dentro do restaurante, me deixando sozinho na rua.

Porra.

Limpo o nariz de novo e então olho para o céu, pensando no que raios acabou de acontecer. Como é que fui de provocar e brincar com a minha garota para ser chutado para fora do restaurante chique com os nós dos dedos ensanguentados e nada além disso? *Que porra é essa?* Estou coçando para socar alguma coisa... alguém. É melhor que aquele filho da puta não mostre a cara aqui fora.

Você não chega nem perto do nível dela.

Palavras que nunca quis ouvir sendo validadas. Mas aí estão elas, saídas da boca de Foster. Soam mais verdadeiras do que qualquer coisa que já ouvi.

Há pelo menos uma coisa que sei com certeza, apesar de tudo o que Sutton disse para mim, que queria ficar ao meu lado, achando que sou o homem que ela queria, ela foi bem rápida em se retirar assim que seu pai deu voz aos pensamentos dele.

— O que raios você está fazendo aqui?

Olho sobre o ombro e encontro Rath com uma toalha presa ao redor da cintura e o cabelo bagunçado.

— Me servindo de uma bebida. O que parece?

Ele se aproxima e acende a luz, queimando minhas retinas com a claridade. Tento cobrir os olhos enquanto troco as pernas.

— Que porra aconteceu?

— O que não aconteceu? — pergunto, enchendo o copo até a borda com uísque. Me viro e me recosto no balcão do bar, lançando a Rath meu melhor sorriso sobre o copo cheio.

— Jesus. — Rath olha para trás de si e ajusta o nó da toalha. — Imagino que você não vai embora tão cedo.

— Não — respondo, com ênfase.

— E o Bram não está disponível?

— Bram está com toda aquela merda de amor agora. Não deu para aguentar, aí vim para cá.

— Que sorte a minha — Rath diz, soltando um longo suspiro. — Se sente lá na sala enquanto eu cuido de um negócio.

— Pode deixar — respondo, cambaleando até o sofá, com a sala girando ao meu redor. Depois de ter sido jogado para fora do restaurante, fui para o primeiro bar que encontrei e bebi até ficar bêbado o suficiente para pegar um táxi até o apartamento de Rath.

Por que aqui? É simples, não consigo ficar na minha casa, não neste momento. Não enquanto Sutton continua me ligando e me mandando mensagem. Desliguei o celular, incapaz de aguentar isso.

Li algumas de suas mensagens.

Ela estava arrependida, precisa conversar comigo. Por favor, tenha cuidado. Merdas assim. Mas não significam nada para mim. Não pode significar nada para mim.

Não depois do que Foster me disse.

Não depois do olhar que ela me deu ao se afastar.

Vi em seus olhos, quase como se ela tivesse concordado com o pai.

Pelo corredor, Rath aparece usando calça de moletom e segurando a mão de uma garota enquanto a acompanha até o elevador. Eu o ouço sussurrar algo ao pressionar o botão, mas não consigo entender o quê.

Me sentindo um pouco culpado, aceno com a mão para eles e grito:

— Foi mal por ser um estraga prazeres.

Rath me lança um olhar mortal e então pressiona um beijo rápido nos lábios da garota antes de ela entrar no elevador. Assim que as portas se fecham, ele solta um longo suspiro e também pega um copo de uísque para si antes de se juntar a mim no sofá.

— Ela parece legal — falo, tentando preencher o silêncio.

— É.

— E tem pernas bonitas. — Dou de ombros.

— Tem mesmo — Rath diz, recostando-se no sofá e olhando para o teto.

— Mas não é sobre ela de quem não falamos agora, é?

— Não estamos aqui para dissecar a minha vida amorosa — ele rosna para mim. — Agora me conte que porra aconteceu para que eu possa ir para a cama.

— Por onde começar? — Coço a lateral do queixo. — Foster descobriu sobre mim e Sutton.

— Merda. Ele te socou? — Rath pergunta, endireitando-se e me encarando.

Tomo um gole do copo e assobio com a queimação antes de dizer:

— Que nada, um cara chamado John tentou abusar sexualmente da Sutton no corredor.

— Quê? — Rath pisca algumas vezes. — Comece do começo.

Passo os minutos seguintes relembrando tudo, desde ter visto Sutton depois de duas noites muito longas sozinho, o idiota que ficou pressionando até ter visto Foster, a descoberta sobre o relacionamento dele, o deslize de Whitney e a briga no corredor depois de tudo isso.

— Puta merda. — Rath respira com dificuldade. — E aí o Foster te jogou para fora do restaurante. Ele não devia estar nada feliz.

— Pois é, dá para dizer isso. — Olho para frente, enquanto as palavras que ele jogou para mim reverberam na minha cabeça. — É como se ele tivesse pegado todas as coisas que odeio em mim mesmo e as confirmado. — Balanço a cabeça. — Você deveria ter visto a expressão dele. Sei que sou o agente dele e que temos um relacionamento de negócios, mas sempre admirei o cara e nunca me senti tão mal por ter decepcionado alguém. Era assim que ele estava: decepcionado. Ele achou que eu só estava brigando por brigar e aí disse... — Solto um longo suspiro. — Merda.

O que raios está acontecendo?

Lágrimas começam a se formar no fundo dos meus olhos, e juro por Deus que, se elas caírem, vou ficar pistola.

Respire fundo, assim como a terapeuta disse.

— Está tudo bem, cara? — Rath pergunta, parecendo preocupado. Ele deveria estar mesmo, porque estou prestes a ter a droga de um momento delicado.

— Não, não está. — Recosto a cabeça e tento aliviar o aperto na garganta. — Sou um merda, Rath. Quando se trata de negócios, ninguém me segura, mas tudo o que tem a ver com a minha vida pessoal não dá certo. — Arrasto a mão pelo rosto. — Eu a amo, cara. Eu a amo muito.

— O que Foster disse?

— Só a verdade que eu já sabia. Que não sou bom o bastante para a Sutton.

— Ele disse isso?

— Algo assim. Mas para resumir, sim, que não mereço a filha dele.

— Merda... ele não tem razão, você sabe disso.

Zombo. Tudo bem, pode ser que Rath tenha bebido e não fiquei sabendo até agora.

— Ele tem toda razão.

— Não tem — Rath diz, balançando a cabeça. — Você é mais do que bom para ela. Pelo que observei, vocês se complementam. Porra, em questão de minutos, ela já foi perguntando se eu gosto que brinquem com meus mamilos. Aquilo foi engraçado pra caralho, cara. Green foi pego de surpresa. Espere um tempo, ele vai ver que você venera o chão que ela pisa, e mostra para ela a mesma lealdade e atenção que você dá para a gente e para os seus clientes.

Balanço a cabeça e tomo um longo gole de uísque, sentindo o líquido âmbar se acomodar no meu estômago.

— Há um motivo pelo qual a minha família não quer nada comigo, Rath. Não sou o tipo de cara que sai galopando em direção ao pôr do sol num cavalo com o amor da vida dele, com um felizes para sempre logo ali na esquina. Não sou o Bram. Não tenho a capacidade de dar a uma mulher o que ela merece de verdade, porque não sei como fazer isso.

— Só porque você não sabe, não significa que deve jogar a toalha. Você aprende, se adapta. Não sabia merda nenhuma sobre ser agente, mas encontrou o caminho para o topo. É a mesma coisa com isso. Tem que se esforçar, e isso virá até você. Você tem a capacidade de ouvir seu coração. Faz isso comigo e o Bram.

— É diferente com vocês.

— Não é. Ainda assim, é um relacionamento, um que você manteve por mais de doze anos. Para mim, é algo de que se orgulhar e prova que você é mais do que capaz de ter um relacionamento com a Sutton. — Isso me faz lembrar do que Sutton pensou. Do que acreditei por um instante. "*A palavra relacionamento não significa só algo romântico, Roark. Você tem se relacionando com as pessoas por muitos anos... É como se tivesse se escondido atrás da fachada da indiferença e da babaquice...*"

— Que porra, Rath — respondo. Estou tão cansado dessa merda. Sutton está fora da minha vida agora.

Coloco o copo vazio na mesa e me levanto do sofá. Tropeço no corredor, pressionando a mão na parede cinza suave.

— Para onde você está indo?

— Para a cama.

— Não terminamos, Roark.

— Terminamos, sim — grito sobre o ombro. — Nada que você disser vai mudar esta dor que sinto ao me dar conta de que Sutton e eu não fomos feitos um para o outro.

CAPÍTULO 21

Querido...

Por onde começar?

Estou quebrado, desde o meu nariz ensanguentado até meu coração despedaçado. Meus pulmões não parecem funcionar como antes, como se um peso estivesse repousado neles, impossibilitando recuperar todo o fôlego.

E em vez de entrar em um coma alcóolico induzido, estou bem desperto, encarando o teto da cobertura de Rath, repassando a noite sem parar na minha cabeça: a expressão de Sutton. As palavras cruéis e precisas de Foster. Elas ficam batendo em mim feito uma onda incessante, me afogando, me sufocando na tristeza e na perda.

Perda de algo que eu nunca soube que queria, mas agora me sinto desesperado para recuperar.

Ela até fica tentando entrar em contato. Liguei meu celular para ver mais cinco mensagens dela. Ela quer me ver, conversar.

Estou tentado. Porra, como a quero.

Mas, no fundo, sei que, mesmo que respirar seja muito mais fácil com ela ao meu lado, vou ter que viver com respirações rasas pelo resto da vida.

Roark

Sutton

— Pai, pare. — Puxo meu braço e tento passar pela porta para encontrar Roark. Não sei por que deixei meu pai me levar de volta para o restaurante.

— Sutton Grace, não saia por aquela porta, você me deve uma explicação. Uma bem longa. — Sua voz ressoa no meu ouvido, silenciosa para as pessoas ao nosso redor, mas clara para mim por sua proximidade.

— Preciso ver se ele está bem.

— Quanto mais mantivermos distância, melhor. Há uma sala privada para nós nos fundos. Vá se sentar à mesa enquanto eu lido com umas coisas.

Ele está sério e seus olhos dizem: "Não brinque comigo".

Então mesmo que eu não queira nada além de correr até Roark e ver se ele está bem, sei que meu pai não vai tolerar que eu saia do restaurante sem uma explicação.

Mas não é uma decisão fácil enquanto mordo o lábio e olho para a porta.

— Não me contrarie, Sutton Grace.

Frustrada com a tentativa do meu pai de me transformar em uma garotinha de novo, me inclino mais para perto e digo:

— Sou uma mulher adulta, pai, então comece a me tratar como uma.

— Farei isso quando você começar a agir feito uma — ele retruca, e então aponta silenciosamente para os fundos do restaurante, enquanto todos os olhos estão fixos em nós.

Sabendo que a imagem do meu pai é bem importante, cedo ao seu comando e vou para a sala, onde Whitney está sentada, nervosa, contorcendo as mãos no colo, com os olhos marejados.

Quando fecho a pesada cortina, me sento à mesa e repouso a cabeça nas mãos. Whitney vem no mesmo instante para o meu lado, com a mão nas minhas costas.

— Sinto muito, Sutton. Não acredito que soltei aquilo.

— Já deveria ter sido dito a esta altura. — Suspiro e me viro para ela. — Eu deveria ter dito para ele um tempo atrás. — Pego o celular da bolsa e começo a digitar uma mensagem quando meu pai passa pela cortina. Ele não se senta de imediato, em vez disso, fica andando pelo pequeno espaço, seus passos gigantes consumindo o piso de madeira belamente polido.

Por fim, ele para e me olha, com as mãos nos quadris.

— Pode explicar o que está acontecendo? Acabei de prometer ingressos VIP para o primeiro jogo do Steel da temporada para aquele homem para que ele não preste uma queixa contra o Roark.

Por que ele está pagando alguém que tentou abusar de mim?

— Pai, ele...

— Onde você estava com a cabeça, Sutton? Para começo de conversa, o cara é oito anos mais velho que você.

— Pai...

Ele ergue a mão.

— Segundo, ele é meu agente. Ele lida com uma parte muito importante do meu negócio, então por que você se envolveria com alguém que tem tanta importância no meu ganha-pão?

Seguro uma observação, e lágrimas começam a transbordar dos meus olhos.

— E terceiro, mesmo que eu respeite as técnicas de negócios dele, a vida pessoal dele não chega perto de algo que eu aprovaria para a minha filha, e você já deveria saber disso. E hoje, infelizmente, foi a prova de que ele não vai mudar. O cara não consegue passar uma semana sem entrar numa briga. Já o conheço por bastante tempo e já vi muitos olhos roxos no rosto dele, então onde você estava com a cabeça para achar que seria uma boa ideia sair com ele? Ele é um rebelde, Sutton, alguém que será sempre um egoísta quando se trata do temperamento dele. — Ele agarra a gola da camisa e a puxa com as duas mãos, seus braços se inchando pela tensão. — Jesus, no que você estava pensando?

No que eu estava pensando? Estava pensando e ainda penso que há um lindo homem quebrado por quem me apaixonei e não há nada que eu possa fazer para impedir isso. E nada vai mudar minha opinião sobre o homem que amo.

Crescer no rancho enquanto meu pai estava em Nova York, jogando futebol americano ano após ano, me fez ser parcialmente criada pelos meus avós, mas sempre fui ensinada a me importar com o meu pai, mesmo que ele não pudesse estar por perto. E levei isso muito a sério, porque durante sua folga, ele estava presente. Ele pode ter sido um pai pouco convencional por causa de sua agenda de trabalho, mas nunca houve um momento em que o desobedeci que ele não me deu um sermão para me lembrar, mesmo através do telefone.

Mas neste momento em que meu pai está agindo de uma forma tão irremediavelmente enganada, invoco minha maturidade e o enfrento — pela primeira vez — para dar uma lição *nele.*

Engolindo as lágrimas, tentando o meu melhor para deixar o emocional fora disso, digo:

— O que você sempre me ensinou sobre reagir, papai? — Ele faz contato visual comigo, mas não diz nada, então continuo: — Você me disse várias vezes que, antes de reagir, eu deveria analisar todos os fatos. Bem, está na hora de você analisar os fatos. — Me sentindo mais calma, me endireito no assento e aponto para uma cadeira ao meu lado. — Sente-se, pai.

Espero alguns instantes, enquanto ele decide o que fazer. Por fim, é um homem honrado e puxa a cadeira. Seu corpo largo encobre a madeira do assento quando ele repousa o braço na mesa. Só sua estatura é intimidadora, mas seus olhos dizem tudo — sempre disseram —, ele não está feliz. Planejo mudar isso.

— Roark e eu começamos a namorar há pouco mais de um mês. — Sua mandíbula estala. — Não foi algo que estávamos planejando. Sinceramente, eu o detestei quando o conheci, mas com o tempo, algo aconteceu entre a gente, uma mudança no nosso relacionamento, um apreço um pelo outro, o mesmo tipo de mudança que tenho certeza de que você teve com a Whitney.

Ele olha para Whitney, que coloca a mão no meu braço, me encorajando a continuar.

— Eu não estava esperando me apaixonar por ele, mas aconteceu, e fico feliz que tenha acontecido, porque ele me faz feliz de verdade, pai. Ele me ama, sei que ama, e se importa comigo, me encoraja, me protege...

— Protege você? Ele entrou numa briga... duas vezes quando você estava por perto.

— Pai, o homem que *você* pagou hoje estava tentando abusar de mim, colocou as mãos em mim...

— Como é? — meu pai explode, levantando-se da cadeira.

— Roark estava me protegendo — acrescento e impeço meu pai de fazer outra cena. — Não se preocupe com ele por enquanto. Você precisa ouvir o que tenho a dizer sobre o Roark. Ele é um homem bom. Ao contrário daquele imbecil...

— O. Que. Ele. Fez. Com. Você?

Respiro fundo. Mal conseguindo me controlar pelo que aconteceu com Roark, pela sensação das mãos de John em mim...

— Começou no bar. Ele ficou insistindo que eu não queria Roark por perto, o que estava bem longe da verdade. Você entrou no restaurante e eu pedi para Roark manter distância. John interpretou isso como se eu não quisesse nada com Roark e entrou no meio. Roark foi insultado pelo homem, engoliu o orgulho e ficou observando, enquanto eu ficava de papo furado, mas nunca partiu para a ação. Ele ficou calmo e reservado, e eu sabia que ele queria me reivindicar como sua, mas não podia. — Deixo a cabeça cair de vergonha. — Ele não podia, porque falei para ele não fazer isso. Eu não estava preparada para te contar, porque não queria aquela reação que você teve quando descobriu. Queria preservar o máximo possível do nosso relacionamento.

— Você deveria ter me dito, Sutton. Eu teria entendido.

— Ficou claro que não teria, pai. — Balanço a cabeça.

— Ele estava acabando com o outro cara, o que você acha que eu iria pensar?

— Antes disso, você foi embora.

Ele passa a mão pelo rosto, frustrado.

— Porque... eu fui pego desprevenido.

— Eu fui pega de surpresa sobre você e Whitney, mas agi como uma adulta e fiquei feliz pela sua felicidade. E quando você nos deixou depois de descobrir, foi quando John me puxou para o corredor e me assediou. Roark me encontrou e falou para John se afastar. Quando ele não se afastou, sim, Roark o tirou de mim.

— Ele colocou as mãos em você...

— Sim. — Estou tremendo. Não quero pensar nisso. — Roark me ama, pai, então imagine como *ele* se sentiu ao ver aquilo. Pode pedir a gravação das câmeras de segurança do restaurante, se não acredita em mim. Aposto que está tudo lá. Ele estava me protegendo, pai, e você o tratou como se ele fosse um monstro.

— Porra — ele murmura, pressionando a mão na palma e a movendo devagar para a frente e para trás. — Por que você não disse nada?

— Até tentei, mas você não quis ouvir. E eu não podia ir embora e deixar que você acreditasse em qualquer coisa além da verdade. Ele é um homem bom, pai. Pode ser meio bruto e fez algumas péssimas escolhas no passado, mas é um homem bom, de quem você deveria se orgulhar de ter na minha vida... na sua vida.

Recostando-se, ele solta um longo suspiro e olha para o teto.

— Merda. As coisas que falei para ele, Sutton. Meu Deus, me desculpa. Por que ele não conversou comigo sobre vocês dois? Antes de hoje, deu para ver uma mudança nele.

— Ele queria conversar com você. Logo no começo. E eu pedi para ele esperar. Eu estava errada, pai, não Roark. — *Eu estava tão errada.*

Meu pai fixa os olhos nos meus e inclina a cabeça para o lado, interrogativamente.

— Mas você o ama?

Assinto, sem nem ter que pensar sobre isso.

— Eu o amo, pai.

— E ele te trata com respeito?

— Sim.

— E você está feliz?

Sorrio de leve.

— Nunca estive tão feliz. Ele me provoca, me tira do sério, me deixa com raiva, mas tudo de um jeito que me mostra o quanto somos compatíveis. E ele nunca me pediu nada além da minha presença. Ele só quer ficar comigo, segurar minha mão, me abraçar. É isso. — Faço uma pausa para recuperar o fôlego. — Ele faz eu me sentir especial, pai. Amada. Adorada. Estimada.

Ele assente devagar e coloca as mãos nos joelhos.

— Precisamos encontrá-lo.

Uma lágrima escorre pelo meu olho enquanto estendo as mãos para ele e lhe dou um grande abraço. E ele baixa a cabeça para o meu ouvido e sussurra:

— Me desculpa, Sutton. Se você está feliz, eu estou feliz. E você tem razão sobre o Roark. Me desculpa por ter deixado minha ignorância me cegar.

— Está tudo bem, pai. — Me inclino para trás e dou um tapinha em sua bochecha. — Não dá para ser perfeito sempre.

Whitney zomba desse comentário e cruza os braços, com um sorriso brincalhão nos lábios.

— Ele é tudo, menos perfeito, Sutton, pode acreditar quando digo isso.

— Cuidado. — Ele aponta o dedo para Whitney. — Não preciso que você me detone na frente da minha filha.

— Ah, você fez isso por conta própria. — Ela ri, me fazendo rir também. Parece que meu pai encontrou sua igual, e eu não poderia ter escolhido uma pessoa melhor para ele. Estou surpresa por não ter visto isso antes. Toda essa coisa de ser profissional. Eu jamais teria adivinhado.

— Vamos lá. — Meu pai se levanta da cadeira. — Vamos encontrar o Roark.

Eu rolo, com os lençóis entrelaçados entre minhas pernas. O sol entra por uma fresta na cortina e o cheiro de café permeia o quarto enquanto tento me orientar. Meus olhos se entreabrem, pesados pela falta de sono, ajustando-se ao sol da manhã.

E é quando me dou conta de onde estou.

Salto para frente, olhando para o lado vazio na cama. O travesseiro está intocado. Logo volto o olhar para o banheiro e também não vejo nenhum sinal de vida. Pegando o robe que Roark deixou para mim ao pé da cama, o que mantenho em sua casa, eu o jogo sobre os ombros e me apresso para a sala, procurando Roark.

Nada.

A cozinha está igualmente vazia, a única forma de "vida" é o café gotejando lentamente, sendo preparado por causa do timer pré-definido.

Ele não voltou para casa na noite passada? Meus olhos embaçados leem as horas no forno. Seis da manhã. Ele nunca fica fora até tão tarde. Onde pode estar?

Meus olhos vão para o quarto de hóspedes e fico imaginando se ele voltou para casa, se me viu em sua cama e escolheu dormir no quarto de hóspedes em vez disso. Com o coração martelando, me aproximo da porta, fecho os olhos com força e esperança, e abro a porta. Uma cama perfeitamente arrumada e nem uma alma viva à vista.

Ele não voltou para casa.

De jeito nenhum.

Talvez tenha respondido alguma das minhas mensagens. Volto para o quarto, com o robe batendo ao meu lado, e vou até meu celular, mas quando a tela se ilumina, não vejo nada. Depois de deixar o restaurante, passamos umas boas horas procurando-o, ligando e mandando mensagem, mas não conseguimos nada. Papai deu a noite por encerrada e me disse para ligar no instante em que Roark entrasse em casa.

Passei o resto da noite chorando ao telefone com Maddie. Ela me ouviu em silêncio, de vez em quando soltando suspiros de surpresa, e quando falei para ela que o amo e estava com medo de ele não me aceitar de volta, ela me tranquilizou, dizendo que não havia como se afastar. Ele não conseguiu da primeira vez.

E eu gostaria de acreditar nisso, mas, agora, sozinha em seu apartamento, com o silêncio como companhia... me faz duvidar. Será que eu o perdi mesmo?

Abro as mensagens para enviar uma para Maddie quando ouço o barulho distante do elevador, indicando a chegada de alguém. Largando o celular, passo pelo corredor no instante em que vejo Roark entrar na sala de estar, cabisbaixo, com as mãos nos bolsos. Quando ele ergue a cabeça para me ver, não há nem uma titubeada em sua reação. Nem um sorriso. Nem um pingo de surpresa, quase como se a noite passada tivesse sugado toda a emoção dele.

— Roark — sussurro, me sentindo aliviada e preocupada ao mesmo tempo. — Onde você estava ontem à noite?

— Na casa do Rath — ele responde, com a voz rouca. Quando olha para cima, vejo a contusão ao redor de seu olho e nariz e estremeço. Meu Deus, aquilo deve estar doendo... e está ali por minha causa.

Ainda com as mãos nos bolsos, ele pergunta:

— O que você está fazendo aqui, Sutton?

— Você não recebeu nenhuma das minhas mensagens ou ligações?

— Desliguei o celular.

Ele fala em um tom monótono enquanto evita o contato visual comigo, e a jocosidade habitual em sua voz se foi. Estou preocupada.

Estou com medo, na verdade.

— A gente pode, por favor, conversar, Roark? Ontem...

— Ontem à noite foi o tapa na cara de que eu precisava. — Ele finalmente olha na minha direção, seus olhos cansados envolvidos por círculos de um carmesim intenso.

Ele se move pela sala, passa por mim e atravessa o corredor até seu quarto, onde começa a tirar o paletó e a camisa de botões.

Sem saber o que ele quis dizer, eu o sigo.

— Tapa na cara? Como assim?

— Você não pode ser assim tão boba, Sutton — ele responde, com uma dose de malícia na voz.

— Você ficou fora a noite toda, me deixou preocupada sem responder as mensagens e ligações, então me perdoe por querer uma explicação — respondo.

— O seu pai deu nome aos bois: a gente não deveria ficar junto. Eu soube no momento em que comecei a gostar de você, mas precisava de um lembrete.

Engulo em seco, tentando não reagir às suas palavras, mas me imaginando em seu lugar. Ele está machucado, chateado e provavelmente um pouco magoado com a conversa da noite passada. Não posso encarar suas palavras tão a sério, não quando ele deve estar tentando proteger seu coração.

Com cautela, entro em seu closet, fechando-o neste espaço, e me recosto na porta.

— Entendo que esteja chateado. Não consigo imaginar o que está se passando na sua cabeça depois de ontem, mas não vire as costas para mim quando a gente pode muito bem fazer isso funcionar. Papai sabe que ele está errado. Ele admitiu e...

— Não importa. A gente não vai fazer nada, Sutton. Acabou. — Ele passa por mim, com uma nova camiseta e uma calça jeans em mãos.

— Você vai desistir, simples assim? Depois de ter ficado tão desesperado para me ver ontem? É isso, já me superou?

Ele tira o restante da roupa e entra no chuveiro, sem deixar que aqueça. Eu o observo enquanto ele lava depressa seu rosto, corpo e cabelo. Depois de um minuto, no máximo, ele sai do chuveiro e enrola a toalha ao redor da cintura. Quando se dá conta de que não me mexi, solta um longo suspiro.

— Você sabe muito bem que não posso simplesmente *superar você*, Sutton.

— Então por que está lutando contra os seus sentimentos? Por que não tentar fazer as coisas funcionarem?

— Porque... — ele retruca, olhando para mim pelo espelho, com as mãos agarradas à bancada do banheiro, com o peito se flexionando sob seu olhar imponente. — Nunca vou ser bom o bastante para você, e prefiro não me sentir como um pedaço de merda sempre que estou com você. Já me odeio o suficiente, então não preciso de um lembrete quando você está por perto.

Sou forte, mas essa doeu.

Sem deixar a dor levar a melhor, digo:

— E o que eu penso não importa? Porque acho que você é bom o bastante, você foi feito...

— Vá embora, Sutton. Porra, só vá embora.

Dou um passo para trás, chocada. Suas palavras são como um tapa.

— Roark.

Com os ombros ficando tensos, ele me encara pelo espelho, e neste momento, não vejo o homem que amo, nem o homem que conheço em um nível mais profundo. Em vez disso, vejo a máscara de um homem furioso e machucado.

— Não deixe as coisas piores do que já estão. Só vá embora, está bem? — Ele baixa a cabeça e passa a mão violentamente pelo cabelo.

— Por favor, Roark. Me desculpa. — Minha voz fica mais firme. — Não queria que você fosse embora sem mim, não queria que tivesse passado a noite sozinho. Foi por isso que mandei mensagem. Eu deveria ter ficado com você, mas sabia que deveria acalmar as coisas com meu pai, explicar o que aconteceu no restaurante. Por favor, me desculpa, vamos conversar sobre isso. Eu não... — Seguro o soluço que ameaça escapar. — Eu não quero te perder.

Mal erguendo os olhos para me olhar no espelho, ele fala em um tom abatido. Duas palavras. Duas palavras que me cortam ao meio.

— Vá embora.

Não quero ir. Quero ficar ali, resolver as coisas, tranquilizá-lo sobre o meu amor, mas pela tensão que se amontoa em suas costas, sei que qualquer coisa que eu disser agora vai passar direto por ele, intocada e indiferente.

Me dói fazer isso, mas dou um passo para trás e depois outro, recuando até minhas roupas, que eu visto às pressas antes de pegar minhas coisas. Dou uma espiada cautelosa para a porta do banheiro para ver se ele se moveu, o que não fez. Permanece imóvel além do puxão que ele dá nos grossos fios castanhos de seu cabelo.

Fico ali parada, com bolsa e celular na mão, descalça, imaginando se deveria falar com ele mais uma vez, se deveria tentar preencher a distância que cresceu tão depressa entre nós.

Não consigo reunir as palavras, não para além do grosso nó que se formou na minha garganta. *Ai, Deus, por favor, não posso perdê-lo para sempre.*

Então, com o coração pesado e o rosto manchado de lágrimas, de alguma forma alcanço o elevador, esperando e rezando para que esta não seja a última vez que eu o veja. Não posso perder o homem da minha vida. Ele está com o meu coração nas mãos, e estou sofrendo por causa deste buraco no meu peito. *Eu amo você, Roark. Sempre vou amar.* E então o primeiro soluço me escapa.

Toc. Toc.

Com os olhos injetados, levanto a cabeça do computador e encontro meu pai parado à porta. O pequeno espaço do meu escritório encolhe exponencialmente assim que ele entra e fecha a porta.

— Oi, papai — digo, recostando-me na cadeira.

Ele se senta e cruza as mãos sobre a barriga, me analisando antes de falar:

— Whitney tinha razão. Você não parece bem, Sutton.

— É ótimo ouvir isso — respondo com um sorriso suave.

— Recebi uma ligação do escritório do Roark.

— Ele está bem?

— Está, mas disseram que ele me passou para um de seus agentes juniores.

— Como é? Está falando sério? E o que você disse?

— Falei que isso era inaceitável e, de acordo com o meu contrato, ele é o único que pode cuidar dos meus negócios e que não espero nada menos do que isso.

— E você usou palavras mais brandas?

Ele balança a cabeça.

— Não há como abrandar quando se trata de negócios. Agendei uma reunião com ele na quinta-feira.

Adoraria invadir essa reunião, mas sei que não resultará em nada bom. Nada o está alcançando agora. Nem as mensagens ou ligações, nem mesmo e-mails. E quando vou ao seu apartamento para checá-lo e me certificar de que ele está bem, Harris pede educadamente para eu ir embora, mesmo que esteja claro que isso o desagrada.

Quando Roark disse que terminou... foi verdade. Whitney pode até achar que estou péssima por fora, mas nada se compara à desolação por dentro.

— O que você vai dizer?

Papai coça o queixo com sua mão grande e diz:

— Você não precisa se preocupar com isso.

— Mas estou preocupada, pai. Ele não quer falar comigo, nem mesmo me ver. — Minha garganta começa a ficar apertada de novo, dificultando dar voz aos meus sentimentos. Respiro para me acalmar e controlar o revirar do meu estômago. — Estou apavorada de tê-lo perdido antes mesmo que eu pudesse de fato tê-lo.

— Acho que ele precisa de tempo. Tempo para pensar e sentir, é assim que funcionamos. Homens não são como mulheres, que conseguem processar os sentimentos no mesmo instante. A gente precisa dar um passo para trás para pensar. Roark é um cara inteligente, então dê tempo para ele. Vai acabar se dando conta do quanto você é importante.

Mas papai não ouviu as palavras de Roark nem seu abatimento. *Nunca vou ser bom o bastante para você, e prefiro não me sentir como um pedaço de merda sempre que estou com você*. Ele não me quer.

— Ele já teve uma semana. De quanto tempo mais ele precisa? — *Quanto tempo vai levar até que ele esqueça nosso amor, até que me esqueça?*

Papai dá de ombros.

— Depende. Ele estava machucado, e as cicatrizes que ele carrega há anos foram reabertas, graças a mim. Ele precisará de tempo para reavaliar e descobrir a verdade contra a falsidade.

— Por que ele não me deixa ajudá-lo? Ele me deixou ajudar no passado. Ele precisou de mim antes.

— Porque é você quem ele está tentando reavaliar, querida. Se ele te ama como você diz, não há nenhuma dúvida de que vai se dar conta de como você é especial para ele. Com Roark, assim que você entra no coração dele, não há como sair. Ele é extremamente leal, mas o que vai levar tempo é deixar que você entre na vida dele.

— E se ele não deixar?

— Então é um idiota.

— Pai — resmungo. — Não é a resposta que eu estava esperando.

Ele se inclina para frente e pega a minha mão, e eu aceito seu toque. Seu polegar passa carinhosamente pelo nó dos meus dedos antes de ele dizer:

— Se ele for um homem inteligente, que acho que é, vai se dar conta.

— Queria que fosse esse o caso. — Afasto a mão e enfio uma mecha de cabelo atrás da orelha. — Uma coisa que aprendi sobre Roark enquanto estávamos juntos é que, quando ele põe uma coisa na cabeça, não há muito o que fazer para que mude de ideia. Acho que quando ele disse que acabou, estava falando sério mesmo.

— Ele é um homem que mantém a palavra — meu pai confirma, acelerando o pânico no meu coração. — Mas há uma coisa que você não sabe sobre ele. Quando ele se dá conta de que está errado, assume isso.

— Bom dia... aaahh — Maddie diz assim que olho para ela. — Hã... — Ela se debruça e sussurra para mim enquanto olha depressa ao redor da cafeteria. — Você se deu conta de que está com uma aparência péssima?

— Ah, é mesmo? — respondo, sarcástica, colocando minha xícara de café na mesa, enquanto Maddie se senta com seu copo para viagem. — Achei que estava com a aparência digna de uma debutante hoje.

Maddie balança a cabeça.

— Se olhe de novo no espelho, Sutton. Eu te amo, mas você está com a aparência da boneca Barbie que foi arrastada pelos trilhos do trem a noite inteira.

— Nossa, como você é gentil.

— Me desculpa, mas quando foi que eu *não* falei a verdade para você?

— Eu sei, mas você podia pelo menos ter terminado de me desejar bom-dia antes de me insultar.

— Foi mal — ela diz, sincera. — Fui pega desprevenida. Vou supor que ele não entrou em contato com você.

Balanço a cabeça.

— Não, e ele até conversou com o meu pai dois dias atrás.

— Você falou com o seu pai sobre essa conversa?

Assinto, me lembrando do quanto ele ficou de boca fechada.

— Ele não quis me contar, na verdade. Disse que foi entre ele e Roark, e o que Roark fez com a conversa que tiveram era por conta dele. Mas está claro que ele não quer nada com isso.

— E ele ainda não está te respondendo?

— Sinceramente, já desisti de tentar me comunicar com ele. Começou a parecer que estou desesperada em vez de preocupada. Não quero ser esse tipo de garota. Se ele me quisesse, iria me responder. — Meu estômago embrulha, enquanto lágrimas começam a brotar nos meus olhos. — E ficou claro que ele não... me quer.

— Ah, Sutton. — Maddie arrasta a cadeira para o meu lado, enquanto enterro a cabeça nas mãos, odiando o fato de estar chorando em público. Maddie me puxa para um abraço, e me envolve com firmeza. — Sinto muito. Queria poder dizer alguma coisa que fosse fazer você se sentir melhor, mas não quero te encher de esperança. Pelo que você me falou, Roark não se abre com facilidade, nem se permite sentir.

— Não mesmo, e é disso que estou com medo, que ele vai virar as costas, sem nem mesmo se decidir sobre os sentimentos em relação a mim.

— Você foi ao escritório dele?

Balanço a cabeça, enquanto Maddie se afasta, mas repousa a mão na minha, mantendo-se por perto.

— Isso seria desespero demais, e se ele me rejeitasse? Eu ficaria humilhada, assim como fiquei quando Harris me disse que Roark não queria me ver. — Lágrimas marcam meu rosto, enquanto mal consigo expressar o que está no fundo dos meus pensamentos. — Acho mesmo que... acabou. — Respiro fundo, com o peito martelando de tristeza. *Me sinto tão quebrada e odeio isso. Odeio esta dor. Esta agonia.*

Mais uma vez, Maddie me puxa para um abraço e pressiona a mão na minha nuca.

— Sinto muito, Sutton. Sei que esta deve ser a última coisa que você gostaria de ouvir, mas o amor é imprevisível. Às vezes ele te faz flutuar e leva você para o pôr do sol. E então há momentos em que o amor é um aprendizado, um pequeno capítulo de experiência em sua vida longa e linda. Tenha o seu momento, aprenda com o amor que você teve com ele, e quando for a hora certa, a dor no seu peito vai começar a suavizar e as cores ao seu redor vão ficar mais vivas outra vez.

Mesmo sabendo que ela tem razão, que com o tempo vou acabar

superando, no fundo, sei que não há como eu abrir mão de verdade deste amor. Foi a primeira vez que deixei que outro ser humano entrasse fundo no meu coração. Sempre houve uma parte da minha vida que parecia maçante antes de eu conhecer Roark McCool, e essa é uma percepção com a qual vou viver pelo resto da vida.

CAPÍTULO 22

Querido Quem dá a Mínima,

Não sei nem por que ainda estou escrevendo esta merda, não tenho nada a dizer além de ter...

Bebido até desmaiar na noite passada.

Fumei o que pareceu ter sido três maços na noite anterior.

E três noites atrás paguei para algum imbecil num bar me dar uma surra no beco.

Ele fez um trabalho de merda.

Agora estou com olhos roxos, uma tosse terrível e uma ressaca enorme que me faz me arrastar ainda pior do que antes.

Pela primeira vez desde que comecei esta empresa, estou de atestado.

Liguei para minha assistente e fingi uma tosse, dizendo que ia ao médico, mas nós dois sabemos que a única causa é que estou doente de amor.

Que vida de merda.

Roark

Roark

Tomei três doses de uísque e fiz quatro bochechos com enxaguante bucal para chegar aqui hoje, mas consegui, com óculos escuros e uma barba grossa cobrindo minha mandíbula.

Sentado nos fundos, com o café na mão, me recosto no banco e fecho os olhos com força, desejando que a dor latejante no meu crânio se acalme para que eu não vomite durante a reunião.

Sei por que ele quer se encontrar, e não é para discutir negócios, já que não há nada urgente no momento. A única razão para ele estar aqui é para falar sobre ela, e mesmo que esta seja a última conversa que eu queira ter, sei que não posso evitá-la, porque está no contrato ser franco e disponível sempre que o cliente chamar.

Foster Green me chamou. Portanto, aqui estou eu.

A porta da cafeteria se abre, e não preciso olhar para ver quem é; sua presença é óbvia pelo som de suas passadas fortes no antigo piso nova-iorquino. Ele se senta de frente para mim e, sem olhar, deslizo uma xícara de café para ele, assim como um desses croissants de chocolate que sei que ele ama, porque, no mínimo, ainda sou a droga de um bom agente.

— Foi a um massagista? — ele pergunta, com a voz rouca.

— Se é como você quer chamar... — murmuro, ainda de olhos fechados.

— Acho que esta foi a vez menos profissional que eu já te vi. Está tentando me perder como cliente?

— Teria sido muito mais fácil se esse fosse o caso. — Finalmente ergo a cabeça, o latejar na frente do meu crânio incessante. — Mas dada a sua personalidade teimosa, sei que você não vai me deixar de fora do nosso contrato.

— Pode ter certeza de que não vou mesmo. — Ele estende o braço pela mesa e puxa meus óculos escuros para baixo, revelando meus olhos roxos. Ele balança a cabeça, derrotado, e então se recosta no banco. — Roark, o que...?

— A menos que a sua pergunta tenha a ver com os seus contratos pendentes, sugiro que não diga nada. Não estou aqui para tagarelar sobre a minha vida pessoal. — Empurro os óculos escuros de volta para o meu nariz dolorido e repouso a cabeça outra vez.

— Você é melhor do que isso, Roark.

Rio, sarcástico.

— Vindo de um cara que não tem lá uma opinião muito boa sobre mim.

Ele exala alto e se mexe no banco de couro.

— Sobre isso...

— Esqueça — digo e começo a me mover para fora do banco, não estou a fim de ter essa conversa.

— Não se mexa. Tenho algo para dizer a você — Foster diz com autoridade.

— Me poupe — retruco, me levantando do assento. Começo a passar quando ele agarra meu pulso com força. — Porra, me solta, Foster, ou você não vai gostar do que pode acontecer.

— E o que você vai fazer? Lutar comigo? Porque isso resolve tudo, não é? Seja homem, sente aí e tenha uma conversa comigo.

Seja homem.

Por alguma razão, fico irritado sempre que ele usa esse termo, talvez porque nunca me senti de fato como um homem propriamente dito. Só como um garoto de trinta e dois anos que não consegue dar um jeito na vida pessoal.

— Sente — Foster insiste.

Faço o que ele diz, porque Foster tem esse efeito sobre mim. Ele entra na minha mente e revela este garoto desesperado em agradá-lo.

Me sento na beirada do banco, com o braço na mesa enquanto passo a mão pelo cabelo.

— Manda.

— Olhe para mim, sem os óculos escuros.

Eu já deveria saber que não seria fácil. Encarando-o, retiro os óculos, os dobro e os coloco de lado. Ele me analisa por alguns instantes antes de sua expressão suavizar e seus olhos se tornarem sinceros.

— Me desculpa, Roark. Passei dos limites naquele dia, supondo o pior de você, quando, na verdade, deveria ter te agradecido.

Porra. Eu tinha razão, não quero ouvir nada disso.

Ele deve ter sentido o quanto estou pouco à vontade, porque me encara, prendendo minha atenção.

— Eu fui pego de surpresa, e com isso em mente, acabei chegando a conclusões completamente erradas. As coisas que eu disse para você... Merda, cara, você estava protegendo a minha filha de... Não consigo nem imaginar o que você viu acontecendo com ela, Roark. Mas também não consigo agradecer o suficiente por ter tirado aquele babaca de cima dela e dado um jeito nele. Me desculpa...

— É, sem problemas — respondo.

— Você a ama, não é?

Exausto, sem resistência alguma dentro de mim, assinto devagar.

— É, amo. — Com a palma na mesa, olho Foster nos olhos e digo: — Eu a amo mais do que qualquer coisa nesta minha vida de merda.

— E já faz quanto tempo?

Dou de ombros.

— E isso importa mesmo?

— Para mim, sim.

Passo a língua sobre os dentes e repenso em todas as minhas interações com Sutton, as boas e as ruins. Os momentos em que provocamos um ao outro, os instantes em que ficamos simplesmente abraçados, até as primeiras interações que tivemos por mensagens. Em tudo isso, há um momento que se destaca, um momento que nunca vou esquecer.

— Eu havia tido um dia de merda. Minha mãe me ligou, querendo dinheiro de novo. As palavras dela penetraram a armadura que costumo usar quando falo com ela. Foi um momento bem baixo para mim, então recorri aos meus vícios para aliviar a dor, mas não funcionou. Foi quando apareci no apartamento da Sutton, bêbado e necessitado de algo. Em vez de me julgar e virar as costas, ela me deixou abraçá-la naquela noite, na minha busca por consolo em seu calor. Foi aí que eu soube que jamais seria o mesmo. — Pressiono a testa na mão. — Sei que ela é melhor do que eu. Não sou cego ao quanto ela é perfeita, e sabia que me envolver com ela não foi a melhor ideia que tive, mas não conseguia me afastar, não importava o quanto tentasse. — Balanço a cabeça. — Eu não conseguia me afastar. — *E agora a perdi para sempre e meu coração virou pedra.*

— E agora?

— E agora o quê? — pergunto, olhando para ele.

— Como você se sente quanto a ela?

— Meus sentimentos não mudaram.

— Então por que ela fica chorando ao telefone quando eu falo com ela? Por que você não está com ela?

Eu o encaro.

— Acho que você já sabe a resposta.

— Desde quando você deixa a opinião de alguém te impedir de fazer alguma coisa?

— Desde que a pessoa que mais respeito me disse que eu não sou nada, que sou um merda — respondo, a verdade escapando antes que eu possa detê-la. Porra, por que tenho que ser tão honesto? Arrasto a mão pelo rosto. — Sei que o que você disse é verdade, é o que penso de mim mesmo, então mesmo que você tenha se desculpado, não apaga o fato de que você tinha razão. Não chego ao nível dela. Não sou bom o bastante e nunca serei.

— Eu estava errado, Roark — Foster responde com sinceridade. — Eu estava muito errado. Naquele momento, eu estava com raiva, porque vocês esconderam este relacionamento, raiva porque Whitney sabia, raiva por você ter entrado em outra briga. Não é desculpa para a forma como te tratei, e estou completamente envergonhado, mas as palavras que falei foram de pura raiva e não do coração.

Desvio o olhar.

— Você é uma das melhores pessoas que conheço, Roark. Você se importa muito com seus clientes e com o bem-estar deles. Você é bastante leal, trabalhador e esforçado. E acima de tudo isso, tem uma paixão e um amor eterno pela minha filha que nunca vi em outro homem, e por isso sempre terei a maior consideração por você. — Ele se levanta da mesa, pairando sobre mim, enquanto abotoa o paletó. — Apesar do que pensa sobre si mesmo, você *é* mais do que o suficiente para a Sutton. Sugiro que encontre uma maneira de aceitar isso, porque se a ama mesmo, e se pode acreditar que é o homem inspirador, firme e confiável que vejo, então não vai deixá-la esperando mais tempo.

Ele começa a se afastar, mas eu o chamo:

— Você acha que sou um homem digno?

Foster olha por sobre o ombro e diz:

— Mais do que digno, Roark. Muito mais.

E essa afirmação me faz ficar de joelhos.

— O que é isso que você está usando? — Bram pergunta, analisando minhas roupas enquanto me sento à mesa. — E por que está com os dois olhos roxos?

Desabotoo o paletó e pego o cardápio à frente.

— É um terno, e você também está usando um.

— É, mas você está até usando gravata. Você nunca usa gravata. E deixa os primeiros botões abertos para poder mostrar seu peitoral. — Ele aponta para a minha gravata cinza. — E está usando azul, sendo que sempre usa preto. O que deu para usar azul? — Ele se recosta na cadeira e me lança um olhar firme. — Sua barba foi aparada e seus olhos não estão vermelhos.

Ele processa tudo e eu o deixo.

— Você também não está cheirando a álcool.

Ainda processando.

— Cortou o cabelo. Parece revigorado.

E mais uma vez...

— Puta merda. — Aí está. Ele agarra meu braço. — Você vai reconquistá-la?

— Acho que sim.

— Você acha? — Bram vira minha cadeira para que eu seja forçado a encará-lo totalmente. — E qual é o plano? O que te fez mudar de ideia? Você vai pedi-la em casamento?

— Calma aí. — Dou uma olhada nele. — Estou longe de casamento. Preciso ter certeza de que ela quer namorar comigo de novo depois de eu tê-la forçado a sair da minha vida.

— Só exiba esse seu sorriso, chame-a de *lass*, com o sotaque carregado, e aí dê um amasso nela. Simples.

— Nem mesmo você seguiria esse conselho — respondo, inexpressivo.

Ele sorri.

— Pois é, foi um conselho de merda. Mas, sério, o que aconteceu? O que te fez mudar de ideia? Até onde sei, estava acabado.

— Que alegria saber que as notícias correm tão rápido entre você e Rath.

— Qual é, pela sua aparência e a forma como você vinha agindo, era óbvio. Falou com o Foster?

— Falei. — Pego o copo de água à minha frente e bebo um longo gole.

— Quando?

— Uns dias atrás. — Coloco o copo na mesa e me mexo na cadeira para me acomodar. — Foi uma boa conversa, uma de que eu estava precisando muito. — Foster me ajudou a reconsiderar o que tanto Rath quanto Sutton disseram. Minha família não faz ideia do que é amor incondicional, me manipulou, não tem nenhuma moral, e não deveriam ter qualquer influência em como me sinto sobre mim mesmo. Eles que eram os merdas. *Sempre foram.* Eu sei como conduzir relacionamentos. Afinal, não destruí minha amizade com Rath e Bram, e considerando as merdas pelas quais eles me fizeram passar ao longo dos anos, isso merece a porra de uma medalha. E ele também tinha razão. Sutton não merece esperar mais tempo. Se ela me aceitar de volta...

— Você já viu a Sutton?

Balanço a cabeça.

— Não, e por uma boa razão. Não estava preparado. Precisava ver a minha terapeuta antes.

— A sra. Pau no Cu?

— É, a bruxa má em pessoa. Pedi conselho para ela.

— Você pediu mesmo conselho para ela? — Bram pergunta, com os olhos quase saltando das órbitas.

— Queria conselho sobre a minha família e como devo interagir com eles. — Ficando sério, Bram se inclina mais para perto. Ele tem lidado com tudo quando se trata da minha família, então tenho certeza de que entende o que estou prestes a dizer. — Eu sabia que a ligação viria a qualquer dia, então queria estar armado com todas as ferramentas para combatê-los, porque eles são o principal motivo de eu ter encontrado tantos obstáculos com a Sutton. Quando estou com ela, não quero que ela fique preocupada comigo ou com qualquer merda que esteja se passando na minha cabeça. Quero que a gente fique junto sem nada entre nós, e a minha família é uma barreira enorme.

— Nossa, estou orgulhoso de você. O que ela disse?

— Ela basicamente disse que tenho o direito de dizer não, que deveria dizer não, e qualquer coisa que minha mãe ou meu pai possam dizer é só para estimular uma reação em mim. Ela me disse para me manter calmo, para falar que se eles quiserem um relacionamento comigo, sabem onde me encontrar, mas não vou ficar mandando dinheiro para eles.

— E eles ligaram? — Assinto. — E você falou para eles? — Bram pergunta, agora sentado à beirada de sua cadeira.

— Não.

Ele murcha.

— Como é? Por que não?

Sorrio.

— Tenho minha própria maneira de dizer as coisas.

— Ah, merda. — Ele ri. — O que foi que você disse?

— Ela me ligou ontem, como eu já sabia que faria. Me pediu dinheiro para comprar comida. Disse que estavam morrendo de fome. Escutei seus apelos e seu discurso até o fim, pedi desculpas por não estar lá, disse que sinto muito por ser um merda que deve algo para eles. Falei que queria seguir meu próprio caminho e fiz isso, e que ela deveria estar orgulhosa. Se ela não consegue aceitar isso, então o problema é dela, não meu.

— Você acredita nisso?

— Com o tempo, vou acreditar. E aí falei que se ela quisesse dinheiro, teria que fazer um empréstimo com juros, mas para conseguir o meu dinheiro, teria que me pagar tudo o que já dei primeiro.

— Merda. — Ele ri. — Aposto que não terminou nada bem.

— Nem um pouco. Me chamou de vários nomes, mas deixei entrar por um ouvido e sair pelo outro. Sei que nunca vou ter um relacionamento bom com eles, mas espero que as ligações parem por um tempo. Já é um começo.

— Você parece bem.

Brinco com o garfo na mesa, movendo-o para cima e para baixo.

— Não vou dizer que estou completamente melhor. Ainda me afundei numa garrafa ontem à noite, mas pelo menos não mandei dinheiro para eles. Já é uma melhora.

— É uma melhora. E aí, o que vai fazer a seguir?

— Me livrar desses olhos roxos.

— E...? — Bram pergunta, me levando ao próximo tópico da conversa.

— E aí vou ver se a Sutton me quer de volta.

— Ela vai querer. Você vai fazer isso hoje à noite?

Aponto para os meus olhos.

— O que foi que eu acabei de dizer?

— Se eu fosse você, não ficaria esperando muito tempo. Já faz quase duas semanas. Você não vai querer que ela acabe criando hostilidade em relação a você. E já que tenho certeza de que a Sutton tem uma relação bem próxima com o pai, ela já deve saber que Foster falou com você.

— Ah, merda — digo, enquanto o medo começa a preencher a boca do meu estômago. — Não pensei nisso.

— Pois é. Se ela sabe que você conversou com ele, e vocês dois estão bem um com outro, ela deve estar achando que você não a quer mais. Imaginando por que você não apareceu à porta dela logo depois da conversa com Foster.

Sutton e Foster são bem próximos. Ela é a razão por ele ter vindo me ver, porque ela contou a verdade para ele. Então ela sabe que me encontrei com ele. Cacete.

A última coisa que quero é que ela pense que não a amo mais, que não a quero mais, mesmo depois de ter conversado com o pai dela, que me deu seu apoio.

Dou uma olhada em Bram, que assente.

— Sim, pode ir. Vou pedir alguma coisa para viagem para mim e a Julia.

— Valeu. — Me levanto e começo a me mover quando Bram me impede.

— Espera aí. — Ele aponta para meu peito. — Afrouxa a gravata, você parece um idiota com ela.

Rindo, afrouxo o nó, tiro a gravata e a jogo para Bram, que olha a etiqueta.

— Stefano Ricci. Legal. Esta coisa é cara.

— Considere como um presente.

— Um presente? Pelo quê?

Com um sorriso, digo:

— Por ser uma constante na minha vida.

— Cara — ele solta —, não me faça chorar, porra.

Reviro os olhos e saio do restaurante com uma coisa em mente: reconquistar a Sutton.

CAPÍTULO 23

Querido Yori,

Esse é o nome que meus pais queriam me dar no começo. Yori. Que tipo de nome é esse? Não é um nome forte, isso com toda certeza.

Sabe o que eu amo em Nova York? Ela está viva a qualquer hora do dia.

Sabe o que eu odeio em Nova York?

Trânsito, ainda mais quando fico preso na ponte do Brooklyn bem quando estou tentando reconquistar a minha garota. Já faz uma hora que estou neste táxi maldito, ouvindo os mesmos comerciais na TV à minha frente, sem parar, porque os botões não funcionam e não consigo abaixar o volume. Depois de uma hora, estou bastante convencido de que isso pode ser considerado tortura psicológica e eu deveria denunciar este taxista para as autoridades.

Precisava de uma distração, então é por isso que estou digitando no meu aplicativo de bloco de notas, enquanto meu joelho balança para cima e para baixo, impaciente. Achei que escrever sobre meus sentimentos talvez pudesse me ajudar a pensar no que vou dizer para a Sutton quando chegar lá, mas, francamente, não consigo pensar em merda nenhuma além de: me desculpa, por favor, me aceite de volta e eu amo muito você.

Sei que isso deve ser bom o bastante, mas uma parte de mim não acha isso. Sutton é especial. Ela merece uma grande declaração. Mas quando ela foi esse tipo de garota? Ela até mesmo pagou por algumas das nossas refeições quando saímos, mesmo quando eu disse para ela não fazer isso.

Talvez algo simples seja tudo de que ela precisa... seja tudo o que ela quer.

Só há um jeito de descobrir.

Roark

Sutton

— Para de olhar para mim, tá bom? Estou bem. Tenho permissão de comer dois sanduíches de sorvete se eu quiser. Sou adulta e posso tomar minhas próprias decisões.

Louise olha para mim com crítica em seus olhos redondos de gato. Sei o que ela está pensando. Esse não é o seu segundo sanduíche de sorvete, e sim o terceiro.

E pode ser que seja mesmo.

Pode ser que eu goste de ficar mal-humorada e comer quando estou triste. Não há nada de errado com isso, e já que mal comi na semana passada, acho que não há problema em me reabastecer com sanduíches de sorvete. Além disso, comprei uma caixa com quatro pacotes, o que significa que não havia muito espaço no meu freezer minúsculo. Sério, estou me fazendo um bem ao não desperdiçar dinheiro e comer a comida que comprei antes de passar da validade.

Isso é ser uma boa pessoa.

Dou uma grande mordida no sanduíche e mastigo, olhando o computador, assistindo a *The Great British Baking Show*. A única parte do programa de que gosto de fato é a técnica. Bem, não é verdade, gosto de quando eles falam que as coisas estão indigestas ou dizem: "Que decepção". A expressão dos competidores é impagável.

— Quer saber, Louise, acho que a gente deveria começar a usar palavras como indigesta no nosso vocabulário do dia a dia. Soaríamos tão elegantes. O que acha? — Ela pula da cama e vai até sua caixinha de areia, onde começa a cavoucar. — Vou interpretar isso como um não.

Suspirando, me recosto na cabeceira e deixo o resto do sanduíche de lado, já não muito a fim de comer. Olho para o celular na mesa, desejando que toque ou que vibre com uma mensagem, mas nada. Já faz quatro dias desde que meu pai conversou com Roark, e odeio esse silêncio absoluto. E mesmo que não queira concluir que acabou de verdade, não consigo me impedir de acreditar nisso.

Se Roark me quisesse mesmo, acho que depois de ter resolvido as coisas com meu pai, pelo menos mandaria mensagem. É isso que fazemos, mandamos mensagem um para o outro.

Mas não há nada.

Me afundo ainda mais na cama, empurrando o computador para o lado, não tão interessada em ver Paul Hollywood destruindo os sonhos de um confeiteiro por causa de uma *focaccia*.

Meus olhos se focam no bloco de notas na minha cabeceira, e eu o pego para folheá-lo.

Minhas promessas de Ano-Novo. Ainda estamos no primeiro trimestre do ano e tudo nesta lista parece uma piada, ainda mais a última.

Viver a vida.

Experimentar todas as comidas icônicas de Nova York.

Ir a uma boate.

Passar um dia perdida no Central Park.

Me apaixonar.

É isso aí, esta última me faz chorar.

Posso riscá-la. Já me apaixonei e muito. Ah, se esse amor fosse recíproco. Quando escrevi essa promessa, pensei que talvez fosse encontrar alguém que quisesse passar o resto da vida comigo. Nunca imaginei que acabaria com o coração partido por um homem de sotaque irlandês e olhos profundos que penetram o coração.

Estendendo o braço, pego minha caneta marca-texto na mesa de cabeceira e marco com um X ao lado de "me apaixonar", enquanto uma única lágrima escorre pela minha bochecha. Então rolo para o lado e olho pelas grandes janelas do meu pequeno apartamento assim que há uma batida à porta.

Me levantando, encaro a porta como se tivesse visão raio-X e pudesse ver através da madeira. Quando ouço outra batida, minha respiração fica presa na garganta, enquanto repasso na mente quem poderia ser. Meu pai? Com certeza poderia ser ele. Falei com ele hoje, e ele não gostou do quanto eu estava triste ao telefone.

Pode ser Maddie. Ela estava implorando para sairmos juntas à noite, mas falei que estava doente. Ela não caiu nessa.

Pode ser Roark...

A quem estou tentando enganar?

Empurro os cobertores, vou até a porta, estendo a mão para a maçaneta e abro, mas não encontro ninguém.

Hein?

Estico o pescoço para fora da porta e olho para a direita, na direção da entrada, e é quando o vejo se afastando, vestido em um terno azul-marinho, com o cabelo recém-cortado.

— Roark? — pergunto, com a voz ficando presa na garganta. Ele se vira, revelando dois círculos roxos sob os olhos e uma expressão preocupada no rosto.

— Sutton. Você está em casa.

— Estou — respondo, sem jeito, enquanto meu estômago embrulha de nervoso. — Você... quer alguma coisa?

Ele dá um passo à frente, com a mão agarrando a nuca.

— Queria conversar com você.

Não fique toda esperançosa, Sutton. Isso pode não significar nada.

— Claro — digo, dando um passo para o lado, deixando-o entrar. Quando ele passa por mim, dou uma olhada no meu short verde xadrez e minha camisa combinando. Por que não uso coisas mais bonitas enquanto estou comendo de tristeza?

Assim que a porta se fecha, ele se vira para mim, e é quando dou uma boa olhada em seu rosto. Seu nariz está um pouco inchado e os dois olhos estão com um tom de roxo perturbador por baixo, me indicando que ele entrou em outra briga.

Quando ele se dá conta de que estou olhando para suas contusões, diz:

— Eu meio que... fiz uma coisa idiota.

— Parece mesmo. — Me apoio na porta e torço as mãos na camiseta, sem saber o que fazer. Meu instinto inicial é de me jogar nele e beijar seu rosto até fazê-lo sarar. Meu segundo instinto é ir até ele e lhe dar um chute no saco por me fazer passar pelo inferno nas últimas duas semanas. Vou esperar para ouvir o que ele tem a dizer antes de partir para a ação.

— A gente pode se sentar?

— Prefiro ficar de pé, mas se você quiser se sentar, fique à vontade. — Não há como me sentar na cama com ele agora, não quando parece que meu coração está batendo na garganta.

Seguindo meu convite, ele se senta na cama e olha para as mãos por um instante antes de dizer:

— Eu... — Ele ergue a cabeça e fixa os olhos no bloco na minha mesa de cabeceira.

Meu estômago embrulha e vejo o momento em que ele lê minha última promessa, porque franze a testa e olha para mim. Ele aponta para o bloco e pergunta:

— O que é isso?

Rápida, com alguns passos, eu o alcanço, pego o bloco, então o fecho e o jogo de lado no chão.

— Nada. Nada mesmo.

Ele se levanta, abandonando seu lugar na cama, e começa a vir na minha direção, enquanto minha pulsação acelera ao ritmo de uma maratona.

— O que é aquilo, Sutton?

— Nada com que se preocupar.

— Não minta para mim.

— Mentir para você? — indago, com a voz ficando alta. — Como se você pudesse falar algo. Se você quer falar a verdade, então por que não começa?

— Tudo bem — ele diz, com determinação na voz, enquanto fecha o espaço entre nós. — Me desculpa por ter te machucado. Me desculpa por não ter sido o homem de que você precisava por um curto período de tempo. Me desculpa por ter feito você duvidar da importância do que tivemos um para o outro. — Ele me prende contra a porta. — E me desculpa por ter demorado tanto para tirar os olhos do próprio umbigo e me dar conta de que, apesar de tudo o que faço de errado, você é a pessoa certa para mim. — Ele envolve minhas bochechas, enquanto lágrimas rolam pelo meu rosto, lágrimas de verdadeira felicidade. — Eu te amo, Sutton, e não quero que você duvide disso nunca mais. — Essas palavras… são as palavras mais lindas do mundo, e eu precisava tanto ouvi-las. *Ele me ama. Ele me quer.*

Pressiono o rosto em sua mão e fecho os olhos, aproveitando a sensação dele de novo, me tocando, me amando.

Quando abro os olhos, respondo:

— Eu também te amo, Roark.

Um sorriso cruza seus lábios.

— Então aquela caixinha que você marcou na lista foi por mim?

Assinto.

— Foi, mas quando a marquei, nunca pensei que fosse estar com o coração partido ao mesmo tempo.

— Me desculpa, *lass* — ele sussurra, me puxando para seu peito e me envolvendo nos braços. Uma de suas mãos embala minha nuca e ele pressiona os lábios no topo da minha cabeça. — Me perdoe. Eu não estava bem. Mal ressuscitei do estado de ódio autoimposto pelo qual passei. Planejava esperar até que me sentisse inteiro o suficiente para você, mas aí me dei conta de que não estaria inteiro até que tivesse você de volta na minha vida.

— Você não precisa tentar ser perfeito para mim, Roark. — Levanto a cabeça para olhar em seus olhos. — Eu te amo porque você não é perfeito, porque você é meio grosseiro. Eu te amo porque você é a pessoa que me faz sentir em casa. Quando estou nos seus braços, enrolada em seu calor, tudo parece certo, e não quero jamais perder isso de novo.

— E não vai. — Ele beija minha cabeça outra vez, me puxando para outro abraço. — Você não vai me perder de novo, Sutton Grace.

Sorrio junto ao seu peito.

— É uma promessa?

— Será que preciso usar asteriscos para dar ênfase?

— Acho que sim. — Rio, movendo as mãos para os botões de sua camisa. — Agora me conte o que aconteceu com o seu lindo rosto.

— Não é importante, porque tudo o que importa agora é que nós dois estamos completamente vestidos. — Ele passa a mão na frente da minha camiseta, pega a barra e a passa pela minha cabeça. Quando olha para baixo, franze a testa. — Um sutiã? Desde quando você passou a usar sutiã com seu pijama?

— Desde que saí na rua usando o pijama — digo, rindo.

— Meio que perdeu toda a vontade de ser elegante, hein?

Passo os dedos em sua barba áspera.

— Quando se perde aquilo que mais ama, sim, posso ter perdido um pouco de elegância por um tempo.

Ele me leva até a cama, onde me faz deitar gentilmente. Fecha o notebook e o coloca na mesa de cabeceira e então abre seu paletó e a camisa. Passo os dedos em seu peitoral forte e nos pelos curtos do peito que ele deixou crescer. Sexy.

— Não se preocupe, *lass*, não vou a lugar nenhum. Você pode parar de usar pijama na rua agora.

Reviro os olhos.

— Você é ridículo.

— Sabe o que é ridículo? Que você ainda não está pelada.

— Então faça alguma coisa quanto a isso — digo, passando os dedos sobre seu mamilo.

Seus olhos se estreitam e antes que eu me dê conta, sua boca está no meu pescoço, e suas mãos deslizam por todo o meu corpo, me deixando nua. Enquanto ele pressiona beijos suaves ao longo do meu pescoço, me sinto agradecida porque, mesmo nos momentos mais difíceis, o amor encontra uma maneira de curar feridas abertas. Do contrário, não saberia o que o amor verdadeiro é, e tudo o que está incluso do pacote.

— Você está lindo, gostoso. — Assobio enquanto me recosto no cobertor que espalhei sobre o gramado do Central Park.

— Não se esqueça daquela peça ali — Maddie zomba, enquanto nós duas assistimos a Roark terminando seu último serviço comunitário obrigatório, enquanto cumpro mais uma promessa da lista: passar o dia todo no Central Park. Aconteceu de agendá-la quando Roark teve que fazer a limpeza do parque. Funcionou perfeitamente, porque assim que ele terminar essas duas horas, se juntará a nós.

Erguendo o olhar do chão, ele espia o coordenador do serviço e volta a olhar para nós, levantando o dedo do meio. Maddie e eu rimos, enquanto ele balança a cabeça e também ri.

— Quanto tempo ainda falta? — Maddie pergunta, colocando uma uva na boca.

— Cinco minutos.

— Nossa, passou rápido.

— Quando se tem uma boa vista, o tempo voa. — Pego uma fatia de queijo e a mordo, ainda olhando para Roark, sobretudo para aquela bunda perfeita envolvida em calça jeans preta.

— Ele é bem bonito. — Maddie o olha de cima a baixo. — Quando foi que ele fez aquela tatuagem?

— Ele já a tem desde que o conheço.

— Hum. — Ela come outra uva. — Acho que nunca o vi sem as mangas, mas também acabamos de sobreviver a tundra invernal da Costa Leste. Ele só tem a tatuagem no antebraço? Nada na bunda?

— Não. — Rio. — Só uma. Lembro de quando a vi pela primeira vez. Me deixou com muito tesão. Não estava esperando por isso e aí, do nada, ele tinha essa tatuagem preta no antebraço direito. Mexeu muito comigo.

— Dá para imaginar. Está mexendo comigo também.

— Ei! — Dou um tapinha de brincadeira nela. — Pare de secar o meu namorado.

— Preciso secar alguma coisa. — Ela suspira. — Acha que Roark pode me juntar com alguém?

— Isso não é a minha praia — sua voz ressoa acima de nós. Quando foi que ele chegou aqui? Juro que ele estava bem ali, ao lado da árvore.

Ele se senta ao meu lado, me puxa para suas pernas e passa os braços ao redor da minha barriga.

— Oi — digo por sobre o ombro e pressiono um beijo na sua bochecha.

— Oi. — Ele acaricia a lateral da minha orelha antes de dizer: — Toda aquela zombaria fez você se meter em encrenca.

— Ah, mal posso esperar para descobrir que tipo de encrenca.

— Aham. — Maddie pigarreia. — Dá para vocês não fazerem isso enquanto eu estiver aqui? Aliás, por que você não quer arrumar alguém para mim?

— Rath está solteiro.

Roark balança a cabeça.

— Rath não está solteiro. Ele pode até não estar com ninguém no momento, mas é completamente louco pela ex. Isso seria um desserviço para você, Maddie.

— Droga. — Ela estala os dedos, decepcionada. — Ouvi dizer que ele tem olhos penetrantes que cortam até a alma.

— Você disse isso para ela? — Roark pergunta, me afastando para olhar para mim.

Abro um sorriso tímido.

— Tipo, ele é gostoso e intimidador, meio que uma combinação mortal.

— E o que eu sou?

Me aconchego nele.

— Um urso irlandês gigante e fofo.

— Jesus — ele murmura atrás de mim, enquanto eu rio.

— Mas, sério, você não conhece nenhum atleta solteiro? — Maddie pergunta. — Eu gosto de esportes.

— Não vai rolar.

Seus olhos se iluminam.

— Então você tem mesmo alguns clientes solteiros. Quem são? Vamos planejar um encontro às cegas.

— Não é bem um encontro às cegas se for planejado — digo.

Ela acena a mão para mim.

— Ele não precisa saber disso. Vamos, Roark. — Ela cutuca o pé dele. — Me apresenta. Não sou dramática, amo uma boa risada e gosto de músculos. Ganho meu próprio dinheiro, então não há necessidade de se preocupar com uma interesseira, e sou bem aberta às coisas. — Ela mexe as sobrancelhas. — Se é que você me entende.

— Infelizmente, sim. — Ele coça a lateral da barba, pensando um pouco mais na ideia dela. — Ainda assim, não vai rolar.

— Aff — ela resmunga, mas então faz contato visual comigo, com um brilho maligno nos olhos. — É o que vamos ver.

— Não gosto dessa sua cara — Roark diz para mim. — Devo ficar preocupado?

— Muito.

— Como é que seu saco não fica dolorido? — Roark pergunta ao meu pai, enquanto eles cavalgam lado a lado em seus respectivos cavalos. Roark se apegou à Grammy, mesmo que ela o derrube sempre que ele tenta montá-la de primeira. Ele se acostumou a desmontar do jeito apropriado.

— Ele se acostuma com o tempo.

Roark se mexe.

— Receio nunca conseguir te dar netos se você continuar me forçando a essas cavalgadas ao longo da propriedade.

— Já está pensando em crianças? — papai questiona, enquanto inclino uma orelha, querendo ouvir a resposta de Roark.

Ele olha na minha direção e depois de volta para o meu pai.

— Sim. Gostaria de seis.

— Seis? — grito, assustando meu cavalo, mas logo o acalmo. — Você quer seis filhos? Coitado do meu útero.

— Por que não? Quanto mais, melhor, não é, Foster?

— Seis parece uma quantidade ótima.

É claro que os dois homens pensariam que seis é um bom número. Não são eles que vão carregá-los por nove meses e então expeli-los.

— Que tal dois?

— Quatro — Roark retruca.

— Que tal uma aliança no dedo primeiro? — meu pai interrompe.

Roark ri e responde:

— Tudo no seu tempo, meu velho. Que tal a gente esperar terminar a sua última temporada primeiro para ver onde vou estar com essa garota aqui? Quem sabe as coisas não mudam?

— Como é? — pergunto ao mesmo tempo em que meu pai, fazendo Roark rugir com uma risada.

— Juro por Deus, vocês dois são farinha do mesmo saco.

— Hã, e o que aconteceu com *você é minha para sempre, Sutton*? — pergunto, fazendo meu cavalo alcançar o de Roark.

Ele se vira na minha direção, e seus olhos suavizam quando ele diz:

— Você é minha, para sempre. Ainda bem que você não se esqueceu.

Alcançamos o estábulo depois de uma boa meia hora de cavalgada pela propriedade, e Roark desmonta primeiro antes de me ajudar. Ele insiste, mesmo que eu possa fazer por mim mesma. Acho que ele só quer fazer isso porque viu o Josh me ajudar a descer uma vez. Com a mão na minha, ele diz:

— Posso roubar esta garota por um instante?

— À vontade. Vou ver como Whitney está. A gravidez tem sido complicada para ela. A única razão por eu ter vindo cavalgar foi porque ela queria dormir um pouco depois de ter vomitado a manhã toda.

— Você quer que a gente pegue alguma coisa para ela? — ofereço, preocupada com a minha madrasta.

— Não precisa, obrigado, querida. — Papai dá um beijo rápido no topo da minha cabeça e vai na direção da casa a passos largos. Já faz mais ou menos um mês que se casaram. Foi um casamento pequeno e particular, apenas Roark e eu fomos convidados, e então passaram duas semanas no Taiti. Papai tem mais duas semanas antes de ter que voltar para o campo de futebol, então está tentando aproveitar o máximo de tempo possível com Whitney.

O sol começa a se pôr, lançando um brilho laranja sobre a terra, trazendo uma noite linda ao rancho. Enquanto Roark me guia para a fogueira, eu me aconchego nele, amando que posso agir de forma natural com ele perto do meu pai. Da última vez que estivemos no rancho, tive que esconder meus sentimentos não só de meu pai, mas também de Roark, até aquela noite fatídica à fogueira, quando ele finalmente sucumbiu aos sentimentos.

Roark se senta na larga cadeira Adirondack ao redor do perímetro da fogueira já acesa. Ele me puxa para seu colo, então fico sentada de lado. Me recosto nele, me aconchegando ainda mais, enquanto conectamos nossas mãos e entrelaçamos os dedos.

— Este lugar é mesmo muito lindo. Acho que não consegui apreciá-lo da primeira vez, porque estava distraído demais com você, e de ressaca nos primeiros dias.

— Você não parecia nada bem quando saiu daquele carro. Foi difícil não correr para o seu lado.

— Ainda bem que você não fez isso — ele diz, com a voz suave. — Tive que aprender a lidar com as coisas antes de conquistar você de verdade.

— E agora que você me tem?

— Fico imaginando o quanto você está séria com essa coisa de casamento.

— Séria sobre casamento? — Meu coração acelera.

— Sim. — Seu polegar acaricia o nó dos meus dedos e brinca casualmente com meu dedo anelar. — Quero saber o que você acha disso. Se é algo que você consegue se ver fazendo… comigo.

Ergo a mão para envolver seu rosto e o forço a me olhar nos olhos.

— Só quero você e quero tudo com você. O casamento, a casa, os filhos. Quero tudo isso.

— Mesmo com este velho aqui?

— Especialmente com este velho aqui. — Rio e pressiono um beijo em seus lábios, e fico maravilhada com a forma como ele casualmente passa a mão nas minhas costas, enviando arrepios pela minha pele.

— Graças a Deus seu pai é um cara legal e deixou a gente ficar na casa de hóspedes.

— Como assim?

— Vou me divertir muito transando com a minha futura esposa hoje à noite.

— Vou precisar de um anel antes que você possa me chamar assim — digo, com a testa pressionada na dele, nossos lábios a centímetros de distância.

— Vai chegar, *lass*. Tenha paciência.

— Então não há nada escondido aí nesse seu bolso?

Ele ri e balança a cabeça.

— Que nada, preciso pedir permissão para o seu pai primeiro, e aí encontrar o anel perfeito. Vai levar tempo.

— Não preciso do anel perfeito. Só preciso de você.

— E é por isso que te amo, e por isso que quero o anel perfeito.

Suspiro e repouso a cabeça na curvatura de seu pescoço, deixando que ele acaricie meu cabelo enquanto aprecio as diferentes cores no céu.

— Mas você vai fazer o pedido?

— Vou, porque jamais vou deixar você ir embora de novo.

Mal sabe ele que, mesmo se tentasse, eu não o deixaria fazer isso.

EPÍLOGO

Querido Diário,

Passamos por muita coisa, nome atrás de nome, e mais outros nomes, e no fim... vou acabar agindo feito uma adolescente apaixonada, cheia de hormônios, com raios em formato de corações saindo pelos olhos.

Aprendi muito ao longo deste ano, mas uma das coisas mais importantes foi o meu valor. Não por causa dos milhões que tenho no banco, nem da mulher ao meu lado. Mas por mim mesmo. Minha mãe ainda não desistiu de me procurar por dinheiro, mas me mantive firme e não cedi. Seus comentários já não têm o mesmo efeito danoso, o que é ótimo. Um sinal de cura, foi o que me disseram.

Isto pode até ser chocante para você, depois de tudo o que escrevi, mas quer saber? Eu pedi a Sutton em casamento, minha garota. E sabe o que ela disse?

Ela disse sim!

Que momento de orgulho para preencher o peito de um homem. Pode ser uma coisa estranha de se dizer, mas nunca estive tão orgulhoso de mim mesmo do que quando a garota dos meus sonhos olhou para mim, com os olhos cheios de lágrimas, as mãos cobrindo a boca, enquanto assentia, concordando em se casar comigo.

Comigo.

O merdinha de Killarney, sem futuro algum.

O garoto sem esperança da fraternidade de Yale.

O maior viciado em uísque, o babaca de Nova York, bebedor de cerveja Guinness, sem firmeza alguma.

Ela disse sim para mim. Ainda não sei como fui capaz de convencê-la a namorar comigo para início de conversa, quanto mais se casar, mas de uma coisa sei com certeza: só pode ter sido a sorte irlandesa.

Roark

CONHEÇA TAMBÉM:

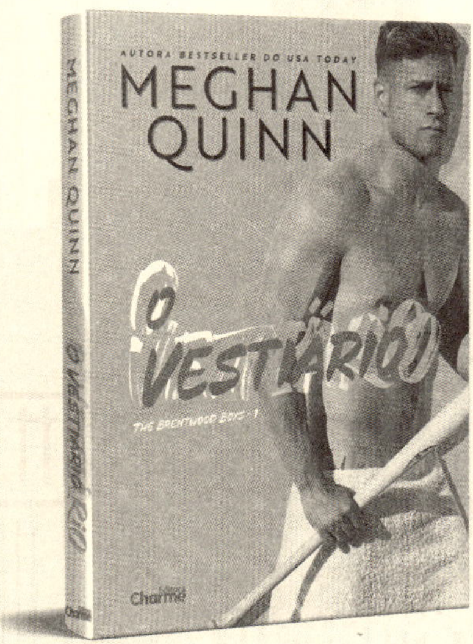

UM ENCONTRO NADA ROMÂNTICO
AUTORA BESTSELLER DO USA TODAY
MEGHAN QUINN

Charme
FEITOS UM PARA O OUTRO
OU NÃO
AUTORA BESTSELLER DO USA TODAY
MEGHAN QUINN

Charme
UM ROMANCE NADA INESPERADO
AUTORA BESTSELLER DO USA TODAY
MEGHAN QUINN

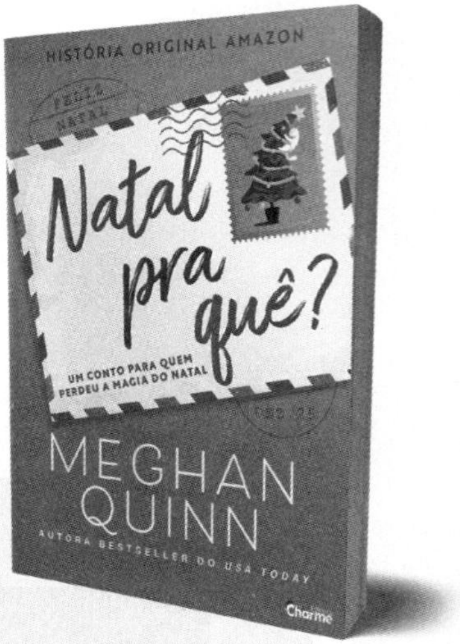
HISTÓRIA ORIGINAL AMAZON
Natal pra quê?
UM CONTO PARA QUEM PERDEU A MAGIA DO NATAL
MEGHAN QUINN
AUTORA BESTSELLER DO USA TODAY
Charme

Meghan Quinn
ESCRITORA DE ROMANCE E... Virgem